# Laurent Scalese

Laurent Scalese est né à Avignon en 1967.
Lecteur assidu d'Agatha Christie, de Conan Doyle et de Stephen King, il développe très tôt un goût prononcé pour l'écriture qui le pousse, dans un premier temps, à rédiger quatre romans de science-fiction ainsi qu'un recueil de nouvelles d'anticipation. C'est en participant à un concours de nouvelles policières qu'il se lance dans la rédaction de son premier polar : *Le samouraï qui pleure* est publié chez Pygmalion en 2000, suivi de *L'ombre de Janus* et *Des pas sous la cendre*. Son quatrième roman policier, *Le baiser de Jason*, a paru en 2005 aux éditions Belfond et a reçu le prix Sang d'Encre des lycéens.

**Retrouvez toute l'actualité de Laurent Scalese sur www.laurent-scalese.com**

# LE SANG DE LA MARIÉE

DU MÊME AUTEUR
*CHEZ POCKET*

LE BAISER DE JASON

LAURENT SCALESE

# LE SANG DE LA MARIÉE

BELFOND

ISBN 978-2-266-16880-9

*À Sarah et Thomas, que j'aime plus que tout au monde*

*À Coco, qui sait ce qui est bon pour moi*

*Ma jeunesse ne fut qu'un ténébreux orage,*
*Traversé çà et là par de brillants soleils ;*
*Le tonnerre et la pluie ont fait un tel ravage,*
*Qu'il reste en mon jardin bien peu de fruits vermeils.*

Baudelaire,
*Les Fleurs du Mal*

*Il y a deux cents femmes dans ton monastère, et la plupart ont au fond du cœur des blessures profondes ; elles te les ont fait toucher, et elles ont coloré ta pensée virginale des gouttes de leur sang.*

Alfred de Musset,
*On ne badine pas avec l'amour*

# 1

La Jaguar se gara rue Saint-Ferdinand, dans le XVII$^{e}$ arrondissement.

Un couple en descendit puis marcha bras dessus, bras dessous jusqu'à un immeuble. De sa camionnette stationnée le long du trottoir opposé, l'homme le regarda franchir la porte cochère et s'embrasser à bouche que veux-tu sous le porche. Il avait repéré Diane Spitz, la jeune femme, dans un tabloïd. Une photo d'elle prise sur une plage d'Ibiza illustrait un article sur les gens du show-biz qui passaient leurs vacances à la mer. Patrons d'une société de production florissante – Cinémax –, ses parents l'entretenaient et cédaient à tous ses caprices.

Les tourtereaux échangèrent un dernier baiser et s'engouffrèrent dans le bâtiment d'un air guilleret. Dégoûté, l'homme augmenta le volume de l'autoradio pour écouter *Siegfried et le Dragon*, de Wagner, son compositeur préféré. Dès que la musique prit fin, il éteignit le poste et baissa la vitre de son côté pour humer l'air froid et revigorant, déplorant à voix haute que la neige n'ait pas tenu.

La montre de bord du véhicule indiquait une heure treize du matin.

Diane et son chevalier servant réapparurent vingt minutes plus tard, hilares comme des enfants qui viennent de jouer un tour pendable à un adulte. La rue était déserte et les lumières des appartements éteintes. Conscient qu'il y avait peu de risques pour que quiconque puisse contrecarrer ses plans, l'homme mit ses gants en cuir et sauta à bas de la fourgonnette. Tandis qu'il parcourait les dix mètres le séparant de sa proie, il prit un paquet de cigarettes dans la poche intérieure de son loden noir, en piqua une dans sa bouche et l'alluma d'un geste machinal. Il tira quelques bouffées de la Marlboro, la projeta au loin d'une chiquenaude et s'arrêta à la hauteur du couple qui montait dans la voiture.

— Excusez-moi, prononça-t-il du ton doux et poli qu'il employait avec ses futures victimes et qui lui permettait de gagner leur confiance. Vous ne devriez pas rouler avec un pneu à plat.

Tout en maintenant la portière ouverte, le bellâtre le considéra avec un mélange d'incrédulité et de méfiance.

— Votre pneu arrière gauche est dégonflé, insista l'homme en souriant.

Diane tapa du plat de la main sur le tableau de bord et s'énerva :

— Quelle poisse !

Son compagnon lui décocha un regard à la fois rassurant et charmeur.

— Ne bouge pas, je m'en occupe.

— Je ferais peut-être mieux de prévenir Fred, suggéra-t-elle. On ne sera jamais à l'heure.

L'homme frémit en la voyant saisir son portable. Il empoignait le manche du couteau glissé dans sa poche, prêt à frapper, quand le play-boy posa sa main sur celle de la jeune femme pour la dissuader d'appeler.

— On y sera.

— Tu promets ? s'inquiéta-t-elle.

Son amant lui fit face et, joignant le geste à la parole, prêta serment avec la solennité théâtrale propre à l'enfance :

— Croix de bois, croix de fer ; si je mens, je vais en enfer.

Il avait été convaincant car elle rangea le mobile dans son sac. Content de lui, il ressortit et se dirigea vers l'arrière de la voiture. Après s'être assuré que Diane ne faisait pas attention à eux, l'homme tira le couteau de la poche de son manteau et le suivit. Le bellâtre s'accroupit près de la roue, fronça les sourcils en constatant que le pneu était en parfait état.

— Qu'est-ce que…

D'un mouvement exercé, l'homme lui planta la lame dans la gorge avant qu'il puisse terminer sa phrase. Le play-boy pivota lentement vers l'assassin, s'affaissa en le fixant de ses yeux exorbités. Le sang jaillissait à chaque battement de cœur, aspergeant le pare-chocs de la Jaguar. Le tueur n'attendit pas que sa victime expire pour passer à la seconde étape du plan. Il gagna la portière côté passager au pas de charge, l'ouvrit à la volée et bondit sur Diane, appliquant une compresse imbibée de chloroforme sur son visage.

Blême d'épouvante, elle se débattit avant de perdre connaissance.

L'homme balaya la rue d'un regard circulaire. Il n'y avait pas un chat. Sur le qui-vive, il extirpa la jeune femme de l'habitacle et la porta jusqu'à la camionnette.

Il fit coulisser la portière latérale, déposa le corps inerte sur le plancher du véhicule et s'installa au volant. Il essuya le sang qui avait giclé sur sa joue à l'aide d'un mouchoir qu'il jeta dans un sac-poubelle, ainsi que ses gants. Satisfait, il démarra et traversa la place Saint-Ferdinand à faible allure. Cependant qu'il s'engageait dans la rue Brunel, il manœuvra le rétroviseur intérieur pour qu'il reflète Diane Spitz.

— Je vais prendre soin de toi, articula-t-il avec délectation.

Deux heures plus tard, elle reprit conscience avec une forte migraine.

Elle fut saisie d'horreur en comprenant pourquoi ses bras étaient si douloureux : les mains liées avec une corde, elle pendait à la barre métallique d'un vasistas. Lorsqu'elle s'agita pour se libérer, ses pieds se balancèrent dans le vide. Affolée, elle promena son regard sur l'endroit où elle se trouvait : une pièce en bois, vide à l'exception d'un lit de sangle et d'une table sur laquelle était posée un Caméscope. Des photos d'elle, en couleur et en noir et blanc, tapissaient les murs lattés. Une robe de mariée était suspendue à une poutre apparente par des fils de nylon.

Une vague d'effroi l'envahit et elle hurla :

— Au secours !

La porte s'ouvrit avec un grincement. Une silhouette apparut dans l'embrasure.

— S'il vous plaît, aidez-moi ! lança Diane qui sentait une bouffée d'espoir monter en elle. Nous avons été attaqués ! Un homme m'a enlevée !

Le type s'avança vers elle. Alors qu'il se plantait au milieu de la pièce, l'ampoule au plafond éclaira sa figure inexpressive. La terreur décomposa les traits de Diane quand elle le reconnut. Elle se démena avec une telle vigueur que la corde entama ses poignets.

— Qui êtes-vous ? paniqua-t-elle. Qu'est-ce que vous voulez ?

En guise de réponse, il esquissa un sourire sadique qui la glaça jusqu'à la moelle et la contempla. Âgée de vingt-six ans, sa promise avait la beauté du diable et l'élégance d'un top-modèle. Ses cheveux bouclés, blonds comme ceux des Nordiques, encadraient un visage d'une grande pureté. Chaque nuit, dans la solitude de sa chambre, l'homme rêvait de ses lèvres pulpeuses et de ses yeux en amande vert émeraude.

— Tu es très belle, Diane, laissa-t-il tomber d'un ton solennel. Dès que je t'ai vue, j'ai su que nous étions faits l'un pour l'autre.

Elle cessa de gigoter et le fixa d'un air effaré.

— Vous savez qui je suis ? demanda-t-elle, la respiration saccadée par la peur et l'effort.

Comme il approuvait de la tête, elle joua son va-tout :

— Mes parents sont riches.

Le sourire de l'homme s'effaça à mesure qu'elle prononçait ces paroles.

— Ils paieront rubis sur l'ongle la rançon que vous exigerez en échange de ma libération.

Manifestement offensé par cette offre, il s'approcha d'elle et lui flanqua une paire de gifles avec un cri de colère.

— Tu me parles d'argent alors que je te parle d'amour ! vociféra-t-il en roulant des yeux féroces.

Les cheveux en désordre et les joues zébrées de rouge, Diane éclata en sanglots.

— Par pitié, ne me faites pas de mal, implora-t-elle d'une voix étranglée.

Tout en marmonnant comme un dément, l'autre

marcha vers la robe de mariée en soie. Les fils qui la retenaient claquèrent lorsqu'il tira dessus d'un geste furieux. Une lueur de folie dans le regard, il revint vers Diane et brandit le vêtement immaculé d'une main tremblante.

— Je comptais te l'offrir pour notre mariage ! beugla-t-il, submergé de rancœur. Tu ne la mérites pas, ingrate !

Il lâcha la robe et frappa Diane à nouveau, redoublant de violence. Groggy, elle dodelina de la tête et articula des mots inintelligibles. Du sang gouttait de sa narine droite et de sa lèvre inférieure. Tandis qu'elle délirait, l'homme fit le tour de la pièce d'un air tourmenté.

— Qu'est-ce que j'ai fait ? geignait-il en se griffant le visage. Qu'est-ce que j'ai fait ?

Soudain, tout devint limpide dans son esprit et il stoppa net.

— Je me suis trompé, décréta-t-il, soulagé d'avoir solutionné le problème. Tu n'es pas l'élue.

Il la détacha, l'allongea sur le lit et la déshabilla avec fébrilité. Dès qu'elle fut nue, il prit le Caméscope sur la table et la filma, passant en revue ses seins en poire, sa taille de guêpe, son mont de Vénus et ses jambes fuselées.

— Je garderai cette vidéo en souvenir de toi, murmura-t-il, brûlant de désir. Finissons-en.

Il reposa l'appareil, se dévêtit à son tour et se coucha sur Diane qui commençait à émerger. Elle essaya de se dégager mais il l'immobilisa d'une poigne de fer.

— Tu peux gueuler autant que tu veux, lui susurra-t-il à l'oreille au moment où il la pénétrait. Cette alcôve est insonorisée.

# 2

Élie Sagane fut tiré du sommeil par la plus voluptueuse des caresses.

Soo s'était glissée sous les draps et le gratifiait d'une fellation tantôt enflammée, tantôt paresseuse, ménageant ses effets. Satisfaite du résultat, elle se redressa et le chevaucha avec fougue. Le rapport fut bref mais intense. Après quelques va-et-vient effrénés, ils jouirent à l'unisson.

— Le luthier a réparé mon violon, annonça-t-elle en s'arrachant à l'étreinte de son amant. Je pars pour New York ce soir.

— Les concertistes sont comme les flics : toujours sur la brèche, soupira Élie qui écoutait d'une oreille distraite. Qu'est-ce que vous jouez ?

Remarquant son désintérêt, la Japonaise répondit avec froideur :

— *Les Quatre Saisons*, de Vivaldi. Je ne serai pas de retour avant le mois prochain.

Conscient de son manque de tact, Sagane se rapprocha d'elle et lui effleura la joue du pouce.

— Tu vas me manquer.

— Arrête ça, rétorqua-t-elle, le visage renfrogné. Tu ne sais pas mentir.

Ils s'étaient rencontrés six mois auparavant, dans la file d'attente d'un cinéma. Séduit, Élie l'avait draguée sans aucune retenue, allant jusqu'à s'asseoir à côté d'elle dans la salle. Après le film, il l'avait invitée à dîner. Quand il avait manifesté l'envie de la revoir, elle avait griffonné son numéro de portable sur un coin de la nappe. Depuis, ils se voyaient en moyenne deux fois par semaine, la nuit et dans cette chambre à coucher.

Amoureuse de lui, Soo désespérait qu'il s'implique davantage dans leur relation.

Excédée, elle bondit du lit et ramassa ses vêtements éparpillés sur la moquette. Pendant qu'elle s'habillait à la hâte, Sagane contempla ses petits seins, ses jambes filiformes, sa chevelure de jais qui descendait jusqu'à sa taille svelte.

— Tu ne déjeunes pas avec moi ? s'étonna-t-il une fois revenu sur terre.

— Pas le temps, grogna-t-elle en laçant ses bottines. Je rentre me doucher et faire ma valise.

— Ce n'est qu'un au revoir, j'espère, lança-t-il comme elle s'enfonçait dans le couloir.

La jeune femme revint sur ses pas. En proie à une émotion palpable, elle baissa la tête et souffla d'une voix fluette :

— *Sayonara*, commissaire.

Sur ce, elle se retira. Élie l'entendit courir dans le vestibule et claquer la porte d'entrée. Parfois, il lui semblait avoir un morceau de glace à la place du cœur. Il se rassura en se disant qu'il ne tenait pas suffisamment à elle pour la rattraper et lui faire une déclaration enflammée. Il s'étira en bâillant, se leva et gagna la salle de bains d'un pas nonchalant.

La montre sur le lavabo indiquait six heures trente-cinq du matin.

Tandis qu'il se brossait les dents, il observa son reflet dans la glace. Âgé de trente-huit ans, il avait la stature et la carrure d'un poids moyen. Les femmes le trouvaient plutôt attirant avec ses cheveux bruns coupés ras, ses traits réguliers et ses yeux noisette, dont la profondeur donnait l'impression qu'ils perçaient à jour les pensées les plus secrètes de ceux qu'ils fixaient. Une petite cicatrice en étoile creusait son menton, comme une fossette, et une autre en zigzag éclaircissait le sommet de son crâne.

Avant d'intégrer la Brigade criminelle du 36, quai des Orfèvres, treize ans plus tôt, il avait fait ses premières armes au Service régional de police judiciaire de Versailles. Au début, la vue des cadavres et la lecture des atrocités figurant dans les rapports l'avaient perturbé, au point qu'il cauchemardait. Peu à peu, il avait appris à se garder de l'empathie et de la haine, à parler crûment des dossiers en cours, à en rire même. Il s'efforçait d'oublier les violeurs et les tueurs sitôt rentré chez lui.

Lorsqu'il eut fini de se laver, il se rendit au salon en sifflotant. Il attrapa le disque compact du groupe ACDC sur une étagère de la bibliothèque, l'introduisit dans le lecteur, sélectionna le morceau qu'il écoutait tous les matins et appuya sur Play. À peine les premiers accords de *Highway to Hell* eurent-ils résonné dans le séjour que la vieille bique vivant dans l'appartement du dessus martela le sol à coups de balai pour manifester sa réprobation. Il augmenta le son en guise de réponse. Les vitupérations des guitares électriques déchaînèrent la fureur de la septuagénaire qui frappa le parquet de plus belle.

— Tu n'auras pas le dernier mot, sorcière, ricana Élie en retournant dans la chambre pour s'habiller.

Après avoir déjeuné sur le pouce, il éteignit le lecteur

et quitta l'appart. La voisine l'attendait sur le palier, les poings sur les hanches.

— Je commence à en avoir assez, monsieur Sagane ! gronda-t-elle. La prochaine fois que vous mettez cette musique de sauvages, je porte plainte !

Le policier la toisa. Non seulement cette nabote mal fagotée lui était antipathique, mais sa voix de crécelle lui tapait sur le système. De plus, l'énorme croix qui pendait à son cou le hérissait : il avait les religions en horreur et les tenait pour responsables de l'abrutissement des masses et du déclin du monde.

— Vous êtes en avance, madame Chantreau, répliqua-t-il sur le ton de la goguenardise. Le service de voirie ramasse les encombrants le jeudi, pas le mercredi.

À ces mots, la vieille peau devint écarlate et tempêta :

— Vous trouvez ça drôle ?

— Je suis mort de rire ! repartit Sagane en s'éloignant.

Il habitait rue Omer-Talon, dans le XI$^{e}$. Il envisageait de déménager car l'immeuble était en piteux état : la cage d'escalier puait le renfermé, des mégots jonchaient les marches, les murs lézardés suintaient.

Il tapota la fenêtre de la loge du concierge pour le saluer et sortit. Surpris par le froid, il boutonna sa parka et se dirigea vers la Land Rover rangée le long du trottoir. Il poussa une bordée d'injures quand le chasse-neige qui déblayait la chaussée projeta de la boue noire sur son jean. La sonnerie de son cellulaire l'interrompit.

— Sagane, j'écoute.

La voix de basse du capitaine Morin Briard, son équipier, fusa dans l'écouteur :

— Radine-toi que je te présente le premier macchab de la journée.

— Où es-tu ?

— Rue Saint-Ferdinand. Le proc a insisté pour que tu

t'occupes personnellement de cette affaire. Je vais finir par croire que cette snobinarde a un faible pour toi.

Élie ne releva pas.

— J'arrive.

Il s'engouffra dans la voiture, donna un tour de clé de contact pour lancer le moteur. Sur la route, il grilla plusieurs feux rouges, fit des queues de poisson en veux-tu en voilà et s'accrocha avec un chauffeur de bus. Parvenu à destination, il se gara puis passa sous le cordon qui délimitait le périmètre sécurisé. Disposés autour d'une Jaguar dont les portières étaient grandes ouvertes, les agents dépêchés par le commissariat du XVIIe piétinaient le sol pour se réchauffer. Sanglés dans des combinaisons protectrices, les hommes de la police technique et scientifique plaçaient des panonceaux numérotés aux endroits où ils prélevaient des indices.

Accroupi près du cadavre, Briard fit un signe de la main à son supérieur. Grand, musclé, les cheveux poivre et sel et le visage patibulaire, taillé à la serpe, il avait trente-six ans. Les membres de la brigade le surnommaient « Lino » car il ressemblait à Lino Ventura. Ancien lutteur, il avait arrêté la compétition avant que les dopants ne ruinent sa santé. Le programme de reconversion du ministère de l'Intérieur lui avait permis de prendre rang parmi les enquêteurs de la Criminelle. Son travail était la seule chose qui comptait : il n'avait pas de vie privée ni d'amis, hormis Sagane. Généralement, les femmes qui acceptaient de dîner avec lui se levaient de table avant la fin du repas : il causait viols et meurtres en série lorsqu'elles attendaient une déclaration d'amour en lui jetant des œillades.

Le commissaire le rejoignit. Étendu dans une mare de sang gelé, un couteau planté dans la gorge, le mort regardait le ciel nuageux de ses yeux fixes. Une couche de glace recouvrait sa figure bleuâtre et ses mains raides, aux doigts repliés.

— Le froid l'a bien conservé, le toubib va sauter de joie, remarqua Briard qui n'avait pas son pareil pour détendre l'atmosphère.

Sagane sourit à cette plaisanterie et demanda :

— Qui est-ce ?

Briard redevint sérieux. Il ouvrit un carnet à spirale, compulsa ses notes pour retrouver les informations sur le défunt.

— Maxime Régnier, trente et un ans, fils à papa, fêtard et trousseur de jupons invétéré, commenta-t-il avec une pointe de mépris. Un habitant du quartier l'a découvert aux alentours de cinq heures du mat', alors qu'il partait bosser. Il a aussitôt prévenu police secours.

— Pas de témoins, je présume.

Briard confirma d'un hochement de tête.

— Quoi qu'il en soit, le vol n'est pas le mobile du meurtre.

Il tendit à son chef une pochette en plastique renfermant un portefeuille.

— L'assassin n'a pas touché à son argent ni à ses cartes de crédit. Sans parler de ce truc qui doit coûter la peau du cul.

Il tira sur le col du pull de Régnier et désigna la chaîne en or à son cou.

— En effet, lâcha Élie dans un soupir. Qu'est-ce qu'il foutait dans le secteur ?

Son collègue s'apprêtait à répondre quand Raoul Bietri, le légiste, se planta devant eux. Trapu, chevelu et barbu, Bietri avait une bonne cinquantaine. Officiant à l'institut médico-légal du quai de la Rapée, il s'écartait de la norme qui voulait qu'un médecin légiste soit obsédé par son travail, introverti et ennuyeux. Bien qu'il fût un peu bizarre, Élie le considérait comme un cerveau et avait un bon contact avec lui.

— Les inséparables Sagane et Briard ! s'exclama-t-il avec emphase.

Il leur donna une poignée de main, enfila une paire de gants de latex puis s'agenouilla près de la victime. Il était comique avec sa doudoune et son bonnet enfoncé jusqu'aux oreilles.

— Décidément, j'aurai tout vu, se lamenta-t-il en examinant le manche du couteau. La cause de la mort est l'exsanguination. D'après mon expérience, ce malheureux s'est vidé de son sang en moins de cinq minutes.

Il prit la température du cadavre à l'aide d'un thermomètre différentiel.

— Il est décédé entre une heure trente et deux heures du matin. Rendez-vous à l'IML à midi.

Il se tourna vers Bruno Coste, le spécialiste de l'Identité judiciaire.

— À toi de jouer.

Coste sortit un Polaroïd CU-5 de sa mallette et mitrailla la scène de crime. Comme les policiers s'éloignaient, Bietri lança à l'intention de Briard :

— Une amie commune m'a dit que votre vessie vous travaillait toutes les nuits.

Briard devina qu'il faisait allusion à son ex, une gardienne de la paix affectée au commissariat du XIV$^{e}$.

— Vous devriez consulter un urologue, insista le légiste. Le mien est excellent.

Habitué à son humour décapant, Briard lui fit face et siffla sur le ton du badinage :

— Notre amie vous a raconté des craques. Ma prostate se porte à merveille.

Le rire bruyant de Bietri interpella l'assistance.

— Je donnerais n'importe quoi pour avoir dix ans de

moins, admit-il avec une expression mi-attristée, mi-amusée. Quand aurai-je le plaisir de vous recevoir à dîner, Élie ? Nous n'avons pas terminé notre discussion sur les pionniers de la Hard-Boiled School.

Bietri aimait se divertir et s'adonnait sans réserve au petit jeu de société qui consiste à refaire le monde entre gens de bonne compagnie, une boisson alcoolisée dans une main et un joint dans l'autre.

— Pourquoi pas demain soir ? proposa Sagane. *Ciao*, doc.

Briard attendit qu'il soit à sa hauteur pour annoncer d'un ton confidentiel :

— Régnier n'était pas seul au moment des faits.

— Où veux-tu en venir ? interrogea Élie.

Son équipier brandit un sachet contenant un téléphone portable.

— Il appartenait à la victime. Un type a bigophoné dès que je suis arrivé sur les lieux. Selon ses dires, il a essayé de joindre Régnier toute la nuit, sans succès. Ils avaient prévu de se retrouver à deux heures du mat' dans une boîte des Champs-Élysées, le Nautilus je crois. Bref, le gars en question m'a appris que Régnier devait se ramener avec sa gonzesse.

— Qui ?

— Diane Spitz.

Sagane en resta interloqué.

— La fille du producteur ?

— Elle-même. Elle n'a plus donné de ses nouvelles depuis hier soir. Ses parents sont aux cent coups.

— Rien n'indique qu'elle était avec Régnier quand il a été embroché.

— Un technicien a dégoté un tube de rouge à lèvres et une boucle d'oreille en diamant sur le plancher de la

Jaguar, objets qui ont été formellement identifiés par la mère de Diane.

Le commissaire réfléchit un instant avant de prononcer avec entrain :

— Je suppose que tu as le nom et l'adresse de l'ami du couple. Allons lui rendre une petite visite.

Briard le stoppa dans son élan.

— Je lui ai demandé de venir. Il est ici.

Il montra l'homme adossé à une Porsche flambant neuve, derrière le cordon de sécurité. Sagane lui tapa sur l'épaule pour saluer cette initiative et se porta à la rencontre du grand échalas. Briard fit les présentations :

— Frédéric Tardif, commissaire Sagane.

Les cheveux châtain clair, le visage terreux et les yeux injectés de sang des noctambules, Tardif avait entre vingt-cinq et trente ans. Il fumait par saccades et regardait autour de lui avec anxiété, à l'instar d'une bête traquée qui flaire le chasseur.

— Vous connaissiez bien la victime ? commença Élie avec une gravité de circonstance.

— Nous étions très liés, dit l'asperge sans lui prêter attention. Vous en avez pour longtemps ? J'ai promis à ses parents de passer les voir dès que possible.

Sagane ravala son agacement et poursuivit :

— Qu'est-ce que votre ami faisait dans le coin ?

Tardif écrasa la cigarette sous la semelle de sa chaussure, en alluma une autre aussi sec.

— Votre collègue m'a posé la même question au téléphone.

Briard pointa le menton vers l'immeuble qui leur faisait face.

— Le fournisseur de coke de Diane Spitz loue un appart au quatrième étage, dit-il à Sagane. Le groupe Vidal l'a ramassé avant que tu rappliques.

— Il est dans le coup ? le pressa le commissaire.

Briard exprima son scepticisme par un haussement d'épaules.

— Il était raide défoncé lorsque les Stups ont débarqué chez lui. Il ne se rappelle pas avoir reçu la visite de Régnier et de sa copine.

Élie pivota vers Tardif qui en était à sa troisième cigarette.

— Maxime avait-il des ennemis ?

Tardif eut une mimique outrée.

— C'était une bonne pâte. Tout le monde l'appréciait.

Il donna des signes d'impatience.

— Pouvez-vous activer le mouvement ? Je suis vanné et je me les gèle.

Exaspéré par son refus de coopérer, Sagane lui ôta la clope de la bouche et la jeta au loin.

— Mais enfin, pour qui vous prenez-vous ? protesta Tardif, scandalisé.

— Pour ce que je suis, rétorqua Élie du tac au tac. Un flic qui interroge un suspect.

Le jeune homme suffoqua d'indignation.

— Parce que vous me soupçonnez ? Je me trouvais au Nautilus au moment du drame ! Des amis étaient avec moi !

Il reporta son regard affolé sur Briard.

— Votre associé a leurs coordonnées !

— Laprade et Simony recueillent leurs dépositions, confirma Briard.

Le commissaire apaisa Tardif d'un geste et continua :

— Il n'y a pas trente-six possibilités. Soit il s'agit d'un crime gratuit, perpétré par un déséquilibré, soit votre pote a été poignardé par quelqu'un qui le haïssait au point d'en vouloir à sa vie.

Il marqua une pause.

— Si vous savez quelque chose, dites-le-moi maintenant.

Son insistance mit Tardif à la torture.

— Avant de rencontrer Maxime, Diane fricotait avec un sale type, finit-il par balbutier. Il était d'une jalousie maladive, il la battait. Le jour où il a su qu'elle le trompait avec Max, il a juré de les trucider. J'étais parmi les personnes qui ont assisté à la scène.

— Quel est son nom ? intervint Briard avec dureté.

Tardif avala sa salive, de plus en plus nerveux.

— Ce mec est complètement fêlé. S'il apprend que je vous ai parlé, il me fera la peau.

— On ne cafarde jamais les témoins, le rassura Sagane. Leur sécurité est notre priorité absolue.

Cinq secondes s'écoulèrent avant que le grand escogriffe ne lâche le morceau :

— Il s'appelle Lionel Beaumont.

— Où crèche-t-il ?

Une expression d'angoisse mâtinée de honte se peignit sur les traits de Tardif.

— 35, avenue Georges-Mandel. Je peux partir ?

Sagane acquiesça.

— Tenez-vous à notre disposition. Il se peut que nous ayons encore besoin de vous.

Il le laissa passer.

— Allons-y, dit-il à Briard dès que la Porsche de Tardif eut démarré.

# 3

Beaumont habitait en face du cimetière de Passy.

Il recommença à neiger tandis que les policiers s'engouffraient dans l'immeuble cossu. Après que le gardien leur eut indiqué l'étage où vivait Beaumont, ils prirent l'ascenseur. Parvenu au sixième, le commissaire s'arrêta devant la porte de l'appartement et appuya sur la sonnette. L'homme qui ouvrit le toisa de la tête aux pieds, s'attardant sur son jean délavé et ses chaussures éculées.

— Les employés d'EDF se lèvent aux aurores, ma parole ! lança-t-il avec une nuance de raillerie dans le ton. Le compteur électrique est au fond du couloir, messieurs.

Sagane lui fourra sa carte tricolore sous le nez.

— Il y a erreur sur la personne.

L'autre feignit l'embarras.

— Excusez-moi, j'ai cru que…

— Vous êtes Lionel Beaumont ? le coupa Briard en tâchant de contenir son agressivité.

— Oui. Que puis-je faire pour vous ?

— Nous enquêtons sur un meurtre.

— Un meurtre ? s'étonna Beaumont d'une voix où perçait plus d'amusement que d'effroi. En quoi cela me concerne-t-il ?

Élie désigna du menton le vestibule.

— Je vous expliquerai une fois à l'intérieur.

Le maître de céans les invita à le suivre. Sagane s'émerveilla devant la décoration du séjour. Des angelots dorés, des vases et des bustes antiques étaient disposés de-ci de-là. Une gigantesque bibliothèque bourrée de livres se reflétait dans un miroir en forme de fenêtre marocaine. Une loge de théâtre surplombait la pièce, parée de roses rouges et de rideaux vermillon retenus par des embrasses torsadées.

Élie s'installa sur un canapé, imité par Briard que cette opulence mettait mal à l'aise.

— Alors, qui a été tué ? demanda Beaumont en s'asseyant sur un fauteuil capitonné.

Beau mais sans charme, les yeux brillants de duplicité et le sourire enjôleur, il avait la trentaine. Faussement négligé avec ses cheveux hérissés, son jean noir troué et ses Weston délacées, il avait l'attitude arrogante des gosses de riches qui se croient tout permis. Il devait plaire aux nymphettes fréquentant les soirées sélectes de la capitale.

— Maxime Régnier, annonça Sagane, guettant sa réaction.

Beaumont demeura calme et silencieux. Sans le battement nerveux de sa paupière gauche, Élie n'aurait pas perçu son trouble.

— Quand est-ce arrivé ? finit-il par s'enquérir avec détachement.

Le flic lui raconta ce qui s'était passé dans les grandes lignes.

— Je me suis laissé dire que vous le détestiez cordialement, conclut-il avec une pointe de provocation.

Beaumont ne put s'empêcher de rire.

— Comment aimer un mec à qui tout réussit ? Il était riche comme Crésus, il pilotait des tires de rêve et s'envoyait les plus belles filles de Paris.

Sa figure s'assombrit.

— Je le détestais mais je ne l'ai pas assassiné, si c'est ce que vous insinuez.

Tout en roulant une cigarette sur la table basse, il décocha un sourire plein de fatuité au commissaire.

— Vous avez de la chance, je ne suis pas rancunier.

Briard remua dans le canapé et déclara d'un ton tranchant :

— Vous ne me ferez pas croire que vous le jalousiez.

Il promena son regard sur les tableaux et les objets décorant le salon.

— Vous n'êtes pas à plaindre.

— Vous n'étiez pas jaloux de sa fortune mais de sa liaison avec Diane Spitz, enchaîna Sagane.

Impassible, Beaumont alluma la cigarette avec un briquet en plaqué or et souffla la fumée par le nez.

— Diane était une jeune écervelée qui s'offrait au premier venu.

Élie accueillit cette remarque avec un froncement de sourcils.

— « Était » ?

Cette intervention ne démonta pas Beaumont.

— J'ai cru comprendre qu'elle était morte elle aussi.

Le commissaire clappa de la langue d'un air mi-ennuyé, mi-moqueur.

— Nous n'avons rien dit de tel, n'est-ce pas ?

Il se tourna vers son collègue qui opina du bonnet.

Leur interlocuteur reprit du poil de la bête en un clin d'œil.

— Je n'ai pas employé le temps qu'il fallait, et après ?

— Vous n'êtes pas censé savoir qu'elle a disparu et pourtant vous parlez d'elle au passé, l'attaqua Briard que son insolence faisait bouillir.

Beaumont leva les yeux au ciel.

— Je me suis trompé, voilà tout ! se cabra-t-il d'un air si sincère que Sagane fut presque tenté de le croire. Alors comme ça, elle s'est évanouie dans la nature.

Il avait prononcé la dernière phrase sans émotion.

— Elle était avec Régnier lorsqu'il a été tué, assena Élie, écœuré par son indifférence.

— Vous pensez que l'assassin l'a supprimée ?

Sagane quitta le canapé et fit quelques pas.

— C'est une hypothèse parmi d'autres, repartit-il en zieutant le lustre à pendeloques de cristal. En tout cas, votre réaction est surprenante.

Le jeune homme s'étira et mit les pieds sur la table.

— Que voulez-vous dire ?

Tout en le dévisageant avec insistance, Briard répondit à la place de son chef :

— La disparition de la femme que vous aimez ne vous émeut pas autrement.

Beaumont eut un petit rire narquois.

— Vous vous gourez, je ne suis pas amoureux de cette nana. Nous avons joué à touche-pipi une dizaine de fois, point barre.

Il soupira d'un air dédaigneux.

— À la vérité, elle n'est pas si bien foutue que ça et en plus elle est nulle au lit.

Briard se retint de lui sauter au collet et de le secouer comme un prunier.

— Vous mentez ! gronda-t-il. Vous êtes fou d'elle.

— Aimez-vous toutes les femmes avec lesquelles vous couchez ? ricana Beaumont. Vous ne seriez pas ici si on ne m'avait pas cafardé. Qui vous envoie ?

Élie se planta devant une statue de bronze représentant un samouraï en armes et l'éclaira :

— Quelqu'un qui vous a entendu proférer des menaces de mort contre Diane et Maxime.

Avec des mouvements qui ne reflétaient pas la moindre appréhension, Beaumont se pencha en avant et écrasa le mégot dans un cendrier posé sur la table.

— Il faut être taré pour menacer en public une personne qu'on a l'intention de liquider.

— Certains criminels recourent à cette stratégie, pour le cas où des soupçons pèseraient sur eux une fois leur forfait commis.

— À quelle heure Maxime est-il passé de vie à trépas ? demanda Beaumont en se rencognant dans son siège.

— Entre une heure et demie et deux heures du matin, grommela Briard de sa voix caverneuse.

Beaumont tapa dans ses mains et s'exclama, tout sourires :

— J'ai un alibi !

Le commissaire abandonna la contemplation du guerrier japonais et revint vers lui.

— Je serais curieux de le connaître.

— De *la* connaître, corrigea l'autre avec désinvolture. Pétra ? Tu peux venir, s'il te plaît ?

Une porte couina dans les profondeurs de l'appartement. Des pas firent craquer le parquet de chêne. Enveloppée dans un drap qui laissait entrevoir la naissance de ses seins, une créature de rêve entra dans le living d'une démarche aguichante. Les cheveux blonds oxygénés, le visage bien dessiné, illuminé par des yeux bleu-vert pétillants de malice, la vénus avait vingt ans au maximum. Nullement gênée par la présence d'étrangers, elle se déhancha jusqu'au bar, se servit un verre de gin-fizz et grimpa sur un tabouret.

— Tu m'as appelée, mon chou ? lança-t-elle à Beaumont qui jaugeait les flics d'un air supérieur.

Briard aperçut son pubis rasé quand elle croisa les jambes. Rouge comme une pivoine, il détourna le regard et fit mine de s'intéresser à la carapace de tortue géante accrochée au mur.

— Ces messieurs sont de la police, expliqua Beaumont d'un ton las. Ils enquêtent sur un crime.

La pin-up eut l'air fascinée.

— Raconte-leur ce que nous avons fait cette nuit.

— Par le menu ? s'enquit Pétra d'une voix chaude.

Beaumont acquiesça d'un battement de paupières.

— Lionel est venu me chercher vers vingt-deux heures, relata-t-elle après avoir bu une gorgée de gin. Il m'a emmenée dîner à la Suite, le restaurant de Cathy et David Guetta, puis nous sommes allés danser au Schéhérazade. Nous avons levé le camp à trois heures du mat' et Lionel m'a proposé de finir la nuit chez lui.

Elle baissa la tête avec une pudeur feinte.

— Nous n'avons pas beaucoup dormi car il était dans une forme olympique.

Content de sa prestation, Beaumont lui adressa un sourire complice.

— J'ai payé le resto et le night-club avec ma carte American Express, laissa-t-il tomber à l'attention du commissaire. Vérifiez si ça vous chante.

— Nous le ferons, assura ce dernier. Depuis combien de temps sortez-vous ensemble ?

— Pétra n'est pas à proprement parler ma petite

amie, s'empressa de répliquer Beaumont. Nous nous voyons pour la bagatelle.

L'intéressée se raidit et pâlit à ce commentaire.

— C'est quoi ce délire ? lâcha-t-elle avec une hargne à peine contenue. Tu peux répéter ?

L'incrédulité déforma les traits de Beaumont.

— Allons, chérie ! Notre liaison est trop récente pour être prise au sérieux.

Indignée, Pétra sauta à bas du tabouret, déroula le drap et lui jeta à la figure. Il éclata d'un rire sardonique.

— Espèce d'enfoiré ! s'écria-t-elle, furieuse. Je ne veux plus jamais te revoir !

Nue comme un ver, elle regagna la chambre à coucher au galop. Élie eut envie de rire. Cette altercation l'avait diverti au plus haut point.

— Elle est bandante mais elle a un sale caractère, tenta de dédramatiser Beaumont. En avons-nous terminé avec cet interrogatoire à la noix ? J'ai un rendez-vous d'affaires dans trente minutes et je déteste être en retard.

— Vous bossez ? le provoqua Briard avec une intonation sarcastique.

Beaumont le considéra avec hauteur et rétorqua :

— Pour le fun, contrairement à vous j'en suis sûr.

Comme son équipier s'irritait, Sagane mit un terme à l'entretien.

— On y va, Lino.

Briard se leva et lui emboîta le pas. Élie s'arrêta devant une vitrine renfermant une épée et un masque d'escrime.

— Vous pratiquez ? demanda Beaumont qui avait remarqué la lueur d'intérêt dans ses yeux.

— Depuis que je suis en âge de tenir un fleuret.

— Nous pourrions croiser le fer un de ces quatre.

— Je ne crois pas.

— Je vois. Vous ne mélangez pas le travail et le plaisir.

— En effet.

Alors que Beaumont les reconduisait, Pétra traversa le couloir au pas de course et sortit.

— Adieu, ma belle, articula le jeune homme avec un cynisme écœurant.

Sur le pas de la porte, Élie planta un regard glacial dans le sien.

— Nous nous reverrons très bientôt.

Beaumont s'inclina profondément pour le saluer.

— Je suis à votre entière disposition, *amigo*. Surtout, prévenez-moi si vous retrouvez Diane.

Il referma la porte et grommela entre ses dents :

— Petits flics de merde.

Sagane et Briard arrivèrent en avance à l'IML du quai de la Rapée.

Comme toujours, l'odeur d'alcool camphré qui flottait dans le bâtiment irrita les narines et piqua les yeux du commissaire. Raoul Bietri donnant un cours de médecine légale à des étudiants, l'hôtesse pria les policiers de bien vouloir patienter dans le hall d'entrée. Assis sur un banc, ils firent le point sur l'enquête pendant plus d'une demi-heure, prenant des notes sur leurs carnets. Ils abordaient la disparition de Diane Spitz lorsque l'hôtesse les informa que le cours venait de se terminer.

La salle d'autopsie où officiait le légiste se trouvait au troisième étage. Un transistor posé sur un casier diffusait la cinquième symphonie de Beethoven. Survolté, Bietri mimait le chef d'orchestre à grand renfort de gesticulations frénétiques. Tout en bougeant au rythme de la musique, Jean-Claude Raimondi, son assistant, nettoyait des ciseaux et une pince à os dans un évier. Dès qu'il vit Sagane, Bietri baissa le volume et l'accueillit d'un ton railleur :

— Vous tombez à pic ! Je m'apprêtais à servir le plat de résistance !

De l'index, il indiqua la table sur laquelle Maxime Régnier était étendu. Élie et Briard s'approchèrent du cadavre aussi rigide qu'un morceau de bois. Tandis qu'ils observaient le trou violacé au niveau de sa gorge, le légiste remit à Sagane la pochette contenant l'arme du crime.

— Il s'agit d'un modèle standard, expliqua-t-il. Le meurtrier a utilisé la lame dentelée.

Élie jeta un coup d'œil sur le couteau à lames multiples puis le tendit à son collègue. Bietri mit des gants de latex, alluma sa lampe frontale et procéda à l'examen macroscopique de la dépouille de Régnier.

— Le corps ne présentant aucune trace de lutte, j'en déduis que le tueur l'a attaqué par surprise.

Il se pencha vers le visage blafard du défunt.

— Tu vas m'apporter la confirmation de ce que je crois, beau gosse.

La légèreté avec laquelle il parlait aux morts choquait les croyants et les superstitieux.

— Qu'est-ce que vous croyez ? s'enquit Sagane.

Bietri se servit d'un scalpel pour agrandir la plaie, maintint les chairs écartées à l'aide d'une érigne avant de répondre :

— Il n'a pas crié au moment des faits.

— Comment le savez-vous ? interrogea Briard.

— Un hurlement aurait alerté le voisinage, or personne n'a rien entendu, continua le légiste en étudiant les aryténoïdes de la victime à la lumière de la lampe. Que feraient les anges de la Crim' sans Bietri le Magnifique ?

Élie mit de la pommade aromatique sous son nez car l'odeur putride l'incommodait, contrairement à Briard. Ce dernier avait perdu l'odorat lorsqu'il pratiquait la lutte gréco-romaine : la cocaïne et l'héroïne prisées entre deux compétitions lui avaient nécrosé les fosses nasales.

— Si vous n'existiez pas, il faudrait vous inventer, affirma le commissaire en étreignant l'épaule de Bietri.

Celui-ci accueillit cette flatterie avec une mimique approbatrice puis désigna la gorge ouverte du défunt.

— Profitez du spectacle, vous ne reverrez pas une chose pareille de sitôt. Après avoir transpercé la veine thyroïdienne supérieure et la carotide externe, la lame a sectionné le nerf pneumogastrique.

— Ce qui a provoqué la paralysie des cordes vocales, conclut Briard.

Bietri acquiesça d'un signe de tête.

— L'assassin n'a pas frappé au petit bonheur la chance, enchaîna Sagane, à la fois horrifié et stupéfait. Il savait parfaitement ce qu'il faisait. Il s'agit peut-être d'un médecin ou d'un chirurgien.

Bietri ôta les gants gluants et les jeta à la poubelle.

— En tout cas, nous avons affaire à un individu qui s'y connaît en anatomie, concéda-t-il dans un soupir. Dommage que mes étudiants n'aient pas vu cela. C'est un cas d'école.

Il marcha vers un classeur métallique, tira une chemise en papier d'un compartiment et revint vers Élie.

— Le commandant Barnavi m'a chargé de vous remettre le rapport préliminaire de la police technique et scientifique. Ses hommes n'ont rien dégoté d'intéressant, excepté quelques microgouttes de trichlorométhane sur le siège passager de la Jaguar.

— Du chloroforme ? s'étonna Sagane en lui arrachant la chemise des mains.

— Le meurtrier s'en sera servi pour endormir Diane Spitz, conjectura Briard. Admettons qu'il l'ait enlevée. Pourquoi a-t-il zigouillé Régnier ? Il aurait pu se contenter de l'assommer.

— Il craignait que le fils à papa ne nous donne son signalement, remarqua son chef sans lever les yeux du compte rendu.

Le légiste montra le cadavre couché sur la table centrale.

— Si vous n'avez plus besoin de moi, j'ai un patient qui m'attend.

Élie s'interrompit dans sa lecture et lui serra la main.

— Merci, doc. À demain soir.

Il pivota vers son équipier.

— On met les voiles.

Bietri rejoignit son assistant qui alignait les instruments de dissection sur un plateau en inox. En passant devant la table, Briard constata avec un mélange d'angoisse et de répugnance que le mort n'avait plus d'organes génitaux.

— L'émasculation est post mortem ? lança-t-il à Bietri qui zieutait la croûte entre les cuisses du macchabée.

L'autre ne répondit pas. Pensant qu'il était concentré, Briard n'insista pas.

— Ante mortem, siffla le légiste alors qu'il poussait la porte à deux battants, prêt à partir. Sa moitié l'a puni par où il a péché.

Un sourire amusé étira les lèvres de Bietri.

— Morale de l'histoire : réfléchissez avant de tromper la vôtre.

— J'ai choisi le célibat car il permet de papillonner sans risque, répliqua Briard en lui décochant un clin d'œil.

Il courut pour rattraper son supérieur. Les flics atteignaient le parking de l'institut lorsque le cellulaire de Sagane sonna.

— Salut, Élie-*san*, commença une femme qu'il identifia aussitôt.

Le commissaire s'arrêta net.

— Soo ?

Briard s'éloigna, soucieux de ne pas se montrer indiscret.

— Je ne suis pas obligée d'y aller, poursuivit la Japonaise d'une voix émue.

— Tu bûches ce concerto depuis des mois, il n'est pas question que tu abandonnes sur un coup de tête, essaya de l'amadouer Sagane.

— Je peux inventer une excuse, insista-t-elle. Je n'ai qu'à leur dire que mon violon est cassé ou que je suis enceinte.

— Tu es enceinte ? s'inquiéta Élie.

— Non, c'est juste une idée qui m'est venue à l'esprit.

Soulagé, le policier s'adossa à sa Land Rover et prononça d'un ton apaisant :

— Des tas d'artistes rêvent de se produire à New York. Saisis ta chance.

Cette tentative pour dynamiser la jeune femme fit chou blanc.

— Je ne serai pas à la hauteur, articula-t-elle d'une voix aux inflexions pathétiques. Je joue comme un pied quand je suis malheureuse.

Elle se tut un instant.

— Demande-moi de rester.

Il se gratta nerveusement la joue.

— Je ne te demanderai jamais de renoncer à ta passion.

Soo soupira de dépit.

— Ne me laisse pas partir dans cet état. Dis-moi que tu m'aimes.

Incapable de mentir, il resta silencieux. Elle se mit à pleurer.

— Tu es un beau salaud, lâcha-t-elle entre deux sanglots avant de raccrocher.

Le commissaire éteignit le mobile et fit signe à Briard de le rejoindre.

— Tout va bien ? s'enquit celui-ci tandis qu'ils montaient dans la voiture.

Sagane affecta la décontraction.

— Impecc.

Le toussotement de Briard trahit son embarras.

— Je sais que ce ne sont pas mes oignons, mais… la geisha est une chic fille.

Élie enfourna un chewing-gum à la menthe et maugréa sans regarder son collègue :

— Qu'est-ce que je suis censé comprendre ?

Briard afficha la mine déconfite du gamin sermonné par son père. Son supérieur faisait partie des rares personnes qui l'intimidaient.

— Sois honnête avec elle, finit-il par répondre. Si tu ne veux plus d'elle, dis-le-lui franchement.

Sagane frappa le volant du poing et fulmina :

— Mais enfin, merde ! Je ne lui ai rien promis !

Sa colère retomba d'un coup.

— Désolé, vieux, j'ai les nerfs en boule. Nous avons un homicide et une disparition sur les bras, ma nana me bassine avec ses états d'âme et, pour compléter le tout, le dragon fête son soixante-douzième anniversaire aujourd'hui.

Son équipier le fixa d'un air réprobateur.

— On ne parle pas comme ça de sa mère.

Élie feignit de ne pas l'entendre et renchérit :

— L'idée de déjeuner chez elle me donne la nausée.

Il consulta sa montre d'un geste énervé.

— Je devrais déjà y être.

— Ton frangin sera là ?

— Il va encore me faire la morale, se lamenta Sagane. Il me hait car j'ai réussi là où il a échoué : je me suis affranchi de la tyrannie maternelle. Le malheureux est pendu aux basques de la vieille depuis qu'il est venu au monde.

Briard changea de sujet.

— Je te rappelle que le nouveau arrive cet après-midi.

Commc la Brigade manquait d'effectifs, le divisionnaire Dubreuil avait débauché un officier de la Criminelle de Toulouse.

— La nouvelle, rectifia Élie.

— Une femme ?

Le visage de Briard s'épanouit à cette perspective.

— T'excite pas, le découragea son chef. Le commandant Cécile Argento est une féministe enragée. Surtout, ne t'avise pas de la baratiner. Elle serait capable de te trancher les balloches et de les donner à becqueter à Traceur.

— Traceur ?

— Son clebs.

Briard déglutit et jeta un œil inquiet sur son entrecuisse. Sagane actionna le démarreur, un sourire gouailleur aux lèvres.

— Je te dépose au 36 et je file voir la vieille.

## 4

Cissy Sagane habitait un trois-pièces situé rue Condorcet, dans le IXe arrondissement.

Élie trouvait l'appartement de sa mère sinistre et angoissant. Les murs uniformément blancs, sans tableaux ni cadres, la moquette beigeasse et les doubles rideaux de velours châtaigne n'invitaient pas à la distraction et encore moins au vagabondage de l'esprit. Depuis qu'un cancer foudroyant avait emporté son époux, vingt ans plus tôt, Cissy vivait seule. Misanthrope, elle ne se déridait qu'en présence de Michael, son fils aîné, et de Taki, la chatte persane noire qui la suivait comme son ombre. Michael était son préféré car il était aux petits soins pour elle, contrairement à Élie.

Le commissairc sonna trois coups brefs à la porte, qui s'ouvrit sur son frère. Avec son jean délavé, son gros pull en laine aux manches retroussées et sa casquette à la visière cassée, Michael ne paraissait pas son âge – quarante ans. Rondouillard, il avait un regard pétillant d'intelligence et une figure replète de poupon, cerclée par une barbe aux boucles anarchiques. Diplômé de l'école nationale vétérinaire de Maisons-Alfort, il tenait un cabinet à Versailles. Pour Cissy, il incarnait la réussite. À l'inverse, elle considérait Élie comme un raté : il était descendu de son piédestal le jour où il avait abandonné ses études de médecine pour s'engager dans la police. Elle comparait les flics à des éboueurs, ou pire, aux employés d'une entreprise de dératisation. « Vous n'êtes bons qu'à ramasser les ordures et à chasser les rats », répétait-elle souvent avec une mimique méprisante.

Michael décocha à Élie un regard furibond et tapota le cadran de sa montre.

— Tu as perdu la tête ou quoi ? grogna-t-il entre ses dents. Tu as plus d'une heure de retard ! Maman est au bord de la crise de nerfs !

Élie ôta sa parka, l'accrocha au portemanteau et en sortit le cadeau qu'il avait acheté la veille dans un grand magasin.

— J'étais sur une affaire urgente, se défendit-il.

— Les morts ont toujours plus compté que les vivants, pas vrai ? renchérit Michael tandis qu'il s'engageait dans le couloir menant au séjour.

Le policier revint vers lui.

— Cette vieille chouette ne mérite pas que je laisse en plan le cadavre d'un pauvre type, gronda-t-il avec un rictus belliqueux.

Choqué par ses propos, Michael se retint de lui assener un coup de poing en pleine figure.

— Tu ferais mieux de partir, cracha-t-il. Elle ne veut pas te voir.

Élie brandit le paquet-cadeau et avertit avec une agressivité proportionnelle à celle de son frère :

— Je vais le lui remettre, que ça te plaise ou pas.

Sur ce, il traversa le couloir en toute hâte et entra dans

le salon. La table était dressée au milieu de la pièce. Le commissaire avala sa salive en apercevant la bouteille de champagne, les assiettes de porcelaine et les couverts d'argent que sa mère sortait pour les grandes occasions. Assise sur un rocking-chair plus vieux qu'elle, un fume-cigarette au coin des lèvres, Cissy feuilletait un journal à scandales avec une rage à peine contenue. Elle portait la robe chemisier que Michael lui avait offerte pour Noël. Élie s'approcha d'elle, passant en revue sa silhouette filiforme, ses cheveux blancs coiffés en arrière, son visage marqué et impénétrable, ses yeux gris qui brillaient d'amertume derrière les verres de ses lunettes à monture d'écaille. Comme il s'installait sur un fauteuil, elle écrasa la cigarette dans un cendrier et agita sa main frêle et tachetée de brun pour chasser la fumée.

Il se fendit d'une moue embarrassée et posa le paquet sur ses genoux.

— Bon anniversaire.

Après une courte hésitation, Cissy déchira le papier. En voyant le parfum, elle se renversa dans sa berceuse avec un rire aigre.

— Tu m'as offert le même l'année dernière, remarqua-t-elle dès qu'elle se fut calmée.

Élie soupira d'un air las.

— Je ne suis pas venu pour me battre avec toi. Cette brouille n'a que trop duré. Tu ne crois pas qu'il est temps de fumer le calumet de la paix ?

Il tendit la main vers sa joue. Elle la repoussa avec dédain et laissa tomber d'une voix glaciale :

— Mon pauvre garçon ! Depuis que tu es né, tu n'as cessé de me décevoir. Je t'ai assez vu. Reprends ton foutu cadeau et va-t'en.

Élie devint rouge d'irritation. Avec des mouvements fébriles, il s'empara du paquet et se dressa d'un bond.

— J'aurai tout essayé. La vérité, c'est que tu ne changeras jamais.

— Si tu m'avais écoutée, tu aurais réussi ! s'écria-t-elle alors qu'il s'éloignait. Tu aurais ton propre cabinet, des clients à la pelle et un compte en banque bien garni, comme ton frère ! Au lieu de cela, tu nettoies les égouts pour un salaire de misère. Tu es pitoyable.

Il s'arrêta net et se tourna vers elle.

— Mais *j'ai* réussi ! se cabra-t-il, les traits déformés par la colère. Je me lève tous les matins en me disant que j'aime mon boulot de flic et que, pour rien au monde, je ne voudrais faire autre chose !

Ils demeurèrent silencieux et immobiles, tels deux boxeurs se jaugeant avant la reprise du combat.

— Pourquoi me hais-tu ? interrogea Cissy au bout d'une minute. Parce que j'ai trompé ton père ? Si je ne m'abuse, c'est lui qui a commencé.

Excédé, Élie balaya ce commentaire d'un geste et quitta le séjour à grandes enjambées. Il croisa son frère dans le vestibule. Adossé à un mur, Michael dégustait un yaourt aux fruits avec une mine béate.

— À ta place, je ne mettrais plus les pieds ici, articula-t-il sur le ton de la provocation. Tu n'es pas en odeur de sainteté auprès de la maîtresse de maison.

Le commissaire lui fit face, le dévisageant d'un air compatissant.

— Je me demande qui est le plus à plaindre : le fils qui traque les rats d'égout ou celui qui n'a pas encore coupé le cordon.

Sans attendre la réaction de Michael, il partit en claquant la porte.

Sagane roula un long moment pour se calmer.

Il ne s'entendrait jamais avec Cissy. Elle était

acariâtre, calculatrice, égoïste et méchante. Elle adorait se poser en victime et éprouvait un malin plaisir à rabaisser les gens, à commencer par son fils. Michael, quant à lui, n'était qu'un arriviste. Il ignorait tout de l'amour fraternel, considérant Élie comme son pire ennemi.

— Allez au diable ! fulmina le commissaire.

Avant de réintégrer le Quai des Orfèvres, il acheta un sandwich au Fin Gourmet, la brasserie où il avait ses habitudes, avenue Victoria. Il était sur le point de défaillir : il n'avait rien avalé depuis sept heures du matin.

Tout en mordant le jambon-beurre à belles dents, il s'engouffra dans le bâtiment de la Police judiciaire et emprunta l'escalier A. Parvenu au troisième étage, il adressa un signe de la main au gardien de la paix affecté au poste de contrôle. Ce dernier lui rendit son salut et déverrouilla la porte permettant d'accéder aux locaux de la Brigade criminelle.

Élie gagna son bureau, suspendit sa parka à la patère et s'assit avec un soupir. La pièce était chichement décorée. Une calligraphie japonaise et un tableau représentant le palais Pisani de Venise étaient accrochés au mur, que l'humidité avait noirci par endroits. Des romans policiers étaient alignés sur une étagère. Une photographie encadrée montrant la criminologue Sarah Duparc, la seule femme que Sagane ait jamais aimée, trônait sur le bureau encombré de dossiers, de procès-verbaux et de rapports destinés à la section criminelle du parquet. Des chevaliers de plomb joutant sur un coin de la table côtoyaient la médaille que le divisionnaire Cornavain, le patron des Stups, avait décernée à Élie pour sa contribution à l'arrestation du trafiquant de drogue Jason.

Cependant que le commissaire remettait de l'ordre dans ses papiers, il aperçut un « saucisson », c'est-à-dire un dossier qui n'était plus d'actualité. Il le déchirait quand Briard fit son entrée dans la pièce.

— Ça s'est bien passé ? s'enquit le capitaine.

Quoiqu'il eût préféré ne pas aborder ce sujet, son supérieur répondit :

— Le déjeuner a été annulé.

— Laisse-moi deviner : tu t'es pointé en retard, alors elle t'a viré.

Sagane sentit la rancune monter en lui.

— Elle est odieuse, grommela-t-il en passant ses nerfs sur un trombone.

— Ta mère vieillit. Réconcilie-toi avec elle avant qu'il ne soit trop tard.

Élie fixa son collègue comme s'il venait de dire une énormité.

— Cette harpie est en pleine forme. Elle nous enterrera tous.

Il tapa du plat de la main sur la table et décréta :

— Nous avons assez parlé d'elle ! Qu'est-ce qui t'amène ?

— Il y a du nouveau dans l'affaire Régnier.

Briard remit un rapport broché à son chef puis s'installa sur l'un des fauteuils réservés aux visiteurs. Élie lui décocha un regard réprobateur lorsqu'il passa sa jambe gauche par-dessus l'accoudoir et la balança. Il se résigna à s'asseoir normalement et resta silencieux le temps que le commissaire survole le compte rendu.

— Retour à la case départ, râla Sagane à la lecture de la conclusion. Les dépositions des amis de Frédéric Tardif confirment qu'il était au Nautilus au moment où Régnier a été assassiné. Lionel Beaumont, quant à lui, a utilisé sa carte American Express à deux reprises cette nuit-là : la première fois pour régler l'addition de la Suite, à minuit douze ; la seconde pour payer un magnum de champagne au Schéhérazade, à une heure trente-cinq du matin.

— Ces glandeurs ne figurent plus sur la liste des suspects, et après ? tenta de relativiser Briard. Attendons de lire le rapport de la PTS. Les blouses blanches ont peut-être déniché un indice susceptible d'identifier le meurtrier.

Comme il se levait, prêt à partir, quelqu'un frappa à la porte.

— C'est ouvert ! lança Élie.

La visiteuse franchit le seuil, s'écarta pour laisser passer Briard qui la dévisagea d'une manière indiscrète avant de refermer derrière lui.

— Vous êtes la nouvelle, je présume, commença Sagane avec une politesse glacée.

La jeune femme opina du bonnet et s'approcha pour lui serrer la main.

— Enchanté de faire votre connaissance, commissaire.

— Vous êtes en retard, commandant Argento, nota Élie sans se dérider. Nous avions rendez-vous à quinze heures tapantes.

L'autre esquissa un sourire gêné.

— Lopez, du 301, voulait me voir.

Elle sortit un sachet en plastique de la poche de son blouson et le tint de manière à ce que les objets qu'il contenait soient bien en évidence.

— Il m'a remis ma carte et mon arme de service.

Le personnel du bureau 301 – appelé familièrement le 301 – comptait trois commandants fonctionnels chargés de gérer les ressources humaines et de régler les problèmes matériels. Les officiers de la Police judiciaire les surnommaient « les crayons » car ils passaient leur temps à dresser des listes et des inventaires.

— J'ai eu du mal à me séparer du revolver Manurhin, reprit-elle avec un soupçon de nostalgie. Le Sig SP est séduisant.

Elle désigna le pistolet de calibre 9 mm qui voisinait avec le chargeur de treize coups dans la pochette.

— Je dois me rendre au stand de tir demain matin pour l'essayer.

Elle constata que Sagane portait à la hanche le dernier-né de la firme Sig Sauer.

— Asseyez-vous, je vous en prie, dit-il.

Tandis qu'elle prenait place sur un siège, il l'examina de la tête aux pieds, la trouvant plutôt attirante. De petite taille, elle avait les cheveux auburn coupés court, à la garçonne, le visage bien dessiné et éclairé par de splendides yeux ayant l'éclat et le bleu intense du lapis-lazuli. Sa tenue la faisait passer pour une nostalgique du rock des années soixante : blouson noir, jean 501 et santiags.

Élie attrapa le dossier qu'il avait mis de côté, l'ouvrit à la première page et lut à haute voix :

— Cécile Argento, trente-sept ans. Vous êtes sortie major de l'école de formation de Cannes-Écluse à l'âge de vingt et un ans. Après avoir débuté à la Brigade des mineurs de Lyon, vous avez intégré la Criminelle de Toulouse.

Il s'interrompit dans sa lecture et leva le regard sur elle.

— Vous étiez là-bas au moment de l'affaire Alègre.

Argento ne put retenir une moue écœurée.

— Une période difficile, confia-t-elle. Je n'ai jamais vu une ambiance aussi délétère. La proposition du divisionnaire Dubreuil de travailler au 36 est tombée à point nommé.

Sagane n'insista pas et enchaîna :

— La direction régionale de la PJ de Paris a entériné votre changement d'affectation cette semaine. Le contrôleur général a visé le formulaire de mutation avant-hier.

Il glissa les documents dans une poche en plastique.

— Tout est en règle. Vous entrez en fonction dès aujourd'hui. Des questions ?

Argento secoua la tête.

— Vous savez, vous êtes connu comme le loup blanc à Toulouse, poursuivit-elle avec déférence. Faire partie de votre équipe me flatte et m'honore.

Élie resta de marbre face à ce compliment.

— J'ai pris du retard, prononça-t-il en indiquant de l'index les rapports empilés sur un coin de la table. Le capitaine Briard va vous conduire à votre bureau.

— Pas de problème.

Alors qu'elle gagnait la sortie, Sagane quitta son fauteuil et marcha vers la fenêtre qui donnait sur la Seine.

— Une dernière chose, articula-t-il sans se retourner.

Argento fit volte-face, un sourire radieux aux lèvres.

— Oui, commissaire ?

Le regard rivé sur une péniche délabrée qui naviguait sur le fleuve, Élie continua d'un ton cassant :

— Pour votre gouverne, il y a deux races qui me hérissent : les hypocrites et les lèche-bottes.

Argento en resta médusée.

— Je vous demande pardon ?

— Vous m'avez bien compris, rétorqua Sagane. À l'avenir, si vous tenez à avoir de bonnes relations avec moi, abstenez-vous de me passer de la pommade. Est-ce clair ?

— Limpide, répliqua-t-elle avec une intonation dégoûtée dans la voix.

Ce rappel à l'ordre l'avait crispée. Élie abandonna son poste d'observation et la rejoignit.

— Maintenant que nous avons mis les points sur les i, notre collaboration devrait porter ses fruits, conclut-il avec une expression accommodante.

Comme elle prenait congé, Briard fit irruption dans la pièce.

— On a des nouvelles de Diane Spitz, annonça-t-il à l'intention du commissaire.

Sagane vint se planter devant lui. Quoiqu'il s'appliquât à la cacher, Argento perçut son émotion.

— Les gars l'ont retrouvée ? s'enquit-il.

Briard baissa la tête d'un air ennuyé.

— Elle a été enlevée.

— Comment ça, « enlevée » ?

— Le ravisseur a téléphoné aux parents ce matin, raconta Briard. Il doit les recontacter à dix-sept heures pour fixer le montant de la rançon. Dubreuil nous dépêche sur place, toi, moi et le commandant Argentro.

— Argento, corrigea celle-ci en manifestant de la mauvaise humeur, persuadée qu'il voyait son arrivée d'un mauvais œil et qu'il avait fait exprès d'écorcher son nom.

Élie coupa court à ce début de chamaillerie.

— Prête pour l'action, commandant ?

Elle acquiesça.

— En ce cas, trêve de bavardages, s'énerva-t-il. Lino, communique les coordonnées des Spitz au central technique et informatique. Je veux que Charlier localise ce salopard quand il rappellera.

Il consulta sa montre : seize heures huit.

— Que le dispositif soit opérationnel dans vingt minutes. On t'attend dans ma voiture.

Lorsque Briard se fut enfoncé dans le couloir, il décrocha sa parka de la patère, l'enfila à la hâte et sortit à son tour, suivi de Cécile Argento.

# 5

Les parents de Diane habitaient un appartement fastueux situé rue du Ranelagh, dans le XVIe arrondissement.

Ancienne gérante du Sphinx, le night-club fréquenté par le Tout-Paris, Angélique Spitz était âgée de quarante-six ans. Avec son pull chaussette rouge vif, sa jupette en cuir noir et ses bottes cavalières, elle évoquait une poule de luxe. C'était elle qui avait informé la police de l'appel du kidnappeur, passant outre à l'interdiction de ce dernier et à la ferme opposition de son mari. Bien qu'il eût quarante-huit ans, Karl Spitz avait un physique de jeune premier et un costume deux-pièces à l'avenant. Sagane devina que les escarres présentes sur ses narines résultaient d'une consommation régulière de cocaïne.

Tout en observant les Spitz tour à tour, il pensa à ce que Dubreuil avait déclaré un jour au sujet des personnalités du show-business : « Ces gens-là meurent rarement de mort naturelle. »

Pour la énième fois, le père de Diane releva la manche de son complet puis consulta sa montre. N'y tenant plus, il quitta son siège et se frotta le visage avec des gestes compulsifs.

— Il a douze minutes de retard, souffla-t-il d'un ton désespéré en arpentant de long en large le séjour cosy, dont les murs étaient tapissés d'affiches et de photos de films produits par Cinémax. Pourquoi ne donne-t-il pas de ses nouvelles ?

Il planta ses yeux humides dans ceux de son épouse.

— Qu'allons-nous devenir ?

Les jambes flageolantes, Angélique Spitz s'effondra dans un fauteuil et fondit en larmes. Bientôt, l'appartement entier résonna de ses pleurs entrecoupés de hurlements de douleur. Cécile plongea son regard dans celui de Sagane, quêtant l'autorisation d'intervenir. Dès que le commissaire eut cligné des paupières pour manifester son approbation, elle s'agenouilla près d'Angélique et s'efforça de la rassurer.

— Il va appeler, laissa-t-elle tomber d'une voix douce et apaisante.

L'autre se ressaisit, la fixa d'un air irrité et gronda entre ses dents :

— Qu'en savez-vous ?

Cécile prit sa main dans la sienne.

— Je fais ce métier depuis quinze ans et j'ai travaillé sur plus de trente affaires de rapt, répondit-elle sans se départir de son calme. D'après mon expérience, le kidnapping est presque toujours d'origine crapuleuse. Il est question d'une guerre des nerfs. Les ravisseurs mènent la vie dure aux proches des victimes dans le but de briser leur moral et leur volonté. S'ils y parviennent, ils peuvent dicter leur loi et obtenir plus d'argent.

Karl Spitz attendit qu'elle termine pour grogner :

— Je suppose que vous tenez le même discours à tous les parents.

Il ôta son veston et le balança sur le canapé bordeaux.

— Diane n'est pas votre fille. Ce qui peut lui arriver vous est égal, alors ne faites pas semblant de vous inquiéter de son sort.

Heurté par son ton hargneux, Élie le prit à partie :

— Mesurez vos paroles, monsieur Spitz. La peine que vous éprouvez ne justifie pas une telle agressivité.

Il désigna sa collègue du menton.

— Le commandant Argento essaie seulement de vous aider.

Lorsque Spitz approcha son visage livide du sien, le commissaire lut de la détresse et de la colère dans ses yeux.

— Si mon épouse n'avait pas donné l'alarme, vous ne seriez pas ici, affirma le producteur avec des sanglots dans la voix. Votre présence met Diane en péril.

— Si j'étais à votre place, je…

— Vous n'êtes *pas* à notre place, l'interrompit sèchement Spitz.

— Karl ! cria sa femme à pleine gorge. Arrête, je t'en prie !

Il capitula et gagna un fauteuil, tête baissée et mains dans les poches. Sagane s'apprêtait à rompre le silence de mort quand le téléphone posé sur la table basse sonna. La pendule murale indiquait dix-sept heures vingt-neuf. L'espoir saisit le père de Diane et il bondit de son siège, imité par son épouse. Comme il se ruait vers l'appareil, Briard s'en empara et le tendit à son chef qui aperçut des étoiles sur l'afficheur.

Le correspondant avait commandé l'appel secret.

— Pas de précipitation, monsieur Spitz, conseilla Élie avec fermeté. Ne vous emportez pas, ne le suppliez pas. Soyez conciliant et tout ira bien. Vous êtes prêt ?

Spitz remua la tête en signe d'acquiescement. Sagane

décrocha le combiné à la huitième sonnerie, le lui remit et appuya sur la touche de mise en service du haut-parleur. Dès leur arrivée, Briard avait placé un émetteur aléatoire dans le microphone pour que le lieutenant Emmanuel Charlier, l'informaticien du central technique et informatique du Quai des Orfèvres, puisse écouter et enregistrer la conversation de son bureau.

Spitz prit une profonde inspiration avant de lâcher :

— Allô !

— Monsieur Spitz ? s'enquit une voix puissante, au timbre métallique.

Élie et Briard échangèrent un regard entendu : le type utilisait un modulateur vocal.

— Lui-même.

Le kidnappeur entra dans le vif du sujet :

— L'échange se déroulera de la façon suivante. Vous…

— Nous n'irons pas plus loin tant que je n'aurai pas la preuve que vous détenez bien ma fille et qu'elle est vivante, le coupa Spitz avec détermination.

Les policiers se raidirent, conscients que cet impair pouvait fâcher son interlocuteur et l'amener à revoir ses exigences à la hausse. La figure dégoulinante de larmes et de maquillage, Angélique fut la seule à approuver la conduite de son mari.

— C'est de bonne guerre, Karl, ricana l'homme. Vous permettez que je vous appelle Karl ? Vous avez cinq secondes.

Le téléphone crachota puis la voix faible et hésitante de Diane succéda à la sienne.

— Papa ?

L'espace d'un instant, les yeux de son père s'illuminèrent de joie.

— Comment vas-tu, ma chérie ?

— J'ai peur, papa, pleurnicha Diane.

Tremblante d'émotion, Angélique appliqua sa main sur sa bouche pour étouffer le sanglot qu'elle sentait monter dans sa gorge.

— Sors-moi de là, implora la jeune femme. Je…

Il y eut un crépitement et le ravisseur reprit la parole :

— Maintenant que vous avez votre preuve, passez-moi la police.

Le cœur serré par l'angoisse, Sagane fixa Argento puis Briard. Ils semblaient aussi désarçonnés que lui.

— J'ai agi conformément à vos ordres, protesta Spitz, blême d'appréhension. Personne n'est au courant.

— Je ne vous crois pas, le contra l'homme. J'aimerais causer avec l'enquêteur qui s'occupe de cette affaire.

Désemparé, Spitz interrogea Sagane du regard.

— *Tout de suite*, s'impatienta le ravisseur d'une voix qui ne souffrait aucune opposition.

Élie fit signe à Spitz d'obtempérer.

— À l'avenir, ne me mentez plus, Karl, avertit le kidnappeur cependant que Sagane empoignait le combiné et le portait à son oreille.

— Je suis le commissaire Sagane, de la Brigade criminelle, annonça-t-il.

Un sifflement de surprise mêlée d'admiration jaillit de l'écouteur.

— Je n'en crois pas mes oreilles ! s'extasia le maître du jeu. Vous êtes bien Élie Sagane, le flic qui a résolu l'énigme du « Samouraï qui pleure [1] » et aidé les Stups à démasquer le trafiquant de drogue Jason ?

— Oui, répliqua Élie avec une mimique exaspérée.

1. *Le samouraï qui pleure*, Pygmalion, 2000.

— Ravi de travailler avec vous. Repassez le téléphone à M. Spitz.

Sagane s'exécuta, communiqua avec Briard par gestes. Le capitaine acquiesça et tira un carnet ainsi qu'un portemine de la poche de son sweater, prêt à prendre en note les prétentions du ravisseur.

— Voici mes conditions, Karl, continua le gars, de nouveau glacial. Primo : retirez deux cent mille euros du compte que vous avez ouvert au Crédit parisien, en grosses coupures usagées et non marquées. Deusio : demandez à la Banque de Zurich de vous expédier *Lady in blue*, le diamant de trente carats que Mme Spitz a acquis l'année dernière à la Chaterhouse Street de Londres.

— Les joailliers et les lapidaires du monde entier connaissent cette pierre, allégua Spitz. Vous ne pourrez pas la vendre.

— Ce que j'ai l'intention de faire avec le brillant ne regarde que moi, s'agaça l'autre. Tertio : mettez l'argent et le diam dans un sac étanche. Quarto : déposez le tout dans la fontaine située en face du théâtre Marigny demain à seize heures pétantes. Venez seul. Quinto : rentrez chez vous et attendez mon coup de fil.

Il se tut un instant.

— Je vous recommande d'observer ces instructions à la lettre. Si les poulets traînent dans les parages, s'il y a un mouchard dans le sac, si les billets sont numérotés ou si le solitaire est faux, votre fille mourra.

Angélique se liquéfia à cette précision. Incapable d'en supporter davantage, elle se retira dans sa chambre d'une démarche vacillante, tout en pleurs.

— Je vous souhaite une bonne fin de journée, conclut le kidnappeur d'un ton où perçait la volupté du tortionnaire sadique.

Il raccrocha brutalement.

Élie alluma son portable et appela Emmanuel Charlier sur sa ligne directe. À peine le lieutenant eut-il décroché qu'il s'enquit avec une intonation pressante :

— Tu as sa position ?

— Non, répondit Charlier.

La déception remplaça l'espérance sur les traits du commissaire.

— Ne me dis pas que la compagnie du téléphone n'est pas en mesure de débloquer l'appel masqué, bougonna-t-il. Cette manipulation est de leur compétence.

— Le mec utilise un appareil qui brouille la réception des signaux radioélectriques, objecta Charlier.

Argento et Briard grimacèrent à cette nouvelle. Sagane tapa du pied sur le sol et maugréa, défaitiste :

— Je suppose que le modulateur vocal rend impossible le nettoyage de sa voix.

— Qu'importe qu'elle soit déguisée ! proclama Charlier triomphalement. Dans chaque voix humaine, il existe toujours un rapport d'intensité entre les ondes émises et les sons enregistrés. Le cas échéant, nous pourrons comparer celle de notre homme avec d'autres voix.

Sagane le remercia puis coupa la communication.

— Je ne m'attendais pas à ça, admit-il en pivotant vers ses équipiers.

— Que voulez-vous dire ? s'inquiéta Karl Spitz avant que Briard et Argento puissent s'exprimer.

— Ce type est un pro, repartit Briard à la place de son chef. Il ne laisse rien au hasard.

Spitz accueillit cette réponse avec une moue incrédule.

— Il est bien renseigné, précisa Élie. Il peut s'agir d'une personne de votre entourage.

Spitz arqua les sourcils d'un air ébahi.

— Qui ?

— Une relation, conjectura Argento.

— J'ai des tas de relations, lâcha Spitz dans un soupir.

— Quelqu'un qui bosse pour vous, insista-t-elle.

— Entre les employés de maison et le personnel de Cinémax, plus de soixante-dix péquins travaillent pour moi, la découragea Spitz avec un zeste de sarcasme.

— Nous ne pourrons pas tous les interroger d'ici demain, râla Briard.

Sagane réfléchit un instant avant de s'adresser à Spitz :

— Avez-vous des ennemis ?

Le producteur leva les yeux au ciel.

— Les gens du show-biz n'ont *que* des ennemis ! Ces jacasseries nous font perdre un temps précieux. Vous avez un plan, oui ou non ?

Élie se renfrogna. Malgré le drame qu'il vivait, Spitz lui était profondément antipathique.

— Nous l'épinglerons dès qu'il se pointera, décida-t-il.

— Vous l'avez entendu ? se rebiffa Spitz.

— Nous nous fondrons dans la masse, tenta de le rassurer Argento.

Spitz la fusilla du regard et tonna :

— Il tuera ma fille si vous intervenez !

— Nous devons l'alpaguer, décréta Briard. Si on le laisse partir avec la rançon, vous ne reverrez jamais Diane.

Cette vérité eut raison de Karl Spitz, qui baissa la tête en signe de reddition.

— Parlons affaires, enchaîna Sagane. Aurez-vous le fric et le solitaire dans le délai fixé ?

Spitz saisit le téléphone.

— Je m'en occupe de suite.

Dix minutes plus tard, il reposa le combiné sur son support et expliqua :

— J'ai parlé au directeur du Crédit parisien. J'aurai le liquide à onze heures demain matin.

— Et le diamant ? s'enquit le commissaire tandis que Spitz attrapait son veston sur le canapé et l'enfilait avec des mouvements saccadés.

— Je m'envole pour Zurich à vingt et une heures.

Sagane lui donna sa carte.

— Prévenez-moi quand vous serez de retour.

Il fit un signe du menton à ses collègues.

— Allons-y.

Après une brève hésitation, Cécile demanda à Spitz :

— Puis-je voir votre femme avant de partir ?

Il haussa les épaules.

— Notre chambre est au fond du couloir.

Cécile se tourna vers Élie.

— Je vous rejoins.

Cette initiative le surprit autant qu'elle le contraria, néanmoins il n'en montra rien et quitta l'appartement sans un mot, Briard sur les talons. Cécile traversa le long couloir, s'arrêta devant la chambre des Spitz et toqua à la porte. N'obtenant pas de réponse, elle entra et trouva Angélique Spitz allongée sur le lit, en train de tamponner ses yeux mouillés avec des mouchoirs en papier qu'elle tirait par intermittence de la boîte posée sur la table de chevet. La lueur qui brillait dans son regard était familière à Argento. Les mères dont l'enfant s'était fait kidnapper avaient ce regard à la fois épouvanté et accusateur. Contenant son émotion, Cécile s'assit sur le bord du lit et articula :

— Nous ferons notre possible pour ramener Diane. Je vous le promets.

Angélique se rapprocha d'elle et, comme une adolescente délaissée ou apeurée, se blottit dans ses bras.

— Sauvez-la, supplia-t-elle. Sauvez-la.

— Je vous le promets, répéta Cécile en lui caressant les cheveux avec une douceur infinie.

# 6

De retour au Quai des Orfèvres, les policiers s'installèrent dans le bureau d'Élie pour réfléchir à un plan d'action.

Vers vingt heures trente, Sagane libéra Briard et demanda à Cécile de rester pour faire le bilan de son premier jour de travail. Il ouvrit le petit réfrigérateur qui occupait un angle de la pièce, proposa une boisson fraîche à la jeune femme qui refusa poliment. Il n'insista pas, prit une bière et revint s'asseoir.

— Je vous félicite pour votre faculté d'adaptation, commença-t-il en décapsulant la bouteille. Vous m'avez épaté.

Tout en avalant une gorgée de bière, il la considéra d'un air préoccupé.

— Dommage qu'un grain de sable ait tout gâché !

Elle feignit de ne pas comprendre.

— Je ne vous suis pas.

Élie posa la bouteille, s'accouda à la table et croisa les doigts.

— Vous vous laissez dominer par vos sentiments,

assena-t-il en la regardant bien en face. Vous avez commis une faute grave et si je n'étais pas certain de vos compétences, je vous aurais lourdée sur-le-champ.

Cécile jugea cette réprimande injustifiée et, pour la première fois depuis son arrivée, protesta avec véhémence :

— J'ai réconforté cette pauvre femme, point barre. Quel mal y a-t-il à cela ?

— Nouer des liens avec les proches d'une victime est préjudiciable à une enquête en cours, rétorqua Sagane. À partir du moment où vous franchissez la frontière qui nous sépare d'elles, les familles attendent de vous de la compassion, une disponibilité totale et surtout des réponses. En cas de malheur, elles ne voient plus en vous l'ami mais le porteur de mauvaises nouvelles.

Ces paroles ranimèrent un passé douloureux et il se rembrunit.

— Je ne souhaite à aucun flic de passer par là.

— Vous oubliez que j'ai bossé aux mineurs, se défendit Cécile. J'ai tenu à voir Mme Spitz seule à seule car je sais ce que ressentent les mères qui sont dans sa situation. Je sais ce qu'elles ont envie d'entendre.

— Vous vous impliquez beaucoup trop, insista le commissaire.

Au comble de l'exaspération, Cécile se tortilla sur son siège et pesta :

— Un flic qui a perdu la capacité de s'émouvoir et de s'indigner n'est plus bon pour ce job.

Elle regarda sa montre.

— Il se fait tard. Si vous voulez bien m'excuser, je rentre chez moi.

Se dispensant de l'accord de son supérieur, elle se leva et dirigea ses pas vers la sortie.

— À demain, commandant Argento, lança Élie

tandis qu'elle abaissait la poignée de la porte. Ne soyez pas en retard.

À peine eut-elle refermé avec un mouvement d'humeur qu'il s'esclaffa.

— Tu commences à me plaire, ma belle, se réjouit-il entre deux lampées de bière.

Il jeta la bouteille vide et plaça la pile de rapports devant lui.

Il pouvait prendre le temps de tous les lire.

Personne ne l'attendait.

Morin Briard louait un meublé rue de Dunkerque, dans le Xe.

Comme il vivait seul et recevait rarement, il faisait peu de cas de la décoration et des travaux ménagers. Le séjour était un capharnaüm où les livres et les CD étaient posés à même la moquette. Il fallait enjamber les piles édifiées çà et là pour atteindre la table, les poufs et la télévision. Dans la chambre, le lit était défait, les vêtements jetés en vrac dans le placard et les chaussures entassées dans une caisse à claire-voie. La cuisine n'était pas épargnée : les sacs-poubelle s'accumulaient sous l'évier qui débordait d'assiettes, de bols et de plats.

Dans un état second, Briard ôta son manteau, le balança sur un pouf du salon et se précipita dans la salle de bains. La glace de la pharmacie emprisonna son reflet. Le cœur battant, il passa en revue son visage cireux, ses yeux cernés et ses joues creuses. Il déglutit en s'apercevant que ses mains tremblaient. Chaque jour, il faisait un effort surhumain pour cacher la vérité aux autres. À la peur d'être démasqué et viré de la Criminelle s'ajoutait celle de décevoir son meilleur ami. Élie savait-il ? Avait-il des soupçons ? Le manque eut raison de ses états d'âme. Il farfouilla dans l'armoire avec frénésie, sans se soucier des boîtes de médicaments qui tombaient en cascade dans le lavabo. Dès qu'il eut trouvé celle qu'il cherchait, il l'ouvrit à la hâte et prit un cachet qu'il avala avec un peu d'eau. En nage, la respiration haletante, il se laissa glisser le long du mur carrelé et attendit que le comprimé agisse.

Après avoir abandonné la lutte gréco-romaine, il avait subi plusieurs cures de désintoxication. Ses collègues croyaient qu'il était hors d'affaire. En réalité, il n'avait jamais cessé de consommer des produits dopants, alternant stimulants, anabolisants et corticostéroïdes. Une fois par semaine, il se rendait en catimini dans le XVIIIe pour s'approvisionner. Spécialisé dans les importations frauduleuses, son dealer fournissait essentiellement des sportifs amateurs et des stars du porno qui recherchaient la performance à tout prix.

Briard était tombé dans un cercle vicieux et ne parvenait pas en sortir. Afin de ne pas ressentir la fatigue pendant la journée, il absorbait des amphétamines ou de la nandrolone au réveil. Les effets secondaires se déclenchant dans la soirée, il attendait d'être rentré chez lui pour prendre des narcotiques ou des bêtabloquants qui ralentissaient son rythme cardiaque et enrayaient les tremblements et les maux de tête.

De nouveau en pleine possession de ses moyens, il dîna sur le pouce, se changea et gagna la chambre à coucher. Il s'allongea sur le lit qui évoquait un champ de bataille avec son traversin ratatiné, ses draps froissés et sa couverture en patchwork roulée en boule. Immobile, il regarda le plafond d'un air méditatif, se demandant s'il avait déjà été heureux.

Il cherchait encore la réponse lorsque, les yeux lourds de sommeil, il s'endormit.

Cécile habitait un deux-pièces-cuisine, rue des Cordelières.

Avant d'entrer, elle épousseta la neige sur ses cheveux et ses épaules. Traceur, le berger allemand qu'elle avait adopté trois ans plus tôt, arriva en courant. La voisine de palier avait un double de la clé de l'appartement et le promenait deux fois par jour. Tandis qu'il lui faisait fête, Cécile se baissa pour le caresser.

— Toi aussi, tu m'as manqué.

Une fois dans le salon, elle retira son blouson et grilla une cigarette avec nervosité. Les remontrances de Sagane l'avaient irritée et elle avait besoin de décompresser. Pour qui se prenait-il ? De quel droit l'avait-il jugée ? Elle s'installa sur le canapé et, tout en faisant des ronds de fumée, ressassa les mêmes questions.

En étendant le bras pour attraper le cendrier sur la table basse, elle renversa la photo encadrée de David, son compagnon aujourd'hui décédé. Elle la redressa, la fixa d'un air à la fois peiné et attendri. Capitaine à la Brigade de répression du banditisme de Lyon, il avait été abattu quatre ans auparavant, alors qu'il négociait la libération d'otages retenus dans une succursale du Crédit parisien. Cécile l'avait rencontré dans une discothèque branchée où elle fêtait son vingt-troisième anniversaire en compagnie de joyeux lurons. Elle avait flashé sur lui dès qu'il était entré dans la boîte, dès que leurs regards s'étaient croisés. Depuis la disparition de David, plusieurs types avaient partagé son lit mais aucun n'avait su gagner son cœur. Bien qu'elle eût du mal à l'admettre, elle éprouvait une certaine attirance pour Sagane car il lui rappelait David : outre qu'il lui ressemblait, il émanait de lui la même virilité et la même assurance tranquille.

Furieuse de s'être laissée aller, elle reposa le cadre et

se rua vers la kitchenette. Après le dîner, elle resta un long moment assise, les yeux dans le vague. Le ronronnement du réfrigérateur et le tic-tac de la pendule murale la berçaient à tour de rôle. Quand elle quitta la pièce, les aiguilles indiquaient vingt-deux heures trente. Elle regagna le living d'un pas traînant, alluma la télévision puis se vautra sur le canapé avec Traceur. Abonnée au câble, elle disposait d'une centaine de chaînes. Elle zappa pour changer de programme, se décida pour *Certains l'aiment chaud*, de Billy Wilder, regrettant à voix haute que la vie ne soit pas aussi belle que le cinéma.

Comme elle n'avait toujours pas sommeil à la fin du film, elle enchaîna sur un documentaire animalier.

# 7

Le lendemain, Karl Spitz se prépara à partir à quinze heures.

Aidé de son épouse, il rangea l'argent et le diamant dans le sac que Briard lui avait apporté dans la matinée. Vingt minutes plus tard, il quittait son appartement, montait dans sa Chrysler Crossfire roadster et prenait la direction des Champs-Élysées sur les chapeaux de roues. Il parvint à destination à quinze heures quarante-cinq, déposa le sac dans la fontaine sans attirer l'attention puis retourna chez lui, conformément aux directives du ravisseur.

Afin de ne pas l'angoisser, Sagane avait fait le black-out sur le dispositif pour lequel il avait opté. Cécile surveillait la « cible » depuis sa voiture stationnée avenue des Champs-Élysées, pointant son appareil photo vers les individus suspects dont elle communiquait le signalement à ses collègues par le biais d'un micro-cravate clippé au revers de son blouson. Briard était installé sur un banc, près de la fontaine. Élie, quant à lui, était posté à proximité du théâtre Marigny.

La température frôlait les moins deux degrés mais un beau soleil d'hiver rayonnait sur le jardin public. Le commissaire se persuadait que cette éclaircie était de bon augure lorsque la voix de Cécile jaillit de l'oreillette transparente calée au fond de son oreille :

— H moins huit, chef.

— Je vous signale que j'ai une montre, commandant, lâcha Sagane avec une pointe d'agacement.

— Je peux vous poser une question ?

— Allez-y.

— Vous êtes toujours aussi agressif avec vos collaborateurs ou c'est ma tête qui ne vous revient pas ?

Quoiqu'il fût pris au dépourvu, Élie se défendit :

— Vous n'y êtes pas du tout. Je n'ai rien contre vous.

— J'ai pourtant l'impression que vous ne m'aimez pas beaucoup.

— Il ne s'agit pas de cela, bredouilla-t-il, de plus en plus mal à l'aise. Ne le prenez pas mal, mais le capitaine Briard et moi bossons ensemble depuis bientôt huit ans et…

— J'arrive comme un cheveu sur la soupe, compléta Cécile sur le ton de la taquinerie.

— Une fois que je me serai habitué à vous, tout ira pour le mieux, finit-il par trancher.

Ravie de l'avoir mis dans l'embarras, la jeune femme persifla :

— Si vous le dites, patron.

L'intervention de Briard mit un terme à cette discussion.

— Navré d'interrompre vos roucoulades, les amoureux, murmura-t-il. Un mec louche traîne ses guêtres dans le secteur.

Sagane repéra l'homme parmi les flâneurs.

Immense, dégingandé, il devait avoir la trentaine. Il

avait le crâne rasé, une mine épouvantable et les yeux vitreux d'un junkie. Il portait un bouc, des piercings dans les narines et les lobes des oreilles. Le vent battait son imperméable noir dont les pans flottaient dans son dos, évoquant les ailes éployées d'un corbeau sur le point de s'envoler.

Élie observa son manège, sur les dents. Le gars fit le tour de la fontaine, inspectant le périmètre d'un regard inquiet. Quand il le vit s'arrêter à la hauteur du sac et plonger l'avant-bras dans la vasque pour s'en emparer, le commissaire sonna l'alarme :

— C'est lui. On l'agrafe.

Le cœur cognant à grands coups, il déboutonna la patte de l'étui à sa hanche et saisit la crosse du Sig Sauer. Tandis qu'il s'élançait vers le suspect, Briard quitta son banc et Argento bondit hors de la voiture. Le type n'eut pas le temps de rejoindre l'avenue. Les policiers l'encerclèrent et braquèrent leurs pistolets sur lui dans un mouvement synchronisé.

De sa main libre, Sagane brandit sa carte tricolore et s'écria :

— Police ! Ne bougez pas !

Le vent de panique qui souffla sur le jardin public fit le vide autour d'eux. Les promeneurs et les touristes fuirent à toutes jambes, entraînant les pigeons affolés dans leur sillage.

— Qu'est-ce que vous me voulez ? questionna l'échalas au crâne rasé sur le ton de la protestation outragée.

Élie ajusta son épaule droite, prêt à le blesser si jamais il dégainait une arme, et ordonna :

— Posez le sac par terre ! En douceur !

L'homme persévéra dans l'indignation.

— Mais enfin, je n'ai rien fait !

— Je ne le répéterai pas !

Cette fois, le gars obéit sans discuter. Dès qu'il se redressa, Sagane lut de l'appréhension dans ses yeux.

— Allongez-vous sur le ventre et mettez les mains dans le dos, commanda-t-il.

Le grand maigrichon s'exécuta. Briard s'agenouilla et fit courir ses doigts le long de son corps.

— Il n'a pas de flingue.

Alors qu'il le menottait, un téléphone portable carillonna. Les sourcils des flics se froncèrent : cette sonnerie ne correspondait à aucun de leurs mobiles. Leurs regards dérivèrent vers l'homme étendu sur le sol et se fixèrent sur la poche de son imper : le cellulaire glissé à l'intérieur vibrait par à-coups. Briard le sortit et le tendit à son chef, qui s'empressa d'appuyer sur la touche O.K. du clavier pour répondre.

Une voix déguisée, aux modulations métalliques, déclama :

— « Pour faire bouger l'ennemi, il faut lui manifester sa forme afin qu'il s'y conforme ; il faut lui offrir un sacrifice, afin qu'il le prenne. On l'attire avec un appât et on le reçoit avec des troupes ».

— *L'Art de la guerre*, de Sun Tse, reconnut Élie, écœuré par l'arrogance de son correspondant.

Il se tourna vers ses équipiers, montra l'épave à leurs pieds.

— Il y a erreur sur la personne. Ce gus n'est qu'un leurre.

Argento et Briard écarquillèrent les yeux de stupeur.

— Je me doutais que vous étiez dans le coin, se moqua le ravisseur. Je voulais savoir combien vous étiez et à quoi vous ressembliez.

Le cœur de Sagane martela sa poitrine.

— Vous pouvez nous… voir ?

— Je suis tout près, ricana son interlocuteur. Il me suffit de parcourir quelques mètres pour que nous soyons en face l'un de l'autre.

Cette précision glaça Élie. Il se ressaisit et fit un tour complet sur lui-même, balayant d'un regard investigateur les alentours et les curieux qui commençaient à s'attrouper. Ne remarquant rien d'anormal, il reprit :

— Maintenant que vous savez, qu'attendez-vous de moi ?

— Relâchez William pour qu'il puisse m'apporter mon dû, exigea le kidnappeur d'un ton menaçant.

— William ?

— J'ai fait sa connaissance il y a un peu moins d'une heure. Je lui ai offert trois mille euros pour qu'il aille chercher le sac à ma place, payables à la réception de la marchandise. Il est cocaïnomane, il aura de quoi s'acheter quelques doses.

Le commissaire jeta un œil sur William. Des tics nerveux ravageaient son visage blafard, aux joues creusées et aux lèvres gercées. Sagane se maudit en silence. Comment avait-il pu tomber dans le panneau ? L'homme qui avait enlevé Diane Spitz était sûr de lui, pervers et insensible.

Il ne ressemblait en rien au pauvre déchet qu'il avait sous les yeux.

— La vie de Diane est entre vos mains, le pressa la voix métallique. Décidez-vous.

— Qu'est-ce qui me garantit que vous la libérerez une fois que vous serez en possession du sac ?

— Je vous donne ma parole d'honneur, déclara le ravisseur avec une grandiloquence outrée.

— Ne vous foutez pas de moi ! s'emporta Élie.

— Il faudra vous en contenter.

Une boule dans la gorge, Sagane s'approcha du prisonnier et articula à l'attention de Briard :

— Détache-le.

L'incompréhension se peignit sur les traits du capitaine.

— Tu n'es pas sérieux ?

— Le kidnappeur rendra Diane à ses parents à condition que je laisse ce minable partir avec le fric, se justifia Élie en haussant le ton.

Repensant à la promesse qu'elle avait faite à Angélique Spitz, Cécile abonda dans le sens de son supérieur.

— Le commissaire a raison. Nous devons tenter le coup.

Comme Briard n'obtempérait pas, Sagane le déplaça sans ménagement vers la gauche et prit la clé des menottes dans un petit étui à sa ceinture. Le capitaine n'opposa aucune résistance, se contentant de râler :

— Tu déconnes à pleins tubes.

Élie releva William et lui ôta les bracelets.

— Barre-toi avant que je ne change d'avis, intima-t-il. Et n'oublie pas le sac.

Heureux de s'en tirer à si bon compte, William balbutia des remerciements et décampa sans demander son reste, le sac à bout de bras. Sagane colla le portable à son oreille, certain que le geôlier de Diane avait tout entendu.

— Satisfait ? s'enquit-il, essoufflé comme s'il avait piqué un cent mètres.

— Je vérifie la marchandise et je vous rappelle pour vous dire où est Diane, jubila le ravisseur. Je vous ai à l'œil, alors ne vous avisez pas de filer William.

Il raccrocha. Élie supposa qu'il disposait d'un spectroscope pour authentifier le diamant et d'une lumière noire, un appareil émettant des rayons ultraviolets, pour faire ressortir le marquage des billets de banque.

— Dubreuil va nous passer un savon, prédit Briard.

— J'emmerde Dubreuil, grogna son chef dont l'agitation allait crescendo.

Il était au bord de l'explosion quand le cellulaire de William piailla.

— Vous voyez la Renault 19 garée devant la voiture de votre équipière ? demanda la voix sépulcrale.

— Oui, répondit Sagane qui présageait le pire.

— Diane est dans le coffre, continua l'autre. J'ai mis la clé sous le siège du conducteur.

À peine eut-il coupé la communication qu'Élie lâcha le téléphone et courut vers la R19 à fond de train, bousculant les badauds qui se trouvaient sur son chemin. Tandis qu'il agrippait la poignée de la portière et la tirait vers lui d'un mouvement frénétique, ses collègues arrivèrent à sa hauteur.

— Je peux savoir ce qui se passe ? interrogea Briard l'air ahuri.

— La fille est dans cette bagnole, l'éclaira Sagane dont l'haleine formait un petit nuage dans l'air glacial.

Briard exhiba sa carte pour tenir les curieux à distance. Élie s'accroupit, glissa une main sous le siège avant et tâta le plancher jusqu'à ce qu'il dégote la clé. Les pommettes enfiévrées, il se redressa, contourna la Renault et déverrouilla la coffre qui s'ouvrit avec un grincement.

Couchée en chien de fusil, Diane Spitz semblait dormir du sommeil du juste. Ses cheveux blonds comme des épis de blé étaient coiffés en arrière et dégageaient sa figure aux joues pâles, ombragées par ses longs cils. En se penchant vers elle, le commissaire remarqua qu'elle avait l'œil droit poché et la lèvre inférieure fendue.

— Ce fumier l'a battue, en déduisit Cécile avec un mélange de colère et de compassion. Qu'est-ce que cette robe vient faire dans l'histoire ?

Diane portait une robe de mariée en soie et chaussait des escarpins à talons.

— J'en sais rien, répliqua Sagane en remuant la tête d'un air dépassé.

Comme il se rapprochait d'elle, Argento le saisit au poignet pour l'empêcher de la toucher à main nue.

— Sauf votre respect, ce coffre regorge d'indices. Il serait regrettable de le contaminer.

S'inclinant devant la pertinence de ce raisonnement, Élie enfila des gants de latex et secoua Spitz pour la réveiller.

— Diane, murmura-t-il.

Comme elle ne réagissait pas, il appliqua l'index et le médius sur son pouls. Il eut beau s'y reprendre à plusieurs fois pour compter les pulsations, l'artère carotide resta inerte et silencieuse sous ses doigts tremblants.

Décomposé, il pivota vers ses collègues et annonça :

— Elle est morte.

Une fois informée de la situation, la permanence du commissariat du VIIIe dépêcha sur les lieux dix gardiens de la paix, qui dispersèrent la foule et sécurisèrent le jardin public.

Raoul Bietri rappliqua une demi-heure plus tard, alors que le jour commençait à baisser. Il passa sous le cordon de sécurité, salua Briard qui téléphonait, assis sur un banc. En découvrant le corps de Diane Spitz, le légiste pinça les lèvres d'un air affligé.

— Ma fille a le même âge qu'elle. Les parents sont au courant ?

La mine défaite et les bras croisés, Cécile repartit d'une voix blanche :

— Je viens d'avoir le père. Il y a des moments où je hais ce métier.

Bietri l'étudia de la tête aux pieds.

— C'est vous, Argento ?

— Oui.

— On m'a parlé de vous.

— En bien ou en mal ? s'efforça de plaisanter la jeune femme.

— En bien *et* en mal, renchérit le toubib avec un sourire malicieux. Je ne vous dirai pas qui.

De nouveau sérieux, il se tourna vers Sagane.

— Elle était dans cette position lorsque vous l'avez trouvée ?

— Absolument, soupira le commissaire.

Bietri mit des gants de chirurgien, alluma une lampe à diode et effectua l'examen préliminaire du cadavre, sans se soucier des policiers en civil et en uniforme qui gravitaient autour de la R19. Après avoir observé le coquard et la lèvre entaillée de Diane à la lumière de la lampe, il déclara :

— La cause du décès reste à déterminer.

— Ce malade l'a battue à mort, cela ne fait aucun doute, affirma Sagane.

— Le décès ne résulte pas des violences qu'elle a subies, le contredit le légiste avec fermeté. L'autopsie nous permettra d'en savoir plus. Il y a quand même une chose dont je suis sûr…

Une lueur d'intérêt traversa le regard d'Élie.

— Laquelle ?

Bietri désigna la robe propre et repassée.

— L'homme qui l'a enlevée est un fétichiste.

Il attrapa l'étiquette cousue sur l'envers du col et la

tint de façon que le commissaire puisse lire le nom de la marque, Elvira, et celui du modèle, Désirée.

— Ma fille portait une robe Elvira le jour de son mariage. J'ai à peine eu le temps d'entrer dans l'église. Le jules de mon ex, un crétin tout en muscles qui aurait bien besoin d'une greffe de cerveau, m'a éjecté à grand renfort d'insultes et de coups de pied au cul. J'ai cru que le curé allait tomber en syncope.

Constatant que le récit de ses mésaventures n'intéressait personne, il ferma la parenthèse.

— Vous n'êtes pas sorti de l'auberge : des tas de boutiques vendent des robes de cette marque.

— Je la récupérerai après l'autopsie, avertit Élie. Tâchez de me la rendre en l'état.

La dernière phrase blessa l'amour-propre du légiste qui jugea opportun de préciser :

— Je n'ai pas détérioré une seule pièce à conviction en trente ans de carrière.

— Quand est-elle morte ? s'enquit Cécile.

Bietri tira un thermomètre de son sac et prit la température hépatique de la victime.

— Il y a environ huit heures, conclut-il.

Sagane sursauta.

— Vous en êtes certain ?

Bietri opina du chef et baissa les yeux vers sa montre.

— Il est dix-sept heures treize. La mort remonte donc à neuf heures du matin.

Élie jura entre ses dents et décocha un violent coup de pied dans l'aile de la R19.

— Il n'a jamais eu l'intention de la libérer ! explosa-t-il.

L'espace d'une minute, cet accès de fureur figea tout le monde. Les yeux clos, Sagane respira à pleins poumons pour se calmer.

— Je suis désolé, dit-il au toubib qui scrutait avec incrédulité la trace laissée sur la carrosserie par le bout de sa chaussure. J'avais besoin de me défouler.

Lorsqu'il se fut ressaisi, il fit face aux gardiens de la paix qui le dévisageaient avec réprobation et les rembarra :

— Ben quoi ? Ça peut arriver à tout le monde de péter les plombs !

Gênés, les flics se détournèrent et reprirent leur travail.

— Vous vous sentez mieux ? lança Bietri avec amusement.

— Pas vraiment, se plaignit Élie dont la jambe fourmillait. Que pouvez-vous m'apprendre d'autre sur la victime ?

— Rien pour l'instant, lâcha Bietri dans un souffle. Dès que la PTS en aura terminé avec le corps, je l'emporterai.

Son mobile piaula dans la poche de sa blouse.

— Excusez-moi.

Sagane fumait à l'écart quand Cécile vint à sa rencontre. Il aspira une bouffée de tabac et fit son mea-culpa avant qu'elle puisse prononcer un mot :

— C'est arrivé par ma faute.

Elle écarta la remarque d'un geste.

— Le légiste estime que Diane est décédée aux alentours de neuf heures du matin, assena-t-elle d'un ton catégorique.

— Qu'est-ce que ça change ? râla Élie, rongé de culpabilité.

Argento céda à l'énervement.

— Cela signifie qu'elle dansait déjà avec les anges lorsque nous nous sommes pointés pour payer la rançon, *a fortiori* lorsque vous avez décidé de laisser filer le dénommé William.

Elle plongea son regard compatissant dans celui de son supérieur.

— En conclusion, nous ne sommes pas responsables de sa mort.

Il la considéra d'un air étonné.

— « Nous » ?

— Je vous ai encouragé à relâcher le junkie.

— N'empêche, ses parents et Dubreuil ne l'entendront pas de cette oreille.

— Vous n'avez rien à vous reprocher, affirma-t-elle. Personne ne vous jettera la pierre.

Son ton calme et assuré réconforta Sagane, qui la fixa avec une intensité troublante.

— J'ai dit une bêtise ? bredouilla-t-elle, décontenancée.

Élie éluda la question.

— Pourquoi l'a-t-il tuée ? s'interrogea-t-il en balançant la cigarette au loin.

— Pour l'instant, nous en sommes réduits aux hypothèses, rappela-t-elle. Il ne s'agit pas forcément d'un meurtre. Il peut s'agir d'un homicide involontaire ou d'un accident.

— Il l'a assassinée, décréta-t-il, un brin horripilé.

Elle afficha une mimique conciliante.

— S'il l'a supprimée, c'est parce qu'il craignait qu'elle ne nous donne son signalement.

Il accueillit cette explication avec scepticisme.

— Vous avez entendu Bietri ? La robe de mariée est le nœud du problème. Elle démontre que nous n'avons pas affaire au kidnappeur lambda mais à un cas pathologique.

Il cogitait quand la camionnette de la Police technique

et scientifique se gara en face du jardin public, tous feux allumés car la nuit tombait. La portière latérale du véhicule coulissa et six hommes sanglés dans des combinaisons protectrices en descendirent à la queue leu leu, des mallettes métalliques et des projecteurs portables à bout de bras.

Le commandant Jacob Barnavi, leur chef, aboya ses ordres puis observa les blouses blanches monter les projecteurs sur les trépieds, les disposer autour de la Renault et les allumer. Un brouillard bleuté enveloppa la scène de crime qui évoquait à présent le plateau d'un film d'épouvante. Les voitures s'arrêtaient sur l'avenue et les badauds se pressaient derrière le cordon de sécurité pour assister à ce spectacle son et lumière offert par la police.

Le spécialiste de l'Identité judiciaire prit des vues d'ensemble, des clichés détaillés et des gros plans de la victime. Tandis que les techniciens prélevaient des fibres et des poussières sur le plancher de la R19 et appliquaient du révélateur sur les portières, le volant et le levier de vitesses pour faire ressortir d'éventuelles empreintes digitales, Barnavi rejoignit Sagane et Argento.

— Le ravisseur l'a obligée à enfiler cette robe, commença Élie alors qu'il se livrait à l'examen macroscopique du cadavre bleui par le pinceau lumineux d'un projecteur. Il l'a peut-être aidée, auquel cas il a laissé ses empreintes sur sa peau.

Barnavi s'interrompit dans son inspection, le jaugeant d'un air crispé.

— Il est possible de relever des empreintes latentes grâce au sébum de la peau une à deux heures après le décès de la victime, objecta-t-il. Passé ce délai, il ne reste aucune trace, du moins utilisable.

— Vous ne perdez rien à essayer, intervint Cécile en soutenant son regard, à la limite de l'insolence.

Barnavi prit sur lui de ne pas s'énerver et, avec un sourire forcé, farfouilla dans sa mallette. Il en sortit un pulvérisateur et un objet ayant la forme d'un pistolet. Avec des gestes saccadés, il releva la robe puis aspergea de révélateur les parties découvertes du cadavre. Il attendit que le produit agisse pour promener le rayon du pistolet à iode sur le visage, les bras et les jambes de la défunte. Le balayage ne donnant aucun résultat, il considéra les flics avec dédain et persifla :

— Satisfaits ?

Cécile sentit monter en elle l'envie de lui écraser le pied avec le talon de sa santiag.

— Mon rapport sera sur votre bureau demain après-midi, poursuivit-il à l'intention de Sagane.

Le commissaire le fixa d'un air ironique.

— C'est me faire trop d'honneur.

Il s'éloigna, talonné par Argento.

— Quel connard ! grommela-t-elle. Vous bossez avec lui depuis longtemps ?

Élie lui répondait lorsque Briard approcha. Il avait l'expression solennelle du militaire qui a une information de la plus haute importance à communiquer à son supérieur.

— La Renault est enregistrée dans le fichier des voitures volées, annonça-t-il. Le propriétaire du véhicule, un certain Richard Neville, a rempli une déclaration de vol au commissariat du XIII^e il y a deux jours. L'officier de service nous la faxe de suite.

— J'en étais sûr, marmonna Sagane avec une grimace.

— Ce n'est pas tout, enchaîna Briard en tapotant une page de son carnet avec la pointe d'un stylo. Neville a surpris le voleur en train de lui chourer sa bagnole sur le parking du centre commercial Parly 2.

Élie et Cécile ouvrirent de grands yeux et s'enquirent à l'unisson :

— Quoi ?

Le cœur de Sagane dansait la salsa dans sa poitrine.

— Il a donné la description du suspect ? demanda-t-il d'une voix pressante.

— Ouais, mais le lieutenant qui suit l'affaire l'a égarée, l'éclaira Briard. Impossible de mettre la main dessus.

— L'imbécile ! Le mieux est d'interroger Neville. Où habite-t-il ?

— Il est propriétaire d'un loft aménagé dans les anciens entrepôts frigorifiques des Halles.

De nombreux artistes avaient établi leur résidence dans ce bâtiment situé dans la ZAC de la rive gauche, baptisé le bunker.

— Allons-y, décida Élie.

— Neville n'est pas chez lui.

La déception et l'irritation se succédèrent sur la figure du commissaire.

— J'ai laissé un message sur son répondeur, précisa son équipier. Il m'appellera dès qu'il rentrera.

Tandis que Sagane mettait en charpie la Cellophane d'un paquet de chewing-gums, un bolide déboucha de l'avenue de Selves dans l'avenue des Champs-Élysées, moteur vrombissant et phares aveuglants. Le pilote fonça en direction du jardin public, barrant la route à des automobilistes qui klaxonnèrent et l'injurièrent de concert. Il pila devant le cordon qui interdisait l'accès au lieu du crime. En identifiant le roadster de Karl Spitz, Cécile se raidit et s'écria :

— Il ne faut pas qu'il la voie dans cet état ! Il faut l'en empêcher !

Elle courut vers lui comme une dératée. Apercevant Spitz à leur tour, Élie et Briard lui emboîtèrent le pas. Argento ferma les yeux à l'instant où elle heurtait de plein fouet le père de Diane. Ils tombèrent à la renverse. Cécile se redressa avec la souplesse d'une gymnaste, se rua sur Spitz et le plaqua au sol avant qu'il comprenne de quoi il retournait.

— Je veux la voir ! s'époumona-t-il, fou de douleur. Laissez-moi voir ma fille !

Les gardiens de la paix et les techniciens de la PTS assistaient à la scène, frappés de stupeur. Sagane et Briard aidèrent leur collègue à immobiliser Spitz qui se débattait. Une fois qu'il fut maîtrisé, Cécile lui prit la tête dans ses mains et la secoua pour l'obliger à la regarder.

— Pas maintenant, Karl, articula-t-elle d'une voix empreinte de douceur qui émut Élie. Vous ne le supporteriez pas.

Spitz était méconnaissable : le désespoir dilatait ses pupilles et tordait ses traits.

— Vous n'avez pas le droit ! se rebiffa-t-il, agité comme un alcoolique en plein delirium tremens.

Argento caressa son front brûlant de fièvre d'un geste maternel et promit :

— Vous la verrez bientôt. Je vous ramène chez vous, O.K. ?

Spitz eut un sursaut de révolte puis se rendit. Briard le releva, le soutint jusqu'à la Ford de Cécile et le fit asseoir à l'avant. Après s'être installée au volant, la jeune femme dit à Sagane :

— Je reviens.

Le commissaire désigna les policiers qui s'affairaient autour de la R19.

— Ils en ont pour la nuit. Déposez-le et rentrez chez vous.

— Mais…

Il leva la main pour la dissuader de continuer.

— À demain.

Résignée, elle démarra.

— Sale macho ! pesta-t-elle en fermant la vitre de son côté.

Cependant qu'elle s'engageait sur l'avenue, Briard donna une tape sur l'épaule de son chef et remarqua :

— Tu lui mènes la vie dure.

— Si mon caractère lui déplaît, elle n'a qu'à retourner à Toulouse, avec les poulets et les légumes les plus corrompus de ce foutu pays, maugréa Élie, offensé par ce reproche.

Le capitaine eut une mimique désapprobatrice.

— Pourquoi faut-il toujours que tu agresses les nanas qui te branchent ?

— N'insiste pas, Lino. J'suis pas d'humeur.

Briard dressa les paumes pour manifester sa capitulation.

— Pas la peine de te foutre en rogne.

— Revenons à nos moutons. Demain, nous ferons la tournée des boutiques et des grands magasins qui vendent des robes Elvira. Il nous faut la liste des clients de sexe masculin ayant acheté le modèle Désirée au cours des deux dernières semaines.

— Tu penses que c'est le ravisseur qui a choisi et acheté la robe ?

— J'en suis convaincu.

— À quel moment ?

— Avant d'enlever Diane ou après, alors qu'elle était enfermée quelque part.

— Ben, mon vieux ! J'ai le gosier sec. Si on se tapait une bière ?

— Excellente idée.

Sagane demanda à Barnavi de le prévenir s'il y avait du nouveau puis donna le signal du départ. Comme ils se mettaient en chemin, Élie bouscula un homme qui se tenait derrière le cordon, à quelques mètres de la Renault.

— Circulez, y a rien à voir, le rabroua-t-il.

Hypnotisé par le cadavre recroquevillé dans le coffre, l'autre ne cilla pas.

— Vous êtes sourd ou quoi ?

Le type s'arracha à sa contemplation et pivota vers les flics qu'il balaya d'un regard indifférent. Sans un mot, il enfouit les mains dans les poches de son loden noir et traversa l'avenue à grands pas.

— Va donc, eh paumé ! lança Briard. Les chtarbés de ton espèce me font gerber !

Élie sourit. La propension du capitaine à sortir de ses gonds l'avait toujours diverti.

— On la boit cette mousse, oui ou merde ? s'impatienta-t-il.

# 8

L'homme jeta un dernier coup d'œil en arrière pour s'assurer que personne ne le suivait puis monta dans la fourgonnette garée avenue du Général-Eisenhower.

Il admira son reflet dans le rétroviseur, détaillant son nouveau visage avec des gloussements de satisfaction. Tout en riant, il décolla sa perruque en fibres synthétiques, ôta son faux nez et ses lentilles. Approcher le commissaire chargé de l'enquête l'avait exalté au plus haut point. Il avait poussé la curiosité jusqu'à l'imprudence : en voyant Élie Sagane quitter la scène de crime, il s'était planté devant lui, mine de rien, de façon qu'ils se heurtent. La jouissance avait atteint son paroxysme quand leurs regards s'étaient croisés.

Il n'avait pas ressenti une telle émotion depuis le jour où il avait tenu Lise par la main, à la sortie du collège. Il avait douze ans, il était amoureux et si elle ne l'avait pas laissé tomber pour un garçon plus âgé, il ne serait pas devenu l'homme qu'il était aujourd'hui. Fou de chagrin, il s'était vengé d'elle sur Nexus, le chiot que son père lui avait offert pour son anniversaire. Il avait attendu que ses parents emmènent son petit frère chez le médecin pour noyer le teckel à poil dur dans la baignoire, fourrer son cadavre dans un sac-poubelle et le mettre aux ordures. Son forfait commis, il s'était rendu à la cuisine pour goûter, comme si de rien n'était. Le lendemain, il avait fait semblant de s'inquiéter de la disparition de l'animal, fondant en larmes devant ses parents. Ne supportant pas de le voir souffrir, ils avaient été aux petits soins pour lui les semaines suivantes.

Son absence de remords lui avait procuré une sensation de puissance infinie.

Par la suite, il avait tué d'autres animaux, les disséquant et conservant leurs ossements. À seize ans, il s'était initié à la taxidermie. Aujourd'hui encore, une pièce de son repaire était réservée à ses trophées. Il arrivait qu'il passe des heures entières à les contempler, se remémorant avec un mélange de jubilation et de nostalgie les chasses de son adolescence.

Et puis Giana était entrée dans sa vie.

Cette étudiante italienne avait vingt ans, lui, vingt-deux. Du jour au lendemain, il avait cessé de massacrer et d'empailler des chats et des chiens errants. Il avait trouvé le substitut idéal : l'amour. Ils étaient sortis ensemble pendant huit mois, jusqu'à ce qu'il découvre que Giana n'était pas aussi vertueuse qu'elle le prétendait : deux ans plus tôt, elle avait perdu sa virginité dans les toilettes pour hommes d'un night-club ; elle se comportait en sainte-nitouche mais le trompait dès qu'il avait le dos tourné. Incapable de digérer cette nouvelle trahison, il avait profité d'une promenade en forêt pour étrangler Giana et abandonner son corps dans le sous-bois.

Depuis, il cherchait la compagne idéale.

Une femme aimante, respectueuse et fidèle.

Toutes celles qui avaient la chance d'être choisies le décevaient. Ses promises péchaient par indifférence, inconstance ou stupidité. Chaque fois, la désillusion engendrait la colère et la violence. Lorsque l'une d'elles commettait un impair ou se montrait récalcitrante, il la punissait. Le châtiment était toujours à la mesure de la faute. L'énucléation pour Joëlle qui regardait des films pornos en galante compagnie et ne s'en cachait pas. La noyade pour Laetitia qui n'allait pas à la piscine pour nager mais pour draguer. L'égorgement pour Julie qui accordait ses faveurs contre un collier de perles. Le démembrement pour Sandrine qui vouait un culte à son corps et s'adonnait au naturisme.

Ces affaires n'avaient jamais été élucidées.

Le cas de Diane était différent. L'homme l'avait punie car elle avait tenté de le corrompre. Les Spitz pensaient que l'argent achetait tout. Il leur avait cruellement démontré qu'il n'y avait pas de règle sans exception. Pour la première fois, ils n'en avaient pas eu pour leur argent : on leur avait promis une jeune femme en état de choc mais en bonne santé ; au lieu de cela, ils avaient récupéré un cadavre. L'homme n'avait pas monté ce coup de génie pour le liquide et le diamant, mais maintenant qu'il les avait en sa possession, il allait en faire bon usage. Dès qu'il aurait remboursé ses dettes de jeu, il s'offrirait la bastide dont il rêvait depuis ses vingt-cinq ans.

Quoi qu'il en soit, Diane appartenait déjà au passé.

Il déchira le cliché qu'il avait pris d'elle à la sortie d'un cinéma, abaissa la vitre et jeta les morceaux qui s'envolèrent, portés par le vent glacial. Il alluma une cigarette, se demandant ce qu'il avait bien pu lui trouver. Des tas de filles étaient plus belles et plus prometteuses qu'elle, à commencer par Brigitte. Il avait fait sa connaissance dans la matinée, après avoir tué Diane. Il surfait sur Internet depuis des heures, à la recherche de celle qui le ferait frissonner d'extase et éveillerait un sentiment amoureux, quand le miracle s'était produit.

Brigitte proposait ses services sur un site d'*escort girls*.

Il avait craqué en voyant ses photos. Elle approchait de la trentaine. Son visage tourmenté et ses poses gauches mâtinées de pudeur indiquaient qu'elle ne se prostituait pas de gaieté de cœur mais parce qu'elle était dans le besoin. En plongeant ses yeux dans les siens, l'homme l'avait percée à jour : elle espérait qu'une âme charitable la tire de ce mauvais pas. Il était disposé à l'aider, à condition qu'elle change de vie et qu'elle lui prouve son amour. Il n'était pas question qu'elle s'engage à la légère, comme Diane et consorts.

Elle avait laissé un numéro de portable où la joindre, en précisant qu'elle ne répondait pas aux appels masqués. Prudent, il lui avait téléphoné d'une cabine publique. Après avoir échangé les civilités d'usage, ils avaient débattu du prix des prestations. Il avait su gagner sa confiance car elle avait accepté de le recevoir chez elle, rue d'Alésia, à vingt et une heures.

Il consulta la montre de bord de la camionnette : vingt heures quatorze.

— Nous allons faire des étincelles, mon ange, prédit-il avec assurance.

Excité comme un adolescent, il démarra et fila en direction de la place Clemenceau.

Brigitte fixait le plafond d'un air fourbu tandis que le client allait et venait en elle avec l'impétuosité d'un animal en rut.

Le cœur du type galopait dans sa poitrine. Des

bouffées de son after-shave bon marché emplissaient les narines de la jeune femme qui détournait la tête pour grimacer de dégoût. Lorsqu'il fatiguait, il ralentissait l'allure et lui susurrait des mots crus à l'oreille. Depuis le temps qu'elle les côtoyait, elle ne s'offusquait plus de ce que ces pervers lui disaient. Pour eux, une escorte ne valait pas mieux qu'une vulgaire fille de joie. Ils ne l'appelaient pas par son prénom, ils la traitaient de « salope » ou de « chienne ». Ils ne lui faisaient pas l'amour, ils la baisaient. Et pour un supplément de cent euros, ils obtenaient ce que bobonne leur refusait obstinément : une sodomie dans les règles de l'art.

Le gars accéléra le mouvement, Brigitte comprit qu'il était au bord du plaisir.

— Viens, trésor, le stimula-t-elle en se cramponnant à lui. Prends ton pied.

Il donna un dernier coup de reins et jouit en silence. Comme il ne se décidait pas à bouger, elle le rappela à l'ordre :

— Ne t'endors pas, mon biquet.

Elle redoublait de vigilance après l'éjaculation : le préservatif pouvait se dérouler et répandre le sperme du client dans son vagin. Il se retira avec une moue grognonne, ôta la capote et la balança à la poubelle dans la foulée. Brigitte attendit qu'il se rende à la salle de bains pour attraper les billets sur la table de chevet, les compter et les fourrer sous le matelas. Elle mettait une chemise de nuit quand il réapparut, habillé de pied en cap et d'humeur guillerette.

— Tu perds pas de temps, lâcha-t-il en remarquant que l'argent avait disparu.

Elle noua la ceinture autour de sa taille et se déhancha jusqu'à lui.

— Je l'ai mérité, oui ou non ? s'enquit-elle d'une voix aux inflexions aguicheuses.

Il déglutit lorsqu'elle lui effleura l'entrejambe.

— Absolument, balbutia-t-il.

— Alors, je ne vois pas où est le problème.

— Tout est O.K. en ce qui me concerne.

Brigitte prit un air satisfait et déposa un baiser sur sa joue.

— Surtout, ne va pas croire que je m'ennuie avec toi, mais j'attends de la visite et je ne suis pas en avance.

— Je t'appelle dans la semaine. La prochaine fois, j'aimerais que tu sois une méchante fille, si tu vois ce que je veux dire.

— Compte sur moi pour t'infliger une bonne correction.

Il rougit de plaisir à cette perspective.

— À bientôt, petite vicieuse.

Elle lui décocha une œillade.

— Prends soin de toi, voyou.

Dès qu'il fut sorti, elle éclata d'un rire nerveux et envoya valser la chemise de nuit.

— Mais qu'est-ce que j'ai fait au bon Dieu pour me taper des givrés pareils ?

Elle se doucha et se remaquilla à la hâte. Après avoir enfilé des dessous et une nuisette assortis, elle fit brûler des bâtons d'encens dans tout l'appartement. Constatant que l'heure du prochain rendez-vous approchait, elle gagna le salon, mit un CD de musique classique puis s'assit sur le canapé en buffle, un verre de jus de pomme dans une main et une cigarette dans l'autre. Aujourd'hui, elle avait forcé la cadence. C'était la première fois qu'elle se relaxait depuis la pause de midi. Elle ne sentait plus son corps. Il lui semblait avoir le sexe à vif.

Cependant qu'elle s'abîmait dans de sombres pensées, un coup de sonnette la fit sursauter.

Elle respira pour se détendre et déverrouilla la porte d'entrée.

L'homme resta en contemplation devant elle, subjugué par l'ovale parfait de son visage, le strabisme divergent de ses yeux aigue-marine, le chatoiement de ses cheveux châtain foncé, raides et mi-longs. De taille moyenne, elle avait une plastique irréprochable. La nuisette soulignait ses seins lourds, à l'évidence naturels, son ventre extraplat et ses cuisses fermes. L'homme était bouleversé. Brigitte était la princesse du conte de fées qu'il avait commencé à écrire vingt ans plus tôt.

Il tressaillit d'aise quand elle s'adressa à lui :

— Sois pas timide, rentre.

Il revint sur terre et franchit le seuil de l'appartement. Elle le précéda dans le vestibule, roulant des hanches pour le mettre en appétit.

— Comment tu t'appelles, déjà ? demanda-t-elle sans s'arrêter.

Il eut la tentation de donner son véritable prénom mais se ravisa au dernier moment.

— Roger.

— J'ai connu un Roger dans le temps. Il me faisait grimper aux rideaux. Tu veux boire un verre avant de passer aux choses sérieuses ?

— Non, merci.

— En ce cas, direction la chambre des mille et un plaisirs, plaisanta-t-elle sans conviction.

Elle l'invita à entrer dans la pièce meublée d'un lit à deux places, d'un scriban et d'une armoire, puis vint se coller contre lui.

— Je crois que tu as quelque chose pour moi, murmura-t-elle, câline et provocante.

Il tira plusieurs billets de son portefeuille, les lui remit. Le cœur de Brigitte s'emballa.

— Waouh ! jubila-t-elle. Je me mets en quatre pour ce prix-là ! Qu'est-ce qui te ferait plaisir ?

Elle ouvrit l'armoire toute grande, montra les combinaisons et les accessoires sadomaso suspendus dans la penderie.

— Tu veux que je sois la maîtresse ou l'esclave ?

Elle prit un petit air espiègle, enroula une mèche rebelle autour de son index et suça son pouce.

— À moins que tu n'aies un faible pour les femmes-enfants.

— Je ne cherche pas une dominatrice ni une lolita, déclara-t-il tout en la caressant du regard. Je cherche une épouse.

Elle ne put s'empêcher de ricaner.

— Si je comprends bien, t'es un mec sérieux.

Imperturbable, il approuva d'un hochement de tête.

— Dès que je t'ai vue, j'ai su que tu étais la femme de ma vie.

Il avait prononcé cette phrase avec une gravité solennelle qui troubla Brigitte.

— Va pour l'épouse, céda-t-elle, pressée d'en finir. Je suis à toi dans une minute.

Alors qu'elle se dirigeait vers la salle de bains, il prit le flacon de chloroforme dans la poche de son manteau, en versa un peu sur une compresse et la suivit. Bien qu'il marchât à pas feutrés, elle sentit sa présence et stoppa net. À peine eut-elle fait volte-face qu'il se jeta sur elle et plaqua la gaze sur sa bouche. Livide d'effroi, elle le bourra de coups de pied et lui griffa les joues. Malgré la douleur, il maintint la prise. Bientôt, les membres de

Brigitte s'engourdirent et elle sombra dans l'inconscience. Comme elle basculait de côté, l'homme la retint, la souleva et la porta sur ses épaules. Une fois dans le vestibule, il ouvrit la porte, s'assura que le palier et la cage d'escalier étaient déserts puis sortit.

— Nous rentrons chez nous, mon amour, chuchota-t-il en descendant les marches.

L'anesthésique cessa de faire effet et elle s'éveilla en poussant un hurlement.

Elle était ligotée sur une chaise, au milieu d'une pièce en bois rappelant l'intérieur d'un chalet. Des agrandissements issus du site d'*escort girls* couvraient les murs. Une robe de mariée était étendue sur un lit de sangle. Un Caméscope trônait sur une table. La terreur la submergea et elle se débattit comme une possédée pour se dégager de ses liens. Les pieds de la chaise raclèrent le plancher, lui crevant les tympans. À bout de forces, elle arrêta de s'agiter et rassembla ses esprits pour faire le bilan de la situation.

Le type qui la détenait était un pervers sexuel. Il l'avait enlevée pour la violer. Comme elle avait vu son visage, il ne courrait pas le risque de la relâcher. Une fois qu'il aurait abusé d'elle, il la tuerait. Seulement, il avait omis un détail : elle n'avait pas l'intention de se laisser faire. L'instinct de conservation chassa l'épouvante et elle se sentit à nouveau pleine d'énergie. Tandis qu'elle essayait encore de se libérer, la porte s'ouvrit sur son geôlier. Assourdie par les battements de son cœur, elle n'entendit pas ce qu'il disait.

— Comment te sens-tu ? répéta-t-il d'une voix douce.

Elle prit sur elle d'affronter son regard. En un éclair, elle comprit qu'elle avait affaire à un psychopathe de la pire espèce. Pour s'en sortir, elle devait se montrer docile et surtout ne pas l'énerver.

— Mieux, répondit-elle.

L'homme s'épanouit à cette nouvelle.

— Elle te plaît ?

Brigitte porta les yeux sur la robe de mariée.

— Elle est superbe.

— À la bonne heure ! s'exclama-t-il, le cœur gonflé d'enthousiasme. Tu la porteras le jour de notre mariage !

Cette remarque raviva l'affolement de Brigitte. Ce cinglé était sérieux quand il parlait de trouver une épouse ! Le monde grouillait de filles, mais il avait fallu qu'il la choisisse elle !

— Je te laisse, continua-t-il. Je dois passer un coup de fil.

Comme il s'acheminait vers la porte, elle entrevit une lueur d'espoir. Si elle réussissait à le convaincre de la détacher, elle aurait une chance de s'en tirer.

— J'aimerais essayer la robe, dit-elle avant qu'il quitte la pièce.

Il s'immobilisa sur le seuil et la jaugea, partagé entre la joie et la méfiance.

— Je veux juste m'assurer qu'elle me va, insista-t-elle, le cœur battant la chamade.

Son empressement parut contrarier l'homme qui secoua la tête en signe de refus.

— J'ai promis d'appeler à minuit.

Persuadée qu'une telle opportunité ne se représenterait pas de sitôt, Brigitte surmonta la peur qui l'étreignait et joua le tout pour le tout :

— S'il te plaît. J'en ai très envie.

Touché par ses paroles, il revint sur ses pas et s'accroupit devant elle.

— Je peux te faire confiance ?

Elle s'efforça de sourire.

— Évidemment. Tu sais bien que je t'aime.

Convaincu, il défit les liens avec des gestes fiévreux. Brigitte était dans tous ses états. Il avait mordu à l'hameçon, elle serait bientôt libre ! Il dénoua la dernière cordelette, l'aida à se relever et la contempla avec la béatitude à la fois bouleversante et horripilante de l'amoureux transi.

— Tu es splendide.

Elle eut une poussée d'adrénaline lorsqu'il l'embrassa sur le front. La rage convulsa son visage et elle lui donna un coup de pied dans les parties. Il se tordit de douleur. La pièce résonna de ses cris déchirants entrecoupés d'insultes. Elle en profita pour s'emparer du Caméscope et l'abattre de toutes ses forces sur le crâne de l'homme qui s'effondra.

— Va en enfer ! cracha-t-elle, galvanisée par cette victoire aussi facile qu'inespérée.

Elle courut vers la sortie, dévala l'escalier qui se présentait à elle. Parvenue au rez-de-chaussée, elle se jeta sur la porte d'entrée en chêne massif. Elle était fermée, la clé était introuvable. La terreur l'envahit. Elle se mit en quête d'une autre issue, entra dans la pièce qui lui faisait face, probablement le séjour. Une sueur glacée coula dans son dos quand elle vit les animaux empaillés accrochés aux murs. Elle ressortit avec une telle précipitation qu'elle heurta un guéridon, s'écorchant les genoux.

La volonté l'emporta sur la souffrance et elle s'engouffra dans la cuisine.

Dès qu'elle aperçut la fenêtre, son cœur bondit dans sa poitrine.

— Je conçois que le changement te perturbe, Brigitte

chérie, articula la voix devenue familière tandis qu'elle s'escrimait à l'ouvrir.

L'homme se tenait sur le pas de la porte. Le sang lui dégouttait du cuir chevelu.

— Je suis prêt à tirer un trait sur ce coup de folie, enchaîna-t-il en tendant les bras.

— À l'aide ! hurla-t-elle en guise de réponse.

Il eut une mimique cruelle.

— Cette maison est isolée. Personne ne peut t'entendre.

Les yeux écarquillés de Brigitte se posèrent sur la batterie de cuisine suspendue au-dessus du plan de travail. Sans prévenir, elle empoigna une casserole et la lança en direction de l'homme qui se baissa pour l'éviter.

— Notre première scène de ménage, persifla-t-il en se redressant.

Hors d'elle, la jeune femme le bombarda d'ustensiles qu'il esquiva avec des ricanements sardoniques. Alors qu'il se préparait à lui sauter dessus, il reçut une poêle dans l'estomac, perdit l'équilibre et s'étala de tout son long. Sans perdre une seconde, Brigitte saisit une chaise, la projeta contre la fenêtre qui vola en éclats et s'enfuit dans la nuit.

— Au secours ! s'époumona-t-elle. Aidez-moi !

Elle grelottait de froid. Ses pieds nus s'enfonçaient dans la neige fraîche, l'obligeant à ralentir l'allure. À bout de souffle, elle s'arrêta et balaya les alentours d'un coup d'œil circulaire. La baraque de ce dingue se trouvait au beau milieu d'une forêt. Les arbres étaient à peine visibles mais elle entendait le bruissement des feuillages.

En un instant, elle comprit qu'elle n'irait pas loin. Les sanglots lui nouèrent la gorge.

— C'est sans espoir, balbutia-t-elle, prête à renoncer.

En entendant la neige crisser sous les pas de son poursuivant, elle se ressaisit et pénétra dans la forêt sans se retourner. Elle avança à tâtons dans la nuit noire. Lorsque les ronces la retinrent par la nuisette et la griffèrent, elle fit un effort surhumain pour ne pas crier. Elle progressa d'une vingtaine de mètres avant de stopper et de tendre l'oreille. Hormis le sifflement du vent, il n'y avait aucun bruit. Elle reprenait sa marche quand un murmure la glaça d'horreur :

— La vie ou la mort ?

Il était tout près. Brigitte fouilla la nuit de son regard embué de larmes.

— La vie, finit-elle par implorer.

Le faisceau d'une lampe torche troua l'obscurité.

— Viens, ordonna la voix susurrante. Rentrons à la maison.

Comme elle dirigeait ses pas vers la lumière, une hache fendit l'air et lui trancha la tête. Son corps vacilla puis s'écroula. L'homme sortit de sa cachette, ramassa la tête dont les lèvres remuaient encore et la fixa d'un air désappointé.

— Je me suis trompé. Tu n'es pas l'élue.

Il tint la tête de Brigitte à bout de bras et traîna son corps jusqu'à la maison.

# 9

Le lendemain après-midi, Sagane lisait la déclaration de vol de Richard Neville lorsqu'un porteur lui remit le rapport de la PTS.

Pressé d'en prendre connaissance, il le compulsa debout. Comme il s'y attendait, les techniciens n'avaient relevé aucune empreinte, ni dans l'habitacle ni sur la carrosserie de la Renault 19 : d'une prudence obsessionnelle, le meurtrier les avait toutes effacées, les siennes mais aussi celles du propriétaire de la voiture. Les fluides corporels isolés par-ci par-là ne comprenaient qu'un seul ADN, celui de Diane Spitz. L'espoir luit dans les yeux du commissaire quand il lut la fin du compte rendu : les blouses blanches avaient prélevé des fibres synthétiques dans le coffre. Afin d'identifier le fabricant, un expert de l'Institut de recherche criminelle de Rosny-sous-Bois les avait confrontées avec celles répertoriées dans une base de données. En conclusion, ces fibres provenaient d'un tapis confectionné au Maroc et vendu dans les magasins discount de la chaîne Fondation.

Élie se disait que cette découverte était un bon début lorsque le divisionnaire débarqua dans la pièce. Âgé de cinquante-huit ans, Dubreuil intimidait ceux qu'il approchait avec sa haute stature, son allure de ranger de l'armée américaine et sa voix martiale. Il avait les cheveux cendrés, courts et clairsemés, la figure allongée et les yeux aussi inexpressifs que des billes d'agate. Avare de sourires et de compliments, il était surnommé Freezer par ses hommes.

Il lança un regard furibond à Sagane et lui tendit le journal qu'il avait à la main.

— La presse fait ses choux gras de vos exploits.

Élie déplia le quotidien. Il se sentit honteux à la lecture du gros titre :

AFFAIRE SPITZ : ÉCHEC ET MAT

À l'heure où nous mettons sous presse, la police fait mystère de la cause du décès de Diane Spitz. La certitude que le ravisseur n'a jamais eu l'intention de la relâcher permet à la Brigade criminelle de tirer son épingle du jeu. Toutefois, une question se pose : pour quelle raison, alors qu'il était sans nouvelles de l'otage, le commissaire Sagane a-t-il payé la rançon au kidnappeur ? Ainsi se termine l'affaire qui a tenu la France en haleine pendant deux jours. Cette histoire est d'autant plus triste que Diane était promise à un brillant avenir : son père avait prévu de la nommer directrice adjointe de Cinémax l'année prochaine.

— Je peux savoir ce qui vous a pris ? tonitrua Dubreuil. Pourquoi n'avez-vous pas demandé à voir Diane Spitz ou à lui parler avant de remettre la rançon à ce fêlé ?

Cette verte semonce ébranla Sagane. Quoiqu'il prétendît souvent le contraire, il appréciait Dubreuil et détestait le décevoir.

— Il ne m'a pas laissé le choix, se justifia-t-il.

Son chef pointa un index menaçant vers lui et gronda :

— Vous êtes en tort, et passible de sanction disciplinaire.

Son expression trahit son dépit.

— J'en ai marre de vous repêcher chaque fois que vous disjonctez.

Élie se planta devant lui et affirma avec un aplomb dont il ne se serait jamais cru capable en pareille circonstance :

— Je suis le mieux placé pour agrafer cette ordure, et vous le savez. Ne me mettez pas sur la touche.

— Nous aurons de la chance si nous le harponnons, objecta le divisionnaire sans se départir de son agressivité. Il a dû s'enfuir avec l'argent.

— S'il est encore ici, nous le cueillerons, assura Sagane.

Il avait été persuasif car Dubreuil souffla d'un air indécis.

— D'accord, finit-il par céder. Mais entendons-nous bien : je vous couvre pour la dernière fois.

Il sortit sans attendre que le commissaire le remercie. La porte se rouvrit au moment où Élie s'asseyait pour décompresser. Briard se coula dans le bureau, referma doucement derrière lui et s'installa en face de son supérieur.

— Je viens de croiser Freezer, chuchota-t-il, comme s'il craignait le retour du patron de la Crim'. Il a l'air furax. Qu'a-t-il décidé ? Il nous retire l'affaire ?

Le visage de Sagane s'éclaira d'un sourire triomphant.

— Non seulement je l'ai retourné comme une crêpe, mais il nous donne carte blanche, fanfaronna-t-il.

Briard se renversa dans son siège avec un soupir de soulagement.

— J'ai eu une de ces frousses ! Passons aux choses sérieuses.

Il tira une feuille de la chemise qu'il tenait à la main et la tendit à Sagane.

— Voici la liste des clients ayant acheté le modèle Désirée au cours des quinze derniers jours.

— Combien d'hommes ?

— Deux. Ralph Nucci a réglé ses achats à la boutique Elvira de la rue de la Paix avec une carte de crédit. J'ai vérifié, il est clean. Il était en voyage d'affaires à La Nouvelle-Orléans quand Régnier et sa souris ont été assassinés.

— Je ne vois pas le second, remarqua Élie après avoir survolé la liste.

— Il n'y a pas de nom, il a payé en espèces. La vendeuse des Galeries Lafayette se souvient de lui car il avait une balafre sur la joue.

— Le dessinateur a dressé un portrait-robot ?

Briard arbora une mine conquérante et déplia une autre feuille en prenant tout son temps. Bouillant d'impatience, Sagane la lui arracha des mains et la posa à plat. Le suspect paraissait quarante ans. Dégarni, il avait un visage aux traits grossiers, des yeux ronds et atones qui donnaient la chair de poule. L'estafilade barrant son profil gauche partait de sa paupière tombante et descendait jusqu'à la commissure de ses lèvres charnues.

Élie demeura songeur un instant.

— Le paiement en liquide garantit l'anonymat. Il est possible que ce soit notre homme. Nous serons fixés dès que nous aurons le témoignage du propriétaire de la R19. À propos, il a donné de ses nouvelles ?

— Pas encore.

— Je veux être le premier informé de son appel... Tu m'excuseras, mais j'ai un boulot monstre.

Briard stoppa à mi-chemin de la sortie.

— Cécile te fait toujours la gueule ?

Le commissaire feignit la surprise.

— Non, pourquoi ?

— Elle ne t'a pas adressé la parole de la matinée. Elle t'en veut de l'avoir rembarrée hier soir ou je ne m'y connais pas.

— Elle s'en remettra, lâcha Élie avec une indifférence simulée.

À peine Briard eut-il pris congé que le bureau retentit de la sonnerie du téléphone.

— Diane a livré ses secrets, annonça la voix enrouée de Bietri.

L'agacement fit monter le sang au visage de Sagane.

— Vous avez pratiqué l'autopsie sans moi ?

— Du calme, mon mignon, tempéra le légiste avec sa bonhomie habituelle. J'ai téléphoné à treize heures mais vous étiez parti déjeuner. Le commandant Argento ne vous l'a pas dit ?

La dernière phrase fit à Élie l'effet d'une douche froide.

— Argento était au courant ? s'offensa-t-il.

— Ben oui, répondit Bietri d'un air penaud.

— Je serai là dans un quart d'heure, mon mignon, maugréa le commissaire avant de raccrocher d'un geste furieux.

Il mit sa parka, traversa le couloir au pas de charge et entra sans frapper dans le bureau de Cécile. Elle referma le rapport qu'elle feuilletait et leva sur lui des yeux craintifs.

— Nous réglerons ça à mon retour, l'avertit-il d'un ton sans réplique.

Il claqua la porte si fort que les murs tremblèrent.

Lorsque Sagane s'engouffra dans la salle d'autopsie, les exhalaisons nauséabondes d'un macchabée en cours de dissection arrivèrent par bouffées et la voix de David Lee Roth, le chanteur de Van Halen, lui déchira les tympans. Le légiste incisait la poitrine du défunt en se dandinant. Jean-Claude Raimondi, son assistant, sautait à pieds joints chaque fois que Lee Roth hurlait « Jump ! ». Excédé, Élie marcha d'un pas déterminé vers le radiocassette et l'éteignit. Cette interruption fâcha Bietri qui chercha le trublion d'un regard hostile. L'enjouement remplaça la contrariété sur sa figure quand il vit Sagane.

— Voilà une entrée pleine de panache ! s'exclama-t-il. Briard n'est pas avec vous ?

— Il avait à faire.

— Il est rare que vous veniez sans lui.

— Le personnel de l'institut vous surnomme « les Siamois », précisa Raimondi.

Élie lui lança un regard noir et il ravala son sourire niais.

— Si vous n'y voyez pas d'objection, je m'absente quelques instants, bredouilla-t-il, dans ses petits souliers.

— Je n'en vois aucune, grogna le commissaire tandis qu'il se hâtait de sortir.

Bietri désigna la table où Diane Spitz était étendue. Elle était entièrement recousue.

— La cause du décès est l'attaque cérébrale, commença le légiste en enfilant des gants neufs.

— Elle serait morte de peur ?

— J'ai pensé la même chose jusqu'à ce que je découvre ceci.

Bietri pinça la peau au niveau du cou, faisant ressortir une marque de piqûre. Une grimace tordit les traits de Sagane.

— Il l'a empoisonnée ? demanda-t-il.

— La toxicologie est formelle : il n'y a aucune trace de poison dans son organisme. Si vous voulez mon avis, il a suffi d'une bulle d'air pour la tuer. Injectée dans la carotide, elle empêche l'air d'arriver au cerveau et provoque l'attaque.

— N'importe qui a pu faire la piqûre ?

Le légiste secoua la tête.

— C'est l'œuvre d'un pro.

Élie accueillit cette réponse avec une mimique satisfaite.

— Notre première impression était donc la bonne : le meurtrier a une formation médicale.

Il s'attarda sur les poignets violacés de la victime.

— À quoi correspondent ces contusions ?

La trogne rubiconde de Bietri devint soudain grave.

— Elles indiquent qu'il l'a immobilisée pour pouvoir abuser d'elle.

Sagane le dévisagea d'un air ahuri.

— Il y a eu agression sexuelle ?

— Les vaisseaux des parties génitales ne se sont pas cicatrisés, ce qui signifie qu'il l'a violée juste avant de la piquer.

Le commissaire se massa nerveusement le front.

— Ce type est brillant, il pense à tout. Je présume donc qu'il a mis un préservatif.

— L'intelligence va de pair avec la confiance en soi.

Élie leva un sourcil interrogateur.

— Une assurance excessive amène certains individus à mépriser le danger et à commettre des erreurs, développa le toubib.

Le cœur de Sagane cavala dans sa poitrine.

— Vous êtes en train de me dire qu'il ne s'est pas protégé ?

Bietri acquiesça puis montra le microscope posé sur la table.

— J'ai procédé à une coloration cytochimique des sécrétions vaginales. Donnez-vous la peine de regarder.

Le commissaire se rua sur l'oculaire. Un sourire victorieux passa sur ses lèvres lorsqu'il aperçut la nuée de spermatozoïdes.

— Je n'en crois pas mes yeux. Il ne nous reste plus qu'à comparer son ADN avec ceux répertoriés dans le fichier des empreintes génétiques.

Il pivota vers le légiste qui fourrageait dans un classeur.

— Envoyez dare-dare un échantillon au service de biologie moléculaire.

— C'est déjà fait.

Bietri revint vers lui avec une chemise en carton.

— Tout est là. Le rapport circonstancié de l'autopsie et le résultat du labo.

Sagane s'empressa d'ouvrir la chemise, en proie à une excitation grandissante.

— Ne vous fatiguez pas à chercher : l'ADN du tueur ne figure pas dans le fichier.

— Et merde ! pesta Élie. Vous ne pouviez pas le dire plus tôt ?

— Quel râleur ! Vous n'êtes jamais content ! le taquina Bietri. Je connais des tas de flics qui seraient ravis d'avoir les empreintes vocale et génétique de l'assassin qu'ils recherchent.

Il passa un bras autour de ses épaules.

— Détendez-vous : vous finirez par le harponner.

Agacé, Sagane se dégagea et alluma une cigarette. Conscient qu'il n'était pas à prendre avec des pincettes, Bietri s'abstint de lui signaler qu'il était interdit de fumer dans l'enceinte de l'IML.

— Le criminel sexuel type n'a qu'un seul désir : posséder sa victime, expliqua le policier. Il est sous l'emprise de cette obsession et rien d'autre n'a d'importance.

Bien qu'il comprît où il voulait en venir, le légiste s'enquit :

— Pas même l'argent ?

— Non. Si notre homme entrait dans cette catégorie, il aurait été incapable de raisonner avec une telle lucidité et, *a fortiori*, de préméditer une demande de rançon. Or, tout prouve qu'il a pensé ce plan dans ses moindres détails.

Élie tendit la clope à Bietri qui la téta avec avidité après s'être assuré que son assistant ne traînait pas dans le coin.

— Ravisseur, fétichiste, violeur et meurtrier, enchaîna le légiste en avalant la fumée. Vous avez affaire à un grand malade.

Sagane s'approcha de la morte.

— Ses parents l'ont vue ?

— Oui.

— Comment ont-ils réagi ?

— Très mal, soupira Bietri. Surtout Mme Spitz. Elle s'est cramponnée à la dépouille de sa fille. Trois personnes ont été nécessaires pour la maîtriser et la faire sortir. Elle hurlait comme une bête blessée.

Il secoua la tête pour chasser ce mauvais souvenir.

— Maintenant que vous savez tout, le thanatopracteur va se charger de rendre le corps présentable. La famille vient le chercher dans la soirée.

Il étendit le bras pour remettre la cigarette à Élie qui la refusa avec un sourire.

— Fumez-la à ma santé, doc.

Alors que le commissaire atteignait le parking de l'institut, son portable sonna.

— Richard Neville, le propriétaire de la R19, vient de m'appeler, annonça Briard avec entrain. Il a accepté de répondre à nos questions. Il nous attend chez lui à dix-sept heures trente.

— Où es-tu ?

— Nous sommes en chemin.

— Argento est avec toi ?

— Affirmatif.

Cette précision réveilla la mauvaise humeur d'Élie.

— Chiotte, rouspéta-t-il pour lui-même.

— Elle aussi se fait une joie de te voir, n'est-ce pas Cécile ? continua Briard d'un ton badin.

Percevant la raillerie dans ses propos, Sagane maugréa :

— N'en rajoute pas, Lino. Je vous retrouve sur place.

Le commissaire se rangea sur le parking de fortune du bunker, l'immeuble de cinq étages où vivait Neville. Les Allemands l'avaient construit sous l'Occupation pour stocker des armes et des munitions. Plus tard, ce bâtiment froid et bétonné avait abrité les entrepôts frigorifiques des Halles de Paris, jusqu'à ce que celles-ci soient déplacées à Rungis.

Briard était déjà là. Adossé à sa 407, il pianotait sur le clavier d'un jeu vidéo. Assise sur le capot, le casque d'un baladeur sur les oreilles, Argento dodelinait de la tête et battait la mesure sur ses cuisses. Quand il fut suffisamment près, Élie entendit les vitupérations d'une guitare en furie. En le voyant, Cécile stoppa le Walkman et sauta à bas de la voiture, un brin gênée. Elle était sexy en diable avec son jean moulant et son cuir au col relevé.

— Il est la demie, les pressa Sagane en s'efforçant d'ignorer la jeune femme. Tu as le numéro de l'appart, Lino ?

Briard hocha la tête.

— Suivez-moi.

Il se dirigea vers l'immeuble flanqué d'une tour semblable à une cheminée d'usine. Argento attendit qu'il prenne de l'avance pour se rapprocher de son chef et s'expliquer :

— C'était stupide de ma part. La vérité, c'est que je n'ai pas supporté la façon dont vous m'avez éjectée hier soir. J'étais furieuse contre vous. Je voulais me venger.

— Vous n'avez rien trouvé de mieux que de me cacher l'appel du légiste ? gronda Élie sans s'arrêter.

Elle afficha une mine repentante.

— J'aurais dû vous le dire. J'aimerais me racheter.

— De quelle manière ?

Elle inspira profondément avant de lâcher :

— En vous invitant à dîner un de ces soirs.

Quoique cette proposition le chavirât, Sagane n'en montra rien, conservant une attitude glaciale à l'égard de sa collègue.

— Nous en reparlerons, trancha-t-il.

Ils pénétrèrent dans le bâtiment à la suite de Briard. Le monte-charge qui servait autrefois à transporter les pièces de bœuf étant hors service, ils gravirent l'escalier en colimaçon. Briard s'arrêta sur le palier du troisième étage, frappa à la porte en acier trempé d'une ancienne chambre frigorifique transformée en logement. Entouré de tags tapageurs, le nom de l'actuel propriétaire était charbonné sur la partie supérieure de la porte. Des pas résonnèrent à l'intérieur du loft, une clé tourna dans la serrure et la poignée dorée, semblable à celle d'un coffre-fort, s'abaissa avec le grincement d'un sommier à ressorts.

Un type baraqué apparut dans l'embrasure.

— Monsieur Neville ? commença Élie.

— Lui-même.

D'emblée, Richard Neville déplut au commissaire. Tout de noir vêtu, il devait avoir la quarantaine. Son visage hâlé, ses cheveux teints en blond et ses dents éclatantes témoignaient qu'il était aux petits soins pour sa personne. Ses épaules carrées et son ventre plat indiquaient qu'il fréquentait un club de mise en forme ou une salle de musculation, à moins qu'il n'ait des machines à suer à domicile.

— Je suis le commissaire Sagane, de la Brigade criminelle. Voici mes équipiers, le commandant Argento et le capitaine Briard à qui vous avez parlé au téléphone.

Neville montra les profondeurs du loft d'un geste engageant.

— Veuillez vous donner la peine d'entrer.

Il les conduisit au salon qui semblait sortir d'un conte des *Mille et Une Nuits*, les invita à prendre place sur un sofa couvert de coussins orientaux jaune d'or et bleu turquoise. Des fleurs éclairantes en plastique et des lampes à huile indiennes diffusaient une lumière douce et reposante.

— Désirez-vous boire quelque chose ? demanda Neville.

Élie déclina son offre d'un ton poli mais ferme :

— Nous sommes de service.

— Un ami m'a rapporté de l'île de Lesbos plusieurs bouteilles d'ouzo. Vous n'en voulez pas une larme ?

— Non, merci.

— Un café peut-être ?

Sagane réitéra son refus. Résigné, Neville marcha jusqu'à un minibar identique à ceux des chambres d'hôtel. Il prit un verre à liqueur sur une étagère, le remplit à moitié et rejoignit les policiers.

— Venons-en au but de votre visite, dit-il en s'installant sur un fauteuil canné. Depuis quand la Criminelle enquête-t-elle sur les vols de voitures ?

Élie était trop impatient pour mettre des gants.

— Je suppose que vous avez entendu parler du meurtre de Diane Spitz.

Neville but une gorgée d'ouzo avant de repartir :

— Je lis les journaux, comme tout le monde.

— L'assassin a déposé son cadavre dans le coffre de votre R19.

Le verre de Neville s'arrêta à mi-chemin de ses lèvres.

— Je… l'ignorais, balbutia-t-il en pâlissant.

— Nous n'avons pas dévoilé ce détail exprès. Nous avions peur que les journalistes remontent jusqu'à vous et vous empoisonnent avec leurs questions.

— Nous pensons que le gars qui a piqué votre caisse et le tueur ne sont qu'un seul et même individu, intervint Briard. Que s'est-il passé sur le parking du centre commercial ?

La tournure de la discussion lui ayant ôté l'envie de boire, Neville posa son verre sur une console et se mit en devoir de raconter ses mésaventures :

— Il y a trois jours, je me suis rendu à Parly 2 pour acheter des bouquins et des DVD. En sortant, j'ai vu un homme qui s'engouffrait dans ma voiture garée devant la FNAC. J'ai lâché les sacs et je me suis précipité vers lui en criant au voleur. Il a démarré en trombe à l'instant où j'atteignais la portière côté conducteur.

— À quoi ressemblait-il ? s'enquit Cécile.

— J'ai donné son signalement au commissariat du XIIIe. Vous ne l'avez pas vu ?

Sagane se renfrogna en songeant au lieutenant qui l'avait perdu.

— Disons qu'il est momentanément indisponible. Décrivez-le-nous de vive voix.

La tête penchée en arrière, Neville se rappela le physique du malfaiteur.

— J'ai eu le temps de voir son visage. Il avait les yeux en boules de loto, les cheveux clairsemés, une bouche lippue et une profonde balafre sur la joue.

Les policiers se regardèrent, tout excités. Élie déplia le portrait du client des Galeries Lafayette et le remit à Neville.

— C'est cet homme ?

La figure de Neville refléta sa stupeur.

— Oui. Comment avez-vous su ?

— La vendeuse d'un grand magasin a eu affaire à lui.

— Vous souvenez-vous des vêtements qu'il portait ? enchaîna Briard qui sténographiait ces informations sur un carnet.

Le front plissé, Neville fouilla dans sa mémoire. Il était blanc comme un linge.

— Un gros pull en laine écru, mais je n'en suis pas sûr.

Argento reprit les rênes de l'entretien.

— Quelqu'un a été témoin de la scène ?

— Le parking était désert.

— Une chose m'intrigue, monsieur Neville.

— Laquelle ?

— Le voleur n'a pas forcé la portière, ce qui veut dire qu'il était en possession de la clé.

Neville haussa les épaules d'un air embarrassé.

— Je l'avais laissée sur le contact par inadvertance. La compagnie d'assurances n'est pas censée le savoir.

— Le mec cherchait à chiper une tire, il est tombé sur la bonne, conjectura Briard en mâchonnant son portemine.

Neville eut une expression contrite.

— Je suis distrait, comme beaucoup d'artistes, avança-t-il pour se disculper.

— Quel est votre domaine ? interrogea Sagane.

Cette question parut offenser Neville qui répliqua avec la plus parfaite immodestie :

— Je suis écrivain. Pour votre gouverne, j'ai écrit une dizaine de romans noirs. *Un traître parmi nous*, mon dernier ouvrage, s'est vendu à trois cent cinquante mille exemplaires.

— Vous avez dû toucher un joli paquet, ironisa Briard.

— Je ne voulais pas vous vexer, se dédouana Élie. Les auteurs contemporains ne me passionnent guère. Ceux que j'affectionne sont morts et enterrés depuis longtemps… Y a-t-il autre chose que vous pouvez nous apprendre ?

Neville pinça la bouche et répondit par la négative.

— Attendez ! se ravisa-t-il tandis que les flics se levaient. Il avait une chevalière mastoc, mais je serais incapable de vous la décrire avec précision.

Sur le seuil du salon, Sagane lui tendit une carte de visite.

— Si un détail vous revient, quel qu'il soit, n'hésitez pas à me téléphoner.

— Je ferai tout mon possible pour vous aider à coincer ce monstre.

Neville empocha le bristol et les raccompagna. Tout en s'appuyant au chambranle de la porte, il siffla avec une mimique dédaigneuse :

— La plupart de mes confrères n'ont jamais mis les pieds dans un commissariat. Ils ignorent que, de nos jours, on n'appelle plus un officier « inspecteur » mais « lieutenant » ou « capitaine ». Jusqu'ici, j'ai demandé conseil à un commissaire à la retraite. Il est décédé le mois dernier, hélas !

Il prit une pose avantageuse, croisant les bras pour faire saillir ses biceps sous son pull, et reporta son regard sur Argento.

— Le héros de mon prochain livre traque un tueur en série. Accepteriez-vous de me tuyauter ?

Son culot mit tellement Élie en rogne qu'il le foudroya du regard.

— Je crains de ne pas avoir de temps à vous consacrer, se déroba Cécile. Je suis très occupée.

Cette rebuffade ne découragea pas Neville qui persévéra :

— Si vous changez d'avis, vous savez où me trouver.

Il avait l'attitude arrogante de celui qui ne doute de rien, ce qui le rendit encore plus antipathique aux yeux de Sagane.

— Si le commandant Argento vous revoit un jour, ce sera uniquement dans le cadre de cette enquête, intervint le commissaire d'un ton acerbe. Sur ce, je vous souhaite une bonne soirée.

Les policiers redescendirent l'escalier et boutonnèrent leurs vestes avant de sortir de l'immeuble. Il faisait nuit et le fond de l'air était glacial.

— Ce type me débecte ! éclata Élie en shootant dans une canette de bière. J'ai détesté sa façon de vous draguer !

Cécile interpréta cet accès de colère comme une marque de jalousie et s'en réjouit en silence.

— Ça ne colle pas, énonça-t-elle après avoir médité sur les déclarations de Neville.

— Nous sommes sur la même longueur d'onde, lâcha Sagane en clignant de l'œil.

Briard s'arrêta sous un lampadaire et les dévisagea tour à tour d'un air dépassé.

— L'un de vous aurait-il la bonté de m'expliquer ?

— Le gars qui a enlevé Diane Spitz est prudent et organisé, commenta Élie. Je ne le vois pas se montrer dans un grand magasin ni voler une bagnole en plein jour, qui plus est sur le parking d'un centre commercial.

Briard le considéra avec intérêt.

— Ma théorie est la suivante, poursuivit Cécile. Le meurtrier s'est offert les services de deux paumés : le premier est allé chercher la rançon à sa place ; le second a acheté la robe de mariée et chouravé la R19 de l'écrivassier.

Un sourire s'épanouit sur sa figure.

— Son mode opératoire commence à se dessiner.

Ces arguments recueillirent l'adhésion de Briard qui hocha la tête.

— Nous devons dénicher ces petites frappes. Elles nous mèneront à l'assassin.

Sagane déverrouilla la Land Rover à distance.

— Qu'est-ce qu'on fait maintenant ? s'enquit Briard alors qu'il grimpait dans la voiture.

Élie mit le contact.

— On se retrouve au Fin Gourmet ! cria-t-il pour couvrir le vrombissement du moteur. Le dernier arrivé invite les autres à dîner.

Il les planta là et démarra dans un nuage de fumée.

# 10

Renato, le patron du Fin Gourmet, les installa dans l'arrière-salle pour qu'ils puissent dîner en toute tranquillité. Avant de retourner à la cuisine, il se joignit à eux pour prendre l'apéritif et trinquer à leur réussite. Le repas se déroula dans une ambiance bon enfant. Sagane et Briard rivalisèrent d'humour pour amuser Cécile qui eut le fou rire à plusieurs reprises. Malgré leurs efforts, la jeune femme et le commissaire avaient de plus en plus de mal à cacher l'attirance qu'ils éprouvaient l'un pour l'autre.

— Mon vieux m'a appris une chose essentielle avant de clamser, raconta Briard tandis que ses collègues se cherchaient du regard. En amour, faut y aller franco, et tant pis si on se plante. L'échec est préférable aux regrets.

L'allusion n'échappa pas à Élie qui s'agaça :

— Tu as toujours eu tendance à fabuler, Lino.

Briard se tourna vers Argento qui finissait sa crêpe Suzette.

— Il s'énerve parce qu'il sait que j'ai raison.

Il lui fit un clin d'œil, elle lui sourit en retour.

— Un mot de plus et je te botte les fesses, avertit Sagane. Il est tard, va chercher la douloureuse.

Il afficha une mimique revancharde.

— Si je ne me trompe pas, c'est à toi de payer.

— Tu as trouvé le moyen de te venger.

Briard gagna la grande salle en riant.

— Je suis désolé, soupira Élie dès qu'il fut seul avec Cécile.

— De quoi ? s'enquit-elle avec un haussement d'épaules.

Il se racla la gorge.

— Briard est un déconneur-né. Faut pas prendre tout ce qu'il dit au sérieux.

Elle s'accouda à la table et le fixa d'un air mi-charmeur, mi-réprobateur.

— Pas de panique, commissaire. Nous n'avons encore rien fait.

— Mais je ne panique pas, se défendit-il. Je ne veux pas qu'il y ait de malentendu, c'est tout.

— Rassurez-vous, il n'y en a aucun, rétorqua-t-elle en tâchant de modérer son agressivité, à l'instar d'une femme jalouse que la dignité empêche de s'épancher en public. Notre relation est strictement professionnelle et elle le restera.

Elle croisa les bras et se rencogna dans son siège avec une mine boudeuse.

— Inutile de monter sur vos grands chevaux, continua-t-il. Je…

La sonnerie de son portable l'interrompit.

— Où êtes-vous, Sagane ? lâcha la grosse voix de Dubreuil.

— Au Fin Gourmet, monsieur le divisionnaire. Nous nous apprêtions à partir.

— Argento et Briard sont avec vous ?

— Oui.

— Le cadavre d'une femme a été retrouvé rue Spontini. Allez-y illico.

— Je croyais que nous bossions exclusivement sur l'affaire Spitz.

— La victime porte une robe de mariée.

— Quoi ?

— Vous avez bien entendu. Magnez-vous le train.

Dubreuil raccrocha.

— Que se passe-t-il ? demanda Cécile qui avait remarqué la pâleur soudaine de son supérieur.

Élie se leva d'un bond et prit sa parka sur le dossier de la chaise.

— Ce détraqué a remis le couvert.

Sans attendre la réaction de Cécile, il se précipita vers la sortie. En voyant ses équipiers bondir hors de la brasserie, Briard arracha sa carte de crédit des mains de Renato et courut après eux.

— Le coup de feu de vingt-trois heures ! lança-t-il à l'Italien. Je te réglerai demain !

Renato acquiesça d'un air blasé puis laissa tomber l'addition dans une boîte en carton sur laquelle était écrit : « Impayés de la Crim' ». Il brassa les notes sans les regarder, comme s'il procédait à un tirage au sort.

Il n'avait pas besoin de les compter.

Il savait qu'il y en avait une vingtaine.

Sagane stationna en double file, à l'entrée de la rue Spontini.

Il montra sa carte aux gardiens de la paix qui filtraient les passants, imité par ses collègues. Malgré l'heure tardive, la rue était en effervescence. Les fenêtres des immeubles étaient ouvertes, des silhouettes aux contours imprécis accoudées aux balustrades. Des flics en civil interrogeaient les habitants du quartier. Les techniciens de la PTS recherchaient des indices sur la chaussée et les trottoirs. Élie pressa le pas en apercevant la lumière d'un flash, cinq mètres plus loin. Il contourna une voiture de police garée de travers pour voir ce que le spécialiste de l'Identité judiciaire photographiait.

Il en resta pétrifié.

En dix-sept ans de métier, il n'avait vu que deux choses plus atroces que celle qu'il avait devant lui : le cadavre d'une femme éventrée avec un sabre et celui d'un homme pendu à un crochet de boucherie comme un vulgaire quartier de viande. Argento et Briard tressaillirent en découvrant à leur tour cette vision cauchemardesque.

— Je croyais avoir tout vu, déplora Briard.

En position assise, la victime était adossée à un réverbère. Elle était vêtue d'une robe de mariée et était chaussée d'escarpins identiques à ceux de Diane Spitz. L'assassin l'avait décapitée puis avait placé sa tête entre ses cuisses légèrement écartées. Il lui avait coupé l'annulaire de la main gauche, au niveau de la première phalange.

— L'absence de sang indique qu'elle n'a pas été tuée ici, commença Bietri qui examinait la tête avec l'attention d'un entomologiste s'intéressant à un insecte rare.

— Il l'a abandonnée dans cette rue parce qu'il voulait qu'on la trouve, conclut Cécile à haute voix, sans s'adresser à une personne en particulier. Quelqu'un l'a peut-être surpris en train de s'en débarrasser.

Sagane approuva et ordonna :

— Renseignez-vous.

La jeune femme se retira, armée d'un stylo et d'un

carnet. Bietri prit une brosse dans sa mallette et poussa la neige qui s'était accumulée autour du corps.

— Vous allez dans le mur, Élie.

Le commissaire s'agenouilla près de lui.

— Toujours aussi défaitiste.

Bietri s'interrompit dans son balayage et le regarda d'un air goguenard.

— Réaliste, corrigea-t-il. Nous sommes dans le XVIe, très cher. L'arrondissement le moins fréquenté et le plus ennuyeux de la capitale. Passé vingt-deux heures, il n'y a plus un chat dans les rues. Des questions ?

— Quand a-t-elle été décapitée ?

Le légiste orienta sa lampe vers les yeux fixes de la défunte.

— La dilatation maximale des pupilles démontre qu'elle était vivante au moment des faits…

Il braqua le faisceau sur le sommet du crâne.

— … en revanche, les lésions du cuir chevelu sont post mortem.

— Le tueur aura tenu la tête par les cheveux après l'avoir tranchée.

Bietri opina du bonnet.

— Autre chose ?

— Pas pour l'instant.

— Tant mieux, il faut que je ménage ma voix.

Sagane plissa les yeux d'un air étonné.

— Le patron du Hammett's Club est un ami, s'enorgueillit le toubib. J'interprète trois chansons des Doors demain soir. Ça va décoiffer !

— Depuis le temps qu'on vous le dit, je croyais que vous aviez compris.

— Quoi ?

— Vous chantez comme une casserole.

Le sourire de Bietri se figea.

— Foutez-moi le camp de là, briseur de rêves, articula-t-il avec la hargne de celui qui se sent offensé.

Élie lui donna une tape amicale sur l'épaule.

— Je plaisante, doc.

Il se redressa et mit sa capuche car la neige tombait dru. Les flocons voletaient dans le halo du réverbère comme des moustiques attirés par la lumière. Sagane aperçut Briard qui se tenait en retrait. En le voyant s'approcher, le capitaine enfourna le comprimé qu'il avait dans le creux de la main et l'avala avec un peu de café.

— Du paracétamol, lâcha-t-il avant que son chef puisse parler. Je crois que j'ai attrapé la crève.

Élie le regarda droit dans les yeux.

— Pas la peine de te justifier, je ne t'ai rien demandé.

— Tu n'as rien dit mais tu fais une drôle de tronche, rétorqua Briard. Y a belle lurette que j'ai pas touché au amphés et aux narcos, vu ?

Le commissaire cessa de scruter son visage et sourit.

— Je sais, Lino.

Il se frotta les mains pour les réchauffer.

— Un café brûlant serait le bienvenu. Où est la Thermobile ?

Briard pointa l'index vers la Citroën rangée le long du trottoir. On l'avait baptisée ainsi parce qu'elle appartenait au lieutenant Ronen Katzberg, un flic taciturne qui n'allait jamais sur le terrain sans une Thermos remplie de café. Du coup, il était continuellement sollicité par ses collègues. Sagane convainquit Katzberg de lui servir un café puis s'installa avec Briard sur le capot de la Citroën.

— Hormis la robe et les chaussures, rien ne rattache le meurtre de cette pauvre fille à celui de Diane Spitz, constata Élie en buvant à petites gorgées.

Briard enroula une écharpe autour de son cou avant de présumer :

— Le tueur change peut-être de mode opératoire pour nous dérouter. Il injecte une bulle d'air dans la carotide de la première et décapite la seconde pour mieux nous embrouiller.

— La violence et la sauvagerie de ces crimes prouvent qu'ils n'étaient pas prémédités. Dans les deux cas, ils résultent d'une réaction émotionnelle. Ces malheureuses ont dû tenter de s'échapper, à moins qu'elles n'aient dit quelque chose qui a déplu à l'assassin.

— Si j'ai bien compris, au départ il n'avait pas l'intention de les tuer.

Sagane acquiesça.

— Pourquoi lui a-t-il coupé le doigt ? questionna Briard avec une expression incrédule.

— Il s'agit sans doute d'un acte symbolique, supposa Élie. L'idée qu'elle puisse porter une alliance et s'unir à un autre homme lui est insupportable.

Briard le dévisagea comme s'il déraillait.

— Mais… elle est morte.

— Sa perception de la réalité est très différente de la nôtre. Il est fêlé.

Ils finissaient leur café lorsque Cécile les rejoignit.

— Pas de témoins, annonça-t-elle avec une mine de circonstance. Il a largué le paquet et mis les bouts sans être inquiété.

— Vous avez l'identité de la victime ? s'enquit Sagane.

Argento répondit par l'affirmative.

— Un technicien a dégoté ceci près du cadavre.

Élie sauta à bas du véhicule et s'empara du sachet en plastique contenant un permis de conduire.

— Brigitte Drivaud, vingt-sept ans, domiciliée au 34, rue d'Alésia, lut-il. Une petite visite s'impose.

Un homme attira l'attention de Briard tandis qu'ils atteignaient la Land Rover du commissaire. Droit comme un i, les mains dans les poches de son manteau noir, il se tenait à l'écart des curieux massés devant le cordon interdisant l'accès à la rue Spontini. Briard avait déjà vu ces cheveux longs, raides comme des baguettes de tambour, ce visage aux joues rondes et au nez bourbonien.

— Élie, murmura-t-il, le cœur tambourinant contre la poitrine.

Son supérieur pivota vers lui et le fixa d'un air interrogateur. Briard se contenta d'orienter son regard vers le type au loden. Sagane blêmit en reconnaissant l'homme qu'il avait bousculé sur l'avenue des Champs-Élysées, le jour où le corps de Diane Spitz avait été retrouvé.

Il n'était pas là par hasard.

— Qui est-ce ? demanda Cécile.

— Un gars qui nous colle au train, lâcha le commissaire.

Il déboutonna discrètement l'étui du Sig Sauer et se porta à la rencontre du suspect. C'est alors que, sentant sa présence, ce dernier tourna les yeux vers lui. Son sourire narquois s'élargit à mesure que Sagane s'approchait. Il n'attendit pas qu'il arrive à sa hauteur pour détaler à toutes jambes.

— Holà ! Pas si vite ! s'écria Élie.

Les flics se lancèrent à sa poursuite. Argento prit de l'avance sur ses équipiers. Elle bondit sur le capot d'une voiture, grimpa sur le toit qui craqua sous ses pas et se jeta sur l'homme qui cavalait en contrebas. Elle le manqua de peu, heurta la chaussée et roula dans la neige. Comme elle se relevait, tant bien que mal, Briard la dépassa. Sagane s'arrêta en pleine course pour lui venir en aide.

— Ça va ? s'inquiéta-t-il.

— Je crois, oui.

— Dites au légiste de vous examiner.

— Je n'ai rien de cassé.

— Ne discutez pas.

Il la planta là et reprit sa galopade. La silhouette de Briard masquait celle du fuyard. Élie accéléra l'allure pour rattraper son collègue qui ne le distançait plus que d'une dizaine de mètres. Soudain, l'homme bifurqua à droite et s'engouffra dans un immeuble de l'avenue Victor-Hugo, talonné par Briard.

— Lino ! s'égosilla Sagane qui avait un mauvais pressentiment.

Il stoppa devant le bâtiment, à bout de souffle. La porte d'un garage était grande ouverte. Ils étaient forcément passés par là. Élie dégaina son pistolet et sa torche électrique, les pointa droit devant lui et emprunta la rampe qui menait au sous-sol plongé dans l'obscurité. Il prêta l'oreille mais n'entendit que le bruit de ses pas.

— Briard ? héla-t-il. Tu es là ?

N'obtenant pas de réponse, il entra dans le garage et pressa l'interrupteur fixé à un pilier en béton. Le néon du plafond bourdonna puis s'alluma. Des voitures de luxe occupaient les box. Des gouttes d'eau s'échappaient d'une conduite percée et tintaient sur le capot d'une Porsche rutilante à intervalles réguliers, rompant le silence de mort. Sagane tourna sur lui-même avant de remarquer un petit escalier, au fond du garage. Il retint sa respiration et s'en approcha à pas de loup. Une vision effrayante le paralysa : Briard se trouvait en haut des marches, le visage crispé et emperlé de sueur. L'homme se tenait derrière lui et appliquait une lame scintillante sur sa gorge.

— Relâchez-le, implora Élie. Je promets de vous laisser partir.

L'autre demeura silencieux.

— On le tient, ce fils de pute ! vociféra Briard dans un regain de résistance. Fume-le ! C'est l'occasion ou jamais !

Sagane fit un signe de tête négatif.

— Je ne jouerai pas avec ta vie, Lino. J'abandonne la partie.

Pour prouver sa bonne foi, il déposa le pistolet à ses pieds et leva les mains.

— C'est votre tour. Libérez-le.

Il devina les intentions de l'homme en l'entendant ricaner.

— Non ! beugla-t-il.

Alors qu'il se jetait dans l'escalier avec l'énergie du désespoir, la lame décrivit un arc de cercle. Briard bascula en avant, heurtant Élie de plein fouet. Les policiers dégringolèrent et atterrirent sur le sol du garage. Sagane se redressa en grimaçant de douleur et se rua vers Briard qui gisait au pied d'un pilier. Le capitaine roulait des yeux horrifiés. Le sang giclait de sa gorge ouverte. Sans perdre une seconde, Élie le chevaucha et essaya de contenir l'hémorragie.

— Reste avec moi, Lino ! le supplia-t-il, affolé. J'ai besoin de toi !

Briard ouvrit la bouche mais ne parvint qu'à émettre des mots inarticulés. Les mains de Sagane glissèrent sur son cou visqueux et le sang recommença à jaillir. Le commissaire saisissait son portable pour demander du secours quand Cécile fit irruption dans le garage. La jeune femme devint livide en voyant Briard et la mare de sang qui ne cessait de s'étendre.

— Oh, mon Dieu !

Élie eut du mal à composer le numéro car ses doigts collaient au clavier.

— Chopez-le ! ordonna-t-il en indiquant l'escalier du menton. Allez !

Argento avala sa salive avant de s'exécuter. Ses pas précipités ébranlèrent l'escalier qui permettait d'accéder au rez-de-chaussée. Elle ouvrit d'un grand coup d'épaule la porte vitrée qui se présentait à elle et déboucha sur une courette, l'arme au poing.

L'homme escaladait un muret.

— Halte ou je tire ! avertit-elle.

À peine l'eut-elle mis en joue qu'il disparut derrière le mur. Elle s'y reprit à trois fois pour franchir l'obstacle car les semelles de ses santiags dérapaient. Parvenue de l'autre côté, elle aperçut l'homme sur le trottoir opposé. Il courait ventre à terre, soulevant de la neige à chaque foulée. Un rictus haineux tordit la bouche de Cécile lorsqu'elle le prit en chasse. Elle s'obstina à le poursuivre un long moment avant de comprendre qu'elle ne le rattraperait pas. Elle s'essoufflait, ses jambes la lâchaient.

— Pas maintenant, geignit-elle. Pas si près du but.

À bout de forces, elle s'arrêta net. Sa tension avait baissé d'un coup, ses doigts fourmillaient et ses oreilles bourdonnaient. Au bord du malaise, elle s'appuya à une grille et respira à grandes goulées. Constatant qu'elle ne le suivait plus, l'homme stoppa à son tour. Il se mit à sautiller sur place et à jouer des poings, comme un boxeur qui attend la reprise du combat pour foncer sur son adversaire et le démolir. Il était trop loin pour que

Cécile puisse voir son visage. Elle se douta qu'il arborait une expression mi-provocatrice, mi-moqueuse.

— Pourriture, grommela-t-elle, le cœur au bord des lèvres.

Cette course-poursuite avait mis son estomac sens dessus dessous. Incapable de se retenir davantage, elle rendit tripes et boyaux sur le trottoir. L'homme prit la pose désappointée de celui qui renonce à se battre avec un plus faible que lui. Comme Argento le visait, il s'enfonça dans la nuit en s'esclaffant.

Cécile s'essuya la bouche avec un mouchoir en papier et rebroussa chemin, les jambes en capilotade. Une ambulance stationnait devant l'immeuble de l'avenue Victor-Hugo. Argento ouvrait son portefeuille pour montrer sa carte aux gardiens de la paix postés à l'entrée du garage quand elle vit Sagane de dos. Il était assis sur le capot d'une voiture de police banalisée, immobile et silencieux comme s'il se recueillait sur une tombe. Tandis que la jeune femme s'approchait, il se tourna vers elle et planta son regard dans le sien.

Il pleurait à chaudes larmes.

# 11

Élie fit des cauchemars toute la nuit.

Il revit l'homme égorger Briard, le sang de son collègue jaillir comme un geyser et lui asperger la figure. Il se revit serrer contre lui le corps inerte de son ami. Il revit le dernier regard qu'ils avaient échangé. Un regard qu'il n'oublierait jamais, à la fois affectueux et désespéré. Ces images le harcelaient encore lorsque la sonnerie du réveil le tira du sommeil, à huit heures trente du matin.

Vaseux, il rassembla ses forces pour sortir du lit et marcher jusqu'à la salle de bains. La glace refléta son visage. Il avait le teint plombé et les yeux injectés de sang d'un insomniaque. Il aurait pu prendre une semaine de congé pour récupérer, mais il appréhendait de se retrouver seul avec le fantôme de Briard. Il renonça à se raser, se doucha et s'habilla en quatrième vitesse. Pour la première fois depuis qu'il avait emménagé, il n'alluma pas le lecteur de CD. La voisine du dessus devait se réjouir.

Il quitta l'appartement et gagna la Land Rover, aussi

apathique qu'un zombie. Il s'arrêta avenue de la République pour acheter le quotidien du matin. La manchette lui donna froid dans le dos :

L'ASSASSIN FAIT COUP DOUBLE

Celui que l'on surnomme désormais « le tueur de mariées » a encore frappé. Après avoir décapité Brigitte Drivaud, vingt-sept ans, il a déposé son corps rue Spontini, dans le XVI^e arrondissement. Selon nos sources, il s'agirait d'une mise en scène destinée à choquer la population. Hôtesse d'accueil dans un grand magasin le jour, la jeune femme vendait ses faveurs la nuit pour arrondir ses fins de mois. Le meurtrier aurait endormi sa vigilance en se faisant passer pour un client. Les enquêteurs n'ont relevé aucune trace de son passage dans l'appartement de Brigitte. La seconde victime est un policier, le capitaine Morin Briard. Après la découverte du cadavre de Drivaud, Briard a remarqué la présence d'un individu suspect sur les lieux et s'est jeté à sa poursuite. La traque a pris fin dans un garage souterrain de l'avenue Victor-Hugo. Le tueur a neutralisé Briard et lui a tranché la gorge. Sa mort endeuille la Brigade criminelle qui a juré de tout mettre en œuvre pour appréhender le coupable.

Sur la route, Sagane reçut un appel de Bietri.

— J'ai terminé l'examen des corps, annonça le légiste d'un ton où perçait le trouble.

Élie coinça le portable entre sa joue et son épaule pour pouvoir manœuvrer le volant.

— J'arrive.

— Rien ne vous y oblige. Je peux vous faxer mon rapport.

— Je serai là dans vingt minutes.

Le toubib soupira d'un air ennuyé avant de lâcher :

— Comme vous voudrez.

Le commissaire coupa la communication et prit la direction de l'Institut médico-légal.

Debout au milieu de la salle d'autopsie étrangement silencieuse, Bietri fixait d'un air sombre les cadavres allongés côte à côte sur les tables de dissection. Il s'arracha à sa sinistre contemplation en entendant le frottement des semelles sur le linoléum.

— Bonjour, Élie.

Sagane salua Bietri d'un signe de tête et s'approcha de la forme massive étendue en face de lui. Il ne se faisait pas à l'idée que cette chose sans vie, exsangue et dure comme du bois, avait été son meilleur ami.

— Briard était un frère pour moi, dit-il d'une voix brisée par le chagrin.

Le légiste baissa la tête et déglutit.

— Je sais.

— Je n'ai plus personne.

— Vous devriez prendre du recul, passer quelques jours dans votre famille.

Élie le dévisagea comme s'il venait de prononcer une absurdité.

— C'était lui ma famille, décréta-t-il en pointant le menton vers le corps nu et recousu avec du fil chirurgical. J'ai sacrifié ma vie à ce métier. Je lui ai donné le meilleur de moi-même et, en retour, il m'enlève le seul ami que j'ai sur cette terre.

— Vous saviez que ça pouvait arriver un jour. Il le savait.

— En somme, je dois me comporter comme si rien ne s'était passé.

— Ne vous méprenez pas sur ce que je vais vous dire, c'est pour votre bien. Plus vite vous surmonterez votre douleur, plus vite vous pourrez vous remettre au travail. Surtout, ne rentrez pas dans votre coquille. Vous perdriez la raison.

— Je vais m'accrocher, enfin je vais essayer, balbutia Sagane.

Bietri manifesta son approbation par un battement de paupières et lui tapota l'épaule.

— Vous avez intérêt, vous n'êtes pas capable de gagner votre vie autrement. Vous connaissez à peine trois accords de guitare et vous ferraillez comme ma grand-mère.

Son humour fit mouche. Élie ébaucha un sourire.

— Si seulement Argento avait agrafé l'assassin, continua Bietri, de nouveau sérieux.

Sagane perçut une pointe de reproche dans sa voix.

— Que voulez-vous insinuer par là ?

Le légiste affronta son regard.

— D'après ce qu'on m'a raconté, elle est caractérielle, émotive et amoureuse de vous. En résumé, je doute qu'elle soit à la hauteur de la situation.

Élie ne put réprimer son agacement.

— Vous direz à votre informateur que je me contrefous de ce qu'il pense. Je réponds du commandant Argento.

— Inutile de vous énerver. J'ai toujours été franc avec vous et…

— Vous avez tort, l'interrompit froidement Sagane. Si on commençait ?

Bietri n'insista pas. Il ajusta ses gants de latex et se pencha sur la gorge de Briard.

— La lame a sectionné les deux carotides et la face frontale de la trachée, commenta-t-il d'un ton neutre.

Les bords de la plaie étant nets et réguliers, j'opterai pour un scalpel. Quoi qu'il en soit, l'incision est parfaite. Elle a été pratiquée par un professionnel. L'angle de gauche à droite démontre que le meurtrier est gaucher.

— À votre avis, Maxime Régnier a été tué par le même homme ?

— Oui.

Le commissaire serra les poings.

— J'ai vu ce monstre. Nous aurons bientôt un portrait-robot.

Bietri se déplaça vers un casier, l'ouvrit et en sortit deux pochettes en plastique renfermant chacune un filament.

— Ceci devrait modérer votre optimisme.

— Vous avez des cheveux ? s'emballa Élie qui n'avait pas écouté.

— Ce sont des fibres synthétiques provenant d'une perruque, rectifia le toubib. Les techniciens les ont prélevées sur la robe de Drivaud et le pull de Briard.

L'enthousiasme de Sagane retomba.

— S'il a été assez retors pour porter des cheveux postiches, il a très bien pu se grimer ou mettre un faux front ou de fausses oreilles, poursuivit Bietri. Vous avez affaire à forte partie, je le crains.

Élie écarta cette vérité d'un geste.

— Je l'épinglerai, grogna-t-il. Une chose m'étonne : Briard l'a remarqué parce qu'il avait la même perruque et les mêmes vêtements que le soir où je l'ai bousculé. S'il est aussi intelligent que vous le dites, pourquoi a-t-il couru le risque de se faire repérer ?

— Il voulait que vous le reconnaissiez. Le danger le stimule.

— Comment n'y ai-je pas pensé plus tôt ? se reprocha Sagane. Vous m'épatez.

Le légiste sourit, flatté.

— Depuis le temps que je vous fréquente, je commence à savoir ce que tous ces psychopathes ont dans la tête.

Il tira une boîte de la poche de sa blouse.

— Je l'ai trouvée dans le manteau de Briard.

Élie pâlit en identifiant les cachets qu'elle contenait.

— Du Thénébron.

— Le narcotique le plus puissant du marché, compléta Bietri. Vous saviez qu'il avait replongé ?

— La nuit dernière, il a absorbé un comprimé devant moi, répondit Sagane d'un air hébété. Il a prétendu que c'était du paracétamol et, comme un idiot, je l'ai cru.

Il fixa Bietri avec un mélange de gravité et de supplication.

— Je vous serais éternellement reconnaissant d'omettre ce détail dans votre rapport.

Bietri lui décocha un clin d'œil complice et balança la boîte à la poubelle.

— En ce qui me concerne, cette saloperie n'a jamais existé.

Une lueur de gratitude traversa le regard du commissaire.

— Merci, doc.

— Venons-en à l'*escort girl*.

Bietri pivota vers le cadavre de Brigitte Drivaud, imité par le policier.

— Le taux de potassium présent dans l'humeur vitrée de l'œil indique qu'elle est morte il y a un peu plus de vingt-quatre heures, expliqua-t-il en désignant la tête posée sur un plateau en inox. Par ailleurs, elle a le visage contusionné et plusieurs métacarpiens fêlés.

— Blessures défensives ?

Bietri considéra la victime avec une compassion mâtinée d'admiration.

— Elle a donné du fil à retordre à son agresseur.

— Je suppose qu'il a abusé d'elle.

— Après l'avoir décapitée, précisa le légiste.

Un frisson parcourut la colonne vertébrale de Sagane.

— Ce dégénéré collectionne les déviances. Pas de capote, comme la dernière fois ?

— En effet. Les échantillons de sperme ont la même empreinte génétique que ceux prélevés dans le vagin de Diane Spitz.

— Même ADN, même violeur.

Bietri souleva la main au doigt coupé.

— Les marques visibles à la racine de l'annulaire ont été faites par un riflard.

— Qu'est-ce que c'est ?

— Un ciseau dentelé de sculpteur.

Le dégoût se peignit sur la face de Sagane.

— De mieux en mieux.

— Je ne peux rien vous apprendre de plus, conclut Bietri avec un haussement d'épaules.

Élie revint vers Briard.

— J'aimerais rester seul avec lui. Juste quelques minutes.

Bietri acquiesça.

— Voici mon rapport et celui de la PTS. Je sais que vous ne pouvez pas le saquer, mais appelez Barnavi pour le remercier. Son équipe a bossé sans relâche pour que nous ayons les résultats ce matin.

Dès qu'il se fut retiré, le commissaire prit la main crispée de Briard dans la sienne. Un long moment s'écoula avant qu'il puisse la lâcher et quitter la salle d'autopsie, la rage au cœur. Il aperçut une silhouette familière dans le hall d'entrée de l'institut. L'émotion l'envahit et il sentit ses jambes se dérober sous lui. La femme boulotte le vit à son tour, remercia l'hôtesse d'accueil et s'empressa de le rejoindre.

Lorsqu'elle fut devant lui, elle tomba dans ses bras.

— Mon fils vous adorait, articula Francine Briard d'une voix étranglée. Il avait toujours peur de vous décevoir.

— Il ne m'a jamais déçu, assura Sagane tandis que les larmes brouillaient ses yeux.

Elle prit la tête de Sagane dans ses mains et le regarda fixement.

— Vous allez trouver celui qui a fait ça, n'est-ce pas ?

La détermination durcit le visage du policier.

— Oui, répondit-il sans hésiter. Et ensuite, je le tuerai.

## 12

De retour au 36, Élie s'isola dans son bureau.

Il resta prostré sur son fauteuil jusqu'à ce que Cécile lui rende visite. Mal à l'aise, la jeune femme fit quelques pas avant de se décider à prendre place en face de lui. En voyant son teint blafard et les poches sous ses yeux, Sagane se douta qu'elle n'avait pas dormi de la nuit.

Le sentiment de culpabilité la torturait.

— Je m'en veux tellement ! se lamenta-t-elle.

Élie secoua la tête pour exprimer son désaccord.

— Ce n'est pas votre faute.

— J'étais à deux doigts de l'alpaguer, renchérit-elle en joignant le geste à la parole. Je ne me le pardonnerai jamais.

Il s'accouda à la table et laissa tomber d'une voix où perçait le dégoût de lui-même :

— Je suis plus à blâmer que vous. Mon équipier comptait sur moi et je n'ai pas été fichu de le sauver.

Il se leva et marcha jusqu'à la fenêtre, lui tournant le dos.

— La plupart des gens oublient qu'un jour ils vont

mourir. Ils remettent leurs projets à plus tard car ils pensent qu'ils ont la vie devant eux. Croyez-vous qu'ils comprendraient qu'il y a urgence à vivre, s'ils voyaient ce que nous voyons tous les jours ?

Argento haussa les épaules d'un air las.

— J'en sais rien.

Il fixa la silhouette de sa collègue qui se reflétait dans la vitre.

— Serez-vous de mon côté quand je retrouverai l'enfant de putain ?

Elle devint blême en devinant le fond de sa pensée.

— J'ai besoin de savoir, insista-t-il.

— Je serai avec vous, finit-elle par répondre.

Il se détendit et retourna à son bureau.

— Votre invitation à dîner tient toujours ? s'enquit-il en s'asseyant.

Le raclement de gorge de Cécile trahit sa surprise.

— Bien sûr.

— Rendez-vous ici à dix-neuf heures.

Elle hocha la tête en signe d'assentiment et quitta son siège.

— La solitude n'est pas conseillée dans mon cas, confessa-t-il tandis qu'elle ouvrait la porte. Ce que j'ai dans la tête en ce moment me fait peur. Vous comprenez ?

Argento se contenta d'acquiescer. Elle se cogna au divisionnaire qui entrait dans la pièce, suivi d'une jeune femme au visage hagard.

— Élie, je vous présente Camille Zarka, commença Dubreuil avec fébrilité. Elle a quelque chose d'important à vous dire.

Il pivota vers Cécile qui s'éclipsait.

— Restez, commandant.

La visiteuse devait avoir une vingtaine d'années. Un

jean moulant et un pull chaussette noirs soulignaient ses formes parfaites. Sagane nota qu'elle avait les ongles rongés et les doigts en lambeaux.

— Je vous en prie, prononça-t-il en montrant un siège.

Une fois assise, elle se frotta les genoux avec nervosité.

— Je vous écoute, l'encouragea le commissaire.

Elle respira profondément, comme si elle s'apprêtait à se jeter à l'eau, puis lâcha :

— Brigitte et moi étions très copines.

— Brigitte Drivaud ?

— Oui. Nous avons fait connaissance au magasin. Je suis vendeuse au rayon lingerie. Un jour où j'étais à plat, je me suis confiée à elle. J'étais dans le rouge, et mon proprio menaçait de me foutre dehors. Brigitte aussi était dans la dèche, mais elle avait trouvé le moyen de joindre les deux bouts.

— La prostitution, conclut Argento.

Zarka lui lança un regard cinglant.

— Les *escort* n'ont rien de commun avec les putes, gronda-t-elle.

Cécile la considéra avec mépris.

— Être qualifiée de pute vous gêne ? Il existe d'autres mots pour désigner une femme qui fait commerce de ses charmes : fille de joie, respectueuse, péripatéticienne, j'en passe et des meilleures.

L'agacement colora la figure de Dubreuil.

— Vous avez fini, commandant ?

Consciente de sa conduite déplacée, Cécile se rembrunit.

— Oui, chef.

— À la bonne heure !

Il reporta son attention sur Zarka que cette intervention avait déboussolée.

— Continuez, mademoiselle.

La jeune femme se moucha bruyamment avant de reprendre :

— Brigitte a proposé de me refiler des clients. J'étais dans une telle mélasse que j'ai pas pu refuser.

Elle baissa la tête d'un air honteux.

— Ce jour-là, j'ai mis le doigt dans l'engrenage.

— Je ne veux pas vous bousculer, mais…, fit Élie qui commençait à perdre patience.

— J'y viens, le coupa Zarka. Après le boulot, Brigitte me déposait chez moi. Je suis dure à la détente, mais j'ai fini par remarquer la vieille Renault 5 qui lui filait le train.

Une lueur d'intérêt brilla dans les yeux de Sagane.

— Vous êtes sûre qu'elle la suivait ?

La jeune femme le fixa avec la sévérité de celle qui ne tolère pas qu'on doute de sa parole.

— Je suis pas débile, inspecteur.

— Commissaire, corrigea Élie qui mettait son insolence sur le compte de sa jeunesse.

— Si ça vous chante, concéda-t-elle avec indifférence. Le conducteur stationnait en face de mon immeuble. Il attendait que je descende de voiture et que Brigitte redémarre pour la prendre en filature. Il était pas très discret.

— Pouvez-vous me donner son signalement ?

Zarka remua la tête de gauche à droite.

— Je l'ai à peine vu. De toute façon, j'ai pas la mémoire des visages.

Argento vint s'asseoir à côté d'elle.

— Vous en avez parlé à Brigitte ?

— Évidemment !

— Comment a-t-elle réagi ?

— Ça l'inquiétait pas outre mesure. C'était pas la première fois qu'un admirateur lui collait aux fesses.

L'expression de la jeune femme s'assombrit.

— Elle jouait sur les sentiments des hommes, reprit-elle d'une voix faible. Elle faisait en sorte que les clients tombent amoureux d'elle, histoire de les fidéliser. Je lui ai dit d'arrêter ses conneries mais elle m'écoutait pas.

Élie décocha au divisionnaire un regard sceptique.

— Je ne vois pas en quoi ce témoignage peut nous être utile.

— Écoutez la suite, lui recommanda Dubreuil.

Sagane râla avant d'obtempérer.

— L'autre soir, j'ai noté le numéro d'immatriculation de la R5, poursuivit Zarka.

— On peut le voir ? demanda Argento d'un ton pressant.

— L'informaticien du CTI l'a entré dans son ordinateur, intervint Dubreuil. À moins qu'il ne s'agisse d'une plaque minéralogique bidouillée, nous aurons bientôt le nom et l'adresse du propriétaire du véhicule.

Il se tourna vers Zarka qui se levait.

— Je vous remercie d'être venue, mademoiselle.

Il la raccompagnait lorsque le lieutenant Charlier, l'ingénieur du Central technique et informatique, débarqua dans le bureau.

— Je l'ai ! claironna-t-il. Je l'ai !

Cécile et Élie se dressèrent d'un bond.

— Accouche, s'impatienta le commissaire.

Surexcité, Charlier déplia le bout de papier qu'il avait à la main.

— Le gars s'appelle Marc Nikolaev. Il habite près de Jouy-en-Josas, dans les Yvelines. Sa maison se trouve au cœur du bois de l'Homme-Mort. Un sentier baptisé l'Éternité, sur la départementale 53, permet d'y accéder.

D'après l'agent du cadastre que j'ai eu au bigophone, Nikolaev est un farfelu. Il vit en ermite et ne laisse personne l'approcher.

— Tu as le numéro de son domicile ?

— Il n'a pas le téléphone.

— Celui de son lieu de travail ?

— Il ne bosse pas. Son père a composé un mégatube dans les années soixante-dix, *Le Temple de l'amour*. Il avait un curieux nom de scène, Radjah de Bal Alda.

Argento fit claquer ses doigts.

— Je me souviens de ce truc. Ma mère l'écoutait en boucle sur son tourne-disque.

— Bref, Nikolaev touche les royalties depuis la mort de son vieux, enchaîna Charlier.

Dubreuil frappa dans ses mains, signe qu'il s'apprêtait à donner un ordre.

— Je veux savoir pourquoi il collait aux baskets de la victime. Amenez-le-moi.

Il s'engagea dans le couloir, Camille Zarka et Charlier sur les talons. Sagane prit son arme de service dans le deuxième tiroir du bureau, le glissa dans l'étui à sa hanche et enfila sa parka.

— On achète des casse-dalle et on y go, dit-il à Cécile.

Comme il se hâtait vers la sortie, elle l'agrippa par le bras et plongea ses yeux bleu azur dans les siens.

— Je vous conjure de renoncer à votre projet.

— Je croyais que vous marchiez avec moi.

Elle soupira d'un air contrarié.

— C'est le cas.

— Alors, où est le problème ?

— Briard était votre ami. J'ai peur que vous vous laissiez emporter par la colère et que vous fassiez une bêtise.

— Je suis parfaitement maître de moi.

Il voulut se dégager mais elle resserra sa prise.

— Ce Nikolaev n'a peut-être rien à se reprocher, déclara-t-elle avec fermeté. Il peut s'agir d'un client amoureux de Brigitte ou d'un ex qui n'a pas supporté qu'elle le lourde.

— Je n'exclus pas l'hypothèse selon laquelle il est le meurtrier, rétorqua Élie en montrant des signes d'irritation. À moins que « le tueur de mariées » ne l'ait payé pour prendre les risques à sa place.

Argento parut réfléchir un instant.

— Ça cadrerait avec son mode opératoire, finit-elle par admettre. Mais ne nous emballons pas. Vous avez les nerfs à fleur de peau, je vous sens capable de tout.

— Vous inquiétez pas, je sais encore faire la part des choses.

— Que se passera-t-il si…

Elle ne put terminer sa phrase.

— Le moment venu, j'agirai avec prudence, s'efforça-t-il de la rassurer. Ce sera un travail net et sans bavure.

Il souleva son menton pour pouvoir la regarder bien en face.

— Je ne vous ferai pas la cour derrière les barreaux d'une cellule, mais à la terrasse d'un café ou à la table d'un grand restaurant, vu ?

Il ferma sa parka et sortit sans l'attendre.

# 13

Pendant le trajet, il neigea de plus belle.

Sagane roulait à faible allure, actionnant l'essuie-glace par intermittence. Le frottement du caoutchouc contre le pare-brise résonnait désagréablement dans l'habitacle. Silencieuse, Argento dessinait sur la vitre embuée.

— Vous boudez ? demanda-t-il sans quitter la route des yeux.

— Non, pourquoi ? repartit-elle distraitement.

— Vous n'avez pas dit un mot depuis que nous sommes partis.

Elle s'interrompit dans son gribouillage et scruta le visage de son chef.

— Je ne vous vois pas tuer un homme de sang-froid.

— Je n'ai encore rien fait.

— Vous le ferez quand vous aurez mis le grappin sur l'assassin de Morin.

— Si on parlait d'autre chose ?

— De l'arme que vous comptez utiliser par exemple ? répondit-elle du tac au tac.

Élie tapa le volant du poing.

— Vous me faites chier, Cécile.

Ils se renfermèrent dans le silence pendant la traversée de la commune de Jouy. En voyant le panneau qui signalait le sentier dit l'Éternité, Sagane se gara sur le bas-côté de la départementale 53. Il mit ses gants et sa capuche puis descendit de voiture, bientôt rejoint par Argento qui s'empressa de coiffer un bonnet de sports d'hiver. Il faisait un froid polaire. Le sol était une vraie patinoire. Des pointes de glace, semblables aux stalactites qui se forment sur la voûte des grottes, s'accrochaient aux branches des arbres.

Les policiers vérifièrent leurs armes et empruntèrent le chemin. Cécile glissa sur une plaque de verglas et se rattrapa à la manche du commissaire. Leurs bouches se frôlèrent lorsqu'il l'aida à se redresser. Immobiles, les yeux dans les yeux, ils résistèrent à l'envie de s'embrasser. Ils se contentèrent de sourire et reprirent leur marche. Ils parcoururent environ cent cinquante mètres avant d'apercevoir la demeure de Nikolaev, par-delà un petit pont qui enjambait un ruisseau gelé. Tandis qu'ils le franchissaient, les craquements sinistres du bois accompagnèrent le bruit de leurs pas.

De toute évidence, la maison n'était pas entretenue. La façade saumon se fissurait, la peinture verte de la porte et des volets s'écaillait, les fenêtres à meneaux étaient sales au point qu'il était impossible de voir à travers, il manquait des tuiles à la toiture, le balcon du premier étage menaçait ruine. Le maître des lieux avait gravé une mise en garde sur une pancarte fichée en terre :

VOUS N'ÊTES PAS LE BIENVENU
FAITES DEMI-TOUR

— Ça commence bien, soupira Élie.

Les sourcils de Cécile se froncèrent.

— Charlier nous a prévenus, ce type est complètement frappé. Soyez prudent.

À peine eut-elle prononcé ces mots qu'une forme bondit sur Sagane qui tomba à la renverse. Le commissaire se démena comme un beau diable pour se défaire du dogue allemand, en pure perte. Ses doigts glissèrent sur le poil crasseux. L'écume qui coulait de la gueule du molosse lui noya les yeux. Le chien s'apprêtait à donner un coup de croc quand un battoir l'attrapa par la peau du cou et le balança au loin comme s'il s'agissait d'un paquet de linge sale. De nouveau sur ses pattes, il geignit avant de s'en aller la queue basse.

Son maître se campa devant les importuns et les considéra avec hostilité.

— Moog n'aime pas les nouvelles têtes, grogna-t-il de sa voix rocailleuse. Moi non plus.

Son regard obliqua vers la pancarte.

— C'est pourtant clair.

Vêtu d'une salopette en jean et d'un pull jacquard, il devait mesurer un mètre quatre-vingt-cinq. Il avait un visage anguleux, une bouche tordue et des yeux vairons à la fois interrogateurs et menaçants. Les mèches de ses cheveux longs et gras collaient à son front. Un tic nerveux secouait ses pommettes tour à tour. Argento se dit qu'elle n'aimerait pas le rencontrer au coin d'un bois.

— Qu'est-ce que vous glandez là ? continua-t-il en serrant et desserrant les poings, comme s'il brûlait de se jeter sur eux et de leur abîmer le portrait.

Élie se remit debout avec difficulté, frotta sa parka et son pantalon pour enlever la neige puis sortit sa carte. Guère impressionné, le géant ricana.

— Le dernier condé qui a mis les pieds ici est reparti

avec le tarin ratatiné et les ratiches de devant dans la poche de son futal. Cet abruti s'était ramené avec un tas de prunes impayées. J'ai dû employer la manière forte pour lui faire comprendre que je payais pas cet impôt-là.

Cécile leva la main en signe d'apaisement.

— Nous ne cherchons pas la bagarre, monsieur Nikolaev. Nous voulons juste vous poser quelques questions.

Le colosse la jaugea d'un air intrigué.

— À quel sujet ?

— Brigitte Drivaud.

Nikolaev resta imperturbable.

— Jamais entendu parler.

— Ne jouez pas au plus fin avec nous. Nous savons que vous la fréquentiez.

Loin de déstabiliser Nikolaev, cette allusion l'amusa et il finit par confesser :

— Brigitte est très désirable. J'ai répondu à un appel de la nature, voilà tout.

Son sourire était celui d'un pervers sexuel.

— Moyennant finances, précisa Argento avec une répugnance à peine contenue.

L'exaspération déforma les traits de Nikolaev.

— Depuis quand un micheton est-il considéré comme un criminel ? interrogea-t-il d'un ton belliqueux. Si vous n'avez pas décampé dans une minute, je lâche Moog sur vous et votre copain.

Il afficha une expression mi-sadique, mi-railleuse.

— Il adore le poulet cru.

— Je vous laisse choisir, l'interpella Sagane comme il gravissait le perron d'une démarche nonchalante pour rentrer chez lui. Soit vous me dites sur-le-champ ce que je veux savoir, soit je reviens dans trois heures avec une commission rogatoire et une armada de cognes qui se feront un plaisir de mettre votre bicoque sens dessus dessous.

Le géant stoppa net. Le stress des policiers monta d'un cran, et ils portèrent la main à leur pistolet comme un seul homme, prêts à dégainer.

— C'est si grave que ça ? s'enquit Nikolaev en pivotant sur ses talons. Il est arrivé quelque chose à Brigitte ?

Élie désigna la porte d'entrée en chêne massif.

— Nous serons mieux à l'intérieur pour discuter.

L'autre haussa les épaules d'un air indifférent.

— Je vous préviens, j'suis pas une fée du logis.

La maison sentait le renfermé. À chaque pas, les flics soulevaient une poussière grisâtre qui leur irritait la gorge. Nikolaev se déplaça vers la gauche pour les laisser entrer dans le salon mal éclairé et encombré de meubles d'époque. À leur passage, un courant d'air délogea les moutons nichés sous les fauteuils et les commodes. Sagane se planta devant la bibliothèque pleine de livres reliés en maroquin rouge et brun. Un escalier à huit marches permettait d'accéder aux tablettes les plus hautes.

— Ma mère passait ses soirées à lire, commenta Nikolaev en s'installant sur un canapé en placage d'acajou qui devait coûter une fortune. Elle était professeur de français à l'université. Elle ne vivait que pour la syntaxe. Elle avait une profonde aversion pour les gens qui font des fautes d'orthographe et de grammaire.

Il eut un sourire forcé.

— Elle pensait que l'ignorance contribuait à la dégénérescence de la race humaine. Elle était un peu… excessive.

Cécile avait perçu le mélange de respect et de rancœur dans sa voix. Elle se tourna vers une photo encadrée montrant une vieille femme au visage sillonné de rides et au regard noir.

— C'est elle ?

Nikolaev se racla la gorge, mal à l'aise.

— Elle a été prise un an avant sa mort.

— Votre mère est très présente, remarqua Élie qui passait en revue les cadres accrochés aux murs. Je m'étonne qu'il n'y ait pas un seul cliché de votre père. Je m'attendais à voir son portrait dans toute la maison.

— Pourquoi ? s'énerva Nikolaev. Parce qu'il a composé une chanson de merde il y a trente ans ?

— Une chanson d'amour qui a fait le tour du monde, rectifia Sagane, ravi d'avoir touché le point sensible.

— Et qui vous permet de vivre de vos rentes, renchérit Argento.

— Ce pognon, je le mérite ! cracha Nikolaev. Mon paternel était le pire des salopards. Il trompait ma mère sans vergogne et gâtait les enfants de ses maîtresses.

À bout de nerfs, il les fusilla du regard.

— Vous me fatiguez. Finissons-en.

Élie s'assit sur une berceuse, face à lui.

— Vous étiez tellement satisfait des services de Brigitte que vous ne pouviez plus vous passer d'elle.

La surprise agrandit les yeux de Nikolaev.

— Qu'est-ce que vous me chantez ?

Sagane se pencha en avant, appuyant ses coudes sur ses genoux.

— Vous la suiviez, assena-t-il. Un témoin a relevé le numéro de votre R5.

Nikolaev sourit pour dissimuler son trouble.

— Vous n'êtes pas aussi stupide que vous en avez l'air. Où voulez-vous en venir ?

— Brigitte a été assassinée la nuit dernière.

Nikolaev ne cilla pas mais sa pommette trembla.

— Je l'ignorais.

— Sa mort a fait la une des journaux.

— Je lis pas la presse.

— Ils en ont parlé à la télé et à la radio.

— Ces cochonneries n'ont pas droit de cité chez moi.

— Laissez-moi vous raconter comment le meurtrier s'y est pris. Il l'a décapitée puis il a abandonné son cadavre dans une rue de Paris, à la vue de tous.

— Vous gênez pas, entrez dans les détails. J'ai le cœur bien accroché.

— À propos, nous n'avons pas vu la Renault. Où est-elle ?

— Au Garage Bauvinon, à Jouy-en-Josas. Problème de carburateur.

Élie nota ces informations sur son carnet et poursuivit :

— Vous avez la réputation d'être un violent.

Le colosse serra les dents et remua dans le canapé. L'espace d'un instant, le commissaire eut l'impression qu'il allait lui sauter dessus.

— Je vous vois venir avec vos gros sabots, se défendit Nikolaev avec un calme glaçant. Il y a un monde entre rosser un keuf et buter une nana. Je filais Brigitte, je le reconnais. Je m'étais entiché d'elle. Mais j'ai pas fait ça.

— En ce cas, aidez-nous à vous rayer de la liste des suspects, intervint Cécile.

— De quelle façon ?

— Accompagnez-nous au commissariat. Si vous êtes blanc comme neige, vous serez de retour chez vous dans moins de quarante-huit heures.

Nikolaev eut un petit rire nerveux et tendit les poignets.

— Les séries américaines me consternent mais j'ai

toujours adoré le moment où super-flic met les bracelets au méchant de service.

Sa morgue agaça Sagane qui se retint de le menotter sans ménagement.

— On s'en passera si vous vous montrez coopératif. Vous permettez qu'on jette un coup d'œil avant de partir ?

— Allez-y, si vous avez du temps à perdre, répliqua Nikolaev d'un ton détaché.

Élie pivota vers Argento.

— Faites le tour du propriétaire. On vous attend ici.

Nikolaev se rencogna dans le canapé et étendit les jambes.

— La confiance règne, souffla-t-il avec ironie.

Dès que sa collègue eut quitté le séjour, Sagane se dirigea vers la bibliothèque.

— Vous aimez les livres, énonça Nikolaev alors qu'il feuilletait *Voyage au bout de la nuit*. Je le vois à vos yeux qui brillent et à la façon dont vous tournez les pages, comme si vous aviez peur de les abîmer.

— Mes parents m'ont transmis leur amour de la littérature.

— Vous vous entendiez bien avec eux ?

Regrettant sa confidence, Élie referma le bouquin et le remit à sa place.

— N'inversez pas les rôles.

— Loin de moi cette idée.

— Vous êtes soupçonné de meurtre. Tâchez de ne pas l'oublier.

— L'homme est la somme de toutes les erreurs de ses parents, enchaîna Nikolaev avec désinvolture. Dites-moi tout, commissaire. Qu'ont-ils fait pour que vous préfériez la compagnie des assassins et des morts à celle d'une famille ?

Sagane fut désarconné par cette analyse.

— Comment savez-vous que je ne suis pas marié ?

Nikolaev prit un air supérieur.

— Je ne suis pas extralucide mais observateur : vous ne portez pas d'alliance.

Élie sourit pour se donner une contenance.

— Vous aimez jouer, pas vrai ?

— Seulement quand je suis sûr de gagner.

Sagane se pencha vers lui, de manière à plonger ses yeux dans les siens.

— Morin Briard, lâcha-t-il de but en blanc.

— Qui est-ce ? rétorqua Nikolaev en soutenant son regard.

— Je comptais sur vous pour me l'apprendre.

Le géant lut le mensonge sur son visage.

— Vous me tendez un piège ou je ne m'y connais pas.

— Le plaisir du jeu ne vaut que s'il est partagé, riposta Élie. Qu'en pensez…

Un rire éclatant l'interrompit.

— Twiggy fait des siennes, soupira Nikolaev d'un air embêté.

L'incrédulité se mêla à la méfiance sur la figure de Sagane.

— Vous ne connaissez pas Twiggy, la poupée qui parle ? ajouta Nikolaev. Toutes les petites filles en rêvent la nuit. J'en ai acheté une pour l'anniversaire de ma nièce. Elle aura quatre ans samedi prochain.

Le rire enfantin retentit de nouveau.

— La poupée est dans la chambre à côté. Je vais l'arrêter.

D'un geste, Élie lui intima de ne pas bouger. Le Sig Sauer à portée de main, il gagna la pièce contiguë au salon et poussa la porte qui s'ouvrit avec un couinement.

Son sang se figea dans ses veines. Des photographies en noir et blanc montrant des cadavres de femmes tapissaient le sol, les murs et le plafond. Les victimes n'avaient plus d'yeux ni de bouche, si bien qu'il était impossible de les identifier. Assise sur des clichés, au centre de la chambre, Twiggy s'esclaffait en remuant la tête et les bras à intervalles réguliers, comme un automate. Le commissaire reculait, glacé jusqu'à la moelle, lorsque Nikolaev se planta derrière lui et le frappa à la tête avec un gourdin.

Les photos dansèrent devant les yeux de Sagane qui s'affaissa comme une masse.

En voyant le sang qui s'échappait de son crâne, le colosse le tira par les pieds pour le sortir de la pièce.

— Manquerait plus que tu me dégueulasses mon chef-d'œuvre, râla-t-il.

L'inspection du rez-de-chaussée et des étages n'avait rien donné.

Outre qu'elle était en désordre, la maison était crasseuse. Le maître de céans ne faisait pas grand cas du ménage ni de la vaisselle, les vêtements et la literie sentaient la vase. Par ailleurs, Nikolaev vouait un culte à sa mère : des portraits de la matrone décoraient les couloirs ; meublée d'un lit à baldaquin, d'une coiffeuse et d'une bergère dignes d'une reine, sa chambre était la seule pièce bien entretenue.

Cécile empruntait l'escalier menant à la cave quand elle entendit un bruit sourd. Elle s'immobilisa, aux écoutes, mais ne perçut que le crissement de son cuir. Rassurée, elle descendit les dernières marches. Parvenue en bas de l'escalier, elle posa le pied sur quelque chose qui craqua et s'émietta comme du pain rassis. Elle pensa qu'il s'agissait d'un morceau de bois de chauffage rongé par l'humidité. Le sol craqueta sous ses pas tandis qu'elle tâtonnait dans le noir pour trouver l'interrupteur. L'ampoule au plafond jeta une lumière crue sur le sous-sol, aveuglant Argento qui détourna le regard un instant.

Elle n'avait pas marché sur du bois mort, constata-t-elle.

Des ossements humains, fêlés et jaunis par le temps, jonchaient le sol.

Pétrifiée, elle ne pouvait détacher ses yeux des squelettes enchevêtrés. En apercevant le cadavre de femme étendu sur un lit de crânes, au fond de la cave, elle étouffa un hurlement d'épouvante. En état de momification avancée, la morte avait la peau ridée et parcheminée. Élie avait vu juste. Nikolaev était « le tueur de mariées ». Cécile devait le prévenir au plus vite. Le cœur cognant contre la poitrine, elle se rua vers l'escalier qu'elle monta quatre à quatre. Dès qu'elle fut en haut, quelqu'un lui fit un croc-en-jambe et elle s'étala dans le couloir. Comme elle rampait vers le séjour, le géant sortit de sa cachette et se gaussa de sa tentative de fuite.

— Où vas-tu, fliquesse de mes deux ?

Il l'agrippa par le blouson, la souleva sans effort et la projeta contre un mur.

Le front de Cécile heurta la cloison et elle s'évanouit.

Lorsque Sagane émergea, il souffrait de violents maux de tête.

Tout en tâtant son crâne taché de sang, il dressa le buste tant bien que mal. Un cercle de bougies éclairait la pièce dans laquelle il se trouvait, aussi froide qu'une chambre frigorifique. Une cigarette au bec et le pistolet du commissaire au poing, Nikolaev se balançait sur un rocking-chair placé devant la porte. À ses pieds, Moog haletait, la langue pendante. Élie ne tarda pas à comprendre pourquoi le psychopathe le dévisageait d'un air à la fois moqueur et compatissant.

Il était dans le plus simple appareil.

Il entendit un frottement derrière lui, se tourna et vit Argento qui s'était blottie dans un coin. Les jambes repliées et les bras enroulés autour de ses genoux, elle cachait sa nudité. L'effroi étincelait dans ses yeux. Sagane voulut se porter à sa rencontre mais le grognement du dogue l'en dissuada.

— Moog a rien becqueté depuis hier soir, l'avertit Nikolaev. À votre place, je me tiendrais à carreau.

— À la vôtre, je déguerpirais, rétorqua Élie. Notre chef sait que nous sommes ici.

Nikolaev cessa de se balancer et, sans crier gare, braqua le 9 mm sur lui. Les policiers tressaillirent quand il imita le bruit de la détonation. Amusé par leur réaction, il rit à gorge déployée. Cette hilarité excita le chien qui se cabra et jappa en remuant la queue. Cécile se boucha les oreilles, excédée par la cacophonie des rires et des aboiements.

— Le coin est désert, j'suis prêt à parier que personne n'a vu vos sales gueules, laissa tomber Nikolaev, de nouveau calme. Il me suffit de vous liquider. Si les flicards rappliquent, je leur dirai que vous n'êtes jamais venus.

Sagane se frotta les bras et les jambes pour les réchauffer.

— Ils n'avaleront pas ces sornettes. Ils remueront ciel et terre pour nous retrouver.

Les traits du geôlier se durcirent et une lueur inquiétante s'alluma dans ses yeux.

— Pendant que vous étiez dans les vapes, la gonzesse et vous, j'ai réfléchi à un plan, déclara-t-il en tapotant son front avec son index. Une fois que le froid vous aura endormis, je vous saignerai comme des gorets. Ensuite, je découperai vos carcasses et je dispatcherai les morceaux dans les étangs de la région.

Il soupira de satisfaction.

— La poiscaille bouffera vos macchabs jusqu'à l'os.

— Vous êtes le suspect numéro un dans une affaire de meurtre ! fulmina Argento dans un regain de révolte. Nos collègues ne vous lâcheront pas !

Elle grelottait et respirait avec difficulté.

— Les keufs sont durs à la détente, ils s'affoleront pas avant ce soir, contra le colosse. D'ici là, j'aurai fait disparaître vos corps, les photos et les ossements. Il ne restera plus aucune preuve.

La stupeur et l'horreur se succédèrent sur la figure d'Élie.

— Des ossements ?

— La cave est un véritable charnier, l'éclaira Cécile.

Nikolaev se délecta de la répugnance qu'il lisait dans le regard de la jeune femme.

— Les visiteurs sont rares, continua-t-il en soufflant une bouffée de tabac. En général, ils se garent à l'entrée du sentier, sur la départementale 53. Je suppose que votre caisse est là-bas.

Il interpréta le silence des prisonniers comme une confirmation.

— Lorsque j'en aurai terminé avec vous, je m'en débarrasserai.

— Pourquoi avoir tué Diane et Brigitte ? interrogea Élie pour gagner du temps.

Nikolaev écrasa la clope sous la semelle de son godillot et se composa un visage triste.

— Brigitte avait de la classe. Elle aurait pu épouser un type bien propre sur lui et fonder une famille.

— Un type comme vous, j'imagine.

Le tueur acquiesça d'un air dépité.

— Au lieu de cela, elle a choisi de s'avilir en vendant son corps au plus offrant.

— Vous n'avez pas supporté qu'elles vous éconduisent comme si vous étiez un vulgaire soupirant, alors vous les avez supprimées, poursuivit Sagane, décidé à le déstabiliser. Vous les avez obligées à enfiler une robe de mariée car vous vouliez que tout le monde sache qu'elles vous appartenaient.

Nikolaev le considéra avec étonnement, comme s'il ignorait de quoi il parlait.

— Il est temps de passer aux choses sérieuses, décréta-t-il après avoir consulté sa montre. Vous avez du goût, commissaire : votre nénette a des nichons et un cul de rêve.

— Le commandant Argento est mon équipière, pas ma petite amie, corrigea Élie.

Cette remarque jeta le psychopathe hors de ses gonds.

— Vous foutez pas de moi ! explosa-t-il, rouge de colère. Elle vous plaît, ça se voit comme le nez au milieu de la figure !

Ses traits se détendirent d'un coup et il sourit en roulant des yeux hallucinés.

— Je vais vous faire une fleur avant de vous envoyer dans l'autre monde.

Il passa la langue sur les lèvres d'un air lubrique et indiqua Cécile du menton.

— Elle est à vous, baisez-la.

Argento ne put retenir un hoquet d'affolement. Ce malade ne les avait pas déshabillés pour qu'ils meurent de froid mais pour qu'ils copulent devant lui. Une vague d'indignation submergea Sagane qui se récria :

— Allez en enfer, espèce de taré !

L'incrédulité se refléta sur le visage de Nikolaev.

— Vous n'avez pas envie de prendre votre pied avant de crever ?

— Non !

Ivre de rage, le géant se dressa d'un bond, attrapa le rocking-chair par l'accoudoir et le balança à travers la pièce avec un hurlement. Les policiers se baissèrent pour éviter le fauteuil à bascule qui s'écrasa contre un mur en faisant un boucan de tous les diables. Nikolaev s'avança vers le commissaire à grands pas, s'arrêta à moins d'un mètre de lui et le gifla.

— Tu vas te la taper ! vociféra-t-il. Peu m'importe que tu en aies envie ou pas !

Il agrippa Cécile par le poignet et la traîna sur le sol, encaissant griffades et morsures. Élie s'apprêtait à intervenir lorsque Nikolaev pointa le Sig Sauer vers lui en clappant de la langue. Avec des gestes brutaux, le tueur obligea Argento à se relever et à se mettre à quatre pattes sur le lit à une place. Sous la menace du pistolet, la jeune femme cessa de lutter et s'exécuta.

— Passe directement par la porte de derrière ! ordonna Nikolaev à Sagane. Je veux la voir souffrir !

La fureur de son maître déchaîna Moog qui montra les crocs. Tandis que Cécile restait sans bouger, à la fois honteuse et terrifiée, Élie inspecta les lieux, à la recherche d'une issue. Il désespérait d'en trouver une quand son regard rencontra le tapis d'Orient étendu entre Nikolaev et lui.

En un instant, il sut ce qu'il allait faire.

— Je ne la toucherai pas, s'entêta-t-il, dans l'espoir d'attirer le colosse.

N'y tenant plus, ce dernier s'élança vers le commissaire avec l'impétuosité du taureau qui charge le torero.

— Tu l'auras voulu !

Il bavait et postillonnait tant il était hors de lui. Dès qu'il eut posé le pied sur le tapis, Sagane saisit les franges et les tira vers lui de toutes ses forces. Nikolaev écarquilla les yeux de surprise en tombant les quatre fers en l'air. Dans sa chute, il lâcha l'arme, qui glissa sur le plancher avant de buter contre le genou d'Élie.

— Moog ! cria le tueur. Attaque !

Sagane s'empara du pistolet à l'instant où le dogue lui sautait dessus. Il se mit sur le dos pour pouvoir le viser et, les bras tendus et les mains crispées sur la crosse du passeur de mort, il pressa la détente à deux reprises. Les balles transpercèrent le ventre du chien qui s'abattit sur le flic en poussant des plaintes déchirantes. Le sang giclait de ses blessures. Élie repoussa l'animal agonisant, se redressa d'un mouvement rageur et fondit sur Nikolaev qui se tordait de douleur, près de la porte. Il semblait souffrir du dos. Sagane enroula la chevelure crasseuse du psychopathe autour de son poing, lui rejeta brutalement la tête en arrière et enfonça le canon du Sig Sauer dans sa bouche. Il éprouva une joie cruelle lorsque le métal racla les dents jaunies par le tabac.

— Qu'est-ce que tu dis de ça ?

L'expression de Nikolaev ne trahit pas la moindre appréhension.

— Tu vas regretter d'avoir buté mon pote, charogne, reprit Élie en arborant un large sourire.

Ses yeux pleins de haine brasillaient dans son visage maculé de sang, qui évoquait la peinture de guerre d'un Indien. Il allait appuyer sur la détente quand quelque chose de dur et de glacé épousa sa tempe. Lentement, il tourna la tête vers Cécile qui serrait son pistolet à deux mains.

— Vous avez retrouvé votre pétoire. Où était-elle ?

Sans le quitter du regard, elle désigna Nikolaev.

— Il l'avait sur lui.

— Vous manquez à votre promesse, commandant.

— Je ne vous laisserai pas bousiller votre vie.

Guère intimidé, Sagane reporta son attention sur le tueur.

— C'est à moi d'en décider. Je ne vous retiens pas.

Elle campa sur ses positions.

— Pas question. Donnez-moi votre flingue.

Le regard amusé de Nikolaev alla de l'un à l'autre des policiers. À l'évidence, leur affrontement le distrayait au plus haut point.

— Vous pensez que ce déchet mérite d'être jugé ? interrogea Élie.

Cécile garda le silence.

— Vous seriez prête à me fumer pour le sauver ?

Elle resta muette.

— Répondez-moi, bordel de merde ! s'emporta-t-il.

Contre toute attente, elle baissa son arme.

— Non, je n'irais pas jusque-là.

Elle le fixa avec un mélange de résignation et de tendresse puis sortit. Désarçonné, Sagane ôta le canon de la bouche de Nikolaev. Le géant avala sa salive avant de ricaner :

— Tu te dégonfles, flicouillon ?

— Tu dis trop de conneries, répliqua Élie. Un petit somme s'impose.

Sur ce, il lui décocha un coup de poing dans la figure.

## 14

En début de soirée, deux gardiens de la paix sortirent Nikolaev de sa cellule et le conduisirent à la salle d'interrogatoire de la Crim', au troisième étage du bâtiment de la police Judiciaire. La fenêtre avait été murée depuis que Stéphane Bancel, « le tueur de Créteil », s'était suicidé. Dubreuil et Sagane étaient présents ce jour-là. Ils avaient retenu Bancel par les talons, mais il s'était débattu avec une telle vigueur que ses pieds avaient glissé dans ses chaussures. Muets d'effroi, ils l'avaient regardé tomber en chute libre et s'écraser sur les pavés de la cour où stationnaient les véhicules des huiles de la PJ.

Ils étaient restés un long moment immobiles, les souliers de Bancel à la main.

Les agents se postèrent de chaque côté de la porte. Gêné par les bracelets qui lui enserraient les chevilles, Nikolaev gagna le centre de la pièce à petits pas et s'affala sur la seule chaise inoccupée. Assis en face de lui, Argento et Sagane inspectaient le contenu d'une boîte en carton sans lui accorder le moindre regard. Ils s'étaient douchés et portaient des vêtements de rechange : le psychopathe avait brûlé leurs fringues pendant qu'ils étaient inconscients. Installée dans un coin, un ordinateur portable sur les genoux, Valérie Thual, l'assistante du divisionnaire, se préparait à taper le procès-verbal d'interrogatoire. Las d'attendre, Nikolaev recracha son chewing-gum dans la paume de sa main, le roula entre ses doigts et le lança dans la direction du commissaire qui inclina la tête de côté pour l'éviter.

— Si vous mettiez les pieds dans le plat, la flicaille ?

Les menottes à ses poignets cliquetèrent lorsqu'il se gratta le menton d'un air blasé. En guise de réponse, Élie tira une série de photos du carton et les étala avec soin sur la table en Formica.

— Nous les avons trouvées dans le secrétaire du séjour.

Le prisonnier survola les clichés pris devant l'immeuble où vivait Brigitte Drivaud. Sur chacun d'eux, la jeune femme semblait triste et déprimée.

— La vie l'avait salement amochée, énonça Nikolaev d'un ton faussement compatissant. Son assassin n'a fait qu'abréger ses souffrances.

— Un héros, en somme, ironisa Cécile.

Les yeux de Nikolaev étincelèrent de démence.

— Un saint, rectifia-t-il avec une vénération religieuse. Celui qui délivre son prochain de ses angoisses n'est pas un meurtrier mais un saint.

— Les fous et leur conception de la justice ! se gaussa Argento d'une voix où pointait l'écœurement.

— Vous croyez que la vôtre est meilleure, peut-être ?

— Elle n'est pas parfaite, mais elle nous permet de condamner et d'enfermer les gens comme vous.

Nikolaev lui décocha un sourire méprisant.

— Les gens comme moi ne refoulent pas leurs désirs, ils les assument. Les bien-pensants me font pitié. L'espace dans lequel ils vivent est délimité par leurs lois, leurs règlements, leurs tabous et leurs peurs. Ils s'imposent toujours plus d'interdits.

Il reporta son regard sur Élie.

— Vous êtes un bon exemple. Je vous ai apporté votre équipière sur un plateau. Qu'est-ce qui vous a empêché de profiter de l'aubaine ? La morale ?

— La raison, objecta Sagane. Revenons à Diane et Brigitte.

— Qui est Diane ?

— La première victime du « tueur de mariées ».

— Parce qu'il en a refroidi une autre ?

— Vous devriez changer de tactique. Neuf fois sur dix, les dingues que nous cuisinons se déchargent de leurs crimes sur un tueur imaginaire.

— Elle aussi portait une robe de mariée ?

— Oui.

— Votre gars cherche à se caser.

— Pas vous ?

— Oh non ! Je considère le mariage comme la mise à mort du désir et de l'amour.

— Vos pirouettes ne vous tireront pas d'affaire. Vous avez assassiné Brigitte, admettez-le, qu'on en finisse.

L'expression du colosse dénota l'admiration aussi bien que la jalousie.

— J'admets que j'avais prévu de la soulager. Il m'a devancé. Il est très doué.

Élie décida de jouer le jeu.

— Vous en parlez comme si vous le connaissiez.

— D'une certaine manière.

— Expliquez-vous.

— Nous nous ressemblons. Je sais ce qu'il a dans la tête.

— Il lui manque une case.

— Bande de minables ! s'indigna Nikolaev. Un type comme lui est au-dessus de tout jugement.

Il s'enferrait dans ses mensonges. Sagane estima qu'il était temps de le confondre.

— « Un type comme lui » ? feignit-il de s'étonner. Vous voulez dire « un type comme moi », n'est-ce pas ?

L'amusement remplaça l'irritation sur le visage du géant.

— Vous êtes une fine mouche.

— Et vous, un manipulateur. Cessez de parler de vous à la troisième personne et videz votre sac.

Le psychopathe joignit les mains sur la table et laissa tomber avec fermeté :

— Comptez pas sur moi pour m'accuser d'un meurtre que j'ai pas commis.

Ses yeux pétillèrent de curiosité.

— Comment s'y est-il pris pour zigouiller l'autre donzelle ?

— Il lui a injecté une bulle d'air dans la carotide, répliqua Argento.

— Un esprit brillant et inventif, conclut Nikolaev avec l'excitation du fan qui rend hommage à son idole. Il inspire le respect. Je ne peux pas lui en vouloir de m'avoir volé Brigitte.

Élie se balança sur sa chaise en soupirant d'ennui.

— Il a bon dos. Je suppose que c'est lui qui a trucidé toutes ces filles et entassé leurs cadavres dans votre cave.

Nikolaev pinça la bouche d'un air offusqué.

— Elles sont à moi, pas à lui ! s'insurgea-t-il. D'abord, comment savez-vous que ce sont des femmes ? À part la momie, il n'y a que des squelettes en bas.

— Les victimes que le légiste a examinées jusqu'ici avaient le bassin suffisamment large pour pouvoir accoucher.

— Quatre d'entre elles présentent des marques sous l'os pelvien, ce qui signifie qu'elles ont eu des enfants, compléta Cécile qui avait du mal à contenir son aversion.

Cette précision glissa sur Nikolaev qui sifflota.

— Ces gamins n'ont rien perdu, finit-il par lâcher. Les putains sont de mauvaises mères.

Sagane fronça les sourcils.

— Ces femmes étaient des prostituées ?

— Absolument. Que faisait Diane dans la vie ?

— Rien. C'était une gosse de riches.

Un sourire narquois étira les lèvres de Nikolaev.

— Voilà qui devrait remettre les pendules à l'heure : je m'intéresse aux putains, pas aux petites bourgeoises qui ne vivent que pour s'habiller à la dernière mode et s'éclater dans les soirées mondaines, un verre de whisky dans une main et la pine d'un fils à papa dans l'autre.

Sa grossièreté rebuta Argento qui grimaça de dégoût.

Le commissaire n'accorda pas de répit à Nikolaev et poursuivit :

— *Lady in blue*.

— Qui est-ce ? Une pute ?

— Le diamant de trente carats que le meurtrier a exigé en échange de la libération de Diane.

— Vous n'y êtes pas du tout : je tue pour le plaisir, pas pour l'argent. Je pensais que votre zigue était un artiste. Il me déçoit. Si nous reprenions notre discussion ?

Élie prit le paquet de cigarettes posé sur la table, en offrit une à sa collègue qui refusa d'un signe de tête.

— À quel propos ? s'enquit-il en craquant une allumette.

— Vos parents.

La clope stoppa à mi-chemin de la bouche du policier.

— Vous êtes hors sujet. Nous ne sommes pas ici pour parler de moi mais de vous.

Nikolaev arqua les sourcils d'un air surpris.

— Vous ne voulez pas savoir qui sont ces gonzesses et pourquoi je les ai tuées ?

Sagane tira sur sa cigarette.

— Si je comprends bien, c'est donnant, donnant.

— En effet. Je casse le morceau à condition que vous contentiez ma curiosité.

Élie souffla la fumée à la figure de Nikolaev qui se mit à tousser.

— La Police technique et scientifique a les moyens de faire parler les morts. Lorsque la victime est réduite à l'état de squelette, le moulage dentaire est suffisant pour l'identifier dans quatre-vingt-dix pour cent des cas. Les experts ont aussi la possibilité d'extraire de l'ADN des os.

— Qui vous garantit que les victimes consultaient un dentiste ou que leur ADN est enregistré dans le fichier des empreintes génétiques ? le nargua le tueur. Quand bien même ce serait le cas, établir leur identité prendra du temps. Vous n'avez pas envie d'être mis au parfum sans délai ?

Sagane le considéra d'un air supérieur.

— Inutile de marchander, on se passera de votre aide.

Cette rebuffade provoqua l'hilarité de Nikolaev.

— Puisque vous le prenez ainsi, allez vous faire…

Vous connaissez la suite. De toute façon, vous n'avez rien contre moi.

— Nous avons des preuves matérielles, le contredit Cécile. Je peux ?

Son chef acquiesçant en silence, elle vida le carton sur la table, sépara les sachets en plastique et guetta la réaction du psychopathe. Ce dernier allongea les bras pour attraper la pochette contenant un ciseau dentelé.

— On l'a dégoté dans votre caisse à outils, raconta la jeune femme sans se départir de sa froideur.

Le colosse le lui renvoya d'un mouvement énervé.

— Qu'est-ce que ça prouve ?

— L'assassin a coupé l'annulaire de Brigitte. Les marques apparentes laissent à penser qu'il a utilisé un riflard identique à celui-ci. Vous avez une explication ?

— J'avais une ferronnerie d'art à Bièvres. Je l'ai fermée à la mort de mon père. Je ne me suis pas servi de ce machin depuis.

— Un métier qui exige une grande dextérité, énonça Élie sur le ton du sarcasme.

Nikolaev leva les yeux au ciel.

— Si vous alliez droit au but ?

— L'homme que nous recherchons est un as du bistouri. Le corps humain n'a pas de mystère pour lui.

— Ce qui nous amène à ceci, enchaîna Argento en faisant glisser les autres sachets vers le géant. Ces traités d'anatomie humaine et pathologique se trouvaient sur votre table de nuit.

Nikolaev repoussa les livres et dévisagea les flics avec un dédain royal.

— Si j'ai bonne mémoire, je possède une dizaine d'ouvrages sur le fanatisme religieux. En déduisez-vous que je prêche la haine et que je pose des bombes ?

Il esquissa un sourire machiavélique.

— Nous faisons du surplace, commissaire. Vous devriez reconsidérer ma proposition.

Sagane se cala dans son siège et réfléchit un moment. Au fond, la vérité justifiait le sacrifice de quelques secrets de famille. La présence de Cécile ne le gênait pas, contrairement à celle des gardiens de la paix et de l'assistante du divisionnaire.

— Laissez-nous, leur ordonna-t-il.

Ils le fixèrent d'un air hébété.

— Attendez dans le couloir, insista-t-il avant qu'ils puissent protester. Je vous appelle en cas de problème.

— Vous êtes devenu fou ? intervint Cécile qui avait deviné ses intentions.

— Ne vous mêlez pas de ça, la rabroua-t-il sans la regarder.

— Il est en train de…

Élie la fit taire d'un geste.

— Vous avez entendu ? lança-t-il aux policiers et à la secrétaire.

Ils obéirent à contrecœur. Sagane attendit qu'ils referment la porte pour se tourner vers Nikolaev et demander :

— Mes confidences en échange du CV des victimes, nous sommes bien d'accord ?

Le visage du psychopathe s'épanouit de satisfaction.

— À vous l'honneur ! J'ai le don de flairer le mensonge, alors vous avisez pas de me raconter des salades.

Nerveuse, Argento se leva et fit quelques pas avant de s'accroupir près du radiateur qui diffusait une douce chaleur. Tandis qu'elle tâtait la bosse à son front, Élie engagea les hostilités.

— Mes parents se sont rencontrés dans les années cinquante, lors du bal annuel donné au jardin des

Tuileries par les anciens de la 2e division blindée du maréchal Leclerc. Marlon Brando était présent ce jour-là. Mon père a fait semblant de le connaître pour impressionner ma mère.

Nikolaev écoutait avec attention, les yeux rivés sur son interlocuteur.

— J'imagine qu'ils étaient très jeunes.

— Elle avait vingt-quatre ans, lui, vingt-six.

— Ils sont toujours vivants ?

— Mon père est mort il y a quinze ans.

— Accident ?

— Cancer. C'est votre tour, il me semble.

Le tueur soupira et posa les mains à plat sur la table.

— La première victime s'appelait Luce Akapoulos. Elle avait à peine dix-neuf ans et tapinait dans le quartier du Panier, à Marseille.

Sagane écrasa son mégot dans le cendrier puis tira un carnet et un stylo à bille de la poche arrière de son jean.

— Pouvez-vous épeler son nom ?

Nikolaev s'exécuta.

— Que faisiez-vous là-bas ? continua le commissaire.

— Je rendais visite à ma grand-mère maternelle – Dieu ait son âme ! Elle vivait dans un taudis, sur le Vieux-Port. Une nuit, j'ai abordé Luce. Elle a voulu m'emmener dans un hôtel de passe mais je lui ai dit que je préférais faire la chose dehors. Nous avons marché jusqu'à une rue sombre et déserte. À cette époque, je n'avais pas encore appris à maîtriser mon émotivité. J'ai dû m'y reprendre à trois fois pour l'étrangler avec le lacet de ma chaussure. Elle était si belle que j'ai décidé de la garder. Je l'ai mise dans le coffre de ma voiture et je suis rentré à Paris sans prévenir la vieille Angèle.

— De retour chez vous, vous l'avez balancée dans la cave.

— Vous en connaissez beaucoup des femmes qui acceptent d'être possédées puis jetées comme des Kleenex ? Je me suis occupé d'elle, je l'ai dorlotée. Je lui ai donné du plaisir plusieurs fois par jour.

— Vous avez fait l'amour avec son cadavre ?

— Dans la mesure du possible. J'ai arrêté quand l'odeur est devenue insoutenable.

Les flics frémirent et échangèrent un regard plein de répulsion.

— Nous avons assez parlé d'elle, ajouta le monstre, agacé. Vos parents étaient gentils avec vous ?

Élie s'efforça de refouler son trouble et poursuivit :

— Mon père m'emmenait au restaurant ou au cinéma au moins une fois par semaine. Nous étions très complices. Il croyait en moi.

— Et votre mère ?

— Nous nous entendons à merveille, répondit Sagane après une courte hésitation.

— Vous aviez promis de ne pas mentir.

— Je dis la vérité.

— Je lis dans vos yeux la rancœur qu'elle vous inspire. Pour quelle raison la détestez-vous ?

La déglutition d'Élie trahit sa confusion. Cécile se redressa et secoua la tête pour lui signifier qu'il n'était pas obligé de continuer. Il feignit de ne pas l'avoir vue, alluma une autre cigarette pour se donner une contenance et déclara d'une seule traite :

— Entre nous deux, c'est la guerre depuis que je me suis engagé dans la police. Je l'ai déçue car je n'ai pas suivi la voie qu'elle avait tracée pour moi. Elle voulait que je sois médecin, comme mon frère.

— Certaines mères ont du mal à laisser leur

progéniture voler de ses propres ailes. Elles entretiennent l'angoisse de castration chez les enfants mâles pour mieux les contrôler. La vôtre perd pied parce qu'elle n'arrive plus à imposer son autorité. Comment se comporte-t-elle avec votre frère ?

— Elle l'idolâtre.

— Vous êtes jaloux de lui ?

— Je l'étais, au début. Maintenant, il me fait pitié.

Jugeant qu'il en avait assez dit, Sagane se tut. Nikolaev prit le relais.

— Anne Gundelach, la deuxième victime, était âgée de vingt-huit ans.

Il épela le nom. Élie le nota sur son carnet et s'enquit :

— Où l'avez-vous rencontrée ?

— À la Ceinture d'Aphrodite, un salon de massage érotique situé rue Pasquier, dans le VIII$^{e}$. Anne était une masseuse exceptionnelle. Pour un petit supplément, elle m'a masturbé devant un miroir. Dans le menu d'Aphrodite qu'on remet au client à son arrivée, ils appellent ça la finition manuelle. La môme a eu tellement de cœur à l'ouvrage que j'ai eu envie de la revoir. Je lui ai proposé mille euros pour une baise à domicile. Le lendemain, elle sonnait à ma porte.

— Vous l'avez violée ?

— Je croyais que vous aviez compris. Les mortes me font plus bander que les vivantes.

— Vous les préférez passives et silencieuses.

Nikolaev hocha énergiquement la tête.

— Les femmes sont des objets. Un objet est, par définition, inanimé. Il ne bouge pas, il ne proteste pas, il ne gémit pas.

— Les féministes vous étriperaient si elles vous entendaient.

— Qu'elles aillent au diable ! Elles ne sont bonnes

qu'à brandir des banderoles et à brailler comme des poissonnières !

— Comment avez-vous tué Anne ?

— Je l'ai enfermée dans la cave avec le macchab de Luce. J'ai attendu qu'elle soit affamée pour la libérer et lui servir un poulet basquaise saupoudré de désherbant. Elle s'est jetée dessus. Je me suis assis en face d'elle et je l'ai regardée mourir. C'était pas beau à voir.

Sagane fixa son équipière. Leurs yeux exprimaient à la fois l'incrédulité et la colère.

Le colosse les observa d'un air ravi avant de rompre le silence :

— Vos vieux étaient proches l'un de l'autre ?

Élie réfréna son envie de le plaquer au sol et de lui casser la gueule.

— Mon père était un coureur de jupons, répondit-il sur un ton faussement conciliant. Ma mère se vengeait de lui en couchant avec des types plus jeunes qu'elle. Elle amenait ses conquêtes à la maison lorsqu'il était en déplacement. Elle fermait la porte de sa chambre mais mon frère et moi entendions leurs gémissements et les grincements du sommier.

— Vous en avez souffert ?

— Oui.

— Et votre frère ?

— Il se comporte comme si rien ne s'était passé.

Une toux nerveuse secoua Sagane. Ce déballage lui coûtait.

— Qui est la suivante ? demanda-t-il en se ressaisissant.

Son émotion réjouit Nikolaev qui prit le temps de répondre :

— Géraldine Visbecq, vingt-deux ans, star du porno.

Élie griffonna le nom sur le carnet.

— J'ai fait sa connaissance à Cannes, lors de la cérémonie des Hot d'or, raconta le psychopathe. Lana Lasuceuse, son pseudo, figure au générique d'une cinquantaine de productions. Vous vous êtes déjà branlé devant un film de cul, commissaire ?

— Il y a d'autres moyens de s'exciter.

— Les hommes sont d'une hypocrisie écœurante quand il s'agit de sexualité. Qu'est-ce qui vous empêche de libérer vos pulsions ? La morale ? La religion ?

— Ni l'une ni l'autre. Je suis un agnostique-né.

— Moi aussi. Ce n'est pas parce que nous nions l'existence de Dieu que nous n'avons rien à craindre de lui.

— Nous nous égarons, revenons à Géraldine. Que lui est-il arrivé ?

— Après la remise des statuettes, je me suis fait passer pour un producteur et je l'ai emmenée dîner. Nous avons fini la nuit dans l'appartement que je louais dans le centre-ville. Elle était ivre et riait bêtement, aussi en ai-je profité pour l'attacher aux barreaux du lit. Elle a arrêté de se marrer lorsque j'ai enfoncé un couteau dans son abdomen.

Argento et Sagane pâlirent d'horreur.

— Je voulais voir ce qu'elle avait dans le ventre, conclut le monstre avec un haussement d'épaules.

Cette énumération macabre prit fin tard dans la nuit. Nikolaev donna force détails sur la dernière victime, celle qu'il surnommait « la momie ». Il s'agissait en fait d'une étudiante qui posait pour des photos de charme. Le tueur s'attarda sur la brutalité avec laquelle il l'avait déshabillée et plongée dans une baignoire remplie d'eau bouillante.

Vidés et dégoûtés, les policiers n'écoutaient plus que d'une oreille.

Dès que Nikolaev eut terminé son récit, Cécile s'éclaircit la voix et lança à son chef :

— Je peux vous parler en privé ?

Élie cligna des paupières en signe d'acquiescement, repoussa la chaise et se leva. Une fois dans le couloir, il ordonna aux gardiens de la paix de retourner dans la salle d'interrogatoire pour surveiller Nikolaev. Assise sur un banc, l'assistante de Dubreuil bâillait d'ennui. Sagane s'approcha d'elle, détacha du carnet la feuille sur laquelle il avait inscrit les noms des victimes et la lui tendit.

— Vérifiez si ces femmes sont enregistrées dans le fichier des personnes disparues.

Contente de se rendre utile, la secrétaire le gratifia d'un sourire et se hâta vers son bureau. Le commissaire rejoignit sa collègue qui glissait une pièce dans la fente du percolateur.

— Un café ? demanda-t-elle.

— Non, merci.

Elle pressa le bouton pour commander le sien. Accablé de fatigue, Sagane s'installa sur un banc et soupira :

— Qu'y a-t-il de si urgent ?

Argento resta debout, les pouces dans les poches de son jean.

— Nous faisons fausse route, assena-t-elle. Il a avoué une vingtaine de meurtres sans le moindre état d'âme. S'il avait liquidé Spitz et Drivaud, il s'en serait vanté. Or, il nie les avoir assassinées.

Élie se frotta le visage d'un air las.

— Laissez-moi vous exposer ma théorie, insista-t-elle. Primo : les clichés que nous avons trouvés dans la chambre attenante au salon montrent des cadavres de femmes nues.

— Et alors ?

— Diane et Brigitte portaient chacune une robe de mariée.

Sagane attendit qu'elle prenne le gobelet en plastique fumant pour objecter :

— Nikolaev a pu les photographier avant de leur mettre cette foutue robe.

Tout en soufflant sur son café, elle s'expliqua :

— Vous l'avez entendu, il a le mariage en horreur. Les jolies jeunes femmes en robe blanche ne font pas partie de ses fantasmes.

— Il a très bien pu mentir.

— Quand il s'agit de leurs pulsions, les psychopathes ne peuvent pas s'empêcher de dire ce qu'ils pensent, c'est plus fort qu'eux, continua Cécile après avoir bu une gorgée. Deusio : « le tueur de mariées » s'est débarrassé des corps de Spitz et Drivaud. Nikolaev, lui, a empilé les dépouilles de ses victimes dans sa cave. Pour quelle raison aurait-il conservé les cadavres de toutes ces filles et pas ceux de Diane et Brigitte ? Si l'on s'en tient à son mode opératoire, il n'aurait pas dû s'en défaire.

Absorbé dans ses réflexions, Élie quitta le banc et marcha vers le percolateur.

— On peut assimiler son comportement à celui d'un collectionneur ou d'un fétichiste, enchaîna Argento. Il considère que ses victimes lui appartiennent. L'idée qu'un autre puisse se les approprier ou revendiquer la paternité de ses crimes le met en rage. En conclusion, il est possessif. Il ne se serait pas séparé de Spitz et Drivaud s'il les avait supprimées.

— Je n'ai rien à redire à cela, admit Sagane en insérant une pièce dans l'appareil. Autre chose ?

Cécile jeta le gobelet à la poubelle.

— Tertio : il commet des meurtres pour l'amour de l'art. Exiger une rançon ne lui viendrait même pas à l'esprit.

— Exact.

— Quarto : sa victimologie et celle du « tueur de mariées » divergent sur un point.

Élie trempa le petit doigt dans le café pour s'assurer qu'il n'était pas trop chaud.

— Diane Spitz, dit-il.

Son équipière approuva d'un signe de tête.

— Nikolaev a un faible pour les prostituées et les jeunettes qui vendent leurs charmes pour arrondir leurs fins de mois. Diane n'entre dans aucune de ces catégories.

— Il suffit d'un grain de sable pour enrayer la machine.

— Certes, nous avons arrêté un tueur en série. Mais pas le bon.

Sagane renversa la tête en arrière et partit d'un rire nerveux.

— Deux *serial killers* de la pire espèce flashent sans le savoir sur la même nana. En dix-sept ans de taf, j'ai jamais vu un truc pareil.

Il renonça à boire son café et le vida dans la poubelle qui se mit à fumer.

— Je veux en avoir le cœur net. Allez chercher un magnéto et un kit de prélèvement.

— Élie ? héla-t-elle tandis qu'il se dirigeait vers la salle d'interrogatoire.

Il s'immobilisa et pivota vers elle, une lueur interrogatrice dans les yeux.

— Ce n'est que partie remise, lâcha Argento avec une mimique caressante.

Sagane devina qu'elle faisait allusion à son invitation à dîner.

— J'espère bien.

Il lui fit un clin d'œil et entra dans la pièce.

— Il était temps ! s'exclama Nikolaev, visiblement soulagé. Ces ostrogoths n'ont pas beaucoup de conversation. Les monosyllabes et les borborygmes constituent l'essentiel de leur langage. Comment communiquez-vous avec eux ?

Les gardiens de la paix ne se départirent pas de leur impassibilité.

— À votre place, je la ramènerai pas, l'avertit le commissaire. L'agent Kurower est ceinture noire de karaté.

— Qui plus est, ils sont d'une ignorance crasse, poursuivit Nikolaev, guère intimidé. Ils ne savent pas qui sont Ted Bundy, Edmund Kemper et Jacques Favreau.

Il toisa les policiers.

— Je n'ose pas vous demander si vous connaissez Dark Vador et Hannibal Lecter, messieurs.

Les deux hommes restèrent muets.

À cet instant, Cécile fit irruption dans la salle, un sac en plastique à la main.

— Tout est là, annonça-t-elle à son supérieur.

Ce dernier examina le contenu du sac et s'assit en face de Nikolaev qui le dévisageait d'un air perplexe.

— Alors quoi, ça vient ? s'impatienta le psychopathe.

Élie enfila des gants de latex puis sortit un tube en verre qu'il posa bien en évidence sur la table.

— Je vous donne l'occasion de prouver que Diane Spitz et Brigitte Drivaud n'ont jamais séjourné dans votre harem.

Joignant le geste à la parole, il fit coulisser le bâtonnet logé dans le tube.

— Un prélèvement salivaire, siffla Nikolaev avec une expression mi-inquiète, mi-excitée. Qu'est-ce que vous manigancez au juste ?

— Nous avons l'ADN du « tueur de mariées », expliqua Sagane sans quitter du regard l'extrémité ouatée du bâtonnet. Nous voulons confronter votre empreinte génétique et la sienne.

— Quand serai-je autorisé à rencontrer mon avocat ?

— Demain soir, répliqua Argento avec dureté.

— Bien sûr, vous pouvez refuser de coopérer, reprit Élie. Votre bavard vous le déconseillerait fortement, sans compter que je n'ai pas de commission rogatoire. Il est deux heures du mat', je ne me sens pas le courage de réveiller le juge. À mon avis, il…

— Assez de chichis, allez-y ! le coupa Nikolaev, la bouche grande ouverte.

Sagane se souleva et passa le bâtonnet sous sa langue. Après avoir remis le tube à Cécile, il tira un Dictaphone du sac et le plaça entre lui et Nikolaev.

— Il reste une dernière formalité à remplir. Nous disposons d'un enregistrement de sa voix. Nous aimerions la comparer avec la vôtre.

L'autre soupira en signe d'assentiment.

— Qu'est-ce que je dois dire ?

— Peu importe.

Le commissaire appuya sur les touches Rec et Play, et attendit.

Nikolaev se pencha vers l'appareil et prononça en détachant bien chaque syllabe :

— Allez vous faire foutre, bande de nazes.

# 15

De retour chez lui, Élie se coucha tout habillé et dormit à poings fermés.

Il ronflait, la bouche entrouverte et les mains croisées sur le ventre, lorsque le carillon de l'entrée le tira du sommeil. Le réveil indiquait sept heures moins dix. Il sortit du lit en pestant contre l'importun qui osait le déranger d'aussi bon matin. Il traîna les pieds jusqu'à la porte qu'il peina à déverrouiller. Son frère se tenait sur le seuil, les traits tirés et les yeux cernés.

Il en resta interdit.

— Tu t'es rasé la barbe ? finit-il par lâcher en bâillant. Tu as bien fait, ça te rajeunit.

Michael se força à sourire et demanda d'un ton embarrassé :

— Je peux entrer ?

Sagane ouvrit la porte toute grande et s'écarta pour le laisser passer.

— Je t'en prie.

Michael referma derrière lui et le suivit. Élie déchira

le film plastique d'un paquet de cigarettes, en alluma une et s'assit en tailleur sur le canapé du séjour.

— Qu'est-ce qui me vaut l'honneur de ta visite, frangin ? s'enquit-il avec une pointe d'ironie.

Michael prit place sur un fauteuil, face à lui. Il avait l'air d'un raider new-yorkais avec ses cheveux gominés, son attaché-case flambant neuf et son complet noir tendance, dont le pantalon était retenu par des bretelles.

— J'ai appris pour Morin, articula-t-il au bout d'une minute. Je sais que vous étiez amis. Je suis désolé.

Sagane le jaugea d'un air suspicieux.

— C'est maman qui t'envoie ? Je croyais qu'elle voulait plus voir le fils indigne.

— Elle s'inquiète pour toi.

Irrité, Élie attrapa un cendrier pour écraser la clope.

— À d'autres ! fulmina-t-il. Pourquoi elle n'est pas venue me le dire elle-même ?

— Tu la connais, elle a du mal à extérioriser ses sentiments.

— Si cette mégère s'imagine que je vais me réfugier dans le giron maternel pour calmer ma douleur, elle se fait des illusions.

Michael s'offusqua de son insolence.

— Le mot « respect » a-t-il un sens pour toi ? rétorqua-t-il en lissant nerveusement sa cravate. Je te rappelle qu'elle nous a mis au monde et qu'elle a subvenu à tous nos besoins !

Il poussa un soupir d'exaspération.

— Nous sommes du même sang, bordel de Dieu ! Essayons de nous entendre pour une fois !

L'emportement de Sagane retomba d'un coup.

— Tu as raison. J'suis sur les nerfs en ce moment.

— Tu devrais faire une pause.

— Plus tard.

— Où en est l'enquête sur « le tueur de mariées » ? questionna Michael pour changer de sujet. Tu es sur une piste ?

— Nous avons interrogé un suspect cette nuit. Je ne suis pas autorisé à en parler.

— Les flics sont comme les toubibs, ils se retranchent derrière le secret professionnel quand ça les arrange.

Élie sourit à cette boutade.

— Tu bosses pas aujourd'hui ?

Le regard de Michael obliqua vers sa montre.

— J'ai rendez-vous avec une cliente dans deux heures. Elle ne vit plus depuis que son setter irlandais a une balano-posthite.

— Le jargon des vétos m'a toujours fasciné. Tu peux traduire pour le profane ?

— Inflammation du gland et du fourreau.

Sagane gonfla les joues d'un air dépassé et plaisanta :

— Encore une vieille fille qui reporte son affection sur son chien.

— Bien vu.

Pour la première fois depuis longtemps, ils échangèrent un regard complice et rirent aux éclats.

— Tu te souviens de notre dernière rigolade ? lança Michael dès qu'ils se furent calmés.

— Comme si c'était hier, repartit Élie, le visage empreint de nostalgie. Maman avait invité tous mes potes pour mes dix-sept ans. Gilbert Langway était plein comme une barrique ce jour-là. Il s'est endormi dans les toilettes.

— Cet abruti avait oublié de mettre le loquet. Les invités se pressaient à l'entrée des chiottes pour voir le phénomène. Les filles n'ont pas perdu une miette du spectacle.

— Ce n'est pas Alain qui l'a photographié ?

— Si. Je donnerais cher pour revoir ces clichés.

— Ils ont fait le tour du lycée. Je n'ai pas réussi à les récupérer.

Ils rirent de nouveau. Tandis qu'ils séchaient leurs larmes, Sagane proposa un café à son frère qui accepta de bon cœur.

— Bouge pas, dit-il en gagnant la cuisine.

Il revint avec un plateau qu'il déposa sur la table basse. Planté devant la bibliothèque, la tête penchée de côté, Michael survolait les titres des livres de poche serrés comme des sardines.

— Je n'ai jamais rien lu de mieux, énonça-t-il en prenant la tasse que lui tendait Élie.

— Hammett ou Chandler ?

— Les deux. Tu crois qu'il est possible de les égaler, voire de les surpasser ?

— Il m'arrive de lire des auteurs contemporains. La relève est loin d'être assurée.

Ils retournèrent s'asseoir.

— J'envisage d'arrêter de travailler un an pour voyager, confia Michael avec une gravité inhabituelle.

— Maman est d'accord ? interrogea spontanément Sagane.

Il n'en fallut pas plus pour refroidir Michael. Il foudroya son frère du regard et reposa la tasse avec une telle brutalité que le café gicla sur son pantalon.

— J'ai mûri ce projet tout seul, gronda-t-il, rouge de colère contenue. Il ne la concerne en rien.

— Excuse-moi, je n'ai pas réfléchi, bredouilla Élie, conscient de sa maladresse.

L'atmosphère devint pesante, la tension palpable. Sagane résolut d'arrondir les angles.

— Où iras-tu ?

Michael remua dans son siège, de plus en plus mal à l'aise.

— En Afrique, pour commencer, l'éclaira-t-il d'un ton agressif.

— Tu rêves de ce continent depuis que t'es gosse, se remémora Élie avec une mimique mélancolique.

Michael se leva et annonça d'une voix glaciale :

— Je dois y aller.

Il mesura l'étendue de la tache de café avec un froncement de sourcils puis marcha à grandes enjambées vers la sortie. Pressé d'en finir, Sagane n'essaya pas de le retenir. Sur le pas de la porte, Michael posa une main sur son épaule et le fixa de ses yeux inexpressifs. À cet instant, le commissaire sut que la réconciliation qu'il avait tant espérée était impossible. Un fossé les séparait.

La voix de son frère aîné l'arracha à ses sombres pensées.

— On se fait une bouffe un de ces quatre, O.K. ?

— Bien sûr, répondit-il sans conviction.

Il referma la porte et, laminé par cette confrontation, se laissa glisser le long du mur.

En arrivant au Quai des Orfèvres, vers huit heures, Argento commanda un express au percolateur et s'enferma dans son bureau.

Elle avait à peine dormi et se sentait exténuée. Les cauchemars et les rêves s'étaient succédé toute la nuit. Elle avait pensé à Nikolaev, aux femmes qu'il avait massacrées. Elle avait entendu les hurlements de terreur et de souffrance des victimes. Alors qu'elle était dans un demi-sommeil, elle avait vu Sagane. Dans son rêve, ils étaient étendus sur un lit couvert de roses sauvages, complètement nus. Il lui avait suffi de poser la main sur elle pour la rendre folle de désir.

Elle s'était réveillée en nage, à la fois honteuse et excitée.

Elle se mettait au travail quand quelqu'un toqua à la porte.

— Entrez !

Un homme passa la tête dans l'entrebâillement.

— Par exemple ! s'exclama Argento en le reconnaissant. Que faites-vous ici ?

Un sourire conquérant aux lèvres, Richard Neville s'avança dans la pièce.

— Le divisionnaire Dubreuil est au courant de ma venue. J'ai quelque chose pour vous.

Cécile sentit l'odeur suave d'un parfum de luxe lorsqu'il stoppa devant elle. D'un geste étudié, il lui tendit l'objet qu'il cachait derrière son dos.

— Un exemplaire dédicacé de mon premier roman.

La jeune femme fit mine de s'y intéresser.

— Vous auriez dû l'envoyer par la poste, laissa-t-elle tomber en tâchant d'être aimable.

Neville se cabra à cette manière d'agir contraire à son éducation.

— Je tenais à vous le remettre en main propre.

Argento déposa le livre sur le secrétaire placé à côté de la fenêtre.

— C'est gentil de votre part. Quoi de neuf ? Vous écrivez, en ce moment ?

— Tous les jours, avec plus ou moins de bonheur.

— Les affres de la création, soupira-t-elle, un tantinet railleuse.

Cette remarque vexa Neville.

— Les gens s'imaginent qu'il est facile de raconter une histoire, se défendit-il. Deux choses différencient le véritable auteur de l'écrivain amateur : le talent et le travail. Un auteur digne de ce nom écrit avec ses tripes.

Il lui arrive de se lever en pleine nuit pour retoucher un chapitre, changer la ponctuation d'une phrase ou remplacer un mot par un autre. L'écriture est un sacerdoce, pas un passe-temps.

Désireuse d'abréger cet entretien, Cécile montra du menton les dossiers qui s'empilaient sur la table et les chaises.

— Si vous voulez bien m'excuser, je suis débordée.

Il hocha la tête d'un air compréhensif.

— Vous finirez par le débusquer.

— Qui ?

— « Le tueur de mariées ».

Argento eut un sourire forcé.

— Évidemment.

Neville s'arrêta sur le seuil et la considéra avec l'impudence haïssable qui le caractérisait.

— Mon bouquin piétine, j'ai besoin d'infos. Êtes-vous disposée à m'aider ?

Pressée de se débarrasser de lui, Argento lui fit miroiter l'espoir d'une future collaboration.

— Téléphonez-moi la semaine prochaine. Je m'arrangerai pour vous consacrer un peu de temps.

Le regard du romancier ne refléta pas la moindre surprise, comme s'il n'avait jamais douté de son acceptation.

— Je savais que je pouvais compter sur vous.

— Au revoir, monsieur Neville, s'impatienta Cécile.

L'autre afficha une expression charmeuse.

— Appelez-moi Richard.

Dès qu'il eut pris congé, Argento jeta un coup d'œil sur la dédicace inscrite sur la page de garde du livre :

*À Cécile Argento, qui, j'en suis sûr, ne restera pas insensible à cette histoire riche en rebondissements.*

*Respectueusement, Richard Neville*

— Écrivain de mes deux, marmonna-t-elle en balançant l'ouvrage à la poubelle.

À onze heures trente, elle reçut la visite de Sagane. Il venait de se doucher car ses cheveux étaient mouillés et sa peau sentait le savon. Un masque d'escrime et un fleuret moucheté dépassaient de son sac à dos, dont la fermeture Éclair était cassée.

— J'ignorais que vous étiez sportif, observa Cécile avec étonnement sans cesser de mordiller son stylo.

— *Mens sana in corpore sano*, repartit Élie, tout sourires.

Il s'entraînait au gymnase Caillaux, dans le XIIIe, au moins trois fois par semaine. Un maître d'armes le suivait et l'aidait dans sa quête du geste parfait.

— Vous devez être craquant en tenue, le taquina sa collègue.

— En effet… Barnavi m'a remis le rapport du labo.

Il tira une enveloppe de la poche latérale du sac et l'envoya dans la direction de Cécile qui l'attrapa *in extremis*.

— Les marqueurs génétiques de Nikolaev ne correspondent pas à ceux du « tueur de mariées », conclut-elle après avoir parcouru le compte rendu.

— Charlier compare les voix, pour la forme. Vous aviez raison.

— Pour une fois, j'aurais préféré me planter.

— Par ailleurs, les victimes présumées de Nikolaev sont enregistrées dans le fichier des personnes disparues. Voyons le bon côté des choses : ce cinglé va passer le reste de sa vie derrière les barreaux.

— Il s'en sort bien. Il mériterait de crever.

La mine de Sagane se rembrunit.

— Paraît que vous avez eu de la visite.

Argento perçut le mélange de contrariété et de jalousie dans sa voix.

— Les nouvelles vont vite.

— Qu'est-ce qu'il voulait ?

— Il m'a offert un exemplaire de son premier roman. Dédicacé, s'il vous plaît.

— Où est-il, ce chef-d'œuvre ?

Cécile ne répondit pas, mais ses yeux obliquèrent vers la poubelle à ses pieds. Son supérieur s'épanouit en voyant le livre écorné et taché de café.

— Chaque chose à sa place, se gaussa-t-il, regonflé à bloc.

— Je savais que vous seriez content de moi, renchérit-elle. On dîne ensemble ce soir ?

— C'est faisable, à condition que la racaille se tienne tranquille.

— Je croise les doigts.

Ils échangèrent un regard équivoque puis Élie se retira en chantonnant.

À peine se fut-il assis à son bureau qu'une femme entra comme une tornade.

Elle effleura sa joue d'un baiser furtif et déclara avec entrain :

— Je suis venue aussi vite que j'ai pu.

Rédactrice en chef de *L'Européen*, le quotidien le plus vendu en France, Cristal Kalache approchait de la cinquantaine. De taille moyenne, elle avait les cheveux blond cendré, ondulés et mi-longs. Les ridules au coin de ses yeux d'un bleu tirant sur le mauve n'enlevaient rien à la beauté classique de son visage, comparable à celle des héroïnes hitchcockiennes. Appétissante, elle avait une poitrine opulente et une croupe rebondie qu'elle mettait en valeur à grand renfort de décolletés plongeants et de jupes moulantes. Sagane l'avait rencontrée à un gala de bienfaisance, sept ans auparavant. Elle lui avait fait un rentre-dedans pas possible, allant jusqu'à lui proposer de finir la nuit chez elle. Insatiable, elle l'avait épuisé. Par la suite, ils étaient devenus amis.

Elle se laissa tomber sur une chaise, sortit un bloc-notes et un stylo-bille de sa sacoche.

— Si on en venait à la raison de ton appel ?

Après le départ de son frère, Élie avait téléphoné à Cristal pour lui dire qu'il y avait du nouveau dans l'enquête sur « le tueur de mariées ». Alléchée, elle avait insisté pour le voir en fin de matinée.

— Hier après-midi, nous avons arrêté un suspect, répliqua-t-il.

La journaliste arbora une mine éberluée.

— Vous le tenez ?

Sagane se leva et marcha vers la fenêtre.

— Le gars a dessoudé une vingtaine de filles, annonça-t-il en promenant son regard sur les toits neigeux. Diane Spitz et Brigitte Drivaud ne sont pas du nombre.

L'incrédulité tordit la bouche de Kalache.

— Tu te fiches de moi.

Il pivota vers elle.

— Non.

Il raconta ce qui s'était passé chez Nikolaev, en prenant soin de taire les détails gênants pour lui et Argento, résuma l'interrogatoire de la nuit précédente et termina par les résultats des analyses. Remarquant que Cristal n'avait encore rien écrit, il désigna le bloc ouvert sur ses genoux.

— Je te signale que le cours a commencé.

Elle secoua la tête pour sortir de son hébétude et entreprit de sténographier la conversation.

— Tu crois que Spitz et Drivaud sont les premières victimes du « tueur de mariées » ? demanda-t-elle, de nouveau professionnelle.

— Non. La planification des enlèvements démontre qu'il a de l'expérience.

— Vous avez des indices ?

Il ouvrit la bouche pour mentionner les fibres découvertes dans la Renault 19 de Richard Neville et celles arrachées à la perruque de l'assassin. Il se ravisa au dernier moment, se contentant de répondre par la négative.

— Comment fonctionne-t-il ? continua la journaliste.

— Il cherche la femme idéale, la princesse qui n'existe que dans le conte de fées qu'il a inventé de toutes pièces. Lorsqu'il pense l'avoir trouvée, il la traite avec tous les honneurs dus à son rang. Jusqu'au moment où elle le déçoit.

— Furieux, il la viole avant de la supprimer, compléta Kalache d'une voix aux inflexions fascinées.

— Au contraire de Diane, Brigitte était déjà morte quand il l'a…

Élie n'acheva pas sa phrase. Le comprenant à demi-mot, Cristal pâlit.

— Tu es en train de me… Quelle horreur !

— Il n'est pas passé à l'acte du jour au lendemain, enchaîna Sagane. Les désillusions à répétition ont attisé sa frustration et libéré ses pulsions meurtrières.

Kalache se ressaisit et énonça, avec une intonation admirative :

— Au cours de ma carrière, je n'ai rencontré que

deux flics qui en connaissent un rayon sur les *serial killers*. Le commissaire Paul Legac et toi.

— Les verbes « rencontrer » et « coucher » ont-ils toujours la même signification pour toi ? la titilla Élie.

Elle lui décocha le sourire ravageur qu'elle réservait à ses futures conquêtes.

— Tu es impayable ! Il ne s'est rien passé entre Legac et moi. Il est de la vieille école.

— Ce qui veut dire ?

— Il est fidèle à sa compagne.

— Que peut-elle avoir de plus que toi ? plaisanta le commissaire.

— Des jambes parfaites. Revenons à l'épouseur.

Sagane recouvra son sérieux.

— Tu en sais autant que nous à présent.

Cristal survola ses notes et lui adressa un regard plein de gratitude.

— J'ai de quoi travailler.

— J'aimerais que tu me rendes un service, articula-t-il tandis qu'elle rangeait ses affaires.

Elle s'immobilisa et le considéra avec défiance.

— Ces infos n'étaient pas gratuites ?

Il haussa les épaules d'un air coupable. Elle soupira d'écœurement et se rassit.

— Qu'attends-tu de moi ? râla-t-elle.

— Trois fois rien.

Elle rit nerveusement.

— Je sens que tu vas me demander la lune !

Les traits du policier se durcirent.

— Aide-moi à coincer cette ordure, assena-t-il d'un ton résolu.

— De quelle manière ?

— Si nous parvenons à le déstabiliser, il commettra une erreur et nous aurons une chance de le cueillir.

— En somme, tu veux que je rédige un article sur les mariées pour le culpabiliser.

Contre toute attente, Élie rejeta cette proposition d'un geste.

— Notre homme n'éprouve aucune empathie pour ses victimes. Un papier larmoyant ne l'attendrira pas.

— Arrête de tourner autour du pot et dis-moi ce que tu as dans la tête, s'agaça Kalache qui perdait patience.

Il retourna à son bureau et expliqua avec véhémence :

— Nous allons le provoquer pour qu'il sorte de ses gonds. Trace un portrait avilissant de sa personne, de façon qu'il se sente attaqué dans sa virilité. Écris que les femmes lui font peur. Mets sa mère sur le tapis.

Avec des mouvements prompts, il tira une feuille du troisième tiroir et la lui remit.

— Ceci est le diagnostic établi par un psychiatre dans une affaire de meurtres en série jugée l'année dernière. Tu n'as qu'à t'en inspirer.

Elle lut à voix haute le paragraphe surligné au feutre orange :

— « La mère du prévenu a des tendances maniaco-dépressives et paranoïaques. Sa conduite à la fois abusive et séductrice a entraîné la déstructuration de la personnalité et de l'identité sexuelle de son fils. Incapable d'avoir des relations normales avec autrui, celui-ci s'est accompli dans la déviance et la violence. »

La journaliste passa une main dans ses cheveux d'un air désorienté.

— Eh bien, c'est réjouissant ! Monsieur a d'autres exigences ?

Cette pique glissa sur Sagane qui poursuivit avec la même détermination :

— Il faut que l'assassin soit sous pression. Dis que la police a dégoté des indices sur les scènes de crime, sans toutefois préciser lesquels, et qu'un témoin a vu un type louche entrer dans l'immeuble de Brigitte Drivaud le soir de son enlèvement.

— Je présume que ce témoin est actuellement interrogé dans les locaux de la Brigade criminelle et qu'il aide les enquêteurs à dresser le portrait-robot du suspect, anticipa Cristal dans la foulée.

Un sourire satisfait découvrit les dents bien rangées du commissaire.

— Tu comprends vite.

Kalache planta son regard inquisiteur dans le sien.

— Qu'est-ce qui me garantit que tu n'as pas mis quelqu'un d'autre dans la combine ?

— Je t'ai déjà menti ?

— Non, admit-elle dans un souffle.

— La balle est dans ton camp.

La perspective d'un scoop donna un coup de fouet à Cristal.

— Si cet allumé est aussi sûr de lui que tu le prétends, cela ne suffira pas à le déboussoler, reprit-elle.

— Son stress ne résultera pas du sentiment de culpabilité mais de la crainte d'être identifié et arrêté. Il est possible que cette peur l'amène à faire une bourde.

— Un détail me chiffonne : pour quelle raison, alors qu'il n'a jamais eu l'intention de libérer Diane Spitz, a-t-il exigé une rançon ?

— Au début, cet état de fait m'a induit en erreur. D'un côté, nous avions le kidnappeur ; de l'autre, le criminel sexuel enclin au fétichisme. Le monde du ravisseur se limite à l'argent et aux choses qu'il lui permet d'acquérir, celui du meurtrier psychopathe à sa proie et au plaisir qu'elle lui procure. D'après mon expérience, les sociopathes ne dérogent jamais à la règle de conduite qu'ils ont adoptée.

— Quand « le tueur de mariées » a enlevé Spitz, il a pensé au fantasme qu'il allait réaliser, pas à l'argent qu'elle pouvait lui rapporter.

Élie acquiesça.

— L'idée de se remplir les poches lui est venue par la suite, au moment où il a décidé de se débarrasser d'elle. En résumé, il n'a pas réclamé de rançon pour mener joyeuse vie aux Bahamas mais par opportunisme.

— S'il a liquidé d'autres femmes, il les a probablement déguisées en mariées. Tu as vérifié ?

— Ce mode opératoire n'est pas répertorié dans les bases de données disponibles. Quoi qu'il en soit, je suis persuadé que de nombreuses victimes figurent dans son tableau de chasse et qu'il ne va pas tarder à remettre le couvert.

Tout en se grattant l'arête du nez, Kalache formula la question qui lui brûlait les lèvres :

— Et s'il ne lit pas cet article ?

— Les tueurs en série lisent la presse et regardent les journaux télévisés, répliqua Sagane du tac au tac. Il a dû découper les papiers et enregistrer les reportages concernant cette affaire.

Cependant que Cristal se préparait à partir, il la rejoignit au centre de la pièce.

— Je compte sur toi pour ne pas reléguer notre travail à la rubrique faits divers.

Elle se rapprocha et lui caressa la joue du pouce.

— Tu sais bien que je ne peux rien te refuser. Il sera à la une demain après-midi. Une chose me turlupine depuis…

— Laquelle ? l'interrompit Élie qui avait deviné sa pensée.

— Tu aurais accepté de vivre avec moi, si je te l'avais demandé ?

La circonspection brilla dans les yeux du commissaire.

— Tu étais prête à renoncer à ton indépendance ?

— Oui.

Un instant troublé, Sagane se ressaisit et éclata de rire.

— J'ai failli marcher ! s'écria-t-il en lui donnant une tape sur le crâne. Tu n'es qu'une incorrigible baratineuse !

Elle approuva en silence et déposa un baiser sur son front.

— Au revoir, beau gosse.

À peine eut-elle quitté le bureau que la porte se rouvrit sur Argento.

— Le parfum de cette pimbêche a empesté le 36, grogna-t-elle avant qu'il puisse parler. Qui est-ce ?

Il la dévisagea d'un air ébahi.

— Une journaliste. Pourquoi ?

Elle inspira et dit d'une seule traite :

— Je n'aime pas sa façon de parader. Elle se conduit comme en pays conquis. Vous avez vu ses seins ? Il y a de quoi remplir trois soutiens-gorge comme le mien !

Élie se détendit et sourit.

— Seriez-vous en train de me faire une scène, commandant ?

— Qu'est-ce que vous croyez ? Les hommes n'ont pas l'apanage de la jalousie.

Sur ce, elle lui décocha un clin d'œil et sortit en se déhanchant.

# 16

Assis à son bureau, l'homme pianotait fiévreusement sur le clavier de son ordinateur. Lorsqu'il eut fini l'avant-dernier chapitre de son roman, il s'arrêta pour se relire et corriger les fautes.

Tout en souriant de satisfaction, il repensa à la première fois qu'il avait éprouvé l'envie d'écrire. Il avait commencé à noircir du papier après avoir noyé le chien Nexus dans la baignoire familiale. Il avait gardé le cahier d'écolier sur lequel il avait consigné ses réflexions sur la mort. Aujourd'hui, même si ses cogitations lui apparaissaient naïves, leur sincérité avait quelque chose d'émouvant. Le passage le plus abouti de ce journal intime concernait la mise à mort de Giana, sa petite amie d'origine italienne. Il donnait des détails très précis, comme la force qu'il avait déployée lors de la strangulation, l'épouvante dans les yeux écarquillés de l'étudiante, la pâleur soudaine de son visage, les soubresauts qui avaient précédé l'immobilité complète de son corps.

Pour conclure, il vantait les mérites de la strangulation manuelle.

Il avait tenu son journal jusqu'au jour où il avait décidé de devenir écrivain, à l'âge de trente et un ans. Il avait puisé dans son vécu pour rédiger sa première nouvelle policière. Comme il avait déjà neuf meurtres à son actif, il n'avait eu aucun mal à camper l'assassin. Depuis, ses promises lui fournissaient le matériau de ses histoires. Mais l'écriture était une maîtresse insatiable. Il ne serait pas délivré d'elle avant d'avoir trouvé l'élue.

De nouveau concentré, il fit craquer ses doigts et se remit au travail. Le lecteur de CD posé à même le plancher de chêne diffusait *La Marche funèbre de Siegfried*. Il ne pouvait pas travailler sans Wagner. La *Tétralogie* du compositeur allemand était pour lui une source d'inspiration permanente. Tandis que la musique allait crescendo, il crut entendre un cri. Contrarié, il baissa le volume de la chaîne hi-fi et tendit l'oreille.

Tamara appelait au secours.

— Je t'ai dit cent fois de ne pas faire de bruit ! gronda-t-il, à bout de nerfs.

Incapable de refréner sa colère, il bondit hors du bureau et se jeta dans l'escalier, décidé à la punir. Parvenu au premier étage, il traversa à grands pas le couloir menant à la chambre de sa promise, introduisit la clé dans la serrure et ouvrit la porte à la volée. Alors qu'il entrait dans la pièce, les poings serrés de rage, il vit la chaise renversée. Couchée sur le flanc, la jeune femme tentait de se libérer de ses liens, sans résultat. La fureur de l'homme céda le pas à l'inquiétude.

— Chérie ! s'affola-t-il.

Terrifiée, elle cessa de bouger. Il la saisit par les aisselles et la releva sans effort.

— Tu as mal quelque part ? s'enquit-il avec un mélange de sollicitude et de tendresse.

Muette d'effroi, elle se contenta de secouer la tête de droite à gauche. Débordant d'amour, il écarta une mèche de son front et embrassa Tamara sur la joue. Puis il s'accroupit devant elle pour lisser sa jupe froissée et la contempler à son aise. Les cheveux noirs, longs et frisés, le visage régulier, égayé par une bouche en forme de cœur et des yeux bleu clair fendus en amande, Tamara était âgée de vingt-cinq ans. Son corps musclé et sa peau mate indiquaient qu'elle abusait du sport et des UV.

— À ton avis, qu'est-ce qui fait la différence entre une adolescente et une femme ? demanda-t-il en effleurant sa cuisse du bout des doigts.

Elle le considéra avec perplexité.

— La beauté et la classe, poursuivit-il avec un sourire angélique.

— Laissez-moi partir, supplia-t-elle dès que la panique eut repris le dessus.

Il feignit de ne pas l'avoir entendue et articula d'un ton rassurant :

— Je t'apprendrai à surmonter ta peur de la vieillesse.

— Laissez-moi partir, répéta-t-elle avec un accent de terreur. Je ferai tout ce que vous voudrez.

Exaspéré, il se redressa et la cingla d'un regard réprobateur.

— Je te signale que nous nous marions dans deux jours.

Elle roula des yeux hagards.

— Mais…

— Ne me dis pas que je précipite les choses ! la coupa-t-il avec autorité. À la seconde où je t'ai vue, j'ai su que nous allions vivre le grand amour.

Il l'avait repérée dans une supérette, une semaine plus tôt. Sous le charme, il l'avait prise en filature. Elle travaillait au Schéhérazade, une boîte à la mode située rue Palatine, dans le VI$^e$. Il s'y était rendu tous les soirs, grimé et déguisé pour ne pas être reconnu. Le job de Tamara consistait à monter sur un podium en petite tenue et à danser devant un parterre de péquenots chauffés à blanc. Certains lui mettaient la main au panier, d'autres exhibaient des billets dans l'espoir d'acheter ses faveurs. La nuit précédente, l'homme était intervenu car un soûlaud l'avait fait descendre de force de l'estrade. D'un coup de poing bien senti, il avait envoyé le malotru au tapis. Tamara l'avait invité à boire un verre pour le remercier. À la fermeture de l'établissement, il avait proposé de la raccompagner chez elle. Comme il avait su la mettre en confiance, elle avait accepté. Prudent, il avait garé sa fourgonnette dans une rue déserte. Il avait attendu que sa bien-aimée grimpe dans le véhicule et qu'elle referme la portière pour la chloroformer.

Ensuite, il avait pris le chemin de sa tanière.

— Vous faites erreur, se défendit Tamara. Je ne suis pas celle que vous croyez.

Le geôlier la jaugea d'un air indulgent.

— Le mariage marque un tournant dans la vie d'une personne. Ta nervosité est légitime.

Il se pencha vers elle et plongea son regard amoureux dans le sien.

— Je passerai *La Chevauchée des Walkyries* pendant la cérémonie. Tu seras ma Brünnhilde, je serai ton Siegfried.

Tamara oscillait entre l'angoisse et l'incompréhension.

— Tu ne connais pas Wagner ? s'étonna-t-il.

Elle s'abstint de répondre de peur de l'énerver. Amusé par son ignorance, il se mit en devoir de l'éclairer :

— Brünnhilde désobéit à son père, le dieu Wotan. Pour la punir, il l'emprisonne dans un cercle de feu. Seul Siegfried est assez courageux pour traverser les flammes et la sauver.

Il attrapa sa main et la baisa avec ferveur.

— Nos noces seront grandioses. Nous boirons du champagne jusqu'à plus soif, nous danserons la valse jusqu'à l'épuisement, nous resterons éveillés jusqu'au lever du soleil, nous…

Il se tut en apercevant la flaque aux pieds de la jeune femme.

— Pauvre chérie ! s'exclama-t-il. Pourquoi ne m'as-tu pas demandé la permission d'aller aux toilettes ?

Il se tapa le front avec la paume de sa main et s'empressa de détacher Tamara. Elle tremblait comme une feuille.

— C'est arrivé par ma faute, se sermonna-t-il, bourrelé de remords. Je vais te faire couler un bain. J'ai des vêtements en réserve, j'espère qu'ils t'iront.

Tandis qu'ils gagnaient la sortie, l'homme tomba en arrêt devant les photos de Tamara punaisées au mur.

— Comment trouves-tu la future mariée ? s'extasia-t-il. Moi, je la trouve sérénissime.

Nauséeuse, elle détourna les yeux.

— Viens, dit-il après avoir embrassé le kaléidoscope du regard.

Des appliques fixées à égale distance les unes des autres éclairaient les longs couloirs. Sans prévenir, l'homme stoppa devant une porte entrebâillée. Il la poussa puis invita Tamara à entrer dans la salle de bains carrelée, au centre de laquelle trônait une baignoire sabot en marbre. Mal à l'aise, il se racla la gorge et marcha vers un placard d'un pas hésitant. Avec des gestes gauches, il en sortit un peignoir qu'il posa bien en évidence sur un tabouret. Sans quitter sa fiancée des yeux, il boucha la baignoire et ouvrit les robinets. Dès que l'eau fut à la bonne température, il désigna la porte du menton.

— Je t'apporte des vêtements propres, balbutia-t-il en reculant. Fais comme chez toi.

Il l'enferma dans la salle de bains. Tamara chercha une issue. L'espoir illumina son visage quand elle vit le Velux. Le cœur battant, elle ôta ses chaussures, monta sur le tabouret et se haussa sur la pointe des pieds pour atteindre la barre métallique. Elle était trop haute. La jeune femme ne se laissa pas abattre et se mit en quête d'un objet coupant. Le placard était plein de serviettes et de gants de crin. La pharmacie regorgeait de savonnettes et de tubes de dentifrice. Dans tous ses états, Tamara vida le contenu de la trousse de toilette sur le carrelage. Ses yeux s'embuèrent lorsqu'elle constata qu'il n'y avait ni rasoir ni ciseaux. Désespérée, elle se blottit dans un coin et sanglota sans retenue.

Si elle voulait vivre, elle devait se conformer aux circonstances.

Elle n'avait pas le choix.

Résolue à s'en sortir, elle sécha ses larmes. Après avoir remis de l'ordre, elle retira son pull et sa jupe. Pendant qu'elle roulait son bas nylon, le pied posé sur le bord de la baignoire, le bruit de l'eau qui bouillonnait étouffa le couinement de la porte. Comme Tamara lui tournait le dos, l'homme passa la tête dans l'embrasure et se délecta du spectacle. À la fois ému et excité, il s'attarda sur la cambrure et les fesses sculpturales de sa future épouse. Quand elle changea de position pour enlever l'autre bas, l'homme la vit de profil.

Il en resta sidéré.

Sous le pubis, il y avait un pénis.

Horrifié, il lâcha la robe qu'il venait de repasser avec amour et vacilla sur ses jambes. Comment cela était-il possible ? Comment avait-il pu se laisser berner par cette chose ?

— Saloperie, hoqueta-t-il en cognant son front contre le mur. Tu t'es bien moqué de moi !

Tamara l'avait trompé. Elle méritait un châtiment exemplaire.

Fou de colère, il ferma la porte à clé et dévala l'escalier quatre à quatre. Une fois dans la cuisine, il passa en revue les couteaux alignés sur le plan de travail. Il opta pour un couteau en acier damassé qu'il avait rapporté du Japon. Il s'en servait pour couper les viandes et hacher les légumes. En ébullition, il affûta la lame sur la pierre à aiguiser. Avant de remonter au premier étage, il enfila des gants de ménage en caoutchouc.

Il colla son oreille à la porte de la salle de bains, entendit l'eau de la baignoire clapoter. Le visage haineux, il tourna la clé dans la serrure, ouvrit la porte en douceur et se faufila dans la pièce à la faveur de la vapeur qui s'élevait lentement. Les volutes se dispersèrent et il aperçut le monstre qui sortait du bain, le corps dégoulinant d'eau. Alors que l'imposteur attrapait le peignoir sur le tabouret, l'homme fonça sur lui et le poussa, de façon qu'il tombe à la renverse. La violence du choc étourdit Tamara, qui se mit à délirer.

Le regard fou, son agresseur s'agenouilla près de lui et empoigna son membre.

— Je me suis trompé, dit-il, le souffle saccadé.

Il brandit le couteau et, sans crier gare, trancha la

verge. Tamara poussa un hurlement déchirant et porta les mains à son entrecuisse ensanglanté. Dégoûté, l'homme cracha sur l'organe et le fourra dans la bouche de sa victime.

— Tu n'es pas l'élue, continua-t-il, de nouveau maître de lui.

Tandis que Tamara se tordait de douleur sur le carrelage gluant de sang, il ouvrit le robinet d'eau chaude de la baignoire.

— Tu es le rebut du genre humain. Tu ne mérites pas de vivre.

Il agrippa la chevelure de Tamara, la souleva et plongea sa tête dans l'eau brûlante. Elle cria et se débattit, mais elle n'était pas de taille à se défendre. Il répéta son geste jusqu'à ce qu'elle n'oppose plus aucune résistance. Hors d'haleine, il la sortit de l'eau et observa son visage à vif d'un air fasciné. Elle n'avait plus de paupières ni de lèvres. Son nez et ses joues partaient en lambeaux.

Dans un accès de fureur, il jeta à terre le corps sans vie et prit Dieu à partie :

— Comment peux-tu engendrer de telles aberrations ?

Écœuré, il enjamba le cadavre pour atteindre le lavabo. Il rinça les gants et les balança à la poubelle. Il se savonnait les mains depuis un bon quart d'heure lorsqu'un bruit de verre brisé résonna.

— Vous vous êtes donné le mot ou quoi ? vociféra-t-il.

Il se rua dans la chambre à coucher, prit le revolver et le gourdin sur le dessus de marbre de la commode et descendit au sous-sol. Il déverrouilla la porte de la cave, l'ouvrit en cinq sec et entra, l'arme pointée droit devant lui. Les prisonniers se tenaient au fond du local sombre et poussiéreux. Le balafré faisait la courte échelle au junkie. Ce dernier venait de casser la vitre du soupirail et tentait de se faufiler dans l'ouverture.

L'homme donna un coup de trique sur le mur pour attirer leur attention.

En le voyant, ils s'immobilisèrent et déglutirent en chœur.

— Désolé de vous interrompre, les gars, glousssa leur geôlier avec un sourire cruel.

Il referma la porte et s'avança vers eux d'une démarche menaçante.

# 17

À vingt heures pile, la silhouette de Cécile s'encadra dans la porte.

Quand il l'aperçut, Sagane se garda de manifester sa joie, de peur qu'on ne l'entende. Leur amour naissant faisait jaser dans les locaux de la Crim' et il ne tenait pas à en rajouter.

— J'arrive, murmura-t-il.

Après avoir éteint l'ordinateur et mis en ordre les procès-verbaux qu'il était en train d'examiner, il se hâta d'enfiler sa parka et de la rejoindre. Comme ils sortaient du bâtiment de la PJ, Argento montra la moto appuyée contre un arbre et agita la clé suspendue à son index.

— Je conduis, si vous n'y voyez pas d'inconvénient.

— Aucun.

Cécile pilotait la Kawasaki avec une folle témérité, poussant des pointes de vitesse à tout bout de champ. Chaque fois qu'elle accélérait, Élie se collait à elle et serrait davantage sa taille, ce qui n'était pas pour lui déplaire. Parvenue à la rue de Vouillé, dans le XV$^{e}$, elle coupa le moteur du bolide et désigna l'entrée du Jeune Faon, son restaurant de prédilection.

— À ce qu'il paraît, on y mange les meilleures cuisses de grenouille du monde, affirma-t-elle.

Ses acrobaties avaient stressé Sagane. Son enthousiasme l'incita à la détente.

— J'en ai les papilles qui frétillent, souffla-t-il, tout sourires.

Il ôta le casque intégral qu'elle lui avait prêté, sauta à bas de la moto et marcha pour se dégourdir les jambes. Dès qu'elle eut fixé l'antivol à la roue arrière, il lui offrit le bras, à la manière d'un chevalier servant.

— Je meurs de faim, pas vous ?

Elle prit son bras et ils entrèrent dans le restaurant.

Lorsqu'ils quittèrent le Jeune Faon, trois heures plus tard, la neige recouvrait la rue.

Élie ferma sa parka et déclara avec jovialité :

— Pour une fois que nous avons un hiver digne de ce nom.

Il se baissa pour ramasser un peu de poudreuse qu'il modela entre ses mains gantées.

— Une petite bataille, commandant ?

Grelottante, Argento serra les jambes et releva le col de son blouson.

— Non merci, sans façon.

Sagane poussa un cri de guerre et lança la boule au loin. Après qu'elle se fut écrasée contre un parcmètre, il frotta ses gants pour enlever la neige et revint vers Cécile qui était au téléphone.

— Ma voisine garde Traceur cette nuit, annonça-t-elle en raccrochant.

Élie feignit de ne pas comprendre où elle voulait en venir.

— Vous ne le voyez pas beaucoup. Tout chien qu'il est, il a besoin d'affection.

— Je me suis attachée à lui, c'est vrai. Mais le fait est qu'un animal domestique ne remplace pas un homme.

Un ange passa.

— On boit un dernier verre chez moi ? proposa-t-elle d'une voix aux inflexions charmeuses.

— Où créchez-vous ?

— Rue des Cordelières, dans le XIII^e^. En cas de problème, Dubreuil vous joindra sur votre portable.

La tentation étincela dans les yeux du commissaire.

— Allons-y.

Elle jubila en silence, enfourcha la moto et manœuvra la poignée des gaz.

— La chaussée est glissante, l'avertit son supérieur qui redoutait qu'elle ne se livre à un autre rodéo. Soyez prudente.

— Vous croyez qu'on vit éternellement ? cria-t-elle pour couvrir le grondement du moteur.

Elle démarra au quart de tour, projetant de la neige en tous sens. Sur la route, elle brûla les feux rouges et zigzagua entre les véhicules qui la ralentissaient.

— On ne vous a jamais dit que vous étiez cinglée ? s'égosilla Sagane pendant qu'elle doublait une voiture à vive allure.

Elle rit à gorge déployée.

— Tous les jours que Dieu fait ! repartit-elle en se rabattant.

Elle dépassa le lycée Rodin puis se gara devant le numéro 26 de la rue des Cordelières.

— J'habite au cinquième étage, précisa-t-elle après qu'ils eurent franchi l'entrée de l'immeuble.

Elle le précéda dans l'escalier, s'arrêta devant son appartement et ouvrit la porte. L'intérieur était tel qu'Élie l'avait imaginé : propre et douillet. Des photographies des réserves indiennes du Dakota et des portraits à l'huile des chefs sioux ornaient les murs du vestibule et du salon.

— J'ignorais que les Indiens vous passionnaient, s'étonna Sagane.

— Sage Gardella était un ami, articula-t-elle d'un ton ému.

— Vous le connaissiez ?

Capitaine à la Brigade de recherche et d'intervention du Quai des Orfèvres, Sage Gardella, dit « l'Indien », avait été assassiné six ans auparavant. Le meurtrier n'avait jamais été identifié.

— Il m'a éveillée à la souffrance de son peuple, expliqua-t-elle. Son père est un homme-médecine lakota. Je l'ai rencontré durant mon séjour à Rosebud.

Tandis qu'il contemplait le portrait en pied de Crazy Horse, elle l'agrippa par le bras, le plaqua contre le mur et l'embrassa avec fougue.

— Vous êtes rapide en besogne, plaisanta-t-il quand elle décolla ses lèvres des siennes.

— On a suffisamment attendu, vous ne trouvez pas ? se justifia-t-elle avec une intonation aguicheuse. Je vous plais, vous me plaisez. À quoi bon tergiverser ?

— Vous êtes incroyable.

Elle couvrit son cou de baisers voluptueux et lui susurra à l'oreille :

— Vous n'avez encore rien vu.

Constatant que le sexe du commissaire pointait sous son jean, elle déboutonna sa braguette d'une main experte.

— Si on allait dans ma chambre ?

Elle n'attendit pas sa réponse pour l'entraîner dans la chambre à coucher. Excités, ils se déshabillèrent à la hâte, jetant leurs vêtements çà et là. Dès qu'ils furent nus, ils se collèrent l'un contre l'autre. Cécile se dressa sur la pointe des pieds pour qu'ils puissent s'embrasser à pleine bouche. Élie caressa tour à tour ses seins en forme de poire, la cambrure de ses reins, ses fesses rondes, son ventre plat barré d'une cicatrice, ses côtes qui saillaient sous sa peau laiteuse à chacune de ses inspirations.

N'y tenant plus, elle le poussa vers le lit, s'assit à califourchon sur lui et se frotta contre son bas-ventre jusqu'à ce qu'elle sente son pénis s'enfoncer en elle. Il voulut la toucher mais elle l'en dissuada d'un clappement de langue. Pensant qu'il s'agissait d'un jeu érotique, il réitéra son geste. Cette fois, elle le saisit aux poignets, ramena ses bras au-dessus de sa tête et les maintint ainsi avec une fermeté qui le déconcerta autant qu'elle lui déplut. Alors qu'une lueur d'interrogation s'allumait dans les yeux de son partenaire, elle se pencha en avant et lui chuchota à l'oreille d'un ton mi-cajoleur, mi-impératif :

— Laisse-moi faire.

Elle commença à bouger avec lenteur et lascivité, proférant des mots crus dans le but de le rendre fou de désir. Puis, sans prévenir, elle accéléra l'allure. L'image de son corps se soulevant et retombant à une cadence infernale enflamma Sagane qui se retint d'éjaculer. Les râles de la jeune femme s'amplifièrent à mesure qu'elle se rapprochait de l'orgasme. Comme la jouissance atteignait son paroxysme, elle relâcha l'étreinte de ses mains, libérant Élie qui enfouit son visage dans sa poitrine pour étouffer un grognement de plaisir.

Essoufflés mais comblés, ils demeurèrent un long moment enlacés avant que Cécile se dégage des bras d'Élie et s'étende à côté de lui.

— Tu as déjà été marié ? finit-elle par demander.

La douceur de sa voix contrastait avec l'autorité qu'elle avait manifestée durant le rapport. Quoiqu'il eût préféré ne pas aborder ce sujet, Sagane joua cartes sur table :

— Je me suis mis la corde au cou à l'âge de vingt-deux ans. Le divorce a été prononcé un an plus tard.

La curiosité de Cécile était trop forte pour qu'elle en reste là.

— Pourquoi ça n'a pas marché ?

Les souvenirs resurgirent et il soupira d'un air désenchanté.

— À cette époque, je bossais au SRPJ de Versailles. Un soir, je suis rentré au bercail plus tôt que prévu et j'ai surpris Élodie, mon ex, au plumard avec mon chef de groupe.

Il eut un rire convulsif.

— Comment a-t-elle pu s'enticher d'un type qui gardait ses chaussettes pendant la bagatelle ?

— J'imagine que tu ne remettras pas le couvert de sitôt.

Élie se renfrogna.

— En effet.

— Elle est toujours avec ce flic ?

— Aux dernières nouvelles, elle s'est toquée d'un expert-comptable qui a pignon sur rue. Elle le trompera, elle a l'infidélité dans le sang.

— Tu n'es pas tombé amoureux depuis ?

Il fixa le plafond d'un regard empreint de nostalgie.

— J'ai aimé une femme à la folie, mais ce n'était pas réciproque. Nous avons travaillé ensemble sur l'affaire du « Samouraï qui pleure ».

— Tu parles de cette spécialiste de l'Extrême-Orient, devina Argento d'un ton dédaigneux. Comment s'appelle-t-elle, déjà ?

— Sarah Duparc. Nous sommes restés amis. Elle m'a envoyé un mail la semaine dernière. Un riche collectionneur japonais l'a chargée d'authentifier une sculpture de la période de Nara.

Craignant qu'il ne devienne trop sentimental, Cécile renonça à pousser plus loin l'interrogatoire.

— À toi. Demande-moi ce que tu veux.

Il hésita avant de lâcher :

— Je sais ce qui est arrivé à David.

Elle avala sa salive, à l'évidence troublée.

— Après sa mort, j'ai fui les prétendants comme la peste. Je pensais que je ne pourrais plus jamais aimer un autre homme. Jusqu'ici, aucun ne m'a amenée à reconsidérer la question.

Elle ébaucha un sourire, signe qu'elle s'apprêtait à changer de sujet.

— J'avais très envie de toi.

Il pivota vers elle et l'embrassa sur la bouche.

— Moi aussi.

— Tu as été fantastique.

Il accueillit ce compliment avec scepticisme.

— Tu es gentille, je n'ai rien fait. Tu te comportes toujours de cette façon au lit ?

Elle se blottit contre lui et, tout en jouant avec les touffes de poils qui foisonnaient sur son torse, s'enquit :

— Tu veux dire comme un homme ?

Il rechigna à approuver.

— Dans ce domaine, je préfère agir plutôt que de subir, admit-il. Je suis un peu… perdu.

Elle s'assit pour le regarder bien en face.

— Les mecs sont tous les mêmes, déplora-t-elle d'un ton blasé. Une nana fait preuve d'initiative et vous doutez de votre virilité.

— Tu as pris beaucoup de plaisir à me dominer,

renchérit Sagane, blessé dans son amour-propre. Ça m'a gêné.

— J'ai joui, tu devrais être content ! se révolta Argento qui jugeait son attitude macho et rétrograde. Tu es en train de tout gâcher !

Avec des mouvements énervés, elle bourra le traversin de coups de poing pour qu'il reprenne forme et s'allongea sur le flanc.

— Il est tard, je suis vannée, gronda-t-elle.

Dépassé par les événements, Élie se contenta d'abonder dans son sens.

— Tu as raison, il est l'heure de décréter le couvre-feu.

Tandis qu'il se glissait dans les draps, elle tourna la tête vers lui.

— Qu'est-ce que tu fous ?

— Je me couche.

Elle dressa le buste et le dévisagea d'un air outré.

— Il est hors de question que nous dormions ensemble, prévint-elle avec hargne.

Stupéfait, il fronça les sourcils et le nez.

— Tu n'es pas sérieuse ?

— J'ai l'habitude de pioncer seule.

Ce fut au tour du commissaire de s'asseoir et de la considérer avec indignation.

— Je te signale que nous venons de faire l'amour.

L'ironie brilla dans les yeux de Cécile.

— Nous avons baisé, nuance ! Tu peux passer le reste de la nuit sur le clic-clac du salon, non ? Il reste une couverture dans l'armoire.

La bouche retroussée en un rictus rageur, il attrapa la couverture sur une étagère de l'armoire vitrée et sortit en claquant la porte.

Vers trois heures du matin, une sonnerie familière réveilla Sagane.

Il chercha la table basse à tâtons, renversa la lampe avant de mettre la main sur son portable. Il alluma l'appareil d'une pression sur une touche du clavier, le colla à son oreille et grommela :

— Qui que vous soyez, j'espère pour vous qu'il y a le feu au lac.

— Nom d'un chien ! râla Dubreuil, qui semblait très agité. Je viens d'appeler chez vous. Où êtes-vous ?

Élie frotta ses yeux ensommeillés.

— Chez mon frère, monsieur le divisionnaire.

Il avait menti si naturellement que son chef n'insista pas.

— Que se passe-t-il au juste ? demanda-t-il dans la foulée.

— On a retrouvé les complices du « tueur de mariées ».

Sagane sentit monter l'adrénaline.

— À quel endroit ?

— Au bord de la départementale qui coupe la forêt de Saint-Germain, à une dizaine de mètres du lieu-dit de la Croix-Pucelle.

Élie repoussa la couverture, sauta à bas du convertible et appuya sur l'interrupteur.

— Qu'est-ce qu'ils branlaient là-bas ?

À l'autre bout du fil, Dubreuil s'éclaircit la voix.

— Ne comptez pas sur eux pour nous l'apprendre. Ils sont morts.

Cette nouvelle rendit Sagane furieux.

— Bordel de merde ! explosa-t-il.

Il shoota dans la lampe qui se fracassa contre le mur. Le pied en compote, il se mit en quête de ses vêtements.

— Vous vous êtes calmé ? grogna son supérieur.

— Oui, monsieur le divisionnaire, se radoucit-il. Je rapplique.

Il s'habilla, gagna la chambre à coucher au pas de course et secoua Argento qui dormait profondément. Comme elle émergeait à grand renfort de bâillements et d'étirements, il lui balança ses fringues à la figure.

— Grouille-toi un peu ! On a deux cadavres sur les bras.

Elle lui décocha un regard noir et se recoucha.

— Depuis quand y a-t-il une pénurie d'enquêteurs à la Crim' ?

Élie s'assit sur le bord du lit pour mettre ses chaussures.

— Les associés du « tueur de mariées » ne sont plus de ce monde, ma belle, répliqua-t-il d'un ton cassant. Tu viens ou j'y vais seul ?

Elle se leva d'un bond et, tout en enfilant son jean, s'inquiéta :

— Nous sommes obligés d'y aller en moto. Les autres vont comprendre que nous étions ensemble.

Il la saisit aux épaules et plaqua ses lèvres sur les siennes.

— Le premier qui nous fait une réflexion, je le démolis, assura-t-il en s'enfonçant dans le couloir qui menait à la porte d'entrée.

Elle ajusta son pull à col roulé et le talonna.

— Je te crois sur parole.

Cécile fonça durant le trajet, slalomant entre les voitures qui roulaient à faible allure.

Elle quitta la nationale 184, emprunta la départementale 190 en trombe, en direction de Poissy. Bientôt, ils aperçurent les gyrophares qui tournoyaient dans la nuit et les policiers qui allaient et venaient sur le bas-côté.

Alors que la jeune femme se rangeait, un flic orienta le faisceau de sa torche électrique vers deux silhouettes qui surplombaient l'accotement. Horrifiés, Argento et Sagane descendirent de la Kawasaki, puis s'approchèrent des corps pendus à un arbre. Le junkie de l'avenue des Champs-Élysées et le gars soupçonné d'avoir volé la R19 de Richard Neville, reconnaissable à la balafre sur sa joue, se balançaient au gré du vent glacial. Le frottement des cordes contre les branches auxquelles ils étaient attachés produisait un couinement lugubre.

Un homme en uniforme vint accueillir les nouveaux arrivants.

— Moi aussi, ça m'a fait un choc, dit-il en croisant ses doigts gantés. Je suis le capitaine Gabin, du commissariat de Saint-Germain-en-Laye. Je présume que vous êtes le commissaire Sagane.

Absorbé dans la contemplation de la scène, Élie ne l'écoutait pas. Il contourna les cadavres, remarqua qu'ils avaient les mains liées dans le dos avec du fil de cuivre. Le sang séché sur leurs poignets et les torsades du fil indiquaient que l'assassin avait déployé toute sa force.

— Qui les a découverts ? interrogea-t-il lorsqu'il eut terminé son inspection.

Gabin montra la Nissan située à environ dix mètres d'eux.

— Le propriétaire roulait à plus de cent kilomètres à l'heure quand ses phares ont éclairé les macchabées. Épouvanté, il a perdu le contrôle du véhicule qui est rentré dans un platane.

Sagane marcha vers la voiture en accordéon.

— Comment va le chauffeur ? s'enquit-il en levant les yeux sur le capitaine.

— Il peut bénir le type qui a inventé l'airbag : il s'en

est tiré sans une égratignure. L'ambulance l'a emmené à l'hôpital où il doit subir des examens de routine.

— C'est lui qui a prévenu les poulets ? intervint Cécile.

L'autre répondit par l'affirmative.

— Après qu'il a appelé le 17 de son mobile, le commissariat a envoyé mon unité sur place. J'ai identifié les victimes grâce aux portraits-robots que la Criminelle a faxés à tous les services de police.

Tandis que le trio revenait sur ses pas, Gabin désigna les corps qui effectuaient un mouvement pendulaire et déclara avec un sourire :

— Ils ont déjà un surnom.

— Lequel ? demanda Élie distraitement.

— « Les pendus de la Croix-Pucelle », repartit l'officier avec une légèreté incongrue.

Sagane stoppa au pied de l'arbre et lui adressa un regard désapprobateur. Le visage sombre, le capitaine s'éloigna pour fumer une cigarette. Élie reporta son attention sur les gardiens de la paix qui discutaient derrière le cordon de sécurité.

— Qu'attendent ces abrutis pour détacher les cadavres ? s'énerva-t-il.

— Je leur ai défendu d'y toucher, lança une voix aussi puissante que désagréable.

Argento et Sagane pivotèrent d'un quart de tour pour faire face à Jacob Barnavi. Le chef de la PTS se porta à leur rencontre, flanqué de cinq techniciens qui investirent les lieux en un clin d'œil.

— Vous permettez que nous procédions à la collecte des indices ? poursuivit Barnavi d'un ton exagérément poli.

Cécile le toisa et recula de quelques pas.

— La place est à vous, mon brave.

Des rires fusèrent. Barnavi fusilla l'assistance du regard et le calme revint.

— Au boulot, bande de feignants ! ordonna-t-il aux blouses blanches. Et que ça saute !

Tout en plaquant sa casquette sur son crâne pour l'empêcher de s'envoler, il observa son monde avec un mélange de fierté et d'impatience. Un technicien monta sur un escabeau et trancha les cordes à l'aide d'un couteau. Ses équipiers déposaient les corps sur des civières lorsque le légiste et le spécialiste de l'Identité judiciaire passèrent sous le cordon.

— Salut la compagnie ! s'exclama Raoul Bietri avec moult gesticulations.

— Enfin, vous voilà ! tonna Barnavi d'un ton rogue. Pouvez-vous effectuer l'examen préliminaire sans tarder ? Nous avons du pain sur la planche.

Les deux hommes se détestaient cordialement. Barnavi ne se faisait pas à la familiarité excessive de Bietri ; ce dernier lui reprochait sa rigidité et ses sautes d'humeur. Le toubib bouscula sa bête noire, mine de rien, s'agenouilla dans la poudreuse et ouvrit sa mallette. Cependant qu'il déballait son matériel, Bruno Coste, le spécialiste de l'IJ, arma son appareil photo et mitrailla les victimes.

— Dans les deux cas, il n'y a pas d'opacité de la cornée, expliqua Bietri qui ressemblait au Père Noël avec sa barbe et ses cheveux incrustés de neige. Ils ont décédés il y a environ trois heures.

Élie se livra à un rapide calcul mental.

— À une heure trente du matin.

Il agrippa par l'épaule un agent maigrichon qui traversait la zone sécurisée.

— À quel moment le conducteur de la Nissan a-t-il appelé police secours ?

— À deux heures moins vingt, monsieur, l'éclaira le gringalet.

— Dix minutes après la double pendaison, conclut Argento d'un air pensif.

— Il a peut-être vu le meurtrier, s'emballa son supérieur.

La demi-portion fit un signe de tête négatif.

— Il n'a vu personne.

— Lui avez-vous posé la question ? s'agaça Cécile.

Sa défiance froissa le gardien de la paix.

— À plusieurs reprises, madame, assena-t-il d'un ton catégorique pour couper court à cet interrogatoire. Il a été formel sur ce point.

Il tourna les talons, frôlant Barnavi qui guettait le départ de l'antenne médico-légale, la mine renfrognée et les bras croisés.

— Je ne peux rien vous dire de plus, continua Bietri. Il faut attendre les résultats de l'autopsie.

D'un geste, Sagane signifia à sa collègue son intention de partir.

— Faxez-moi votre rapport en fin de matinée, dit-il au légiste. Messieurs, au plaisir de vous revoir.

Son cellulaire sonna. Comme il répondait, Argento regagna la Kawasaki dont elle épousseta la selle avec la manche de son blouson. Elle rêvassait quand le commissaire accourut, le front barré d'un pli soucieux.

— C'était Dubreuil, annonça-t-il après avoir repris son souffle. On peut faire une croix sur le câlin du matin.

L'appréhension se peignit sur le visage de Cécile.

— Qu'y a-t-il ?

Élie coiffa le casque intégral à la hâte et s'assit sur le tan-sad.

— On vient de trouver la tête d'une femme dans une poubelle, rue de la Faisanderie.

— Et alors ?

Il marqua une pause avant de répondre :

— Elle est enveloppée dans une robe de mariée.

Argento chevaucha la moto et fit vrombir le moteur.

— L'enfant de salaud ne chôme pas, grogna-t-elle en démarrant.

## 18

Ils atteignirent le XVI^e^ arrondissement vers cinq heures vingt-cinq.

Argento remonta la rue Charles-Lamoureux à toute allure, pila à l'intersection de la rue Benouville et de la rue de la Faisanderie. Élie n'attendit pas qu'elle coupe le moteur pour descendre de la moto et montrer sa carte aux policiers en uniforme qui filtraient les passants. Il allongea le pas en apercevant Dubreuil, devant le musée de la Contrefaçon. Emmitouflé dans un pardessus et coiffé du stetson qu'il avait rapporté du Texas, le divisionnaire observait les techniciens de la PTS placer des cavaliers autour de la poubelle. Les ordures répandues sur une bâche empuantissaient l'atmosphère. Grimaçant de dégoût sous son masque de chirurgien, un rouquin les examinait une à une, du bout des doigts.

Cécile arriva à temps pour voir une blouse blanche mettre la tête dans un sac en plastique. Les cloques pullulaient sur le visage de la victime. Des croûtes noirâtres menaçaient de se détacher des joues et du nez. La bouche n'avait plus de lèvres, les yeux plus de paupières. Glacée d'horreur, Argento fit face à Sagane qui l'avait rejointe.

— Il faut qu'on mette un terme à cette boucherie, articula-t-elle avec une moue vindicative.

— Je commence à désespérer qu'il commette une erreur, soupira son chef.

Il mit des gants de latex et s'avança vers le technicien qui pliait soigneusement la robe tachée de sang.

— Vous permettez que je jette un œil ?

L'autre lui tendit le vêtement. Élie alluma sa lampe de poche et la braqua sur l'étiquette du col.

— Même marque et même modèle que les précédentes, lança-t-il à son équipière.

Satisfait, il remit la pièce à conviction au technicien qui la rangea dans un sac de jute avant de s'éloigner. En voyant ses collaborateurs, Dubreuil prit congé du gardien de la paix avec lequel il s'entretenait en aparté et vint à leur rencontre.

— Jamais deux sans trois ! s'efforça-t-il de plaisanter.

— Quelqu'un a vu l'assassin ? lui demanda Sagane.

— À votre avis ?

— Je m'en doutais.

— C'est toujours la même rengaine : personne n'a rien vu, personne n'a rien entendu.

— Qui l'a trouvée ?

— Un clodo qui faisait les poubelles. Ses cris ont ameuté tout le quartier.

Dubreuil passa le bras droit autour des épaules d'Élie, le gauche autour de celles de Cécile. Il était si grand qu'ils devaient lever la tête pour pouvoir le regarder en face.

— Écoutez-moi bien, les enfants, marmonna-t-il sur le ton de la connivence. Ils flippent un max à la préfecture. J'ignorais que « l'Empaffé » était chochotte à ce point.

Argento interrogea Sagane du regard.

— C'est le surnom du préfet, lui expliqua-t-il.

— Paraît qu'il dort plus depuis que ce dingo court les filles une cognée de bûcheron à la main, reprit le divisionnaire, un tantinet moqueur. Il a peur de perdre sa place. Du coup, je l'ai sur le dos. Pour compléter le tout, ce trouduc fout la merde dans mon couple. Il m'appelle tous les soirs à l'heure du dîner. Quand je raccroche, j'suis tellement énervé que j'ai du mal à digérer les bons petits plats de ma Josette. Vous la connaissez, Élie, elle est très susceptible. Conclusion, nous devons choper le frappadingue avant qu'il ne trucide une autre greluche.

D'un regard, il s'assura qu'on ne l'écoutait pas.

— Peu m'importent les moyens que vous emploierez. Je le veux. Est-ce clair ?

Ils acquiescèrent. Dubreuil reporta son attention sur le conteneur encerclé par les policiers et les blouses blanches. Il resta silencieux, sourcils froncés et bouche pincée. Sagane le connaissait suffisamment pour deviner sa pensée.

— Je me pose la même question.

— De quoi parlez-vous ? s'enquit le divisionnaire sans se retourner.

— Je me demande où se trouve le corps, répondit Élie.

Étonné d'avoir été percé à jour, Dubreuil pivota vers lui.

— Le tueur a choisi d'abandonner la victime dans cette rue, continua Sagane. Si la tête est ici, le corps ne doit pas être bien loin.

Sur ce, il promena son regard sur les poubelles

disposées en rang d'oignons sur le trottoir. Cécile fut la première à comprendre où il voulait en venir.

— T'es un putain de bon flic ! s'exclama-t-elle en sautant à pieds joints.

Dubreuil la dévisagea d'un air à la fois réprobateur et soupçonneux. Confuse, elle s'immobilisa et se massa la nuque avec nervosité.

— Bien vu, commissaire, tenta-t-elle de se rattraper. Et si on se mettait au travail ?

Le patron de la Crim' tapa dans ses mains pour manifester son assentiment.

— C'est parti, mon kiki !

Excité, il tira son portable de la poche intérieure du manteau.

— Je vais demander au commissariat de l'arrondissement de nous envoyer des renforts.

Il s'éloigna pour téléphoner. Élie baissa les yeux vers sa montre : six heures moins dix.

— À quelle heure débute la collecte des ordures ménagères ? questionna-t-il haut et fort, sans s'adresser à une personne en particulier.

— Elle est répartie sur toute la durée de la matinée, répliqua un gardien de la paix qui se tenait derrière lui. En général, la tournée commence à six heures et se termine à midi.

— Dites à la mairie de l'annuler.

L'agent ôta son képi et se gratta le sommet du crâne d'un air ennuyé.

— Les riverains ne vont pas être contents, déplora-t-il.

Sagane balaya cette remarque d'un geste expéditif.

— J'en ai rien à cirer. L'enquête prime sur leurs états d'âme. Vous les appelez où je m'en charge ?

Le policier sortit de sa léthargie.

— Tout de suite, monsieur, bafouilla-t-il en pianotant sur son mobile.

Dubreuil éteignit le sien et revint vers le commissaire, tout guilleret.

— Ils seront là dans dix minutes.

— Nous sommes obligés de les attendre ? râla Argento qui trépignait d'impatience.

En guise de réponse, le divisionnaire enfila des gants et souleva le couvercle de la poubelle la plus proche. Tout en la renversant pour la vider sur la chaussée, il réquisitionna les flics présents :

— Allons, remuez-vous ! Plus vite on aura terminé, plus vite vous pourrez rentrer au bercail et vous farcir bobonne !

Une heure plus tard, la rue était jonchée de détritus nauséabonds. Penchés aux fenêtres, les habitants du quartier assistaient au déballage en vitupérant contre la scandaleuse conduite des forces de l'ordre. Plus remonté que les autres, un homme en robe de chambre et en pantoufles, sec comme un coup de trique, demanda à parler au responsable de ce chantier. Un agent de police l'escorta jusqu'à Dubreuil qui l'écouta bon gré, mal gré. Dès que l'homme eut craché son venin, le divisionnaire ramassa une couche-culotte pleine et la lui fourra sous le nez pour le faire fuir. Blémissant d'écœurement, le râleur déguerpit en promettant d'en référer aux autorités concernées.

Sa réaction déclencha une explosion de rires.

— Assez rigolé, on se remet au boulot ! tempêta Dubreuil pour la forme.

Le corps de la victime était introuvable. Élie était dans le doute lorsque Cécile, qui fourrageait dans un conteneur au beau milieu de la rue, le héla :

— Par ici !

Il accourut, talonné par Dubreuil. À leur approche, la jeune femme brandit le tronc humain qu'elle tenait à deux mains. À la place des seins et du sexe, il y avait trois plaies béantes et noires comme du charbon.

— Comment peut-on faire une chose pareille ? s'apitoya Dubreuil, sous le choc.

Incapable de dire un mot, Argento déposa le buste à ses pieds et fit quelques pas pour décompresser. Sagane s'accroupit près de la deuxième pièce du puzzle. L'odeur des chairs brûlées se mêlait à celle des déchets éparpillés sur la chaussée.

— Il ne s'est pas contenté de la tuer, expliqua-t-il. Il a détruit tout ce qui faisait d'elle une femme.

Dubreuil le fixa d'un air incrédule.

— Mais enfin, pourquoi ?

La grimace du commissaire traduisit son incompréhension.

— Il est imprévisible. Je ne sais plus quoi penser de lui.

Un gardien de la paix les rejoignit.

— La fouille de la dernière poubelle n'a rien donné, annonça-t-il.

Cette nouvelle ne démonta pas Élie.

— Les parties manquantes sont forcément dans le secteur. Inspectez les conteneurs des rues voisines.

— Sauf votre respect, nous ne sommes pas assez…

— C'est un ordre, l'interrompit Sagane. Passez-y la journée s'il le faut, mais dégotez-les-moi.

Il leur fallut plus de deux heures pour trouver les jambes, rue du Général-Appert. En fin de matinée, un agent dénicha les bras au croisement du boulevard Flandrin et de la rue Cothenet. Les techniciens de la PTS remballèrent leur matériel et emportèrent le cadavre démembré. La mairie envoya un camion-benne pour ramasser les ordures. Les manches retroussées et les mains couvertes de crasse, Cécile, Élie et Dubreuil s'assirent sur le bord du trottoir tandis que les éboueurs s'activaient en poussant des cris. Trop exténués pour parler, ils observèrent la neige fondre au soleil.

Le divisionnaire se décida à rompre le silence :

— Il fut un temps où j'adorais patauger dans la boue et les viscères mais j'ai passé la limite d'âge pour ces conneries. Parfois, j'ai l'impression que je serais bien mieux chez moi, à lire ou à regarder ces émissions débiles avec ma Josette. Si seulement elle avait la tête aussi bien faite que le corps, nous aurions des choses à nous dire, des idées à échanger.

La sonnerie de son cellulaire mit fin à ses confidences.

— Comment allez-vous, Raoul ? Vous êtes au courant ? D'accord. Ils seront là.

Il coupa la communication et se tourna vers ses équipiers.

— Bietri pratiquera l'autopsie à seize heures tapantes. D'ici là, rentrez vous reposer.

Il se redressa, épousseta son pantalon et son manteau.

— Une dernière chose, laissa-t-il tomber d'un ton embarrassé. Votre vie privée ne regarde que vous, mais…

— Il fut un temps où vous appeliez un chat un chat, monsieur, l'interrompit Sagane, agacé. Dites ce que vous avez sur le cœur qu'on en finisse.

Dubreuil émit un vague grognement avant de lâcher :

— Faites en sorte que votre travail ne s'en ressente pas.

Mal à l'aise, il se dépêcha de regagner sa voiture. Argento ferma les yeux et exposa son visage au soleil.

— Qu'en penses-tu ? demanda-t-elle à son amant

avec un sourire malicieux. Tu crois qu'on pourra coucher et bosser ensemble ?

— Et toi, tu crois que c'est jouable ?

Elle rouvrit les yeux et le considéra avec tendresse.

— J'en suis sûre.

Son assurance ravit Élie autant qu'elle l'intimida.

— Déjà midi, souffla-t-il pour changer de sujet. Tu as faim ?

— Oui.

Il l'aida à se relever et ils marchèrent jusqu'à la moto, sans se presser.

Comme elle se baissait pour ôter l'antivol, il l'attira dans ses bras et l'embrassa sur la bouche.

Après le déjeuner, ils se rendirent chez Sagane pour faire un somme.

Ils se réveillèrent fatigués, courbaturés et de mauvaise humeur. Élie leur prépara un café qu'ils burent à la hâte avant de filer à l'Institut médico-légal. Argento se rangea sur le parking du quai de la Rapée à dix-sept heures.

— Nous sommes en retard, déplora-t-elle.

— Bietri doit être furax, renchérit son supérieur.

Depuis son arrivée à Paris, Argento n'avait jamais mis les pieds à l'IML. La façade de briques lui donna la chair de poule, de même que l'entrée désinfectée à l'eau de Javel. Debout devant les percolateurs, les vivants raillaient sans retenue les morts qu'ils venaient de disséquer. Les claquements des casiers frigorifiques résonnaient dans les longs couloirs éclairés par des néons clignotants. Cécile hésitait à rebrousser chemin lorsque le commissaire poussa la porte à deux battants de la salle d'autopsie et s'écarta pour la laisser entrer, un sourire moqueur aux lèvres.

— Super-fliquette n'a pas l'air dans son assiette, lui glissa-t-il à l'oreille.

Vexée, elle lui donna un coup de coude dans le ventre.

— Tu m'as fait mal, se plaignit-il.

Cette remarque la remplit de joie.

— Super-flic serait-il un colosse aux pieds d'argile ? le nargua-t-elle.

Elle s'avança vers le légiste qui se tenait au milieu de la salle, sanglé dans sa combinaison. Sans cesser de masser son abdomen douloureux, Élie la suivit. Dès qu'ils furent à sa hauteur, Bietri les regarda avec mépris et pivota vers la table centrale. Il avait reconstitué le corps de la victime en disposant la tête, les bras et les jambes autour du tronc.

— Je viens de terminer, comme vous pouvez vous en douter, articula-t-il avec une agressivité contenue. Par quoi voulez-vous commencer ?

Sagane s'inclina pour examiner le visage en lambeaux.

— L'heure et la cause du décès, répliqua-t-il, mal à l'aise.

— La victime est morte hier soir, aux alentours de dix-huit heures, l'éclaira sèchement le toubib. Elle a été ébouillantée. Le démembrement est post mortem.

La dernière phrase était destinée à Argento qui le fixait d'un air horrifié.

— Combien de temps faut-il pour découper un cadavre ? se ressaisit-elle en soutenant le regard dédaigneux de Bietri.

— Une dizaine d'heures, au bas mot.

Il entreprit de leur expliquer comment le tueur s'y était pris.

— Tout d'abord, il a tranché la tête et arraché les bras. Ensuite, il a coupé les jambes en plusieurs morceaux, sans doute pour pouvoir les caser dans le conteneur. Concrètement, il a retiré la rotule avant de séparer le fémur du tibia et du péroné d'un coup de scalpel. Il faut des années de pratique pour inciser avec une telle précision. La perfection du geste me conforte dans l'idée que votre homme est un chirurgien.

— Venons-en à ces brûlures, continua Élie en montrant les taches noires au niveau du sexe et des seins.

Bietri se tourna vers Cécile.

— Nous entrons dans le vif du sujet. Vous n'êtes pas obligée de rester.

Elle arqua les sourcils d'un air offusqué.

— Vous me cherchez des crosses depuis le premier jour, s'énerva-t-elle. Encore une remarque désobligeante et je vous décalque, vu ?

— Si vous saviez l'effet que me font les femmes qui tapent du poing sur la table ! s'exclama Bietri que cette joute avait détendu. Dieu bénisse les dominatrices !

Argento réprima un fou rire.

— Vous êtes barge.

— Complètement, s'empressa-t-il d'approuver.

D'un raclement de gorge, Sagane le rappela à l'ordre.

— L'acide chlorhydrique est à l'origine de ces tissus cicatriciels post mortem, poursuivit le légiste, de nouveau concentré. Le bonhomme a un comportement bizarre, vous ne trouvez pas ?

Élie plissa les yeux d'un air interrogateur.

— Le fait qu'il ait violé Spitz et Drivaud sans préservatif démontre qu'il se fiche pas mal qu'on prélève des échantillons de son sperme, développa Bietri. Si ce n'est pas pour détruire la semence susceptible de le trahir, pour quelle raison a-t-il réduit en cendres le vagin de la victime ?

— Il voulait la désexualiser, répondit Cécile à la place du commissaire.

— Pourquoi celle-ci et pas les autres ? enchaîna Bietri que cette incohérence semblait avoir perturbé.

— Nous l'ignorons, admit Sagane dans un souffle.

Le toubib afficha soudain une mine victorieuse.

— Moi, je le sais ! exulta-t-il.

Il fit un clin d'œil à Argento qui sourit pour se donner une contenance.

— L'acide n'a pas tout rongé, reprit-il avec sérieux. Le microscope à balayage a mis en relief des quantités infinitésimales de collagène et de résine de silicone.

— La victime a subi plusieurs opérations de chirurgie esthétique, en déduisit Élie.

— Elle n'était pas tout à fait une femme comme les autres.

L'incompréhension des policiers l'amusa, et il ajouta :

— Si seulement vous pouviez voir vos tronches ! Approchez que j'éclaire vos lanternes.

Il se pencha vers ce qui restait de l'appareil génital et ouvrit la plaie à l'aide d'un écarteur. Cécile pâlit à la vue des chairs calcinées.

— La lésion est très profonde, souligna Bietri tandis qu'elle s'éloignait de quelques pas. Devinez ce que j'ai trouvé à la place des ovaires ? Une prostate.

Cette révélation abasourdit Sagane.

— Vous déconnez ?

— Pas le moins du monde.

Estomaquée, Argento surmonta sa répugnance et revint vers la table de dissection.

— Vous êtes en train de nous dire que la victime était… un homme ?

Le légiste acquiesça.

— Voilà pourquoi il l'a coupée en rondelles ! s'écria Élie, excité comme une puce. Il a découvert le pot aux roses et ça l'a rendu dingue ! La PTS a dégoté des indices ?

Bietri tira un sachet zippé de la poche de sa combinaison.

— Une fibre synthétique, comme la dernière fois, conclut Sagane en apercevant le filament qu'elle contenait.

Le toubib fit non de la tête.

— Un cheveu naturel dont l'ADN ne correspond pas à celui du sperme prélevé dans les vagins de Spitz et Drivaud.

— Vous n'avez pas une information plus consistante ? le relança Cécile sur le ton de l'ironie.

Il sortit deux autres pochettes et les lui tendit.

— Qu'est-ce que c'est ? demanda-t-elle, méfiante.

— Un poil de chat et un poil de chien.

Élie jugea cette découverte sans intérêt.

— Elle... Il avait des animaux domestiques, voilà tout.

— Lui ou l'assassin, rectifia sa collègue dont les yeux pétillaient d'enthousiasme.

Cette hypothèse requinqua Sagane.

— Récapitulons : le gus que nous recherchons est médecin ou chirurgien. Il aime les tapis d'Orient, les chats et les chiens. Il déteste les femmes qui lui résistent et les transsexuels.

— Ce ne sont que des suppositions, contra Bietri.

Élie le cingla d'un regard hargneux.

— Nous pataugeons, doc. Nous avons besoin de nous raccrocher à des suppositions.

Le légiste n'insista pas.

— Il y a un point que j'aimerais éclaircir, annonça

Argento comme il se lavait les mains en fredonnant une mélodie.

— Lequel ? s'enquit le commissaire.

— C'est le deuxième paquet qu'il dépose dans le XVIe arrondissement. Si tu veux mon avis, ce n'est pas un hasard.

— Peut-être que l'endroit l'inspire.

— À moins qu'il n'habite à proximité.

— Tu ne trouves pas ça un peu gros ?

— Vous vous tutoyez, maintenant ? intervint Bietri d'un ton gouailleur.

Cécile prit une pose belliqueuse.

— De quoi je me mêle ? le rabroua-t-elle.

Intimidé, il capitula.

— J'ai rien dit.

Sagane décocha une œillade à Argento, puis demanda à Bietri :

— Les techniciens ont mis la main sur le sac ou les papiers de la victime ?

— Il répondait au nom de Patrick Donofrio.

La surprise se lut sur le visage du flic.

— Comment le savez-vous ?

Bietri balança son masque et ses gants à la poubelle.

— Le chirurgien plasticien qui le suivait est un ami. Il a opéré tous les transsexuels de Paris. Il est passé avant que vous arriviez. Il a reconnu Donofrio aux tatouages qu'il avait sur l'épaule et la fesse gauches. Ce pauvre type était *gogo dancer* au Schéhérazade. Sur scène, il se faisait appeler Tamara.

— Vous avez son adresse ?

Bietri tira une chemise en carton d'un classeur.

— Voici une photocopie de son dossier médical.

Cécile et Élie le parcoururent.

— Nous allons pouvoir fouiller son appartement, se

réjouit le commissaire. En avons-nous terminé avec M. Donofrio ?

— Je crois que oui, repartit le légiste.

Argento considéra le défunt d'un air compatissant.

— Comment peut-on en arriver là ?

— En règle générale, les candidats au changement de sexe sont mal dans leur peau et maniaco-dépressifs, expliqua Bietri avec gravité. Ils cherchent leur salut dans la transformation. Mais la chirurgie n'efface pas les troubles névrotiques qui remontent à la petite enfance.

— C'est effrayant.

Bietri approuva et déclama :

— « Il arrive souvent que le sexe de l'âme ne soit point pareil à celui du corps, et c'est une contradiction qui ne peut manquer de produire beaucoup de désordre. »

— Légiste, chanteur et poète, énonça Élie d'un ton admiratif. Décidément, vous êtes un homme plein de surprises.

— Ce n'est pas de moi mais de ce cher Théophile.

L'étonnement se peignit sur les traits de Sagane. Le toubib lui jeta le regard consterné qu'il réservait aux ignares.

— Théophile Gautier, quoi !

Élie se sentit ridicule.

— J'avais compris, rétorqua-t-il pour sauver la face.

Bietri eut un rire silencieux.

— Dire qu'il devait monter sur le billard la semaine prochaine ! soupira-t-il en recouvrant le mort d'un drap. D'un coup de baguette magique, Tamara aurait remplacé Patrick. Mon ami m'a longuement parlé de cette opération. Dans un premier temps, le chirurgien pratique une cystotomie suprapubienne pour permettre la miction. Ensuite, il procède à l'ablation des testicules. Le troisième et dernier acte est la pénisectomie. Elle consiste à retirer ce qui reste de tissu pénien. Savez-vous ce que le médecin place dans le néo-vagin pour éviter qu'il se rétracte pendant la cicatrisation ? Des cordes de piano. L'élasticité du…

— Ça va, doc, le coupa Sagane qui en avait assez entendu. Vous avez le rapport sur les pendus ?

— Je ne les ai pas encore autopsiés.

— Faxez-le-moi quand il sera prêt.

Pressé de partir, le commissaire agrippa son équipière par le poignet et l'entraîna vers la sortie.

## 19

Dès son arrivée au 36, Élie envoya trois hommes fouiller l'appartement de Donofrio.

En fin de journée, Cristal Kalache débarqua dans son bureau et lui remit un exemplaire de *L'Européen* fraîchement sorti des rotatives. Tandis qu'il prenait le quotidien, la journaliste tapota sa montre.

— Tu m'excuseras, mais j'ai une réunion dans une demi-heure. Tu m'appelles dans la soirée pour me dire ce que tu en penses ?

— Cela va de soi, répondit Sagane qui brûlait de lire l'article.

Kalache s'immobilisa au milieu de la pièce et pivota vers lui.

— Dubreuil m'a rancardée, lâcha-t-elle avec une intonation contrariée.

— À quel propos ?

— Le transsexuel coupé en morceaux et « les pendus de la Croix-Pucelle ». Tu comptais m'en parler ?

— Évidemment, la rassura Élie avec un sourire

complice. Je te téléphone ce soir pour faire le point, O.K. ?

Satisfaite, elle désigna le journal et continua avec assurance :

— Tu vas adorer. Je peux te poser une question ?

— Vas-y.

— La nana coiffée à la garçonne qui occupe un bureau au fond du couloir… Qui est-ce ?

— Mon équipière. Pourquoi ?

— J'ai l'impression que ma tête ne lui revient pas. Elle me fusille du regard chaque fois que je rapplique.

— Elle est spéciale. Ne fais pas attention à elle.

— Si tu le dis.

Elle se dandina jusqu'à la sortie. Son parfum entêtant flottait encore dans l'air lorsque le commissaire déplia le quotidien devant lui. Il se frotta les mains à la lecture de la manchette :

SUR LA PISTE DU MONSTRE

Enfin une avancée dans l'enquête sur « le tueur de mariées » : la Brigade criminelle disposerait d'un profil établi par un psychiatre et d'indices susceptibles de l'identifier.

Dans l'article de la page 2, Kalache ne s'était pas contentée de s'inspirer du profil psychologique que Sagane lui avait donné. De toute évidence, elle avait étudié le sujet à fond. Le meurtrier était qualifié de « faible d'esprit vivant de fantasmes » et de « pervers sexuel terrorisé par les femmes ». L'attitude de sa mère, supposée provocante et autoritaire, serait à l'origine de son « complexe de castration » et de sa « propension à la violence et aux actes antisociaux ». Kalache en avait rajouté sur la responsabilité de cette ogresse qui, selon toute vraisemblance, avait entretenu des relations incestueuses avec son fils.

Ensuite, il était mentionné que la Police technique et scientifique avait déniché des indices sur les scènes de crime ; comme convenu, la journaliste s'abstenait de préciser lesquels. Elle ajoutait qu'un témoin avait vu un homme s'engouffrer dans l'immeuble de Brigitte Rivaud le soir de sa disparition et que les enquêteurs étaient d'ores et déjà en possession d'un portrait-robot.

Élie estima qu'il y avait là de quoi déstabiliser l'assassin et le pousser à commettre une erreur. Il pliait *L'Européen* en deux l'air très satisfait quand Argento entra sans frapper.

— La pétasse a mis les bouts ? grogna-t-elle de but en blanc.

Sagane tapa du plat de la main sur la table.

— Vous allez arrêter de me faire chier toutes les deux ! s'énerva-t-il.

Cécile écarquilla les yeux.

— Parce que vous avez parlé de moi ? Je veux savoir ce qu'elle t'a dit !

Il balaya cette requête d'un geste.

— Aucune importance !

Les nerfs à fleur de peau, elle prit appui sur le bord du bureau et avertit :

— La prochaine fois qu'elle met les pieds ici, je la…

— Si tu es venue pour te défouler, je ne te retiens pas, l'interrompit-il.

Elle renversa la tête en arrière et respira profondément pour se calmer.

— Dubreuil veut te voir, annonça-t-elle avec un reste d'agressivité.

— J'arrive, soupira-t-il en se levant.

Lorsque la réunion se termina, à dix-neuf heures trente, Élie chargea un collègue de lui acheter un sandwich au saucisson au Fin Gourmet. Il trouva les rapports concernant « les pendus de la Croix-Pucelle » sur le seuil de son bureau. Impatient, il les ramassa et se laissa tomber sur son fauteuil pour les lire. Il commença par celui du légiste. Bietri confirmait que la cause de la mort était la pendaison. Il avait relevé des traces de brûlures de cigarette sur la poitrine et les parties génitales des défunts. Radiographies à l'appui, il expliquait que le meurtrier leur avait broyé les métacarpiens et cassé les côtes. La liste des mauvais traitements ne s'arrêtait pas là : les cadavres étaient couverts d'écorchures et d'hématomes.

Sagane se massa le bas du visage, effaré. Ces pauvres types avaient été torturés. Après s'être servi d'eux, « le tueur de mariées » s'était assuré qu'ils n'avaient parlé à personne de leur collaboration. Puis il les avait pendus.

Le commissaire se souleva pour attraper le compte rendu de la PTS qu'il lut d'une traite. Les macchabées n'avaient pas de papiers d'identité sur eux mais leurs empreintes digitales et génétiques étaient enregistrées dans les fichiers de la police. Âgé de vingt-neuf ans, le punk cocaïnomane ne s'appelait pas William, comme l'avait affirmé le ravisseur au moment des faits, mais Cédric Pujos. Il avait purgé une peine de trois ans de prison pour vente de stupéfiants via Internet. Relâché deux mois plus tôt, sans emploi ni domicile fixe, il avait probablement vécu de combines et de larcins avant de tomber sous la coupe du « tueur de mariées ». Franck Paleantoni, le gars suspecté d'avoir volé la R19 de Richard Neville et acheté la robe de Diane Spitz aux Galeries Lafayette, avait la quarantaine. Arrêté pour voyeurisme et viol d'une adolescente, il avait été condamné à sept ans de réclusion. Sorti l'année dernière, il n'avait plus fait parler de lui jusqu'à aujourd'hui.

Le paragraphe précédant la conclusion était surligné au feutre bleu : les techniciens en identification criminelle avaient prélevé des fibres de laine sur les vêtements des victimes ; leurs nœuds asymétriques étaient caractéristiques des tapis persans. Barnavi supposait que Pujos et Paleantoni avaient été assommés puis traînés sur un tapis de ce genre. Élie fit le rapprochement entre ces fibres et celles découvertes dans le coffre de la R19 : l'assassin affectionnait les tapis exotiques.

Une idée traversa l'esprit de Sagane alors qu'il remettait le rapport dans la pochette perforée. Il s'empara du curriculum de Franck Paleantoni et se rua vers le bureau du responsable de la Cellule de synthèse et de documentation, le capitaine Mathias Klein. Flic atypique, Klein était également arbitre international de football. Comme il s'était rendu indispensable, la direction de la PJ avait consenti à ce qu'il s'absente lors des championnats d'Europe et du monde. Bien bâti, le visage taillé à coups de hache, le crâne rasé et bosselé, il avait quarante-trois ans.

— Comment va ? s'enquit Élie en se faufilant dans la pièce encombrée de cartons.

À l'expression à la fois exaltée et pressante de son supérieur, Klein devina qu'il ne s'agissait pas d'une visite de courtoisie, aussi alla-t-il droit au but :

— Qu'y a-t-il pour ton service ?

Sagane posa la feuille devant lui avec promptitude.

— Qui est-ce ? demanda Klein après l'avoir survolée.

— Tu as entendu parler des pendus de la départementale 190 ?

— Un peu, mon neveu ! Les collègues n'arrêtent pas de plaisanter à leur propos.

Élie ne releva pas et poursuivit avec sérieux :

— Paleantoni est l'un d'eux. Son ADN figure dans le fichier national automatisé des empreintes génétiques.

— Pour quel délit ?

— Il a abusé d'une ado il y a huit ans.

Klein eut une moue désabusée.

— J'étais plein d'espoir le jour où Badinter a fait voter l'abolition de la peine de mort. Six mois à la Brigade des mineurs ont suffi pour que je vire ma cuti.

Sagane se refusa à apporter de l'eau à son moulin.

— Que peux-tu m'apprendre de plus sur Paleantoni ?

Klein exprima son pessimisme par un haussement d'épaules.

— À mon avis, que dalle. Le FNAEG est plus exhaustif que le Bertillon.

Le travail du capitaine consistait à collecter les documents relatifs aux criminels et à les répertorier dans le fichier Bertillon. Quand il était entré à la Brigade, quinze ans auparavant, ce fichier était encore manuel et fonctionnait selon le mode phonétique. Il l'avait informatisé avec l'aide d'un ingénieur système.

— Essaie toujours, le brusqua Élie.

Il s'exécuta sans piper mot, pianotant à toute vitesse sur le clavier de son ordinateur. Quand les informations disponibles s'affichèrent, il tourna l'écran vers Sagane et fanfaronna :

— Qui avait raison ?

— Et ça ?

Klein plissa les yeux, à la manière d'un myope.

— Quoi ?

Élie montra le bas de l'écran.

— « Sabine Paleantoni, 24, rue des Amiraux, Paris XVIIIe », lut-il à haute voix. De qui s'agit-il ?

L'autre effectua une recherche approfondie.

— De sa sœur. Il vivait chez elle, voilà qui marque un tournant dans l'enquête !

Le commissaire décapuchonna un stylo à bille et nota l'adresse sur la feuille extraite du rapport de la PTS.

— « Le tueur de mariées » faisait affaire avec Paleantoni, rétorqua-t-il. À ce titre, il est possible qu'il lui ait rendu visite et que Sabine l'ait vu. Si c'est le cas, elle sera à même de nous donner son signalement.

— Les tarés que nous traquons ont au moins une vertu, lança Klein tandis qu'il sortait.

Interpellé, Sagane fit volte-face.

— Je serais curieux de la connaître.

Klein mit les pieds sur la table et les mains derrière la tête.

— Ils savent qu'ils sont mauvais, l'éclaira-t-il d'un ton philosophe. S'ils n'avaient pas conscience de la gravité de leurs actes, ils ne courraient pas comme des lapins.

Élie accueillit sa théorie avec une mimique dubitative, le salua d'un signe du menton et regagna son bureau. Argento l'attendait, debout près de la fenêtre. Radieuse, elle courut au-devant de Sagane et se jeta dans ses bras, enroulant les jambes autour de sa taille.

— Qu'est-ce qui t'arrive ? parvint-il à articuler entre deux baisers.

Elle colla sa joue contre la sienne.

— J'avais peur que tu m'en veuilles.

— De quoi ?

Elle déglutit avant de repartir :

— De la scène que je t'ai faite. Je suis très jalouse.

— J'avais remarqué ! Je te rassure tout de suite : il n'y a rien entre cette journaliste et moi.

— Tu promets ?

— Je te le jure.

Il l'embrassa et la reposa à terre.

— J'ai du nouveau, ajouta-t-il en jubilant.

— Moi aussi.

— À toi l'honneur.

— Les gars ont fouillé le meublé du trans. Ils ont rapporté des souvenirs.

Elle ramassa le sac en plastique à ses pieds et énuméra les objets qu'il contenait.

— Des produits de beauté, des œstrogènes, des hormones, mais aussi des antidouleur et un antibiotique à large spectre qu'elle… qu'il devait prendre après l'opération.

— Rien d'autre ?

— Rien d'intéressant. À toi.

Il agita en l'air la feuille qu'il avait à la main.

— Paleantoni habitait chez sa sœur. Il y a gros à parier qu'elle a vu « le tueur de mariées ». Je m'apprêtais à lui rendre une petite visite.

— Elle est peut-être absente. Tu as essayé de la joindre ?

— Pour qu'elle prenne la poudre d'escampette ? Tu viens avec moi, oui ou non ?

La jeune femme tressaillit d'excitation.

— Et comment !

— Tu as dîné ?

— Avec Dubreuil.

— Le vieux a des vues sur toi ou quoi ? feignit de s'inquiéter Sagane.

— Penses-tu ! Josette l'a appelé deux fois pendant

notre tête-à-tête. Je les ai entendus roucouler comme des jeunes mariés. Y a un truc qui me botterait.

— Lequel ?

Elle promena son regard sur la pièce.

— Faire l'amour ici.

— Tu sais bien que c'est impossible. Il y a toujours quelqu'un dans les bureaux.

— Justement.

Il en resta bouche bée.

— Tu n'es pas… sérieuse ?

— À ton avis ?

Amusée par la réaction du commissaire, elle éclata de rire et sortit.

Élie dénicha une place rue de Clignancourt.

L'immeuble où vivait Sabine Paleantoni était sombre, sale et humide. Des graffitis étaient bombés sur les murs de la cage d'escalier. Les numéros, sur les portes des appartements, avaient été dévissés ou arrachés.

— C'est ici, annonça Sagane en atteignant le cinquième étage.

Il pressa la sonnette de l'appartement 5G. Un bruit de pas résonna à l'intérieur puis une femme d'une quarantaine d'années aux cheveux courts, au visage creusé et aux yeux brillants de méfiance ouvrit. Les solitaires et les misanthropes avaient cette expression à la fois sauvage et ombrageuse.

— Vous avez vu l'heure ? pesta-t-elle sans préambule. Qui êtes-vous ?

Avec des mouvements lents et apaisants, Élie tira sa carte de la poche arrière de son jean et la montra à la mégère, incitant son équipière à l'imiter.

— Nous sommes de la Brigade criminelle, madame. Nous aimerions parler à Sabine Paleantoni.

L'autre s'avança pour examiner sa carte de près. Elle avait le teint terreux de la personne qui se nourrit mal, prend rarement l'air et ne s'expose jamais au soleil.

— Vous l'avez devant vous, finit-elle par ronchonner. Qu'est-ce que vous me voulez ?

— Vous poser quelques questions au sujet de votre frère, intervint Cécile.

Cette réponse attisa l'hostilité de Paleantoni.

— Mon frère a été assassiné la nuit dernière, ma petite dame. J'ai dit tout ce que je savais à la police. Je n'ai rien à ajouter.

Sagane plaça son pied dans l'embrasure de la porte pour l'empêcher de la refermer.

— Je vous conseille de coopérer, dit-il avec une intonation menaçante. Franck fréquentait un dangereux criminel. Si l'enquête établit que vous étiez au courant, vous serez accusée de complicité.

Interloquée, Paleantoni cessa de peser sur la porte et se rebiffa d'une voix suraiguë :

— J'ignore tout de cette affaire !

Cette manœuvre d'intimidation l'avait plongée dans le plus grand trouble. Les flics en profitèrent pour franchir le seuil.

— Il ne tient qu'à vous de le prouver, continua Élie avec fermeté.

Elle s'accorda un instant de réflexion, triturant sa robe à fleurs démodée.

— Entrez, se radoucit-elle.

Argento et Sagane traversèrent le vestibule à sa suite, pénétrèrent dans la pièce minuscule faisant office de salon et s'assirent sur le canapé. L'odeur tenace d'un nettoyant flottait dans l'air. À l'évidence, cette femme était obsédée par la propreté : les rideaux de la fenêtre étaient d'une blancheur immaculée ; le plancher, les porcelaines et les cuivres reluisaient. L'hôtesse malgré elle s'installa sur une bergère, face aux policiers. Elle croisa les jambes et, avec une pudeur exagérée, tira sur le bas de sa robe pour les cacher.

Élie eut envie de lui rire au nez.

— J'espère que ce ne sera pas long, maugréa-t-elle. Je suis une couche-tôt.

Cette remarque glissa sur Sagane.

— Que faites-vous dans la vie, madame Paleantoni ? attaqua-t-il.

— Je suis agent administratif au ministère de l'Agriculture. Pourquoi cette question ?

Élie se força à sourire.

— C'était juste histoire de briser la glace.

— La direction m'a accordée une semaine de congé pour me remettre de la mort de Franck et… organiser ses obsèques, enchaîna son interlocutrice.

Pour la première fois, sa voix faiblit sous l'effet du chagrin, comme si elle venait de comprendre que son frère n'était plus de ce monde. Elle s'empressa d'essuyer ses yeux embués de larmes avec un Kleenex et, se reprenant, planta son regard dans celui du commissaire.

— Vous avez sans doute entendu parler du « tueur de mariées », lâcha Cécile, décidée à entrer dans le vif du sujet.

— Franck frayait avec ce… meurtrier ?

Paleantoni avait prononcé le dernier mot avec une grimace hideuse.

— Nous pensons que cet individu a pu lui rendre visite.

— Ici ?

Argento acquiesça.

— Cela vous dit quelque chose ?

— Non.

— Pouvez-vous nous donner les noms des personnes qu'il recevait ou leur description ?

— D'après ce que j'en sais, il était resté en contact avec ses compagnons de cellule.

— Soyez plus précise, s'impatienta Sagane, aimable comme un bouledogue.

Paleantoni poussa un soupir d'agacement.

— Je ne voulais pas de ces voyous chez moi, aussi Franck les voyait-il à l'extérieur ou les invitait-il pendant mon absence. Il s'arrangeait pour les congédier et ranger l'appartement avant mon retour.

Elle pointa le menton et pinça la bouche d'un air supérieur.

— Il me craignait, vous savez.

— Avait-il des amis, à part ces ex-détenus ?

— Pas à ma connaissance.

Élie marmonna des paroles inintelligibles. Plus l'entretien avançait, plus les chances d'identifier l'assassin s'amenuisaient.

— Il travaillait ? insista-t-il en tâchant de rester calme. Il vous a présentée à ses collègues ?

Paleantoni leva les yeux au ciel.

— Vous rigolez ! Il n'a même pas cherché du boulot. J'ai eu la charité de l'héberger à sa sortie de prison. Sans moi, il aurait été à la rue. Il aurait fait les poubelles et dormi sous les ponts, comme un SDF.

À son tour, Cécile grommela des mots incompréhensibles.

— Êtes-vous sûre de n'avoir rien à nous apprendre ? demanda-t-elle sans conviction.

Paleantoni remua la tête de droite à gauche.

— Je suis navrée.

Sagane lut dans son regard qu'elle ne mentait pas.

— Avant de partir, j'aimerais jeter un œil sur la chambre de votre frère.

— Pas de problème.

Meublée d'un lit pliant, d'un placard et d'un bureau sur lequel trônait un ordinateur relié à une imprimante laser, la chambre de Franck Paleantoni évoquait la cellule d'un moine ou d'un ermite. Les flics inspectèrent la pièce sous le regard anxieux de la propriétaire. La fouille fut rapide : il ne leur fallut pas plus de trois minutes pour trouver les revues et les DVD pornos que le défunt avait cachés dans le placard, derrière les piles de vêtements. Argento sélectionna le magazine le plus obscène et, le tenant du bout des doigts comme s'il s'agissait d'une chose répugnante, l'orienta vers Paleantoni qui s'efforça de dissimuler son embarras.

— Vous le saviez ?

Au prix d'un effort surhumain, la femme avoua :

— Franck et moi avions passé un accord. Je ne me mêlais pas de ses affaires, il ne se mêlait pas des miennes.

Sans crier gare, elle se dirigea à grands pas vers Argento, s'empara du journal et le balança dans la corbeille à papier.

— Je nettoyais sa chambre quand vous avez sonné. Je n'ai pas eu le temps de jeter ces immondices. Si vous voulez bien m'excuser, je vais chercher de quoi les emballer.

— Ensuite, vous nous les remettrez, déclara Élie. Ce sont des pièces à conviction.

Paleantoni fila à la cuisine en pestant contre les visiteurs.

— Cette bonne femme me donne envie de vomir,

murmura Cécile d'une voix aux inflexions belliqueuses. Je ne sais pas ce qui me retient de lui botter les fesses.

Sagane eut un geste évasif, vaguement approbateur, puis désigna l'ordinateur. Le comprenant à demi-mot, Argento s'assit au bureau, appuya sur le bouton de mise sous tension et attendit que l'écran s'allume.

— Et merde ! râla-t-elle dès que la fenêtre invitant l'utilisateur à taper le mot de passe apparut. Le balafré n'était pas aussi bête qu'il en avait l'air.

Ce nouvel obstacle irrita Élie au plus haut point.

— Il faut accéder au disque dur, décréta-t-il.

Cécile fit claquer ses doigts.

— Sa sœur !

— Je ne le connais pas.

Le visage renfrogné, Sabine Paleantoni se tenait sur le seuil, un produit désinfectant dans une main et un sac-poubelle dans l'autre.

— Il n'utilisait jamais cette satanée machine en ma présence, expliqua-t-elle avec un accent de rancœur. Il avait beau fermer sa porte le soir, j'entendais des choses pas très catholiques. Il fréquentait assidûment les lieux de perdition virtuels, parfois des nuits entières.

Cette révélation conforta Sagane dans l'idée qu'il devait explorer les entrailles du PC. Les sites que Franck avait l'habitude de visiter, les fichiers qu'il avait créés, les courriers électroniques qu'il avait reçus et envoyés recelaient peut-être des informations de nature à le mener au « tueur de mariées ».

En ébullition, il tapa un numéro sur son portable.

— Qui appelles-tu ? s'étonna Argento.

— Charlier. Il n'a pas son pareil pour casser les mots de passe.

Au bout de quatre sonneries, la voix de l'ingénieur s'éleva dans l'écouteur :

— Allô !

— J'ai besoin de tes lumières, Manu.

— Commissaire ? De quoi s'agit-il ?

— Une bécane à dépuceler.

— Il va falloir attendre votre tour. Dubreuil m'a demandé de bosser sur une identification vocale. Il veut les résultats à la première heure.

Élie grimaça, contrarié.

— Quand seras-tu disponible ?

— Apportez-la-moi demain en fin de matinée. Je verrai ce que je peux faire.

Sagane raccrocha et pivota vers Paleantoni.

— Si vous n'y voyez pas d'objection, nous allons emporter l'ordinateur.

Elle gonfla les joues pour exprimer son indifférence.

— Prenez ce que vous voulez et débarrassez-moi le plancher.

Cécile invita Élie à passer la nuit chez elle.

En arrivant, elle dressa la table dans le salon et prépara un gratin dauphinois, sa spécialité. Ils dînèrent aux chandelles en se faisant les yeux doux puis s'installèrent sur le clic-clac pour écouter une compilation des plus belles sonates de Beethoven.

La jeune femme se blottit contre son amant et lui mordilla le lobe de l'oreille. Cette manœuvre porta ses fruits. Incapable de se contrôler davantage, Sagane la couvrit de baisers. Comme il dégrafait son soutien-gorge, elle le poussa sans ménagement. Trop excité pour se rebiffer, il l'observa se dévêtir avec concupiscence et se déshabilla à son tour. Avec des mouvements sensuels, Cécile s'agenouilla entre ses jambes et lui fit une fellation sans le quitter du regard. Lorsque son sexe fut suffisamment dur, elle se releva et se mit à quatre pattes sur le canapé, ondulant de la croupe pour l'affoler. Élie la prit par-derrière sans attendre.

La vision de Traceur assis sur le seuil du séjour le paralysa.

— Pourquoi tu t'arrêtes ? s'enquit sa compagne.

Il se contenta d'indiquer le berger allemand en étendant le bras. Elle avisa la santiag au pied du convertible, l'attrapa et l'envoya dans la direction du trouble-fête.

— Allez, ouste, dehors !

La botte effleura le chien qui détala aussi sec. Argento tourna la tête vers son partenaire et remua les reins pour le relancer.

— Où en étions-nous ?

Sagane lui sourit et recommença à bouger. Dès qu'elle eut joui, il ferma les yeux et se concentra sur son plaisir. L'éjaculation fut brève mais intense.

— J'ai envie de fumer, souffla-t-elle au bout d'une minute.

Elle bondit du canapé, saisit le paquet et le briquet qui traînaient sur la table basse et revint près d'Élie. Elle alluma une cigarette, tira plusieurs bouffées avec nervosité avant de confesser :

— Depuis que je suis en âge d'avoir une sexualité, je prends mon panard en dominant les hommes.

Le visage du commissaire se contracta.

— Tu ne vas pas remettre ça !

— Tu ne veux pas savoir pourquoi ?

— Écoute, je…

— Demande-le-moi.

— Très bien. Pour quelle raison te comportes-tu ainsi ?

La clope trembla entre ses doigts tandis qu'elle cherchait ses mots.

— C'est à cause de lui, bafouilla-t-elle.

Il la fixa d'un air inquiet.

— Qui ?

Une grimace haineuse déforma les traits de Cécile.

— De mon père, gronda-t-elle, la rage au ventre. Je n'étais qu'une gamine quand il a abusé de moi pour la première fois.

Sous le choc, Sagane pâlit.

— Il m'a violée pendant des années, poursuivit-elle avec difficulté. Le soir, il attendait que tout le monde s'endorme pour se faufiler dans ma chambre et…

Elle se tut, manifestement bouleversée.

— S'il n'était pas mort d'un infarctus, je l'aurais tué de mes propres mains, conclut-elle, vindicative.

Élie resta sans voix un long moment.

— Quelqu'un d'autre est au courant ? finit-il par s'enquérir.

— Ma sœur.

— Et ta mère ?

Un rire convulsif secoua Argento.

— Elle m'a pondue, point barre ! Ce qui pouvait m'arriver lui était égal.

Son expression dénotait le désenchantement aussi bien que la rancœur.

— Elle ne s'intéressait qu'à son physique et à ses conquêtes. Après le décès de mon père, elle s'est mariée avec un peintre suédois sans le sou. Aux dernières nouvelles, ils vivaient à Stockholm. Je ne l'ai pas revue depuis neuf ou dix ans.

Elle fit des ronds de fumée, les yeux dans le vague.

— Si jamais la direction de la Crim' apprend que mon père abusait de moi, je serai obligée de voir un psy. Je ne veux pas être mise sur la touche.

— Je serai muet comme une tombe, promit Sagane.

Elle écrasa la clope à moitié consumée dans le cendrier posé sur ses cuisses.

— J'ai beaucoup souffert à cause de mes parents, avoua-t-elle.

— Moi aussi, mais j'ai survécu.

— Ces salauds m'ont ôté l'envie d'avoir des enfants.

— Pas moi.

— En ce cas, pourquoi tu n'en as pas ? questionna-t-elle d'un ton acerbe.

— Parce que je n'ai pas encore trouvé la femme de ma vie, riposta-t-il du tac au tac.

Cette réponse lui cloua le bec.

— Tu comptes en avoir un jour ? continua-t-elle, à la fois émue et incrédule.

— Bien sûr.

— J'ai froid, enchaîna-t-elle, décidée à ne pas s'appesantir sur le sujet.

Elle ramassa son pull et l'enfila.

— Briard te manque ?

Il avala sa salive.

— Je pense à lui tous les jours.

— Tu le connaissais depuis longtemps ?

— Onze ans. Il m'a aidé à résoudre un tas d'affaires.

— À commencer par celle du « Samouraï qui pleure ».

La nostalgie se mêla à la tristesse sur la figure du commissaire.

— J'en garde un bon souvenir, même si nous avons vu des horreurs. Morin était si grand, si fort. Personne n'osait s'attaquer à lui. Un soir, un type l'a provoqué dans un bar, prétextant qu'il matait sa gonzesse. J'ai entraîné cet inconscient dans un coin pour lui dire de renoncer à l'affrontement. Il n'a rien voulu entendre. Briard lui a pété le nez, le bras droit et la jambe gauche.

Le patron de l'IGS l'a convoqué dans son bureau à l'aube.

Ils rirent ensemble.

— Il est tard, remarqua Élie. Allons nous coucher.

— Tu es fatigué ? le taquina-t-elle.

Sans lui demander son avis, elle prit sa main et la glissa entre ses cuisses.

# 20

Sagane reçut la visite de Francine Briard en début de matinée.

Elle avait tant maigri qu'il eut du mal à la reconnaître. Le deuil avait fané son visage joufflu. Ses mains tremblotaient, ses yeux étaient rougis par les larmes. Le commissaire l'invita à s'asseoir en face de lui, se laissa tomber sur son fauteuil et la considéra avec gravité.

— Que puis-je faire pour vous, Francine ?

Elle lui tendit une boîte en carton.

— Qu'est-ce que c'est ? s'enquit-il en fronçant les sourcils.

— Des objets qui appartenaient à mon fils.

Élie devina son intention.

— Je crois qu'il aurait aimé que vous les gardiez.

Elle hocha vigoureusement la tête en signe de dénégation.

— Vous étiez son meilleur ami, ils vous reviennent, décréta-t-elle.

La gorge nouée par l'émotion, Élie se résigna à passer en revue le contenu de la boîte : la médaille de champion de France de lutte, le diplôme encadré de l'école de police, des livres de poche bourrés d'annotations, la console de jeux vidéo que Briard avait toujours sur lui et des figurines en résine représentant les héros de ses films préférés.

Une vie casée dans une boîte.

— Je ne peux pas accepter, protesta-t-il encore.

Elle balaya sa réticence d'un geste.

— Ils sont à vous maintenant. Prenez-en soin.

Il s'inclina devant la force de sa détermination.

— Morin sera enterré lundi matin au cimetière des Batignolles, poursuivit-elle. Je compte sur votre présence.

— Je serai là, assura-t-il.

— Si elle le souhaite, votre équipière peut assister aux funérailles.

— Elle le connaissait à peine, mais elle l'appréciait.

Francine esquissa un sourire.

— Comment aurait-il pu en être autrement ? Mon fils était drôle et attachant.

Elle lui adressa un regard bienveillant et quitta son siège. Il la reconduisit jusqu'à la porte. Sur le seuil, elle lui caressa la joue. Cet élan de tendresse émut tellement Sagane qu'il prit la main de Francine et l'embrassa.

— Je sais que votre mère et vous…, articula-t-elle avec un sourire gêné. Bref, si vous avez besoin de vous confier à quelqu'un, je suis là.

— Lino avait de la chance de vous avoir.

Elle baissa la tête d'un air consterné.

— J'ai échoué, Élie. Mon bébé n'était pas heureux, il se droguait.

Il écarquilla les yeux de stupéfaction.

— Vous étiez au courant ?

Elle essuya ses larmes du revers de la main et disparut dans le couloir.

Sagane resta sans bouger, anéanti.

En fin de matinée, Élie et Cécile firent irruption dans le bureau du lieutenant Charlier.

Les cheveux hirsutes, le visage oblong, les yeux vert-de-gris et les lèvres aussi minces qu'un trait de pinceau, l'informaticien avait trente-quatre ans. Deux choses comptaient dans sa vie : le travail et les femmes.

— Vous tombez bien ! s'exclama-t-il. Je viens de remettre mon rapport à Dubreuil.

Sagane déposa l'ordinateur de Franck Paleantoni sur la table, le brancha et demanda :

— Tu en as pour longtemps ?

Charlier lissa son bouc poivre et sel, tira de son attaché-case un disque et l'introduisit dans le lecteur de DVD-Rom.

— Le logiciel Drogo est le briseur de codes et de mots de passe le plus performant du marché, expliqua-t-il avec un sourire de vainqueur. L'Office central de lutte contre la cybercriminalité ne jure plus que par lui.

— Peu m'importe que ce foutu logiciel nous permette de pénétrer dans Fort Knox, d'empêcher les États-Unis de déclarer la guerre à la Corée du Nord ou d'aller sur Mars, grogna Élie. Si cette bécane contient des infos susceptibles d'identifier « le tueur de mariées », déniche-les et vite.

Il se tut le temps de recouvrer son calme.

— Fais ça pour moi, O.K. ?

Charlier fixa Argento qui était aussi mal à l'aise que lui-même, reporta son attention sur le commissaire et tâcha de détendre l'atmosphère.

— Je m'en occupe de suite.

Comme il s'attachait à forcer l'entrée du système, Sagane s'éloigna de quelques pas.

— Monsieur a ses vapeurs ou quoi ? chuchota Charlier à l'adresse de Cécile qui se tenait près de lui.

Elle s'assura que leur chef ne les écoutait pas.

— La mère de Briard lui a rendu visite ce matin, répondit-elle à voix basse.

Il remua la tête d'un air compréhensif. Élie revint vers eux, la mine préoccupée.

— On a oublié de demander à Sabine Paleantoni si son frère recevait du courrier, dit-il à Argento. Appelle-la.

Sans perdre une seconde, elle s'achemina vers la sortie.

— Cécile ? Je n'ai pas fini.

La jeune femme s'immobilisa au milieu de la pièce.

— Que la compagnie du téléphone nous faxe les factures détaillées de son abonnement GSM... si toutefois il en avait souscrit un, ajouta-t-il.

— Il a pu passer ou recevoir des appels du téléphone fixe de sa sœur, intervint Charlier sans cesser de jouer du clavier.

— Exact, convint Sagane.

— Je fais ma petite enquête et je rapplique, enchaîna Argento.

— Merci.

À peine eut-elle quitté le bureau que Charlier exulta :

— Bingo !

Sagane se précipita vers lui pour regarder par-dessus son épaule l'écran divisé en plusieurs fenêtres.

— C'est quoi ce bordel ?

L'informaticien plaça la flèche de la souris sur la fenêtre centrale et cliqua pour l'agrandir.

— Franck machin chose était un drôle de numéro,

énonça-t-il en désignant l'adresse électronique inscrite en haut de l'image. Il se connectait à un site étranger pour acheter et vendre de la drogue à des prix défiant toute concurrence. Les autres fenêtres correspondent à des sites réservés aux adultes. Il donnait dans la baise virtuelle tous azimuts. Visez les prestations mentionnées sur les pages d'accueil : « Théodora rien que pour toi », « Une pour tous, tous pour une », « Le château des punitions », j'en passe et des meilleures.

Il se gratta le front d'un air concentré.

— Apparemment, il a stocké des documents sur le disque dur.

Le rythme cardiaque de Sagane s'accéléra.

— Lesquels ?

Le lieutenant tapota l'horloge nichée dans le coin supérieur droit de l'écran.

— Drogo aura accès à ces données dans une minute trente.

Élie s'efforça de réprimer sa nervosité.

— Nous y voilà ! jubila Charlier tandis qu'il faisait le tour du bureau.

Le dégoût et la colère se succédèrent sur le visage de Sagane quand il découvrit les images qui quadrillaient l'écran.

— Ce fichier contient deux séries de clichés, continua Charlier en les faisant défiler.

La première montrait des femmes nues à l'attitude gauche et au regard terrifié ; la seconde, les cadavres de ces malheureuses. Élie reconnut les victimes du « tueur de mariées ». Diane Spitz était étendue sur un lit de sangle, les bras en croix et les yeux grands ouverts. Le corps sans tête de Brigitte Drivaud gisait sur la plate-forme d'un perron. Tamara baignait dans son sang sur le carrelage d'une salle de bains.

— D'où proviennent ces photos ? interrogea Sagane d'un ton pressant.

Charlier pianota fébrilement sur l'ordinateur.

Une colonne de chiffres et un nom apparurent.

— Elles ont été envoyées il y a quarante-huit heures par un certain Polyphème, répliqua-t-il.

— Un pseudo, conjectura Élie. Tu peux remonter jusqu'à lui ?

— À condition que Paleantoni ait sauvegardé les messages qu'ils ont échangés.

Les doigts de Charlier dansèrent sur le clavier.

— Notre homme utilise un serveur anonyme, annonça-t-il dès que l'historique des courriers électroniques s'afficha sur l'écran. Une précaution inutile car les fournisseurs d'accès mémorisent le numéro d'identification de tous les mails.

Il souligna deux lignes au bas de la page, tout sourires.

— Voici le nom et l'adresse du mystérieux Polyphème.

— Jean-Charles Grask…

Sagane s'interrompit, éberlué.

— Minute papillon ! Le romancier Jean-Charles Graskovich ?

— Lui-même, approuva le lieutenant. Je comprends maintenant pourquoi ses bouquins sont si glauques.

Élie se hâta de noter les coordonnées sur son carnet.

— T'es un génie, Manu ! s'extasia-t-il.

Survolté, il prit la tête de l'informaticien dans ses mains et lui embrassa le sommet du crâne.

— Mets la bécane sous scellés et retrouve-moi chez l'écrivaillon. J'ai encore besoin de toi.

Il gagna le bureau de Cécile au pas de course. La

jeune femme était au téléphone. En le voyant, elle abrégea la conversation et le rejoignit.

— Franck ne correspondait avec personne, déclara-t-elle. Il n'utilisait pas non plus le bigo de sa sœur. Par ailleurs, l'abonnement GSM de son portable est géré par la compagnie Anthénéis. Je leur ai demandé de nous faxer ses cinq derniers relevés.

— J'ai mieux que ça, affirma Sagane en se dirigeant vers la sortie.

Elle décrocha son blouson du portemanteau et courut après lui.

— Quoi donc ?

Il descendit l'escalier quatre à quatre.

— Je t'expliquerai quand nous serons en chemin.

Jean-Charles Graskovich habitait un duplex avec terrasse, avenue Bugeaud.

Âgé de quarante et un ans, il était l'auteur de polars français le plus lu dans le monde. Un producteur de cinéma américain venait de débourser deux millions de dollars pour acquérir les droits d'adaptation de *Meurtre par procuration*, son plus gros succès. Pendant le trajet, Élie l'appela pour s'assurer qu'il était chez lui. Lorsque Graskovich répondit, il se fit passer pour un démarcheur. Guère disposé à écouter son baratin, l'écrivain lui raccrocha au nez.

Sagane se garait en face de l'immeuble de grand standing quand Charlier les rejoignit. L'ascenseur étant en panne, les flics empruntèrent l'escalier. La porte de l'appartement de Graskovich s'ouvrit au sixième coup de sonnette. Vêtu d'une chemise et d'un pantalon froissés, les cheveux et la barbe en bataille, le maître des lieux considéra les visiteurs d'un air agressif.

Ces derniers comprirent qu'ils l'avaient dérangé en plein travail.

— À qui ai-je l'honneur ? gronda-t-il entre ses dents serrées.

Élie déplia son porte-cartes.

— Commissaire Sagane, Brigade criminelle, commença-t-il. Nous aimerions vous parler, monsieur Graskovich.

L'étonnement remplaça l'hostilité dans les yeux du romancier.

— À quel sujet ?

— Pouvons-nous entrer ?

Graskovich pesta dans sa barbe avant de les laisser passer. Il les conduisit au séjour, désigna trois fauteuils d'un signe de la main et s'assit sur une bergère. La pièce était décorée avec goût : meubles d'époque, papier à fleurs et doubles rideaux de cretonne.

— Mes lecteurs ne me croient pas quand je leur dis que je n'ai jamais mis les pieds dans un commissariat, dit Graskovich d'une voix où se mêlaient l'amusement et la vanité.

— L'un de vos confrères estime que ce manque de curiosité nuit à la crédibilité de vos ouvrages, assena Élie.

L'autre se raidit à cette repartie.

— Quel confrère ?

— Richard Neville, répondit Argento avec une pointe de méchanceté.

L'écrivain se tortilla sur son fauteuil, visiblement agacé.

— Richard est mal placé pour me dénigrer, précisa-t-il d'un ton sarcastique. Il n'a aucune imagination. Depuis le début de sa carrière, il marche sur mes plates-bandes.

Il secoua la tête pour le chasser de son esprit.

— Alors, en quoi puis-je vous être utile ?

— Nous recherchons « le tueur de mariées », attaqua Sagane.

Graskovich tira une cigarette du paquet glissé dans sa poche de poitrine, l'alluma et aspira une bouffée. Il avait une mine de déterré. Il gagnait des millions, certes, mais il ne profitait pas de la vie. L'écriture était une maîtresse insatiable qui le relançait sans cesse.

— Je suis au courant, finit-il par lâcher en soufflant la fumée par la bouche. Où voulez-vous en venir au juste ?

Rien dans son attitude n'indiquait qu'il était anxieux ou stressé.

— Il y a deux jours, l'assassin a envoyé des photos à l'un de ses complices via Internet, reprit Cécile.

Graskovich haussa les épaules d'un air détaché.

— Je ne vois pas en quoi cela me concerne.

Cécile mit les pieds dans le plat.

— Ces clichés ont été téléchargés sur le Net depuis votre ordinateur.

Le romancier resta muet de stupeur. Puis il rejeta la tête en arrière et partit d'un rire sonore.

— J'y suis ! s'emballa-t-il avec le sourire de celui qui n'est pas dupe. Nous avons un ami commun qui veut me jouer un tour de cochon !

Les policiers ne se départirent pas de leur sérieux.

— Notre démarche est officielle, le contredit Argento avec gravité.

Élie lui remit le bout de papier sur lequel il avait inscrit son adresse électronique.

— Il ne suffit pas de se cacher derrière un pseudonyme pour garder l'anonymat.

Graskovich roula des yeux indignés, agrippa les bras de la bergère et se leva d'une poussée.

— Comment osez-vous ? protesta-t-il avec virulence. C'est scandaleux !

D'un doigt, il montra le couloir de l'entrée.

— Cet entretien est terminé ! Sortez !

Ils ne bougèrent pas d'un pouce. Furieux, il s'empara de son mobile.

— J'appelle mon avocat ! tonna-t-il.

— Rangez ce téléphone et rasseyez-vous, intima Sagane, excédé par ses gesticulations.

Comme il faisait la sourde oreille, le commissaire bondit de son siège, lui arracha des mains le cellulaire et l'éteignit à l'instant où une voix fusait dans l'écouteur. Blême, Graskovich bredouilla des phrases incohérentes et s'écroula dans le fauteuil.

— Voilà qui est mieux, approuva Élie.

— Vous êtes… dans l'erreur, bafouilla Graskovich, encore sous le choc.

— Prouvez-le, trancha Cécile.

— De quelle façon ?

— En nous permettant d'accéder au disque dur de votre ordinateur.

Il ne fut pas long à se décider.

— Je vais vous conduire à mon bureau.

Il s'arrêta net sur le seuil du salon.

— Si je ne m'abuse, il vous faut une commission rogatoire pour perquisitionner.

Sagane n'avait pas de mandat, néanmoins il trouva la parade à cette manœuvre.

— Tu as entendu le monsieur ? dit-il à Charlier qui était habitué à ses coups de poker.

Avec des gestes assurés, l'informaticien prit une facture dans son anorak, l'agita sous le nez de Graskovich et la rempocha avant que ce dernier ait le temps de voir ce qui était griffonné dessus. Par chance, l'écrivain n'insista pas et poursuivit sa marche. Le bureau comprenait une bibliothèque, une chaise et une table sur laquelle trônait un PC à écran plat. Des articles de presse encadrés couvraient les murs. Des feuilles imprimées s'empilaient dans tous les coins.

Graskovich soupira d'un air las.

— Finissons-en, voulez-vous ?

Charlier alluma l'ordinateur et saisit la souris sans fil. Tandis qu'il recherchait le fichier compromettant, Argento observa Graskovich à la dérobée. Bien qu'il s'appliquât à la dissimuler, sa nervosité était manifeste : il contractait ses mâchoires ; un tic relevait sa pommette gauche à intervalles réguliers.

— Je l'ai ! jubila Charlier.

Le romancier ne fit qu'un bond. Son regard exprima l'incrédulité puis l'horreur.

— Ce n'est pas possible, balbutia-t-il avec des trémolos dans la voix. Je... je vous jure que je vois ces photos pour la première fois.

En s'avançant vers Élie, il buta contre une pile de feuilles.

— Je suis victime d'un coup monté, cela ne fait pas un pli.

— Qui aurait intérêt à vous impliquer dans cette histoire ? questionna Cécile d'un ton impératif.

L'effroi de Graskovich céda le pas à l'irritation.

— J'en sais rien ! Vous en avez de bonnes !

Il se radoucit.

— Je n'ai pas commis ces atrocités.

Soit il était innocent, soit il jouait la comédie à merveille.

— À part vous, qui utilise ce PC ? s'enquit Argento.

Pâle et grelottant, il semblait au bord de l'évanouissement.

— Mon épouse.

— Quelqu'un d'autre a-t-il accès à cette pièce ? Une femme de ménage, peut-être ?

Il se frotta le front d'un air effondré.

— Non.

— J'aimerais interroger votre moitié.

— Mavis est absente. Elle fait les courses pour le dîner.

— Joli prénom, nota Sagane.

— Je suis originaire de Détroit, lança une voix dont l'accent ne trompait pas.

Les flics pivotèrent vers la femme qui se tenait dans l'encadrement de la porte, une cigarette à la main. Élie avait déjà vu Mavis Graskovich dans la presse people. Les cheveux noirs, fins et soyeux, les traits délicats et les yeux bleu-vert, elle avait la beauté et la froideur d'une vamp. Elle faisait plus jeune que son âge – quarante-cinq ans – et portait la toilette avec une élégance rare. Un beagle gambadait autour d'elle, dans l'attente d'une caresse ou d'une sucrerie.

Soulagé de la voir, son mari reprit des couleurs.

— Enfin te voilà, articula-t-il dans un regain d'énergie.

— Que se passe-t-il, darling ?

— Ils sont de la police. Ils ont trouvé des… des photographies dans mon ordinateur.

Elle accueillit cette nouvelle avec un froncement de sourcils.

— Quel genre de photos ?

— Des cadavres de femmes, répondit Sagane à la place de l'écrivain.

Mavis frémit d'horreur.

— Puis-je les voir ? demanda-t-elle après avoir écrasé sa cigarette dans un cendrier.

Soucieuse de ménager sa sensibilité, Argento tenta de la décourager.

— Il vaut mieux pas.

L'Américaine bouscula Charlier qui faillit tomber à la renverse, et se planta devant le PC.

— Oh, *my God !*

Son visage se décomposa d'épouvante, ses yeux écarquillés allèrent de l'écran à son époux.

— J'ignore comment elles sont arrivées là ! se défendit ce dernier avec la véhémence de l'innocent que l'on accuse à tort. Il faut que tu me croies !

Ce cri de détresse fit mouche. L'attendrissement succéda à la révolte sur les traits de Mavis.

— Votre mari est dans la mélasse, madame Graskovich, continua Élie. Ces femmes ont été assassinées par « le tueur de mariées », le psychopathe qui fait la une des journaux. Les corps de deux d'entre elles ont été retrouvés tout près d'ici.

— Vous croyez vraiment que j'aurais abandonné les cadavres de ces filles à deux pas de chez moi, si je les avais trucidées ? s'insurgea Graskovich avec une telle violence qu'il postillonna.

Les nerfs à vif, Mavis se saisit de son portable.

— Nous ne parlerons plus qu'en présence de notre avocat.

Sagane ne releva pas. Il en avait assez pour placer le romancier en garde à vue et obtenir que le juge d'instruction lui délivre un mandat de perquisition.

— Préviens Dubreuil, ordonna-t-il à Charlier. Argento et moi allons fouiller le duplex.

Après avoir échangé quelques paroles en anglais avec son correspondant, Mavis coupa la communication, se blottit contre son époux et s'efforça de se montrer rassurante.

— Marcus sera là dans une demi-heure. Il va solutionner le problème, j'en suis sûre.

Elle balaya les policiers d'un regard féroce.

— Tâchez de ne pas mettre trop de désordre.

— Nous ferons de notre mieux, promit Argento qui vidait la bibliothèque.

L'Américaine entraîna son mari vers le couloir.

— Viens, je les ai assez vus.

Comme le couple se retirait dans une pièce, les flics inspectèrent tout l'appartement. Ils exploraient le réduit servant de débarras lorsque Cécile eut un vertige. Elle dut prendre appui sur son chef pour ne pas tomber.

— Ça va ? s'inquiéta-t-il en la serrant contre lui.

— C'est juste une faiblesse. Je n'ai rien mangé depuis six heures du matin.

— On finit ici et on va casser la croûte, O.K. ?

Elle acquiesça et se remit au travail. Élie fourgonnait dans un carton rempli de babioles quand un objet pointu lui piqua le pouce jusqu'au sang. Il ôta son gant de latex et suça son doigt.

— Bordel de Dieu ! éructa-t-il.

Argento sourit en voyant le sang qui gouttait de son index.

— Tu es vacciné contre le tétanos ?

— Je n'ai pas consulté de médecin depuis des lustres.

— Toi, tu as besoin que quelqu'un te prenne en main. J'suis partante, j'adore materner.

Il écarta les bibelots d'un geste vengeur, aperçut l'extrémité en pointe d'un fil métallique.

— C'est vraiment n'importe quoi ! s'énerva-t-il encore. La place de ce truc est dans une caisse à outils !

Intriguée, Cécile attrapa le fil enroulé sur lui-même et l'examina à la lumière de l'ampoule fixée au plafond.

— Du cuivre, conclut-elle, le cœur battant. Ça ne te rappelle rien ?

Sagane l'étudia à son tour.

— Il est identique à celui que le meurtrier a utilisé pour lier les poignets de Pujos et Paleantoni, « les pendus de la Croix-Pucelle », prononça-t-il avec une mimique triomphante.

Il réfléchit un instant.

— D'abord le fichier avec les photos des victimes, ensuite les macchabs dégotés dans le quartier et maintenant le fil de cuivre. J'ai l'impression que nous tenons le bon bout.

Argento se refusa à crier victoire.

— Ne nous emballons pas avant d'avoir les résultats du labo.

La silhouette de Charlier s'encadra dans la porte au moment où elle glissait la pièce à conviction dans un sachet en plastique.

— Le bavard du plumitif est arrivé.

— Comment est-il ? s'enquit le commissaire avec un brin de mépris.

— Guindé et sapé comme un prince. Le genre qui coûte la peau des fesses.

— Laisse-les blablater, ricana Élie. Je viendrai leur parler dès que nous aurons passé ce débarras au peigne fin.

— Je vous conseille de rappliquer dare-dare, insista le lieutenant. Dubreuil et le chef de la PTS sont là.

Sagane le jaugea d'un air rancunier, comme s'il avait commis une faute impardonnable.

— Qu'attendais-tu pour me le dire ? tempêta-t-il en enjambant les cartons. Le Déluge ?

Il traversa le couloir à toute vitesse, talonné par son équipière. Des techniciens en identification criminelle s'activaient dans le salon. Près de la cheminée de pierre, le divisionnaire s'entretenait avec les Graskovich et Marcus Zimmerman, l'avocat du couple. En apercevant Cécile, celui-ci arbora une expression d'étonnement mâtinée de dédain : avec sa brosse, son blouson en cuir, son jean moulant et ses santiags, elle évoquait une motarde ou une rockeuse plutôt qu'un flic. Dubreuil pria ses interlocuteurs de l'excuser, entraîna Élie dans la pièce voisine et lui tendit une feuille pliée en deux.

— Le juge Lelieu nous donne carte blanche.

Sagane parcourut la commission rogatoire et demanda :

— Charlier vous a montré le fichier ?

Dubreuil soupira.

— Même le CD-Rom de l'Empailleur n'était pas aussi dégueulasse. Il existe d'autres charges contre Graskovich ?

Élie lui parla du fil de cuivre.

— Il faudrait vérifier son emploi du temps, ajouta-t-il.

— Sa femme affirme qu'il n'a pas bougé d'ici les jours où les mariées ont été refroidies, objecta son supérieur.

Sagane souffla, écœuré.

— Je suppose qu'ils étaient ensemble la nuit où Pujos et Paleantoni ont rendu l'âme.

Dubreuil approuva d'un clignement de paupières. Il reprenait la parole lorsque Barnavi se pointa, engoncé dans sa combinaison protectrice.

— Vous avez une minute, messieurs ? lança le patron de la PTS.

Au son de sa voix, ils comprirent qu'il avait déniché

un indice. Il les conduisit à la chambre à coucher, ferma la porte derrière eux. Un technicien examinait le tapis étendu entre le lit et la commode.

— Allez-y, capitaine, lui ordonna son chef en tirant les doubles rideaux.

La pièce fut soudain plongée dans le noir. Accoutumé à l'obscurité, l'homme prit un atomiseur dans la mallette ouverte devant lui et arrosa le tapis. Des traînées fluorescentes apparurent aussitôt.

— L'étau se resserre autour de notre hôte, énonça Argento dont le cœur palpitait.

Barnavi rouvrit les rideaux.

— La personne qui a nettoyé ce tapis croit au Père Noël, expliqua-t-il sur le ton de la moquerie. La benzine n'est pas suffisante pour faire disparaître les traces de sang. Je vais donner la priorité à ce dossier, commissaire. Vous aurez un rapport préliminaire dans... disons deux heures.

Élie le remercia et lui remit le sachet contenant le fil.

— Comparez-le avec celui de la Croix-Pucelle.

Il se tourna vers Dubreuil qui grignotait une datte.

— Puis-je emmener le suspect au 36 ?

— Accordé, à condition que vous restiez zen.

— Comptez sur moi.

Sagane et Argento regagnèrent le séjour au pas de charge. Debout près de la fenêtre, l'écrivain se lamentait sur son sort.

— Veuillez nous suivre, monsieur Graskovich, lâcha Élie avec autorité.

C'en était trop pour Mavis qui interrompit brutalement sa discussion avec l'avocat et s'élança vers Sagane.

— Mon époux est innocent ! explosa-t-elle. Vous

devriez rechercher la provenance de ces clichés au lieu de vous acharner sur lui !

— Jusqu'à preuve du contraire, cet ordinateur lui appartient, contesta Cécile. Il a forcément connaissance des fichiers enregistrés sur le disque dur.

L'Américaine l'agrippa par le bras.

— Au cas où vous ne l'auriez pas encore compris, vous avez affaire à forte partie ! beugla-t-elle d'une voix hystérique. Nous avons des relations ! Un claquement de doigts suffit pour que vous soyez mutés en province !

Elle avait joint le geste à la parole. Argento se retint de lui coller une gifle.

— Sauf votre respect, madame Graskovich, écartez-vous de là.

Ces éclats de voix paralysèrent les blouses blanches qui travaillaient dans le living. Zimmerman s'interposa avant que l'altercation ne dégénère en crêpage de chignon.

— Mon client n'ira nulle part.

Élie brandit la commission rogatoire.

— Vous n'êtes pas miro, au moins ? le provoqua-t-il d'un ton insolent.

— Qu'est-ce que c'est ? fulmina Mavis dans le dos de l'avocat.

Ce dernier tripota le nœud de sa cravate d'un air indécis. Quand la raison l'emporta sur le désir de plaire à sa cliente, il fit machine arrière.

— Ce document les autorise à placer Jean-Charles en garde à vue, déplora-t-il. Je ne pourrai le voir qu'à l'issue de l'interrogatoire.

Il étreignit l'épaule du romancier.

— Tenez pour assuré que je vous tirerai de ce mauvais pas, déclara-t-il avec la solennité outrancière de l'avocat en pleine plaidoirie.

Sur ce, il s'effaça devant Argento et Sagane. Les policiers empoignèrent un Graskovich effaré et sans forces, le poussèrent vers le vestibule sous les vociférations de sa femme.

— Vous lui en voulez parce qu'il est riche et célèbre !

Ils l'ignorèrent et sortirent.

Mavis courut se réfugier dans sa chambre.

## 21

Ils achetèrent des hamburgers avant de regagner le Quai des Orfèvres.

À peine arrivés, ils enfermèrent Graskovich dans une cellule du dépôt de la Crim', au troisième étage du bâtiment de la PJ, puis mangèrent sur le pouce. Après avoir dévoré un double cheeseburger et bu trois cafés d'affilée, Cécile fut de nouveau opérationnelle. Elle câlinait le commissaire lorsque Charlier apparut sur le seuil. Gênée, la jeune femme s'éloigna discrètement.

— Les ordinateurs des suspects sont dans la chambre des scellés, annonça le lieutenant, comme si de rien n'était. J'ai pensé que vous pourriez avoir besoin des données stockées sur les disques durs, alors je les ai copiées.

Il tira plusieurs DVD-Rom du sac plastique qu'il avait à la main, les déposa devant son supérieur qui les passa en revue d'un regard avide. Chaque étui était étiqueté.

— Tu as bien bossé, Manu. Merci.

Charlier prit congé. La porte se rouvrit aussitôt sur Barnavi.

— Mes hommes ont mis le paquet pour que vous ayez ce rapport le plus vite possible ! s'exclama-t-il, d'une jovialité inhabituelle.

Il lança une chemise en carton à Élie qui l'attrapa au vol.

— Les résultats devraient vous permettre de boucler l'écrivassier *ad vitam aeternam*. Il a craché le morceau ?

— On ne l'a pas encore cuisiné, intervint Argento.

Sagane désigna du menton la chemise.

— Je vous le revaudrai, Jacob.

Un sourire étira la bouche du chef de la PTS.

— Au fond, je ne vous déteste pas.

Touché par cet aveu, Élie confia à son tour :

— Vous savez quoi ? Moi non plus.

— Je m'en vais avant que nous tombions dans les bras l'un de l'autre, plaisanta Barnavi.

Sagane attendit qu'il se retire pour survoler le rapport à la lumière d'une loupiote.

— Alors ? s'enquit Cécile quand il eut terminé sa lecture.

Un rictus vindicatif releva la lèvre supérieure du commissaire.

— Il est dedans jusqu'au cou.

Il décrocha le téléphone d'un mouvement impatient et appela la permanence de la Criminelle.

— Conduisez l'écrivaillon à la salle d'accouchement, dit-il à l'officier de service.

Il coupa la communication, saisit le compte rendu et le DVD portant la mention « Fichier Graskovich » puis quitta le bureau, suivi de Cécile. Ils traversèrent un long couloir avant d'atteindre la salle d'interrogatoire. Un néon fixé au plafond, juste au-dessus d'une table et de deux chaises en Formica, éclairait la pièce dont les dimensions avoisinaient celles d'une cellule de prisonnier. Les gardiens de la paix qui avaient escorté Graskovich se tenaient près de la porte. Le romancier était assis, les doigts croisés et les yeux rivés sur la glace sans tain qui tapissait le mur opposé. La lumière vive du néon blanchissait sa barbe et sa tignasse hirsutes, lui donnant une mine de papier mâché.

Élie prit place sur l'autre chaise, s'empara du gobelet en plastique posé devant lui et but une gorgée d'eau.

— Sortez, ordonna-t-il à ses collègues sans leur prêter attention.

— Vous n'allez pas recommencer, patron, protesta l'agent Kurower. Le divisionnaire est très strict sur la sécurité. S'il apprend que…

Sagane frappa la table du poing. De l'eau jaillit du gobelet de Graskovich.

— Vous êtes sous mon autorité, alors obéissez, gronda-t-il.

— Je suis d'accord avec Kurower, énonça Argento qui avait comme une appréhension.

Élie se rua vers la porte, l'ouvrit d'un geste rageur et gueula :

— Dégagez !

Tandis que les flics s'engageaient dans le couloir, il pivota vers Cécile.

— Toi aussi !

Elle tomba des nues.

— Tu es en plein délire !

Dans un état second, il l'attrapa par le bras et la flanqua dehors. Une lueur d'affolement s'alluma dans les yeux de Graskovich lorsque Sagane referma derrière son équipière. Il se leva avec la précipitation de celui qui craint pour sa vie.

— Je ne me sens pas en sécurité, se révolta-t-il. J'exige que vous les rappeliez.

Élie le rejoignit au centre de la salle.

— Je rêvais d'un tête-à-tête avec vous, lui susurra-t-il dans le creux de l'oreille. Nous avons tellement de choses à nous dire !

Il exerça une pression sur ses épaules pour l'obliger à se rasseoir et retourna à sa place. Il y eut un long silence, au cours duquel les deux hommes se jaugèrent d'un air hostile.

— Êtes-vous disposé à parler ? demanda Sagane quand le tic-tac de sa montre devint audible.

— De quoi ? De la pluie et du beau temps ? repartit Graskovich sur le ton de la raillerie.

Par miracle, Élie résista à l'envie de se jeter sur lui et de l'écharper. Il se força au calme et alluma une cigarette avec le briquet qu'il avait confisqué à l'écrivain.

— J'hésitais entre le dialogue et la manière forte, continua-t-il en rabattant le capuchon, sur lequel étaient gravées les initiales entrelacées de Graskovich. Votre attitude me facilite la tâche.

Il prit une photo pleine page dans le rapport, la fit glisser vers le suspect qui l'examina avec un mélange de défiance et d'amusement.

— À quoi jouez-vous ?

Sagane lui souffla la fumée au visage.

— Nous l'avons dénichée dans le débarras de votre duplex.

Anticipant la suite, Graskovich se défendit :

— Je n'ai jamais vu ce truc de ma vie.

D'une pichenette, Élie envoya la cigarette au loin.

— Ce fil de cuivre standard est utilisé dans le bâtiment. Il provient d'un rouleau mesurant huit mètres.

Il pointa l'index vers le centre du cliché.

— L'extrémité porte la marque d'une pince universelle. La longueur manquante correspond à celle dont

« le tueur de mariées » s'est servi pour ligoter Pujos et Paleantoni, les pendus qui font les gros titres des journaux.

Graskovich afficha une expression dégoûtée.

— Vous l'avez mis chez moi pour me piéger, affirma-t-il.

Sagane eut un sourire ambigu.

— Cela reste à prouver.

Le romancier le considéra d'un air à la fois ahuri et haineux.

— Je vois clair dans votre jeu, grogna-t-il. Épingler une célébrité sur votre tableau de chasse vous permettrait d'avoir les honneurs de la presse et d'obtenir la promotion du siècle. Vous êtes abject. Les salauds que je dépeins dans mes livres ont plus de dignité que vous.

Élie abattit une autre photographie devant lui.

— Vous le reconnaissez ?

Les yeux de Graskovich allèrent du cliché au policier qui se balançait sur sa chaise. Dès que le stress fut à son paroxysme, il tambourina sur sa cuisse.

— Je devrais ? dit-il, énervé.

Sagane arrêta de se balancer et s'accouda à la table dans la foulée.

— Et comment ! Il s'agit du tapis persan de votre chambre à coucher.

Il se pencha vers Graskovich avec impétuosité. Celui-ci sursauta de frayeur, manquant tomber les quatre fers en l'air.

— Des fibres issues de ce tapis ont été prélevées sur les vêtements des pendus, poursuivit Élie. Ce n'est pas tout. Vous voyez ces taches sombres ? C'est du sang ! Les ADN extraits par les experts sont identiques à ceux de Paleantoni et Pujos. Quand il les a attachés avec le fil de cuivre, l'assassin a serré si fort que leurs poignets ont saigné sur le tapis.

Hors de lui, Graskovich envoya valser le compte rendu dont les feuilles volèrent dans la pièce.

— Vous mentez ! Je ne me laisserai pas berner !

— Nous avons des preuves à la pelle, Jean-Charles, enchaîna Sagane, résolu à ne lui accorder aucun répit. Le fil dans le réduit, les fibres sur les cadavres, le sang sur le tapis, le fichier sur votre disque dur… Néanmoins, il existe un moyen de vous en sortir.

La méfiance brilla dans le regard de Graskovich.

— Lequel ?

Sagane se cala dans son siège et croisa les jambes.

— Le test ADN.

Sentant qu'il reprenait l'avantage, l'écrivain se détendit et s'offrit même le luxe de ricaner.

— Je connais mes droits. Il vous faut l'accord du juge et celui de mon avocat.

— Le vôtre suffira.

Graskovich feignit d'hésiter.

— Vous pouvez toujours courir, finit-il par assener avec une délectation manifeste.

L'exaspération crispa le visage du commissaire.

— Si je comprends bien, vous avez décidé de m'emmerder.

Graskovich prit un air arrogant.

— C'est vous qui avez commencé. Je ne fais que vous rendre la monnaie de votre pièce.

Élie entreprit de changer son fusil d'épaule.

— Pourquoi avez-vous interrompu vos études de médecine ?

Il quitta sa chaise, ramassa une feuille et la tendit au romancier.

— Vos résultats étaient excellents.

Graskovich ne daigna pas jeter un œil sur le papier.

— Je ne supporte pas la vue du sang, et encore moins celle des toubibs, expliqua-t-il avec une pointe d'écœurement. Ils se moquent éperdument de la santé des gens, ils pratiquent des opérations injustifiées et ils trompent leurs légitimes avec des étudiantes qu'ils sautent à la va-vite dans les chambres inoccupées des hôpitaux.

Sagane ne se laissa pas distraire par cette description peu reluisante.

— Vous avez eu une très bonne note à l'examen de dissection. Découper un corps humain requiert une parfaite maîtrise de soi. D'après votre professeur, vos nerfs ne lâchaient jamais, même lorsque du liquide céphalo-rachidien vous giclait sur la figure. Il fondait de grands espoirs sur vous.

Graskovich se rembrunit à ce souvenir.

— Je détestais farfouiller dans les entrailles des morts. J'ai souvent eu envie de vomir.

— Votre dossier donne à penser que vous étiez dans votre élément.

— Faut croire que je jouais bien la comédie.

— Votre épouse soutient que vous étiez avec elle quand ces femmes ont été tuées.

— C'est ce qu'on appelle un alibi en béton.

Élie sentit la colère monter en lui. Il fit le tour de la salle pour se calmer.

— Je suis persuadé que les cadavres des victimes n'ont pas atterri près de chez vous par hasard.

— Vous avez une imagination sans limites.

Sagane s'assit sur le bord de la table et plongea son regard d'acier dans le sien.

— Tôt ou tard, vous serez obligé de subir un prélèvement salivaire.

— Je n'ai rien à voir avec ces meurtres, articula Graskovich d'une voix où perçait la lassitude.

— Ni avec celui de mon équipier, je présume, s'agaça Élie.

La stupeur agrandit les yeux de l'écrivain.

— Vous parlez de cet officier de la Criminelle qui a été égorgé ?

Sagane acquiesça en silence.

— Je comprends votre désarroi, prononça Graskovich d'un ton faussement apitoyé. Après tout, ce sont les risques du métier.

Cette pique déchaîna le policier.

— Y en a marre ! s'emporta-t-il. Je sais qui tu es, alors te fous pas de ma gueule !

Graskovich déglutit.

— Vous êtes... fou, bégaya-t-il.

— À lier ! approuva Élie, défiguré par la haine. Ça vient ?

— Je suis innocent ! s'écria Graskovich, tétanisé. Combien de fois faut-il vous le répéter ?

Sagane agrippa la table et la balança à travers la pièce avec un hurlement de rage. Les gobelets percutèrent la glace sans tain, l'aspergeant d'eau, l'étui du DVD se fracassa contre le sol. Terrifié, Graskovich courut vers la porte. Élie le rattrapa et, d'une poigne de fer, le plaqua contre un mur. Le romancier se débattit comme un forcené, en pure perte : la fureur décuplait les forces du commissaire.

— Tu vas parler, fais-moi confiance ! aboya ce dernier.

Il déboutonna l'étui à sa ceinture, prit le Sig Sauer par le canon et le brandit comme un marteau.

— Ou tu casses le morceau, ou je te défonce le crâne à coups de crosse ! menaça-t-il avec une expression démente.

L'écrivain eut le réflexe de lever le bras pour se protéger.

— À l'aide ! brailla-t-il, pris de panique.

La porte s'ouvrit à toute volée. Argento et les gardiens de la paix s'engouffrèrent dans la salle, saisirent Sagane aux épaules et le firent sortir *manu militari*.

— Qu'est-ce que vous foutez, bande de crétins ? tonitrua-t-il en se démenant pour les ralentir.

Lorsqu'ils se furent éloignés, deux policiers de la Brigade entrèrent à leur tour, menottèrent Graskovich qui tremblait de tous ses membres et le ramenèrent à sa cellule. Les agents traînèrent le commissaire dans les couloirs. Une fois dans son bureau, ils le lâchèrent. Il en profita pour décocher un coup de pied dans le mollet de Kurower qui poussa un cri de douleur et claudiqua jusqu'à un fauteuil en proférant des injures.

— Il s'apprêtait à avouer, imbéciles heureux ! fulmina-t-il.

Ils reculaient pour être hors de sa portée quand Dubreuil débarqua dans la pièce.

— En voilà assez, Élie ! attaqua-t-il, blême de colère. Vos accès d'humeur commencent à me courir sur le haricot ! Si vous n'êtes pas capable de garder votre self-control, remplissez une demande de mutation ou démissionnez !

— Laissez-moi y retourner, chef, quémanda Sagane.

Le divisionnaire rejeta cette requête d'un geste expéditif.

— Vous n'êtes pas en état de poursuivre l'interrogatoire. Je m'occupe du suspect.

Il reporta son regard courroucé sur Cécile qui n'en menait pas large.

— Surveillez-le, il a besoin d'une nounou.

Dans un coin, le gardien de la paix massait son mollet esquinté en grimaçant.

— Eh bien, Kurower ! le brusqua Dubreuil. Suivez-moi au lieu de bayer aux corneilles !

L'agent arbora une mine déconcertée.

— Je croyais que nous devions rester avec le commissaire.

Dubreuil soupira d'énervement.

— Je parlais au commandant, pas à vous.

Argento attendit qu'ils sortent pour lancer à Sagane :

— Tu crois qu'il va passer l'éponge sur cette histoire ?

— C'est le cadet de mes soucis, répliqua-t-il tout en fixant la flamme du briquet d'un regard vide.

Ils ne s'adressèrent pas la parole jusqu'au retour de Dubreuil, aux alentours de vingt-deux heures.

— Il n'a pas desserré les dents, annonça le divisionnaire avec une moue découragée.

À cette nouvelle, Élie se dressa d'un bond et entra dans une rage folle.

— Vous n'auriez pas dû intervenir ! J'étais à un doigt de le faire craquer ! J'y vais !

— Il n'est plus ici, déclara son supérieur tandis qu'il s'élançait vers la sortie.

Sagane se figea sur le pas de la porte, frappé de stupeur.

— Où est-il ?

Dubreuil marqua une hésitation avant de répondre :

— En route pour le cabinet du juge d'instruction.

— À une heure aussi tardive ? s'étonna Cécile qui s'était tenue sur la réserve jusque-là.

— Le juge Lelieu est insomniaque, expliqua Dubreuil. Il travaille sans relâche.

— Comment fait-il pour tenir debout ?

— Il prend six repas par jour et des amphétamines toutes les huit heures. Grâce à ce régime, il obtient les meilleurs résultats du département depuis plus de cinq ans.

— Vous me charriez.

Dubreuil remua négativement la tête.

— Les anges de la Crim' le surnomment « Amphétoman ».

Il barra ses lèvres avec son index.

— Mais chut ! murmura-t-il sur le ton de la connivence. C'est un secret.

— Prévenez-moi lorsque vous aurez fini de déblatérer contre ce brave père de famille, s'impatienta Élie.

— Au regard des preuves dont nous disposons, il a accepté de recevoir Grasko sans délai et de lui signifier sa mise en examen pour les meurtres du junk et du balafré, raconta son chef, de nouveau sérieux.

— Que deviennent les mariées ?

— Le fait que Grasko soit en possession d'un fichier dans lequel figurent leurs photos ne suffit pas à prouver qu'il les a dessoudées. Quoi qu'il en soit, le but de la manœuvre est simple : l'inculpation d'homicide nous permettra de le garder dans nos murs jusqu'à ce que son avocat nous autorise à effectuer le test ADN ou la comparaison vocale.

Sagane pinça la bouche d'un air sceptique.

— J'en ai assez de tourner en rond. Avec votre permission, j'aimerais rentrer chez moi.

Dubreuil cilla en signe d'approbation.

— Vous y verrez plus clair après une bonne nuit de sommeil.

Élie le remercia et mit sa parka. Argento toussota pour manifester sa présence.

— Je ne vais pas m'éterniser non plus.

Le divisionnaire eut une mimique compréhensive.

— À demain.

Une vague de tendresse l'envahit alors qu'il observait ses collaborateurs quitter le bureau. Sous l'impulsion de l'émotion, il prit son portable et tapa le numéro de son domicile. Il avait besoin d'entendre la voix de Josette.

— Chérie, dit-il quand elle décrocha, je serai là dans une demi-heure.

Cécile convainquit le commissaire de passer la nuit chez elle.

À peine arrivée, elle gagna la chambre à coucher en traînant les pieds. Trop épuisée pour se changer, elle s'étendit sur le lit tout habillée. Après avoir grignoté un biscuit dans la cuisine, Sagane la rejoignit et s'allongea à côté d'elle.

— Tu penses qu'il est coupable ? demanda-t-elle.

Une voiture descendit la rue à vive allure. Le vrombissement du moteur fit trembler les cadres et les étains posés sur la commode. Élie suivit des yeux la lumière des phares qui filtrait à travers les persiennes.

— Tout porte à croire qu'il l'est, repartit-il lorsque la pièce fut de nouveau plongée dans l'obscurité.

— Tu es drôlement remonté. Je ne voudrais pas que…

Elle n'acheva pas sa phrase mais il la comprit à demimot.

— Te bile pas. J'ai renoncé à me venger.

Elle se tourna vers lui.

— Tu en es sûr ?

— Si je mettais ce projet à exécution, je te perdrais,

articula-t-il avec gravité. Je ne veux pas que nos routes se séparent.

— Tu m'aimes comment ? s'enquit-elle, charmeuse.

— Un peu.

— C'est tout ? feignit-elle de s'offusquer.

— À la folie, corrigea-t-il. Le corps de Lino sera inhumé lundi. Tu viendras avec moi ?

— À partir de ce soir, je ne te lâche plus d'une semelle. Ça ne t'effraie pas, au moins ?

Leurs lèvres se rencontrèrent et ils échangèrent un baiser brûlant.

— Plus maintenant, admit-il avec un sourire. Demain, une rude journée nous attend. Si on essayait de dormir ?

La sonnerie du téléphone les réveilla à sept heures du matin. La jeune femme s'arracha du lit pour répondre.

— J'ai une mauvaise nouvelle, Argento, siffla Dubreuil.

Elle frotta ses yeux bouffis de sommeil.

— Qu'y a-t-il, monsieur le divisionnaire ?

Dubreuil inspira d'un air désappointé.

— Après que le juge lui a annoncé qu'il encourait la réclusion à perpétuité, Graskovich a piqué une crise, expliqua-t-il. Il s'est colleté avec les chaussettes à clous qui l'escortaient. Il a réussi à délester l'un d'eux de son arme de service.

Il parut chercher ses mots.

— Il a retourné le flingue contre lui-même. Il est mort.

Une expression à la fois incrédule et catastrophée tordit les traits de Cécile.

— Manquait plus que cette tuile !

— Je suppose que Sagane est avec vous ?

Cette question la prit au dépourvu.

— Euh… oui, parvint-elle à balbutier.

— Radinez-vous, tous les deux.

Il raccrocha au moment où Élie entrait dans le salon.

— Qui c'était ? interrogea-t-il en s'étirant.

Elle reposa le combiné sur son support et s'avança vers lui d'un pas hésitant.

— Graskovich s'est suicidé.

## 22

Dubreuil les attendait de pied ferme, debout devant la fenêtre donnant sur la Seine et la place Dauphine.

— Vous en avez mis du temps ! grogna-t-il dès qu'ils eurent refermé la porte.

Depuis bientôt huit ans, le patron de la Crim' occupait le bureau 315 du bâtiment de la PJ. Des portraits de ses illustres prédécesseurs et de l'actuel président de la République étaient accrochés au mur, au-dessus d'une bibliothèque en acajou regorgeant de livres anciens, de codes pénaux et de romans noirs. Une carte d'état-major constellée de punaises trônait au milieu de la pièce. Un coffre-fort renfermant les dossiers sensibles était encastré dans le mur, derrière un vieux canapé en cuir.

— À votre avis, pour quelle raison Grasko s'est-il tiré une bastos dans la bouche ? ajouta-t-il de but en blanc.

— Parce qu'il était l'assassin, répliqua Argento sans hésiter. Il voulait éviter le procès et le déchaînement médiatique.

Dubreuil s'arracha à sa contemplation. Après avoir pris une datte dans le sachet qu'il tenait à la main, il se porta à leur rencontre.

— Je veux en avoir le cœur net. Assurez-vous de sa culpabilité.

— De quelle façon ?

— En faisant ce que nous aurions dû faire avant de le boucler, intervint Élie.

Il entraîna sa compagne vers la sortie.

— Suis-moi. On vous tient au courant, monsieur le divisionnaire.

Il courut jusqu'au bureau de Charlier, Cécile sur les talons. Lorsqu'il entra sans avoir frappé, Poppy Markowitz, la nouvelle hôtesse d'accueil, bondit des genoux du lieutenant et lissa sa minijupe avec ses paumes d'un air confus. Les trois premiers boutons de son chemisier étaient défaits, dévoilant la naissance de ses seins et la marque d'un suçon sur son cou.

Le commissaire l'ignora et s'adressa à son collègue tout de go :

— Tu as une minute ?

Charlier était rouge comme un coquelicot.

— Oui, bien sûr.

Poppy comprit qu'elle était de trop. Une bouffée de son parfum capiteux chatouilla l'odorat de Sagane tandis qu'elle s'éclipsait.

— Cette pauvre fille est nulle en informatique, se justifia Charlier. Elle est venue me trouver pour que je lui apprenne à se servir d'un ordinateur.

Élie coupa court à ses explications.

— Te fatigue pas. Tout le monde sait que tu te la tapes.

Cette remarque accentua le malaise de Charlier.

— Même Dubreuil ? s'inquiéta-t-il.

— Même Dubreuil, confirma Argento. Si j'étais toi, je ferais gaffe. Son julot est jaloux comme un tigre.

— Trêve d'enfantillages, intervint Sagane. Tu as la conversation téléphonique entre Karl Spitz et « le tueur de mariées » ?

Soulagé de changer de sujet, Charlier hocha la tête.

— Vous me connaissez, je garde tout.

Il dirigea son siège à roulettes vers le classeur placé près de la fenêtre, tira une cassette audio d'un compartiment et regagna sa place.

— Est-il indiscret de vous demander ce que vous comptez en faire ?

— Je veux que tu compares la voix de Grasko avec celle du meurtrier.

L'informaticien décocha un regard plein de suspicion à son supérieur.

— Je me permets de vous rappeler que l'écrivassier a mis fin à ses jours. N'était-ce pas une manière de passer aux aveux ?

Élie éluda la question et montra la pochette zippée contenant la cassette.

— Au boulot.

— Vous omettez un détail : je n'ai pas la voix de Graskovich en stock.

Sagane soupira de lassitude.

— Tu n'as qu'à te procurer l'enregistrement d'une émission de télé ou de radio à laquelle il a participé.

Il abaissa la poignée de la porte, prêt à partir.

— Je te donne trois heures. Si tu travailles vite et bien, je n'ébruiterai pas ton flirt avec la belle Poppy.

Le visage du lieutenant s'empourpra.

— Je croyais que toute la brigade était au parfum ! se récria-t-il.

Sagane quitta la pièce sans relever.

— En tout cas, vous formez un joli couple, lâcha Cécile, un sourire goguenard aux lèvres.

Elle ferma la porte à l'instant où l'informaticien s'emparait de la poubelle à ses pieds et la lançait dans sa direction avec une grimace belliqueuse.

Élie classait des documents dans son bureau quand il reçut un appel de Michael.

— Ça va comme tu veux, frérot ? s'enquit ce dernier avec entrain.

— On fait aller, répondit le commissaire, déconcerté par sa gaieté inhabituelle.

— Je t'invite à déjeuner au Vivaldi.

Situé rue Guénégaud, dans le VI$^{e}$, le Vivaldi était leur restaurant italien préféré.

— Une autre fois, refusa Sagane après une brève hésitation. J'ai un travail monstre.

Michael poussa un soupir de contrariété.

— Tu n'es pas fatigué de faire du zèle ?

Élie tordit le trombone qu'il avait à la main.

— Il ne s'agit pas de zèle mais de conscience professionnelle, rétorqua-t-il.

— Laisse-moi deviner : l'insaisissable « tueur de mariées » a encore frappé.

— Nous interrogeons un suspect, mentit Sagane.

Michael ne put s'empêcher de le brocarder.

— Un de plus. Les suspects font la queue devant l'accueil de la Crim' ou quoi ?

Élie attrapa un autre trombone et le plia d'un geste convulsif.

— Si tu continues, je raccroche, menaça-t-il.

Son frère feignit de ne pas l'entendre.

— Parlons peu, mais parlons bien, s'obstina-t-il. À quelle heure je passe te prendre ?

— N'insiste pas. Je suis noyé.

— Dis plutôt que t'as pas envie de voir ma binette.

— Arrêtons de nous chamailler, ça n'en vaut pas la peine.

— T'as foutrement raison, rouspéta Michael. Après tout, nous sommes frères, pas amis. Tu veux que je te dise ? Tu es devenu un étranger pour les tiens, un putain d'étranger !

Bien qu'il fût au bord de l'explosion, Sagane essaya d'arrondir les angles.

— Téléphone-moi demain matin, Mike. Je tâcherai de me libérer une heure ou deux.

Il y eut un ricanement à l'autre bout du fil.

— Tu ne m'as pas appelé Mike depuis le jour où nous sommes allés au concert de Paul McCartney, il y a quinze ans, se remémora Michael avec une pointe de mélancolie. À cette époque, t'étais encore quelqu'un de bien. Tu fais le vide autour de toi, frérot. À ce rythme, tu vas bientôt te retrouver seul.

Élie sursauta lorsqu'il raccrocha. Argento entra au moment où il reposait le combiné.

— Charlier a fini, annonça-t-elle.

— Comment se fait-il que tu sois la première informée ? râla-t-il tandis qu'ils se hâtaient vers le bureau de l'informaticien.

— Ta ligne était occupée, alors il s'est rabattu sur moi.

— Il t'a communiqué les résultats ?

— Non.

Charlier jouait du clavier quand ils s'introduisirent dans la pièce. Il montra deux courbes qui se superposaient sur l'écran du PC.

— La première correspond à la voix de l'assassin, expliqua-t-il. La seconde, à celle de Graskovich.

— Où as-tu déniché la voix de l'écrivailleur ? demanda Cécile, admirative.

— PPDA l'a invité sur le plateau de « Vol de Nuit » le mois dernier, repartit le lieutenant avec fierté. Un coursier de TF1 vient de m'apporter un enregistrement de l'émission.

— Je n'ai pas toute la journée devant moi, intervint le commissaire, agacé par ces digressions.

Charlier ravala son sourire béat et appuya sur le bouton de la souris. La voix modulée du « tueur de mariées » jaillit, la courbe lui correspondant se mit à osciller.

— Son registre vocal est de mille cent quatre-vingt-deux cycles par seconde, commenta Charlier en tapotant le nombre qui s'affichait en haut de l'écran avec la mine d'un crayon Conté.

D'un clic, il coupa le sifflet au meurtrier et passa la parole au romancier.

— Celui de Grasko est de mille cent cinquante-sept cycles par seconde, conclut-il en considérant ses collègues tour à tour.

Cette précision leur fit l'effet d'un coup de tonnerre.

— Les empreintes vocales sont différentes, articula Sagane, blême d'incompréhension.

— J'suis larguée, admit Argento sans cesser de se mordiller le pouce.

— Outre les voix de Karl Spitz et de l'assassin, j'ai capté un SNI sur la cassette, enchaîna Charlier.

Élie tendit le menton en signe d'interrogation.

— Signal non identifié, précisa le jeune homme. Il provient de l'endroit d'où le tueur a bigophoné. Vous voulez l'écouter ?

Il n'attendit pas la réponse de son supérieur pour

ouvrir le fichier audio et augmenter le volume. Aussitôt, un sifflement sinistre résonna dans la pièce.

— Qu'est-ce que c'est ? le pressa Sagane avec un froncement de sourcils.

L'informaticien gonfla les joues d'un air impuissant.

— Je l'ai comparé avec des tas de sons du même ordre, sans succès.

— Préviens-moi si tu perces le mystère, ordonna Élie.

Il sortit, suivi de son équipière. Une fois dans le couloir, il se laissa tomber sur le banc le plus proche. Cécile resta debout, face à lui. Lorsqu'il leva la tête, leurs regards se rencontrèrent.

Il lut dans les yeux de sa compagne qu'elle se posait la même question que lui.

Si Graskovich était innocent, pour quelle raison s'était-il suicidé ?

## 23

L'homme rangea la fourgonnette en face de l'immeuble de la rue Omer-Talon.

Il faisait un froid sibérien. Des plaques de verglas s'étalaient sur la chaussée et les trottoirs. Le concierge balayait la neige qui s'était amoncelée devant l'entrée du bâtiment, s'arrêtant de temps à autre pour saluer les habitants du quartier.

Sans cesser de l'observer, l'homme repensa à la discussion qu'il avait eue avec des amis, la veille au soir. Selon eux, il allait bientôt atteindre l'âge limite pour fonder un foyer. Un beau parti, intelligent de surcroît, trouvait toujours chaussure à son pied. Alors, pourquoi pas lui ? Pour sa défense, il aurait pu invoquer la trahison de ses promises : Diane avait proposé de l'acheter, Brigitte avait tenté de lui échapper et Tamara lui avait menti.

Mais il avait écouté cette leçon de morale sans broncher.

La vision du concierge regagnant sa loge l'arracha à ses sinistres pensées. Il se regarda une dernière fois dans le rétroviseur, ajusta ses cheveux et sa moustache postiches. Avant de descendre de la camionnette, il mit ses gants, ramassa la pince-monseigneur sur le plancher et la dissimula sous son manteau.

— Vous vivez dans un taudis, commissaire, se gaussa-t-il en considérant la façade crasseuse qui lui faisait face.

Alors qu'il traversait la rue, un taxi manqua le renverser avant de s'arrêter devant l'immeuble. Le chauffeur laissa ronronner le moteur le temps que le client le règle. L'homme pestait contre le pot d'échappement qui trépidait, libérant des volutes de fumée, lorsqu'une femme sortit du véhicule, un sac de voyage dans une main et un étui à violon dans l'autre. Sa chevelure d'ébène descendait jusqu'à sa taille de guêpe. Comme elle tournait la tête pour éviter une rafale de vent, l'homme aperçut son visage aux lèvres minces et aux yeux bridés. D'ordinaire, il n'était guère sensible au charme des Asiatiques. Outre qu'elle était d'une grande beauté, celle-ci avait de l'allure.

Il refoula son désir et tâcha de se concentrer sur la suite de son plan.

Il s'écarta pour laisser la jeune femme franchir la porte cochère. Elle le remercia et gravit l'escalier. Tout en montant les marches à sa suite, il effleura l'exemplaire de *L'Européen* glissé dans la poche de son loden. Afin de faire comprendre à Sagane que l'article incendiaire de Cristal Kalache lui était resté en travers de la gorge, il l'avait raturé au stylo à bille rouge. Ensuite, il avait collé des clichés des proches du flic sur la manchette. Il les avait photographiés à leur insu, dans la rue et à la sortie d'une supérette. Il avait tracé une croix sur le visage de chacun d'eux pour signifier au commissaire son intention de les supprimer. Une fois qu'il se serait introduit dans le meublé, il mettrait le journal bien en évidence puis il déguerpirait.

L'Asiatique atteignit le palier du deuxième étage. Contre toute attente, elle marcha vers l'appartement de Sagane et fourragea dans son sac, à la recherche de la clé. Elle la mit dans la serrure et ouvrit la porte. Frappé de stupeur, l'homme s'éclipsa. Pendant qu'il descendait sans bruit l'escalier, il se ravisa. Le fait que cette femme ait un double de la clé en sa possession démontrait qu'elle était intime avec le policier. Un sourire diabolique aux lèvres, l'homme remonta, certain de tenir l'instrument de sa vengeance. Comme d'habitude, il improvisa.

— Mademoiselle ! héla-t-il tandis qu'elle pénétrait dans l'appartement.

Elle passa la tête dans l'entrebâillement de la porte. Il la gratifia de son plus beau sourire.

— Je suis bien chez M. Élie Sagane ? s'enquit-il avec une politesse exquise.

Elle acquiesça. Elle était encore plus belle de près.

— C'est à quel sujet ?

Il fit mine de chercher quelque chose dans ses poches.

— On m'a chargé de lui remettre une enveloppe.

L'étonnement agrandit les yeux de la fille.

— Qui donc ?

— Mme Cissy Sagane, répondit-il.

Elle leva les yeux au ciel.

— Cette vieille bique ne sait plus comment s'y prendre pour attirer l'attention de son fils. Ses méthodes frisent le ridicule.

Il retourna ses poches d'un air embarrassé.

— Je n'arrive pas à me rappeler où je l'ai mise.

À bout de patience, elle déposa le sac et le violon à ses pieds puis déboutonna son duffle-coat avec des gestes fébriles. L'espace d'un instant, elle tourna le dos à son interlocuteur pour suspendre le trois-quarts au portemanteau du vestibule. L'homme sauta sur l'occasion. Alors qu'elle revenait sur ses pas, il poussa la porte du pied. Elle la reçut en pleine figure et s'écroula sur le sol, à moitié sonnée. Du sang s'échappa de son front et coula sur ses joues.

— Quel dommage d'abîmer un si beau visage ! déplora l'homme avec un accent de sincérité.

Il referma la porte, attrapa sa victime par les cheveux et la traîna jusqu'au salon en chantonnant *Sympathy for the Devil*, des Rolling Stones. Après l'avoir étendue sur le canapé, il s'accroupit près d'elle et lui donna une paire de claques pour la ranimer. La jeune femme s'agita avant de revenir à elle. Quand son regard rencontra celui du bourreau, elle fut saisie d'effroi. L'homme plaqua une main sur sa bouche pour l'empêcher de crier. De sa main libre, il tira un couteau-scie de son étui de ceinture et le lui fourra sous le nez.

— Si tu gueules ou si tu essaies de t'enfuir, je t'égorge, menaça-t-il en appliquant la lame sur la joue de la fille. Tu piges ?

Il ôta la main de sa bouche. Elle était trop terrifiée pour répondre.

— Je n'ai rien entendu, grogna-t-il.

— J'ai pigé, parvint-elle à articuler d'une voix tremblotante.

Il démêla les mèches sanguinolentes qui collaient à son front et lui caressa le visage avec une douceur inattendue.

— Comment t'appelles-tu ? demanda-t-il, de nouveau courtois.

Elle lutta pour ne pas éclater en sanglots.

— Soo, s'entendit-elle prononcer.

— Un bien joli prénom. Tu es d'origine japonaise ?

Elle s'empressa d'approuver.

— Le violon dans l'entrée est à toi ?

Ses yeux s'embuèrent comme elle hochait la tête.

— Je suis… musicienne, balbutia-t-elle.

Le regard de l'homme brilla d'admiration.

— J'ai vu que tu avais une valise. Tu étais en déplacement, j'imagine.

Incapable de retenir davantage ses larmes, elle pleura à fendre l'âme.

— J'étais à… New York. Nous avons donné une série de concerts.

— Qu'avez-vous joué ?

Les larmes se mélangèrent au sang sur les joues de Soo.

— *Les Quatre Saisons*.

Il éprouva une vive déception.

— Vivaldi est un amateur ! proclama-t-il avec la véhémence d'un illuminé. Il n'arrive pas à la cheville de Paganini.

Cette discussion insensée mettait la Japonaise au supplice.

— Par pitié, prenez ce que vous voulez et allez-vous-en, implora-t-elle.

Ressentant cette supplication comme une offense, il la gifla pour la faire taire.

— Espèce d'idiote ! J'essaie de rendre les choses moins pénibles et toi tu jettes de l'huile sur le feu !

Tandis qu'il respirait longuement pour se calmer, la musicienne chercha une issue du regard. Le tournevis posé sur le guéridon était trop loin pour qu'elle puisse l'atteindre, de même que les ciseaux rangés dans la boîte à couture, sur le dessus de la commode. Elle désespérait de s'en sortir lorsque son agresseur enchaîna avec une amabilité trompeuse :

— Vous êtes ensemble depuis combien de temps ?

L'incompréhension étincela dans les yeux de Soo.

— Toi et le flic, ajouta-t-il.

En un instant, elle sut de quoi il retournait.

— Vous êtes là pour lui, n'est-ce pas ? s'enquit-elle d'une voix craintive.

Il opina du chef.

— Belle et perspicace. Décidément, le commissaire a beaucoup de goût. La fliquesse n'a pas ta classe, certes, mais elle a un certain charme.

La stupéfaction remplaça la terreur sur le visage de la Japonaise.

— Qu'est-ce que…

Il clappa de la langue d'un air faussement contrit.

— Ce que je peux être maladroit ! J'aurais dû me douter que tu n'étais pas au courant.

Il ébaucha un sourire cruel.

— Le commandant Cécile Argento est sa nouvelle équipière. Ils se fréquentent en dehors du boulot. Je le sais parce que je les suis depuis plusieurs jours. Ils sont trop occupés à se bécoter pour remarquer ma présence. Jusqu'ici, il a passé deux nuits chez elle.

Dans un sursaut de dignité, Soo détourna la tête afin de cacher ses larmes.

— Tu ne devrais pas te mettre dans un état pareil, insista-t-il avec un sadisme évident. L'homme est ainsi fait : il est incapable de résister à l'appel de la chair. Même si sa compagne lui donne entière satisfaction au lit, il ne peut s'empêcher de la tromper. Ce paradoxe me fascine.

Il passa une main dans les cheveux de la jeune femme.

— Tu es à bout, murmura-t-il, d'une douceur venimeuse. Tu as besoin de repos.

Sans prévenir, il laissa tomber le couteau et lui enserra le cou de ses mains. Le regard empli d'épouvante, Soo se démena pour se dégager. Il pesa de tout son poids sur elle pour l'immobiliser.

— N'aie pas peur, chuchota-t-il d'un ton rassurant. Tu ne vas pas mourir. Je veux juste que tu t'évanouisses.

Il desserra sa prise quand les yeux de la Japonaise se révulsèrent. Il attendit qu'elle perde connaissance pour la lâcher. Après avoir ramassé le couteau, il visita l'appartement, qu'il trouva spacieux mais impersonnel. Sombre et dépouillée, la chambre à coucher comprenait un lit, une table de nuit et une penderie. L'homme alluma la lampe de chevet, s'assit sur le bord du lit et contempla les photos encadrées qui décoraient la pièce. Deux d'entre elles retinrent son attention. Sur la première, le jeune Élie Sagane se déhanchait comme Elvis, un micro rétro à la main et une guitare acoustique en bandoulière. L'insouciance et la joie de vivre se lisaient sur ses traits. Sur la seconde, le policier marchait sur une plage déserte, le regard perdu dans le vague et les mains dans les poches de son jean retroussé. Nimbé de rouge par le soleil couchant, son visage trahissait une solitude extrême.

Quinze ou vingt ans devaient séparer ces deux clichés.

Le temps qu'il faut à un homme pour perdre ses illusions.

Euphorique, le tueur s'allongea pour savourer sa revanche. Il avait réussi à s'introduire chez son pire ennemi. Il était de nouveau le maître du jeu. Cette idée l'excita tellement qu'il se roula sur le lit en gloussant comme un gamin. Au bout d'une minute, ses côtes l'élancèrent et il cessa de rire. Il cala sa tête sur l'oreiller et réfléchit en silence. Maintenant qu'il détenait la fille, il devait changer ses plans. Loin de le perturber, l'imprévu le stimulait. Exalté, il sauta à bas du lit et retourna au salon. D'un coup d'œil, il s'assura que sa prisonnière était toujours inconsciente.

— Le preux chevalier parviendra-t-il à arracher la princesse des griffes du dragon ? ricana-t-il en décrochant le téléphone.

Il prit une profonde inspiration puis composa le numéro qu'il connaissait par cœur.

Assis à son bureau, Élie lisait un rapport lorsque son mobile joua *Halloween*, de John Carpenter. Il chercha l'appareil parmi les dossiers éparpillés, le dénicha sous un procès-verbal constellé de taches de café.

— Allô !

— Bonjour, commissaire, prononça une voix de basse qu'il identifia aussitôt.

Le cœur de Sagane tambourina contre sa poitrine.

— Comment avez-vous eu mon numéro de portable ? interrogea-t-il en s'efforçant de dissimuler son trouble.

L'autre ignora la question et continua sur sa lancée :

— Je suis sûr que ce n'est pas Cristal Kalache qui a eu l'idée de m'infliger ce camouflet. Vous êtes de mèche avec elle, pas vrai ?

Devinant qu'il utilisait un brouilleur, Élie renonça à essayer de le localiser. S'il faisait durer la conversation, il obtiendrait peut-être des informations.

— En effet.

— Cet article est un procédé déloyal, et je ne vous cache pas que je suis très contrarié, gronda la voix à la fois déformée et amplifiée par le modulateur.

Sagane cala le cellulaire contre son épaule, s'empara d'un stylo et ouvrit son carnet devant lui, prêt à prendre des notes.

— Vous avez la possibilité d'attaquer le journal pour propos diffamatoires.

L'homme encaissa cette plaisanterie à froid et déclara :

— Dès que je vous aurai exposé mes intentions, vous n'aurez plus envie de me chambrer.

Cette remarque de mauvais augure alarma le flic.

— Quelles sont-elles ? répliqua-t-il aussitôt.

— Mon père – Dieu ait son âme ! – m'a appris à rendre coup pour coup, répondit l'homme d'un ton solennel. J'ai été offensé par ce tissu de mensonges. Quelqu'un doit payer.

Élie lâcha le stylo, saisit le téléphone à pleine main.

— Qui ? articula-t-il avec difficulté.

La sueur glacée qui lui piquait la nuque commença à couler le long de sa colonne vertébrale. Le tueur demeura silencieux un moment, sans doute désireux de produire un effet de surprise, avant de l'éclairer avec une pointe de perversité :

— Quelqu'un qui vous est cher.

— Qui ? répéta Sagane, en proie à un affolement grandissant.

Son interlocuteur distilla les indices avec une cruauté consommée.

— Mon premier vient de l'empire du Soleil-Levant. Mon second est violon dans un orchestre. Mon tout est un quartier du centre de Londres.

Le sang du commissaire se glaça dans ses veines quand il comprit que la réponse à cette charade était Soo.

— Je vous en prie, ne…

— Nous sommes chez vous, le coupa méchamment

le psychopathe. Vous avez vingt minutes pour rappliquer. Passé ce délai, je ne réponds plus de moi.

Il raccrocha. Paniqué, Élie enfila sa parka et bondit hors du bureau. Dans le couloir, il bouscula Argento qui s'échinait à mettre la photocopieuse en marche.

— Où vas-tu ? s'inquiéta-t-elle.

— Il est chez moi ! répliqua-t-il sans s'arrêter.

Cécile déposa les paperasses sur la machine et courut à sa suite.

Ils prirent sa moto. Elle roula à tombeau ouvert, n'hésitant pas à griller les feux rouges et à monter sur les trottoirs pour traverser les rues embouteillées. Lorsqu'ils parvinrent à destination, ils étaient en nage. Sans perdre une seconde, ils descendirent de la Kawasaki trépidante et s'engouffrèrent dans l'immeuble. Sagane précéda sa compagne dans la cage d'escalier et grimpa au deuxième étage, le Sig Sauer au poing. La porte de son appartement était grande ouverte. Il cligna des yeux pour en chasser la sueur et entra, le canon de son arme en mouvement. Les battements de son cœur l'assourdissaient. Il avait les mains moites et la langue pâteuse. Après l'avoir rejoint, Cécile entreprit d'explorer le meublé. Un cri déchirant lui vrilla les tympans à l'instant où elle ressortait de la salle de bains. Le pistolet à bout de bras, elle se rua dans le couloir.

Une vision d'horreur la cloua sur place alors qu'elle atteignait le séjour.

Nue comme un ver, la fille était pendue par les pieds au lustre de cristal. Ses bras se balançaient dans le vide. L'assassin l'avait éventrée. Semblables à des serpents, les viscères s'échappaient de la plaie béante avec un léger frottement, s'amoncelant sur la moquette. Ravagé, Élie lâcha le pistolet et tomba à genoux devant le cadavre. Argento renonça à lui demander s'il connaissait la victime. Sa réaction prouvait qu'ils étaient liés.

Soudain, Cécile crut entendre un bruit dans la pièce adjacente au salon. Elle pointa le 9 mm droit devant elle et bondit dans la cuisine. Ne remarquant rien d'anormal, elle rengaina son arme. Elle rebroussait chemin quand elle aperçut l'exemplaire de *L'Européen* sur la table. La vue des clichés barrés d'une croix, sur la première page, la fit frissonner d'effroi. Bien qu'ils fussent flous, elle se reconnut sur l'un d'eux. Les autres photographies montraient une vieille femme aux cheveux argentés et un homme costaud au visage plein. Argento devina qu'il s'agissait de la mère et du frère de Sagane. Prudente, elle mit un gant de latex et tourna les pages du journal. Le tueur avait raturé l'article le concernant avec une telle rage que la feuille était déchirée en plusieurs endroits. Le quotidien à la main, Cécile regagna le living à pas de géant.

Elle n'eut pas le courage de le montrer au commissaire.

Tassé et immobile, il ne pouvait détacher son regard humide de Soo.

La PTS investit l'appartement un quart d'heure après le coup de fil de Cécile.

Jacob Barnavi répartit les tâches avec la fébrilité d'un général sur le point de déclencher une offensive. Pendant que les techniciens s'affairaient dans le vestibule et le séjour, Argento se mit en quête de son supérieur. Assis sur le carrelage de la salle de bains, les jambes repliées et la figure enfouie dans les bras, il pleurait en silence. Bouleversée, elle s'avança dans la pièce et s'accroupit près de lui.

— Je suis vraiment désolée, commença-t-elle d'un ton ému. Tu as réussi à joindre ta famille ?

Il sécha ses larmes et acquiesça.

— J'ai eu Dubreuil. Il va poster des sonnettes en bas de chez eux, au cas où ce malade leur rendrait une petite visite.

— Comment ont-ils pris la chose ?

— Je ne suis pas entré dans les détails. Je dois retrouver mon frère à son cabinet dans une heure. Je préfère lui dire de vive voix de quoi il retourne.

Elle arbora une expression compréhensive.

— Je suis à côté, si tu as besoin de moi.

— Cécile ? lança-t-il tandis qu'elle s'éloignait. Tu n'as pas envie de savoir ?

Elle glissa les pouces dans les poches de son jean et revint sur ses pas.

— Tu n'es pas obligé de te confier à moi. Après tout, nous n'avons couché ensemble que deux fois. Cela ne me donne pas le droit d'exiger des explications ni de m'immiscer dans ton passé.

— Trois fois, corrigea-t-il.

Une lueur d'interrogation traversa le regard de la jeune femme.

— Nous avons fait l'amour trois fois.

Elle s'assit sur le bord de la baignoire.

— Qu'est-ce que ça change ? dit-elle avec un haussement d'épaules.

— Tu oublies ce que nous éprouvons l'un pour l'autre.

Il s'agenouilla devant elle et prit ses mains dans les siennes.

— J'ai le sentiment que si nous ne crevons pas l'abcès tout de suite, demain il sera trop tard.

— Très bien, soupira-t-elle. Je t'écoute.

— J'ai rencontré Soo il y a environ six mois, raconta-t-il après une courte hésitation. De fil en aiguille, elle s'est attachée à moi.

— Pas toi ?

— J'ai pris du bon temps, point barre.

— Pour quelle raison avait-elle un double de la clé ?

Ce reproche direct le mit dans l'embarras.

— Elle a insisté, j'ai fini par céder, avoua-t-il d'une voix où perçait le remords. J'aurais dû être franc avec elle. Si je lui avais parlé, elle serait encore en vie.

Argento ne se risqua pas à approuver.

— Elle était premier violon dans l'orchestre de Dan Horstberg, poursuivit-il. Le jour de ton affectation au 36, nous avons eu une dispute. Elle est partie en claquant la porte. En fin de matinée, elle m'a appelé sur mon portable. Elle voulait savoir si je l'aimais. Je n'ai pas répondu. Peu de temps après, elle s'est envolée pour New York. Je n'ai pas eu de nouvelles d'elle depuis. Je croyais qu'elle avait compris qu'il n'y avait rien à attendre de moi.

Il grimaça, dépassé.

— Elle est rentrée plus tôt que prévu. Je me demande pourquoi elle a écourté son séjour.

— Tu lui manquais, décréta Cécile. Cette fille était dingue de toi.

Le commissaire déglutit. Cette vérité lui fendait le cœur.

— N'en rajoute pas, j'ai suffisamment mauvaise conscience comme ça.

Argento se sermonna en silence.

— Excuse-moi, articula-t-elle, soucieuse de dissiper le malaise.

Il secoua la tête pour lui signifier qu'il ne lui en voulait pas.

— À quoi tu penses ? s'enquit-elle comme il fronçait les sourcils.

L'angoisse noua la gorge de Sagane lorsqu'il répliqua :

— Ce givré ira jusqu'au bout. À partir de maintenant, on ne se quitte plus. Tu t'installes chez moi dès ce soir.

Cécile sourit pour manifester son assentiment. Depuis la mort de David, aucun homme n'avait été à la hauteur. Élie était attentionné, protecteur et, surtout, il avait l'esprit de décision. Elle était amoureuse pour de bon. Cette évidence la transportait et l'effrayait à la fois. D'un côté, elle brûlait de se donner corps et âme au commissaire, de l'autre, elle avait peur qu'il ne se montre pas tel qu'il était.

— Je passerai prendre quelques affaires après le boulot, souffla-t-elle, se retenant de lui sauter au cou.

Il regarda sa montre.

— Il faut que j'y aille. Dubreuil ne va pas tarder. Occupe-toi de lui pendant mon absence.

— Tu ne veux pas que je vienne avec toi ? demanda-t-elle d'un ton insistant.

Il déposa un baiser sur ses lèvres.

— Mon frère est un peu spécial. Il vaut mieux que je lui parle seul à seul.

Dans l'entrée, il croisa Bietri qui venait d'arriver.

— Dubreuil m'a tout raconté, annonça le légiste en lui tapotant l'épaule. Vous tenez le coup ?

Sagane l'empoigna par le bras et l'entraîna dans un coin.

— Ce fils de pute a levé l'ancre quelques minutes avant que nous rappliquions, ce qui signifie qu'il n'a pas eu le temps de nettoyer la scène de crime, énonça-t-il d'une traite, les yeux brillants de détermination. Si vous ne trouvez pas rapidement quelque chose, n'importe quoi, je ne pourrai pas l'empêcher de s'attaquer à mes proches.

— J'essaierai, promit Bietri qui sentait déjà cette responsabilité écrasante peser sur lui.

Élie remua la tête de gauche à droite.

— Faites-le, un point c'est tout, grogna-t-il d'une voix aux inflexions impératives.

En sortant, il se cogna à un flic en civil qui grommela une insulte entre ses dents.

## 24

Sagane acheta un sandwich avant de faire route vers Versailles.

Michael avait établi son cabinet à l'hôtel Godefroy, rue de Montreuil. Classé « vieille maison française », ce bâtiment avait été construit à la fin du règne de Louis XV pour Alexandre Robert Godefroy, officier du corps royal d'artillerie et contrôleur du comte d'Écu. L'été, le propriétaire ouvrait le rez-de-chaussée au public afin de bénéficier des avantages fiscaux sur les travaux de rénovation.

Élie monta au premier étage, sonna à la porte du cabinet et entra. Il détestait cet endroit, et plus particulièrement la salle d'opération. La vue du matériel de stérilisation et de castration des animaux lui donnait la nausée. Stella, la secrétaire de son frère, était au téléphone. Tandis qu'elle fixait un rendez-vous à son interlocuteur, il la regarda à la dérobée. Deux ans plus tôt, il lui avait fait la cour, sans succès. Les compliments et les attentions des hommes la laissaient indifférente, soit qu'elle ne fût guère consciente de son sex-appeal, soit qu'elle jugeât les plaisirs de la chair futiles et inconvenants. Elle raccrocha et leva sur lui ses yeux bordés de longs cils.

— Bonjour, monsieur Sagane. Je vais le prévenir de votre arrivée.

— Merci.

Elle se leva, lissa sa jupe et s'enfonça dans le couloir. Élie s'impatientait lorsqu'elle reparut, Michael sur les talons. Les deux hommes se saluèrent puis gagnèrent le bureau situé au fond du couloir.

— Tu peux m'expliquer ce qui se passe ? interrogea Michael après avoir refermé la porte capitonnée. Maman est folle d'inquiétude !

Sagane s'affala dans un fauteuil et se frotta le visage d'un air abattu.

— « Le tueur de mariées » m'a dans le collimateur.

Son frère vint s'asseoir sur le bord du bureau.

— S'il en a contre toi, pourquoi a-t-il assassiné cette fille ? s'enquit-il, le front soucieux.

— En s'attaquant à mes proches, il cherche à m'atteindre, moi.

— Tu ne m'avais jamais parlé de cette Soo.

Élie baissa la tête, rongé de remords.

— Comme elle était chez moi, ce taré a dû la prendre pour ma petite amie.

— Ce n'était pas le cas ?

— Ça ne l'était plus.

Michael écarquilla les yeux d'incrédulité.

— Mais enfin, qu'est-ce qu'il veut ?

Un rictus retroussa la bouche du commissaire.

— Il n'a pas digéré l'article publié dans *L'Européen*.

Michael le considéra avec un mélange de réprobation et de colère.

— Si tu ne l'avais pas provoqué, ta copine serait encore en vie.

— Je me mords les doigts d'avoir mis le feu aux poudres, confessa Sagane.

— Maman a toujours su que tu finirais par nous poser des problèmes. Elle me l'a encore répété pas plus tard qu'hier.

Élie frappa l'accoudoir du poing.

— Par pitié ! Tu vois pas que je suis au plus mal ?

Michael scruta sa mine défaite, s'attardant sur ses cernes et la barbe de trois jours qui creusait ses joues.

— Depuis combien de temps tu ne t'es pas regardé dans une glace ? T'es à ramasser à la petite cuillère. Ressaisis-toi avant de t'écrouler pour de bon.

Sagane essuya ces piques et avertit :

— Vous êtes en danger, maman et toi.

Son frère le considéra comme s'il avait perdu la raison.

— Tu ne me feras pas croire que ce siphonné a l'intention de massacrer toute la famille !

Élie tira le quotidien de sa poche et le lui tendit d'un geste énervé. Michael le déplia avec un froncement de sourcils. L'effarement décomposa ses traits quand il aperçut les photos collées sur la manchette.

— Où l'as-tu trouvé ? bredouilla-t-il, très troublé.

— Le meurtrier l'a mis en évidence sur la table de la cuisine, répondit Sagane en rempochant le journal.

Michael sauta à bas du bureau et arpenta la pièce, dans tous ses états.

— Tu as pensé à la sécurité de maman ?

— J'ai pris les dispositions nécessaires, le rassura Élie. Ton appart et le sien sont d'ores et déjà placés sous surveillance. Je ne te cache pas que je serais plus tranquille si elle quittait Paris.

Michael s'arrêta net.
— Pour aller où ?
— À Bordeaux, chez sa sœur.
— Chez Liliane ? Maman a coupé les ponts avec elle il y a plus de vingt ans !
— Elle n'acceptera jamais de s'installer chez moi, déplora Sagane. Héberge-la le temps que je règle cette affaire.
Son frère grimaça à cette proposition.
— Tu la connais, elle a ses petites habitudes.
— Cela ne coûte rien d'essayer.
Convaincu, Michael se jeta sur le téléphone.
— Je l'appelle de suite.
— Ne lui dis pas que l'idée vient de moi, lui recommanda Élie alors qu'il composait le numéro. Elle serait capable de refuser rien que pour m'emmerder.
Cissy répondit à la cinquième sonnerie. Michael s'entretint quelques instants avec elle et raccrocha.
— Elle est d'accord, annonça-t-il, un sourire victorieux aux lèvres. Je passe la prendre après le travail.
— À la bonne heure ! s'exclama Sagane, soulagé.
Michael le reconduisit. Sur le pas de la porte, ils restèrent muets l'un en face de l'autre. Puis, sans crier gare, Michael serra Élie dans ses bras. Cette marque d'affection aussi soudaine qu'inespérée paralysa le policier. Peu à peu, il se détendit et étreignit son frère avec des gestes maladroits. Bien qu'il affirmât souvent le contraire, il avait besoin de sa famille.
— Je t'aime, frangin, murmura Michael d'une voix émue. Ne l'oublie jamais.
Il se dégagea des bras de Sagane, franchit le seuil et ferma la porte.
Le carillon de l'entrée tira le commissaire de son hébétude et il gagna la sortie.

Argento et Dubreuil attendirent que l'unité médico-légale ait emporté le cadavre de Soo Watanabe et la PTS terminé ses investigations pour réintégrer le Quai des Orfèvres, vers seize heures.

Cécile feuilletait un rapport, debout dans son bureau, lorsque le téléphone sonna.

— Argento, j'écoute, maugréa-t-elle.

— Bonjour, commandant, laissa tomber une voix familière.

Elle regretta aussitôt d'avoir répondu.

— Comment allez-vous, monsieur Neville ? demanda-t-elle, s'efforçant d'être polie.

— Richard, rectifia l'écrivain avec sa présomption coutumière.

Elle étouffa un soupir d'ennui.

— Je n'ai pas encore eu le temps de lire votre bouquin, Richard. Je vous passerai un coup de fil quand ce sera fait.

Cette tentative de mettre un terme à la conversation échoua.

— Mon prochain roman n'avance pas, je suis en pleine déprime, déclara l'écrivain, comme si de rien n'était. Je manque d'infos sur la psychologie des tueurs en série.

— Nous en discuterons une autre fois. J'ai eu une journée éprouvante.

— Bien sûr.

Il marqua une pause avant de continuer :

— Je n'ai jamais cru à la culpabilité de Jean-Charles Graskovich.

— Ah bon ? Pour quelle raison ?

— Nous étions amis et…

— Ce n'est pas ce qu'il nous a dit, le coupa Cécile.

Neville se racla la gorge.

— Et qu'est-ce qu'il vous a dit ?

— Que vous étiez un piètre écrivain doublé d'un plagiaire, assena-t-elle sans le moindre scrupule.

Le rire forcé de son interlocuteur satura l'écouteur.

— Nous ne pouvions pas nous voir en peinture, admit-il. Quoi qu'il en soit, je le connaissais suffisamment pour affirmer qu'il n'aurait pas fait de mal à une mouche.

— C'est une conclusion un peu facile, Richard : tout le monde sait qu'il était innocent.

Cette vacherie ne désarçonna pas Neville.

— Savez-vous ce qui me plaît le plus en vous ? poursuivit-il avec jovialité. Votre franchise ! Appelez-moi pour me dire ce que vous pensez de mon livre.

— Compte là-dessus, grogna-t-elle après qu'il eut raccroché.

La sonnerie retentit de nouveau.

— Allô ! cria-t-elle dans le microphone.

— Commandant Argento ? questionna une femme avec un léger accent.

— Elle-même.

— Mavis Graskovich à l'appareil.

Cécile se raidit. Elle resta silencieuse quelques secondes avant de s'enquérir :

— Qu'y a-t-il pour votre service, Mavis ?

— Il faut que je vous parle.

— Je ne crois pas que ce soit une bonne idée. Cela raviverait de mauvais souvenirs.

— Ce que je sais peut vous aider à résoudre l'affaire des pendus, insista l'Américaine avec une intonation anxieuse.

Argento ne fut pas longue à se décider.

— Je vous attends.

Mavis refusa net et dicta ses conditions.

— Je préfère vous voir à l'extérieur.

— Très bien, s'inclina Cécile. Où êtes-vous ?

— Boulevard du Palais, devant le bureau de poste.

— À tout de suite.

Argento coiffa un bonnet en laine, mit ses gants et son blouson, puis sortit. Il neigeait de plus belle et la température avoisinait les moins cinq degrés. Grelottants et maussades, les gens marchaient à petits pas sur les trottoirs verglacés. Il ne fallut pas plus de dix minutes à la jeune femme pour atteindre le boulevard du Palais. Des ados s'amusaient à glisser sur la plaque de verglas qui s'était formée devant la poste. En attendant que le feu passe au rouge, Cécile chercha l'Américaine du regard. Debout près d'un réverbère, sur le trottoir opposé, celle-ci piétinait pour se réchauffer les pieds. Des flocons de neige étoilaient son long manteau noir, ceinturé à la taille.

Elle fit un geste gracieux de la main en apercevant Argento. Dès que le feu fut au rouge, elle traversa sans attendre l'arrêt complet des véhicules.

Une Renault Laguna roulant à vive allure percuta Mavis Graskovich de plein fouet à l'instant où Cécile hurlait pour l'avertir du danger. Son corps fit un vol plané avant de retomber sur le sol. Des cris d'épouvante fusèrent de toutes parts, les badauds s'attroupèrent. Le cœur cognant à grands coups, Argento s'élança vers la forme étendue au milieu de la rue.

— Appelez une ambulance ! beugla-t-elle en se frayant un passage dans la foule. Vite !

Blanc d'effroi, le chauffard descendit de la Laguna et se planta devant l'accidentée.

— Police ! Dégagez ! lui cria Cécile, haletante.

Elle le poussa et s'agenouilla près de Mavis. La veuve

peinait à respirer, du sang s'échappait de son crâne et se répandait sur la chaussée enneigée.

— Les secours arrivent ! s'écria un homme.

Argento se pencha vers l'Américaine.

— Vous avez entendu ? Tenez bon.

Dans un sursaut d'énergie, Mavis se cramponna à son bras.

— Je… vais… mourir, balbutia-t-elle, terrifiée.

— Non, tenta de la rassurer Cécile. Économisez vos forces.

Elle balaya la rue d'un regard affolé.

— Où est cette putain d'ambulance ? s'époumona-t-elle.

Mavis serra davantage son poignet pour l'obliger à l'écouter. Une bulle sanglante se forma au coin de sa bouche lorsqu'elle prononça avec difficulté :

— Il… il m'a offert le… tapis… le jour où vous avez arrêté… Jean-Charles.

Cécile tressaillit sous l'effet de la stupeur.

— Vous parlez du tapis persan de votre chambre à coucher ?

Le visage crispé par la douleur, Mavis se contenta de cligner des yeux.

— Qui vous l'a offert ? interrogea Argento.

La voix de l'Américaine était si faible que Cécile dut coller une oreille à ses lèvres pour entendre la réponse :

— Mon… amant.

— Qui est-ce ? la pressa Cécile, incapable de refouler l'excitation qu'elle sentait monter en elle. Quel est son nom ?

La veuve remua les lèvres mais n'émit que des sons inarticulés. Elle eut un spasme, puis lâcha Argento qui chercha sa carotide avec fébrilité.

— Accrochez-vous, Mavis ! Par pitié, accrochez-vous !

Sirène hurlante, l'ambulance pila devant la poste au moment où Cécile trouvait l'artère.

Elle ne battait plus.

De retour au 36, Argento se précipita dans le bureau de Sagane.

Il venait d'arriver et remettait de l'ordre dans ses dossiers.

— Mavis Graskovich est morte, annonça-t-elle à brûle-pourpoint.

Cette nouvelle interloqua le commissaire.

— Tu rigoles !

— Est-ce que j'ai l'air de plaisanter ?

Ce qu'il lut dans ses yeux le convainquit du contraire.

— Tu... tu es blessée ? paniqua-t-il en remarquant les taches de sang sur son pull-over.

— Du calme, c'est le sien, le tranquillisa-t-elle.

Elle lui raconta ce qui s'était passé par le menu.

— Tu crois que l'amant a quelque chose à voir avec les meurtres de Pujos et Paleantoni ? demanda-t-il dès qu'elle eut fini.

— J'en mettrais ma main au feu, repartit-elle avec assurance. Il a donné le tapis à Mavis dans le but de piéger son mari.

— À quel moment ?

— Le jour de son arrestation, nous avons débarqué chez Graskovich vers quatorze heures trente. Le rapport sur son emploi du temps précise qu'il avait rendez-vous avec son éditeur à dix heures du matin. Ils ont déjeuné ensemble dans un restaurant du VI$^{e}$ ; puis Grasko est rentré au bercail pour corriger les épreuves de son dernier roman, aux alentours de quatorze heures.

— Mavis aurait donc reçu la visite du meurtrier pendant l'absence de son conjoint, entre dix heures et treize heures trente, conclut Élie. Il y a juste un truc qui cloche : elle n'était pas là quand nous avons rappliqué. Elle faisait les courses.

— Elle a dû s'en aller après sa partie de jambes en l'air.

— Avant le retour du plumitif, présuma Sagane.

Un frisson courut dans le dos de Cécile tandis qu'elle songeait à leur adversaire.

— Nous avons affaire à un individu diabolique. Il a attaché les pendus sur ce fichu tapis pour que des fibres adhèrent à leurs fringues. Il a serré le fil de cuivre le plus fort possible pour qu'ils saignent et que la police détermine leur ADN.

Élie abonda dans son sens :

— Puisqu'il avait ses entrées au duplex de l'avenue Bugeaud, il a pu planquer le fil dans le débarras, enregistrer le fichier gore sur le disque dur du PC et le transmettre à Paleantoni depuis le bureau de Grasko.

Elle acquiesça.

— Tout porte à croire que l'amant est « le tueur de mariées ».

La confession de la veuve pouvait changer le cours de l'enquête. Néanmoins, Sagane refusa de s'emballer.

— Et si c'était du bidon ?

Cette éventualité n'affecta pas Cécile.

— Pour quelle raison Mavis aurait-elle menti ? Pour réhabiliter la mémoire de son époux ? Je te signale qu'il était innocent.

Ses arguments effritèrent la réticence d'Élie.

— Que suggérez-vous, miss Adler ?

L'interrogation brilla dans les yeux de sa compagne.

— Irène Adler est une sorte d'aventurière,

expliqua-t-il avec un sourire amusé. Sherlock Holmes la place sur un piédestal car elle est aussi douée que lui.

Il s'approcha d'elle et lui baisa le front.

— Elle est belle et intelligente, comme toi.

Argento feignit d'en être fière.

— Cette fille inspire la sympathie.

— Sérieusement, que proposes-tu ?

— Retournons au duplex.

Il soupira, guère emballé.

— Nous l'avons fouillé de fond en comble. On a fait le tour de la question.

— Un détail nous a peut-être échappé.

— À quoi penses-tu ? À une autre preuve fabriquée par l'assassin ?

— Plutôt à un indice susceptible de nous mener à lui.

Il marqua une hésitation, pour la forme.

— O.K., finit-il par concéder. On y va.

Il tira un petit pied-de-biche du premier tiroir du bureau.

— Tu n'en auras pas besoin, lança-t-elle.

Il la dévisagea d'un air intrigué. Elle agita en l'air le trousseau de clés qu'elle tenait du bout des doigts.

— Elles étaient dans le manteau de Mavis. Il ne nous reste plus qu'à trouver celle qui ouvre la porte du duplex.

Elle lui décocha un clin d'œil et sortit en faisant cliqueter les clés.

Ils atteignirent l'avenue Bugeaud à la tombée de la nuit.

Comme un vent froid soufflait, ils se couvrirent avant de descendre de la Land Rover. Sagane observa son équipière alors qu'ils franchissaient la porte cochère. Elle faisait garçon manqué avec son bonnet en laine enfoncé jusqu'aux oreilles et ses mains enfouies dans les poches de son blouson au col relevé. Elle était tout le contraire de ses ex mais elle avait infiniment plus de charme qu'elles.

La jeune femme essaya plusieurs clés avant de trouver la bonne. À peine furent-ils entrés dans l'appartement qu'un aboiement les fit sursauter. Léo, le beagle des Graskovich, s'approcha en grognant. Un rictus découvrait ses crocs. D'un geste, Cécile dissuada Élie de reculer.

— Je m'en occupe.

Elle s'accroupit devant le chien et le caressa jusqu'à ce qu'il se calme.

— Allons-y, dit-elle tandis qu'il lui léchait la main.

Ils se répartirent les tâches puis passèrent le duplex au peigne fin. La pendule de la chambre à coucher indiquait vingt et une heures trente lorsque Sagane s'assit sur le lit défait, éreinté. Il avait fureté dans tous les coins, même sous les matelas et dans la cuvette des W.-C., sans résultat. Argento apparut dans l'embrasure de la porte au moment où il s'étirait.

Elle était livide.

— Il faut que tu voies ça, articula-t-elle d'une voix ténue.

Alarmé, il la suivit dans le salon. La télévision était allumée, le chien s'était assis sur le canapé. Cécile appuya sur la touche Play du lecteur de DVD et s'installa à côté de Léo, une cigarette entre ses doigts tremblants. Élie resta debout, de plus en plus nerveux. L'image qui emplit l'écran lui glaça le sang. Un homme et un enfant étaient allongés sur un lit, complètement nus. Le gamin avait le fou rire. Durant son séjour à la Brigade des mineurs, Argento avait appris à interpréter ce comportement déroutant : afin d'amadouer leurs victimes, les pédophiles faisaient en sorte qu'elles considèrent l'acte sexuel comme un jeu.

Le gars fixait l'objectif de la caméra avec un narcissisme évident.

Sagane eut un haut-le-corps en reconnaissant Jean-Charles Graskovich.

— Où l'as-tu dégoté ? s'entendit-il demander.

Cécile pressa la touche Stop de la télécommande.

— Le DVD était scotché derrière le radiateur électrique du débarras.

— Grasko s'est suicidé parce qu'il savait que nous finirions par dénicher cette saloperie, enchaîna Élie.

Après avoir approuvé, elle se leva pour éjecter le DVD et éteindre la télévision.

— Le CD de Zandvoort et la cassette de Londres n'étaient pas aussi crades, commenta-t-elle, à la fois effondrée et indignée. Nous devons identifier ce gosse si nous voulons avoir une chance de le retrouver.

Sagane profita de l'inattention de sa collègue pour lui arracher le disque des mains.

— Qu'est-ce qui te prend ? s'énerva-t-elle. Rends-le-moi !

En guise de réponse, il le glissa dans la poche intérieure de sa parka. Elle se jeta sur lui avec une telle impétuosité qu'ils perdirent l'équilibre et tombèrent par terre. Léo jappa tandis qu'ils se battaient comme des chiffonniers. Élie déploya toute son énergie pour plaquer Cécile au sol.

— Écoute-moi, prononça-t-il, hors d'haleine. Cette enquête est du ressort des Mineurs. Pour notre part, nous avons un job à terminer. Tu ferais bien de te ressaisir car je n'y arriverai pas sans toi.

— Lâche-moi, gronda-t-elle en prenant un air outragé.

Il s'exécuta. Elle le repoussa, se releva et quitta le séjour d'un pas déterminé.

Le cabot aboya de plus belle quand elle fit claquer la porte.

Elle l'attendait dans la Land Rover, le visage sombre et les bras croisés.

Il s'installa au volant avec une grimace d'appréhension.

— Tu m'en veux encore ? s'enquit-il après avoir mis le moteur en marche.

Elle ne répondit pas. Il hocha la tête d'un air conciliant.

— Tu as raison, nous ne sommes pas obligés de causer.

Il se pencha vers elle pour ouvrir la boîte à gants, prit les deux cassettes qui s'y trouvaient et les lui montra.

— Tu as le choix entre Eminem et Bob Marley, continua-t-il avec un sourire, désireux de détendre l'atmosphère.

Comme elle se murait dans son silence, il opta pour le *best of* du chanteur de reggae. Il introduisit la cassette dans l'autoradio, l'avança jusqu'à *Redemption Song*, sa chanson préférée, et augmenta le volume. Pendant le trajet, il roula à faible allure. Lorsqu'il se sentait seul, il aimait conduire la nuit, emprunter les rues désertes et contempler les lumières de la ville. Ce soir-là, plus que jamais, il sentait le poids de la solitude. Soo et Morin n'étaient plus de ce monde, Cécile était loin de lui.

Arrivé dans le hall de son immeuble, il prit le courrier dans la boîte aux lettres. Une fois dans l'appartement, il téléphona à Michael pour s'assurer que tout allait bien. Comme convenu, Cissy s'était installée chez lui. Sagane demanda à lui parler mais elle dormait. Il n'insista pas, salua son frère et raccrocha. Argento buvait un jus de pomme dans la kitchenette. Elle avait les traits tirés et le regard vide. Sans dire un mot, Élie dressa la table et réchauffa des plats cuisinés au micro-ondes.

— J'ai quitté les Mineurs car je ne supportais plus de voir des enfants souffrir, déclara la jeune femme alors qu'ils dînaient. J'ai fait l'expérience de ce qu'ils appellent dans leur jargon la « connexion émotionnelle ».

— Tu t'identifiais à ces minots…

— Je dégobillais tous mes repas tellement j'étais mal.

Il posa ses couverts et s'accouda à la table.

— Après ce que tu as vécu, il fallait s'y attendre.

— Les flics de la Brigade sont censés être les gardiens du Temple, pas des romantiques ni des redresseurs de torts, poursuivit-elle d'une voix bouleversée. J'avais intégré les Mineurs pour de mauvaises raisons.

— Tu voulais à la fois sauver ces gosses et te venger de ton père, en déduisit Sagane.

Elle acquiesça, soulagée de ne pas l'avoir dit elle-même. Il prit sa main dans la sienne, la porta à ses lèvres et la baisa avec douceur.

— C'est de l'histoire ancienne, affirma-t-il pour la réconforter. On est ensemble à présent. Je vais bien m'occuper de toi.

Elle colla sa joue contre la main du commissaire.

— Je crois que je t'aime, murmura-t-elle, les yeux fermés.

Cet aveu le chavira. Il entreprit de débarrasser la table pour se donner une contenance.

— Excuse-moi, lâcha-t-elle avec une expression gênée. J'aurais pas dû dire ça.

Ne se sentant pas le courage d'affronter son regard, il lui tourna le dos.

— Je crois que c'est réciproque, finit-il par prononcer.

Elle le rejoignit au milieu de la pièce et ils s'enlacèrent.

— Si j'étais pas HS, je te ferais l'amour, lui chuchota-t-elle à l'oreille.

Il l'embrassa.

— Nous avons toute la vie pour ça. Va te coucher.

— Et toi ?

— J'arrive dans cinq minutes.

Il fit la vaisselle puis gagna le salon, l'estomac noué par l'émotion. Ses yeux mouillés allèrent de la tache de sang homogène sur la moquette au plafond qui se fissurait autour du lustre.

À cet instant, il comprit qu'il ne pourrait plus jamais vivre ici.

Au bord du malaise, il se précipita dans la chambre. Étendue sur le lit, Cécile feuilletait un journal. Il n'eut pas besoin de parler : elle lut dans son regard ce qu'il attendait d'elle.

— Allons chez moi, décida-t-elle en rechaussant ses santiags.

## 25

Le réveil sonna à sept heures du matin.

Élie l'arrêta d'une pression de l'index puis se tourna vers Cécile qui dormait d'un profond sommeil. Comme elle s'était découverte dans la nuit, il put contempler à loisir son dos nu et ses fesses mises en valeur par une culotte échancrée. Il se colla à elle et souffla dans son cou. Une fois réveillée, elle le regarda intensément et l'attira dans ses bras. La chaleur de son corps et la douceur de ses caresses excitèrent Sagane au plus haut point. Ils firent l'amour en silence, les yeux dans les yeux. Pour la première fois de sa vie, elle ne chercha pas à dominer la situation. Au moment de jouir, elle enserra Élie de ses bras et de ses jambes. Celui-ci ne tarda pas à prendre son plaisir.

La respiration haletante et le corps trempé de sueur, ils s'allongèrent côte à côte.

— J'ai la dalle, dit-il, la mine épanouie.

— Moi aussi.

— Bouge pas. J'apporte le café et les toasts.

Il fila à la cuisine dans le plus simple appareil. Après

le petit déjeuner, ils se préparèrent. Sagane finissait de se doucher lorsqu'il s'aperçut qu'il n'y avait pas de serviette à portée de main. Il ferma les robinets et appela sa compagne. N'obtenant pas de réponse, il sortit de la cabine.

— Cécile ? la héla-t-il encore.

Inquiet, il commença à faire le tour de l'appartement. La jeune femme n'était ni dans la chambre ni dans la cuisine. Alors qu'il quittait le salon, une boule dans la gorge, il vit le bout de papier posé en évidence sur le scriban. Il s'en empara et lut le mot que Cécile avait griffonné à son intention :

*Je suis partie acheter des clopes. À tout de suite.*

— Quelle chieuse ! tonna-t-il.

À bout de nerfs, il déchira le papier et jeta les morceaux à la poubelle. Cécile savait pertinemment que « le tueur de mariées » rôdait autour d'eux et qu'il pouvait frapper n'importe quand. Cet état de choses aurait dû l'inciter à la prudence. Au lieu de cela, elle s'absentait sans prévenir ! Élie dénicha une serviette dans le placard du couloir, s'essuya et s'habilla avec des gestes furieux. Dès qu'il fut prêt, il s'installa sur le canapé du séjour et lut son courrier pour se calmer. Il avait pensé à l'emporter. Une enveloppe vierge tomba à ses pieds tandis qu'il séparait les factures des prospectus. Machinalement, il la ramassa et la décacheta. Une photo était glissée à l'intérieur. Elle montrait un couple. Les yeux de Sagane s'agrandirent de stupéfaction lorsqu'il identifia l'homme qui embrassait Mavis Graskovich.

L'amant.

L'assassin.

Le cœur en ébullition, Élie se précipita vers la commode, saisit l'étui de son Sig Sauer et le fixa à sa ceinture. Tout en dévalant l'escalier, il pensa à Cécile. Il avait oublié de lui laisser un message. Il commença à rebrousser chemin puis se ravisa.

Il était impatient de regarder le monstre en face.

Parvenu au troisième étage, il reprit son souffle.

Après avoir armé son pistolet, il actionna le heurtoir pour s'annoncer. La porte en acier trempé s'ouvrit sur le maître des lieux, qui était en tenue d'escrime : veste à col montant, cuirasse de protection, pantacourt et mi-bas blancs. Il se débarrassa du casque qu'il avait sous le bras et retira ses gants à crispin pour serrer la main du policier.

— Par exemple ! s'écria-t-il en l'invitant à entrer.

Sagane franchit le seuil, referma la porte et talonna son hôte.

— Les gens qui disent que l'argent ne fait pas le bonheur sont des imbéciles, énonça celui-ci avec sa suffisance habituelle. Les droits d'auteur de *Sarabande*, mon premier livre, m'ont permis d'aménager une salle d'escrime au fond du loft. Je prends des leçons à domicile deux fois par semaine. Le maître d'armes qui me coache vient de partir. Vous avez dû le croiser dans l'escalier.

Il le conduisit au séjour, désigna le sofa et se dirigea vers le minibar qui occupait un coin de la pièce.

— Je suppose que vous ne buvez toujours pas.

— Vous supposez bien, confirma Élie sans le quitter des yeux.

Tandis que l'autre lui tournait le dos pour se servir un baby, il glissa une main sous sa parka et empoigna la crosse du 9 mm, prêt à dégainer. L'amant revint sur ses pas et s'assit sur un cabriolet, face à lui.

— En quoi puis-je vous être utile, commissaire ?

— La veuve Graskovich est morte hier après-midi, laissa tomber Sagane avec froideur. Elle a été écrasée par un chauffard.

Le visage de Richard Neville s'assombrit d'un coup.

— Je suis au courant, balbutia-t-il. Je ne la connaissais pas très bien, mais la nouvelle de sa disparition m'a fait un choc.

Élie le scruta. Il semblait sincèrement attristé.

— Vous écrivez des polars, je suis sûr que l'affaire du « tueur de mariées » vous intéresse, déclara-t-il, toujours aussi agressif.

Neville opina de la tête.

— Elle restera dans les annales du crime.

— Vous savez donc qui sont « les pendus de la Croix-Pucelle ».

Le romancier approuva derechef.

— Avant de mourir, Mavis a eu le temps de confier un secret à mon équipière, enchaîna Sagane.

Neville l'interrogea du regard.

— Elle fréquentait quelqu'un, expliqua Élie, les doigts crispés sur le pistolet. Et ce quelqu'un lui a offert le tapis sur lequel nous avons prélevé le sang des pendus.

L'écrivain haussa les épaules d'un air dépassé.

— Quel est le rapport avec moi ?

De sa main libre, Sagane sortit le cliché de la poche de sa parka et le lança sur la table basse en fer forgé. Neville considéra le commissaire avec méfiance puis se pencha en avant pour poser son verre et attraper la photographie.

Il la considéra et, contre toute attente, partit d'un rire sarcastique.

— Aurais-je enfin les honneurs de la presse à scandales ? s'exclama-t-il, bouffi de vanité. Ce cliché a été pris par un paparazzi ou je ne m'y connais pas ! Où l'avez-vous dégoté ?

— Dans ma boîte aux lettres.

La figure du romancier se durcit et il jeta la photo en l'air. Elle atterrit aux pieds du policier qui se garda de la ramasser, certain que Neville en profiterait pour lui sauter dessus.

— Il ne vous est pas venu à l'esprit que quelqu'un essaie de me piéger ? s'étonna ce dernier, gagné par la nervosité.

Élie ignora la question et continua sur sa lancée :

— Vous couchiez ensemble depuis longtemps ?

— Cela ne vous regarde pas. Il s'agit de ma vie privée.

— Soit vous coopérez, ici et maintenant, soit nous poursuivons cette discussion dans mon bureau, entre quat'z'yeux, assena Sagane. Comme vous avez pu le constater, les locaux du Quai des Orfèvres sont exigus et sentent le moisi. Quant au dépôt, je préfère ne pas en parler. Si je décide de vous placer en garde à vue, vous partagerez une cellule avec un clodo ivre mort ou un toxico en manque.

Il se tut et désigna la pièce d'un regard appuyé.

— Êtes-vous prêt à troquer le paradis contre l'enfer ?

Excédé, Neville se dressa d'un bond et s'emporta :

— En voilà assez ! Vous délirez, mon vieux !

— Je me base sur les faits. Le tapis taché de sang appartenait à l'amant. Il se trouve que c'est vous…

Rouge de colère, l'écrivain donna un coup de pied dans un pouf.

— Vous croyez vraiment que je suis « le tueur de mariées » ?

— Que penseriez-vous à ma place ?

— Allez au diable !

Neville roula des yeux furibonds et quitta le salon à grands pas. Sagane le suivit.

— Revenez ! ordonna-t-il en serrant davantage la crosse du flingue.

L'écrivain traversa le couloir et s'engouffra dans la salle d'escrime. La piste en lino crissa sous les pas du commissaire quand il entra à son tour. Le casier à tenues et les râteliers d'épées et de sabres étaient alignés le long du mur du fond. Avec des gestes saccadés, Neville balança son masque et retira la cuirasse en Kevlar. Il gesticulait et grognait comme un aliéné. Soudain, il recouvra son calme et s'immobilisa près du râtelier de fleurets.

— Au siècle dernier, une salle d'armes était à la disposition des journalistes dans les locaux des rédactions, raconta-t-il d'une voix bien posée. Le cas échéant, ils devaient être prêts à défendre leurs articles.

Élie se planta devant lui et soutint son regard mordoré.

— Où voulez-vous en venir ?

Neville eut une moue énigmatique.

— Il faut toujours être prêt à défendre son honneur contre les diffamateurs.

Sur ce, il poussa Sagane qui s'étala de tout son long. Profitant de ce moment de confusion, il s'empara du Sig Sauer qui était tombé par terre et le jeta au loin. Dans la foulée, il prit deux épées dans le râtelier, en lança une à Élie et marcha vers le centre de la piste en fouettant l'air de la sienne.

— Autrefois, le combat singulier n'était pas qualifié de duel mais d'ordalie ou de jugement de Dieu, poursuivit-il d'un ton docte. L'affrontement avait lieu en champ clos.

Il ôta la mouche de la pointe du fleuret. La boule roula sur le linoléum.

— Vous m'avez offensé, gronda-t-il. Je demande réparation.

Élie se releva et le rejoignit, l'épée à bout de bras. Il risqua un coup d'œil par-dessus l'épaule de Neville. Moins de cinq mètres le séparaient du pistolet.

— Revenez sur terre, souffla-t-il pour gagner du temps. Nous ne sommes pas dans l'un de vos polars à la gomme.

Le romancier le fixa de ses yeux hallucinés.

— Il arrive que la réalité dépasse la fiction.

Mine de rien, Sagane se déplaça vers la droite afin de contourner Neville et d'atteindre le 9 mm. Devinant son intention, l'écrivain shoota dans l'arme qui glissa sur le sol avec un raclement.

— Il faudra me passer sur le corps si vous la voulez, avertit-il avec une détermination glaçante.

— J'en ai assez de ces conneries, Richard. Posez votre joujou et suivez-moi.

— Ne me dites pas que je vous fais peur ? Vous étiez particulièrement hardi, le jour où vous avez affronté deux tireurs à la fois au gymnase Caillaux. Vous les avez désarmés en moins de temps qu'il n'en faut pour lacer ses chaussures. Est-il indiscret de vous demander combien vous a rapporté ce stupide pari ?

La stupeur figea Élie sur place.

— Comment savez-vous tout ça ?

— Un détective privé vous file le train, lui apprit Neville que sa surprise semblait réjouir.

— Depuis combien de temps ?

— Depuis le jour où nous nous sommes rencontrés. Dès que je vous ai vu, j'ai su que vous étiez le héros de mon prochain bouquin.

Sagane s'approcha d'une démarche menaçante.

— Vous êtes bon à enfermer.

— Je me suis inspiré de vous pour camper ce personnage de loser, insista Neville d'une voix aux inflexions provocatrices. Comme vous, il mène une vie errante. Il est mal dans sa peau, il fricote avec son équipière et il n'est pas foutu de sauver son meilleur ami. Il est si sûr de lui qu'il finit par mettre à côté de la plaque.

— Je ne me suis pas trompé, articula Élie avec un rictus haineux. C'est bien vous. Vous les avez tous tués.

À bout de patience, Neville serra la poignée du fleuret et allongea le bras.

— Puisque vous en êtes persuadé, qu'attendez-vous pour me percer de part en part ? En garde !

L'image des cadavres de Soo et de Briard exacerba le désir de vengeance de Sagane. Fou de rage, il envoya valdinguer sa parka, démoucheta l'épée et se prépara à attaquer, en prime. Sans crier gare, il s'élança vers Neville qui se tenait sur ses gardes, en quarte. Celui-ci para le coup puis enchaîna avec une feinte. Après avoir déjoué la manœuvre, le flic se fendit pour le toucher à la poitrine, sans succès. La riposte du romancier lui fit perdre l'équilibre et il faillit tomber.

Son adversaire lui accorda un répit et ils se remirent à valser.

— Vous êtes très doué, commissaire, admit Neville. L'êtes-vous suffisamment pour vous en sortir ? La question reste ouverte.

Élie fonça sur lui. Neville résista à ses assauts et s'offrit même le luxe de le narguer :

— Vos devriez travailler vos feintes de dégagement. Elles sont trop voyantes.

Sagane redoubla de violence. Le crissement des semelles sur le lino et le cliquetis des lames résonnaient dans la salle. Comme Neville était gaucher, Élie avait du mal à anticiper ses actions. Tirant avantage de son trouble, l'écrivain franchit sa ligne de défense et le piqua à la cuisse. Sagane grimaça de douleur et chancela, la main sur la blessure. Les yeux de Neville brillèrent de cruauté lorsqu'il vit le sang filer entre ses doigts. Gonflé à bloc, il revint à la charge. Les coquilles des fleurets se heurtèrent avec un bruit métallique, le stoppant dans son élan. Poitrine contre poitrine, les épées croisées à quelques centimètres de leur gorge, les duellistes échangèrent un regard belliqueux.

Jugeant le moment opportun pour en finir, Neville dégagea, enroula sa lame autour de celle du policier et, d'un coup de poignet, le désarma. Alors qu'il observait le fleuret s'élever dans les airs, Sagane étendit le bras pour attraper un sabre dans le râtelier le plus proche. En un éclair, il le tira de son fourreau et se mit en position de combat. Le romancier réagit aussi sec. Il troqua l'épée contre un sabre et bondit en arrière, esquivant de justesse l'offensive du commissaire.

— Vous n'êtes pas très fair-play, énonça-t-il, plus amusé qu'irrité.

— Parce qu'un type qui massacre des femmes sans défense l'est ? cracha Élie, le visage contracté par l'effort et la douleur. Vous êtes un monstre. Vous irez rôtir en enfer.

Il frappa d'estoc et de taille. Des étincelles jaillissaient chaque fois que les lames s'entrechoquaient.

— Le sabre que vous avez à la main est un katana, commenta Neville sans cesser de sautiller. Il appartenait à un samouraï légendaire. Espérons qu'il vous portera chance.

Le commissaire s'épuisa en attaques inefficaces. Neville attendit qu'il soit à bout de forces pour passer la vitesse supérieure. La figure hargneuse, il fit pleuvoir les coups sur lui, l'obligeant à céder du terrain. Sans s'en apercevoir, Sagane se retrouva dans le couloir qui menait au salon. Affaibli, il peinait à parer les assauts de plus en plus puissants de l'écrivain. Il avait l'impression que ses épaules se déboîtaient à chaque impact.

— Battez-vous ! tempêta Neville, une lueur de démence dans le regard. Battez-vous ou vous mourrez !

Élie fit de grands moulinets avec le sabre pour ralentir sa progression, en vain. En proie à une fureur incontrôlable, Neville multipliait les charges. La lame folle trancha la tête d'un buste antique, réduisit un guéridon en morceaux et transperça les murs du couloir. En reculant, Sagane buta contre ce qui restait de la table ronde et bascula à la renverse. À peine eut-il touché le sol que l'arme de son adversaire s'abattit sur lui. Il eut le réflexe de lever la sienne pour se protéger. Neville frappa si fort que la lame du katana se cassa en deux. Élie blêmit d'effroi quand le romancier appliqua la pointe du sabre sur sa gorge.

— Vos dernières paroles ? s'enquit celui-ci, un sourire sadique aux lèvres.

L'instinct de conservation l'emporta sur la peur de mourir.

— Mes collègues savent que je suis ici, affirma Sagane.

Neville éclata d'un rire tonitruant.

— Si c'était le cas, ils vous auraient accompagné, assena-t-il, de nouveau sérieux. Vous êtes à ma merci. Je suis libre de vous embrocher comme une volaille.

— Vous êtes prêt à courir ce risque ?

Neville exerça une pression sur la poignée du sabre, de façon que la pointe érafle le cou du policier.

— Je sais lire sur les visages, grogna-t-il. Le vôtre indique que vous mentez.

— Vous oubliez que j'ai croisé votre entraîneur dans l'escalier. Il confirmera ma présence ici.

— Vous vous souvenez de toutes les personnes que vous croisez dans les escaliers, vous ? se moqua l'écrivain.

Ses traits se durcirent. Un rictus hideux releva sa lèvre supérieure.

— Adieu, commissaire.

Glacé d'épouvante, Élie détourna la tête.

Un bruit le fit sursauter. Il rouvrit craintivement les yeux. Neville venait de planter le sabre dans le parquet vitrifié. La lame tremblait, émettant un léger vibrato.

— Je vais chercher de quoi soigner votre blessure et on y va, prononça Neville dès qu'elle se fut immobilisée.

— Où ça ? bafouilla Sagane, abasourdi.

— Au Quai des Orfèvres, pardi ! Vous aviez des questions à me poser.

Neville lui décocha un clin d'œil avant de se retirer en sifflotant. Après s'être pincé pour s'assurer qu'il était bien vivant, Élie partit d'un rire nerveux.

Il riait encore lorsque le romancier reparut avec un flacon d'alcool et un bandage.

# 26

Dès son arrivée au 36, Sagane enferma Neville dans une cellule du dépôt.

Tandis qu'il gagnait son bureau, il croisa Cécile dans le couloir. La jeune femme lâcha la chemise en papier qu'elle tenait à la main et se jeta dans ses bras.

— J'ai eu si peur ! s'exclama-t-elle, haletante d'émotion. Où étais-tu ?

— Chez Richard Neville.

Elle pâlit en voyant la tache de sang sur son jean.

— Qu'est-ce que…, balbutia-t-elle avec une intonation affolée.

— Du calme, ce n'est rien, la rassura-t-il.

Il l'entraîna dans le bureau.

— Je vais tout t'expliquer.

— Tu te rends compte que tu aurais pu te faire tuer ? gronda-t-elle lorsqu'il eut terminé.

Il soupira d'agacement.

— Rien ne se serait produit si tu n'étais pas partie en douce.

Cette remarque la prit au dépourvu.

— J'ai déconné, je le reconnais, concéda-t-elle dans un souffle. Il n'empêche que tu as enfreint la règle numéro un : on ne se rend pas chez un suspect sans couverture. Tu aurais dû mettre le boss au parfum.

La porte s'ouvrit à la volée.

— Quand on parle du loup, marmonna Élie.

Le divisionnaire s'avança dans la pièce et lui adressa un regard plein de sévérité.

— Je viens d'apprendre que Neville est ici, gronda-t-il. Pourquoi l'avez-vous bouclé ?

Sagane sortit la photo chiffonnée de la poche de sa parka et la lui tendit. L'irritation de Dubreuil céda le pas à la surprise.

— Il couchait avec l'Américaine ?

Un sourire s'épanouit sur son visage chafouin.

— On le tient, les enfants ! jubila-t-il.

D'un geste, Élie tempéra son enthousiasme.

— Il y a un truc qui ne colle pas.

Les autres le fixèrent d'un air ahuri.

— Il a eu l'occasion de me supprimer mais il ne l'a pas fait, continua-t-il.

Dubreuil fronça les sourcils.

— J'aimerais comprendre.

Sagane résuma ce qui s'était passé en quelques phrases. Dubreuil examina sa blessure et insista pour qu'il voie un médecin dans les plus brefs délais.

— Ce n'est pas parce qu'il t'a épargné qu'il est innocent, intervint Argento. Depuis le début, « le tueur de mariées » éprouve un malin plaisir à se jouer de nous.

Dubreuil abonda dans son sens.

— Il doit s'agir d'un coup fourré.

— Selon vous, Neville voulait que je l'arrête et que je le conduise ici ? interrogea Élie avec une pointe de scepticisme.

Ils acquiescèrent de conserve.

— Au risque de finir sa vie derrière les barreaux ? renchérit Sagane.

— À mon avis, il s'est mis au défi de te berner et de passer à travers les mailles du filet, répliqua Cécile. Mais pour que son plan fonctionne, il fallait que tu le coffres. Comme tu étais à cent lieues de le soupçonner, il t'a mâché le travail.

— Il a glissé le cliché dans votre boîte aux lettres pour que vous remontiez jusqu'à lui, poursuivit Dubreuil.

— Le danger l'excite, conclut Argento. Il se shoote à l'adrénaline.

Le commissaire les considéra tour à tour avec amusement.

— Vous avez la mémoire courte, tous les deux. Je vous rappelle que l'assassin a piégé Grasko. Il a très bien pu recommencer avec Neville.

Cécile leva le doigt, signe qu'elle s'apprêtait à formuler une objection.

— Sauf que l'amant *est* le meurtrier. La photo démontre clairement que Neville se tapait Mavis Graskovich.

Le doute s'insinua dans l'esprit de Sagane.

— Ce baiser ne constitue pas une preuve assez solide pour que le juge le mette en examen, décréta-t-il au bout d'une minute. Il va falloir trouver des arguments plus consistants si nous voulons le confondre.

Il s'achemina vers la porte d'une démarche boitillante.

— Où allez-vous ? s'enquit Dubreuil.

— Chez le médecin. Que tous les hommes disponibles nous retrouvent chez Neville dans une heure.

— Vous le connaissez, monsieur le divisionnaire,

articula Argento avec un haussement d'épaules. Lorsqu'il s'est mis en tête de faire quelque chose, rien ne peut l'arrêter. On vous tient au courant, comme d'hab.

Elle sourit à Dubreuil puis courut après Élie.

Neville feuilletait un exemplaire défraîchi de *Fahrenheit 451* quand un gardien de la paix ouvrit la cellule. Il posa le livre, s'étira et quitta le banc de bois.

— Ce n'est pas trop tôt ! s'exclama-t-il.

D'un geste de la main, le policier l'invita à le suivre.

— Vous avez l'heure ? lui demanda Neville. Le responsable du dépôt m'a confisqué ma montre. Il craignait que je ne m'ouvre les veines avec le verre du cadran.

Imperturbable, le policier lui passa les menottes et l'entraîna vers la sortie.

— Je vous ai posé une question, s'agaça l'écrivain. Vous pourriez avoir la politesse de me répondre.

— Il est l'heure qu'il est, lâcha l'agent avec une mimique provocatrice. Pour être plus précis, il est bientôt l'heure de rentrer chez moi.

Neville le toisa, s'attardant sur son œil bovin et sa bouche tordue.

— Allons, activons ! le pressa l'agent.

Les deux hommes marchèrent jusqu'à la salle d'interrogatoire de la Crim'. Debout près de la table, Argento et Sagane parlaient à voix basse. L'agent fit asseoir Neville sur une chaise puis se posta devant la porte, prêt à intervenir.

— Si la bêtise était récompensée, il remporterait la palme à coup sûr, se gaussa le romancier. Le pauvre diable en tient une couche.

Cécile comprit qu'il faisait allusion au gardien de la

paix. Elle s'assura que ce dernier n'avait pas percuté avant de s'adresser à Neville, un tantinet ironique :

— Gardez vos bons mots pour plus tard, Richard. La nuit risque d'être longue, vous en aurez besoin.

Il la regarda dans le blanc des yeux et prononça d'une voix charmeuse :

— J'adore quand vous m'appelez Richard.

Élie toussa pour manifester sa présence.

— Arrêtez votre baratin, maugréa-t-il.

Cet accès de jalousie ravit l'écrivain.

— On dirait que j'ai touché le point sensible. C'est plaisant.

— Vous êtes dans de beaux draps, enchaîna Sagane avec une expression revancharde. Je me ferais tout petit à votre place.

Neville se cabra devant cette tentative d'intimidation.

— Je vous signale que je suis venu de mon plein gré.

— De votre « plein gré » ? s'offusqua Élie en écarquillant les yeux. Vous êtes ici parce qu'on vous soupçonne d'avoir refroidi cinq personnes !

Neville le dévisagea d'un air hautain.

— Et vous, vous êtes encore en vie parce que je l'ai bien voulu. J'aurais pu vous clouer au sol d'un coup de sabre.

Argento prit le relais de son chef qui bouillait de colère.

— Qu'auriez-vous fait, après ? Se débarrasser d'un corps n'est pas si facile.

La déception se peignit sur la face du romancier.

— Vous manquez d'imagination, ma chère. J'aurais pu démembrer le commissaire, balancer les morceaux dans une baignoire remplie d'acide et attendre tranquillement qu'ils se dissolvent.

La jeune femme frémit. Neville lut dans ses yeux l'aversion qu'il lui inspirait.

— Vous semblez en connaître un rayon sur ce sujet.

Il soutint son regard et répliqua avec la plus parfaite assurance :

— Le job d'un auteur de polars consiste à faire l'inventaire des horreurs dont l'homme est capable. Heureusement qu'on peut parler de ces choses-là sans les avoir expérimentées.

Il donna des signes d'impatience.

— Quand serai-je autorisé à voir mon avocat ?

— À l'issue de la garde à vue.

— C'est-à-dire ?

— Demain soir.

Estimant qu'ils avaient assez perdu de temps, Sagane mit les pieds dans le plat.

— Où avez-vous rencontré Mavis ?

— À la foire du livre de Brive-la-Gaillarde, il y a trois ans, répondit Neville.

— Soyez plus précis.

— Le dernier bouquin de Jean-Charles cartonnait, il était très sollicité. Il alternait les interviews et les séances de dédicace. Mavis s'ennuyait à périr. Un soir, elle a refusé de l'accompagner à un dîner organisé en son honneur. J'en ai profité pour l'inviter à boire un verre au bar de l'hôtel. Notre discussion s'est poursuivie tard dans la nuit. Tout s'est enchaîné dès notre retour à Paris.

— Graskovich savait que vous couchiez avec sa moitié ? questionna Cécile.

Neville eut une moue dédaigneuse.

— Il était trop occupé à noircir du papier.

Élie alluma une cigarette et fit quelques pas.

— Sa réussite vous rendait malade, n'est-ce pas ?

Piqué au vif, l'écrivain croisa et décroisa les doigts sous la table.

— Il n'était pas le seul à vivre de sa plume, se défendit-il d'une voix pleine de ressentiment. Mes livres se vendent bien.

— Mais pas aussi bien que les siens, corrigea Argento avec un zeste de malice. Non seulement vous étiez jaloux de son succès, mais vous le haïssiez car il avait épousé Mavis.

Sagane prit appui sur le bord de la table et se pencha vers Neville.

— La femme de vos rêves, précisa-t-il, la clope au bec. Les autres, celles que vous avez envoyées *ad patres*, n'étaient que de pâles imitations.

Incapable de réprimer son exaspération, le romancier repoussa la chaise et se leva d'un mouvement brusque.

— Je ne suis pas « le tueur de mariées » ! explosa-t-il. Dans quelle langue faut-il vous le dire ? Au lieu de me persécuter, vous devriez rechercher le type qui a mis cette putain de photo dans votre boîte aux lettres !

Il s'efforça de se calmer et se rassit.

— Ce détraqué a sûrement laissé des empreintes. Vous avez vérifié, au moins ?

— Il n'y a que les vôtres et les miennes, rétorqua Élie. C'est peut-être vous qui avez glissé le cliché dans la boîte.

Neville le sonda du regard.

— Ce « peut-être » laisse à penser que vous ne l'avez pas fait analyser avant de me le montrer.

Il interpréta le silence de Sagane comme un oui.

— Du coup, vous ne pouvez pas prouver que mes empreintes étaient dessus lorsque vous avez ouvert l'enveloppe.

— Vous l'avez manipulé avec des gants, voilà tout, le provoqua Argento.

Neville afficha une mimique moqueuse.

— Ce ne sont que des suppositions, répliqua-t-il. Vous n'avez aucune preuve contre moi.

Loin de désarçonner les policiers, ce commentaire les fit sourire. Après qu'ils eurent échangé un regard entendu, Cécile s'accroupit devant le carton qui occupait un angle de la pièce, l'ouvrit et en sortit une liasse de feuilles. La stupeur décomposa les traits de Neville quand il lut le titre de son prochain roman sur la première page.

— Qu'est-ce que ce manuscrit fout ici ? s'indigna-t-il, tandis qu'elle le déposait sur la table. Qui vous a autorisé à fouiller le loft ?

— Nous avons passé la plus grande partie de l'après-midi chez vous, repartit Élie en s'asseyant en face de lui. Si le commandant Argento n'avait pas eu la curiosité de feuilleter votre chef-d'œuvre, nous serions rentrés bredouilles.

Il ôta l'élastique, sélectionna plusieurs pages et les aligna devant lui. Neville considéra avec anxiété les paragraphes surlignés au feutre rouge.

— À quoi vous jouez ? s'enquit-il d'un ton où se mêlaient l'appréhension et l'énervement.

Sagane tira une dernière bouffée de sa cigarette avant de l'écraser dans le cendrier.

— Dragmus, votre *serial killer*, ressemble étrangement au « tueur de mariées ». Comme lui, il cherche la femme parfaite.

— Mais la réalité est en deçà du fantasme, continua Cécile qui s'était rapprochée. Au plus fort de la frustration, le fonctionnaire mal dans sa peau se transforme en une redoutable machine à tuer.

Le visage de Neville se contracta sous l'effet du stress.

— Les faits divers ont toujours inspiré les auteurs de romans policiers, protesta-t-il. Où voulez-vous en venir, bordel ? Étalez votre jeu, qu'on en finisse !

Élie poussa une feuille vers lui.

— Chapitre 10, page 104. Après avoir décapité sa deuxième victime, Dragmus lui coupe l'annulaire de la main gauche avec un riflard.

L'écrivain exprima sa lassitude par un soupir.

— Et alors ?

— Il est arrivé la même chose à Brigitte Drivaud.

Neville ne put s'empêcher de ricaner.

— Cette histoire a fait la une des journaux. Tout le monde sait ce qui s'est passé.

— Les médias n'ont pas pu parler du doigt coupé, pour la simple et bonne raison qu'ils n'étaient pas au courant, assena Argento.

La pâleur subite de Neville trahit son trouble.

— J'ai le droit de fumer ? demanda-t-il pour se donner une contenance.

Sagane prit une cigarette dans le paquet posé sur la table, l'alluma et la lui tendit. Le romancier aspira une bouffée avant de le remercier.

— L'information a dû filtrer, avança-t-il pour sa défense. Je me rends souvent dans les bars et les restos fréquentés par les flics. Il est possible que j'y aie surpris une conversation. Je ne vois pas d'autre explication.

Cécile s'empara d'une feuille et l'agita sous son nez.

— Chapitre 18, page 212. Dragmus perd la boule en découvrant que sa nouvelle conquête n'est pas une femme mais un homme. Dans un accès de folie, il lui tranche le pénis et brûle ce qui reste à l'acide sulfurique.

— Tamara, la troisième victime du « tueur de

mariées », a connu le même sort, poursuivit Élie qui se balançait sur sa chaise.

Argento abattit la feuille volante devant Neville.

— Par respect pour sa famille, nous n'avons pas dit à la presse que Tamara était en réalité un transsexuel. De même, nous avons passé sous silence les détails atroces de ce crime. Dans ces conditions, comment avez-vous pu les connaître ?

L'écrivain laissa tomber la cigarette à ses pieds et se massa les tempes avec nervosité. Tout en ronchonnant, le gardien de la paix s'avança pour écraser le mégot sous la semelle de sa chaussure.

— Et merde ! pesta Neville. Je lui dois rien, après tout !

Sagane le fixa avec méfiance.

— De qui parlez-vous ?

Soulevant les menottes, l'écrivain s'accouda à la table.

— Je vais tout vous dire, articula-t-il, les yeux brillants de fièvre.

Cécile croisa les bras et fit le tour de la salle.

— Il était temps.

Neville avala sa salive avant de déclarer à l'intention du commissaire :

— Je tiens ces renseignements d'une amie à vous.

Élie se renfrogna.

— Faites gaffe, Richard. Si vous essayez de me rouler dans la farine, je…

— Cristal Kalache, l'interrompit Neville.

Argento se figea sur place. Sagane arqua les sourcils d'un air éberlué.

— La journaliste ? parvint-il à formuler.

— Elle-même.

— Vous ne savez plus quoi inventer pour vous en tirer.

Le romancier rougit de colère. Le bracelet entama son poignet lorsqu'il frappa la table du poing.

— C'est la vérité, bon Dieu de merde ! fulmina-t-il. Le privé que j'ai engagé m'a appris que vous lui refiliez des tuyaux. Un jour, je l'ai abordée dans la brasserie où elle a l'habitude de se rendre pour déjeuner. Nous avons couché ensemble le soir même. Depuis, nous nous voyons deux à trois fois par semaine. Elle a confiance en moi, elle me dit tout ce que je veux savoir.

Cécile le foudroya du regard.

— Échange de bons procédés : elle dévoile les dessous de l'affaire à condition que vous la baisiez comme il faut.

Élie garda le silence le temps de digérer cette révélation. L'idée que Cristal se soit offerte à cet individu méprisable lui donnait envie de vomir. Croyant déceler une lueur de jalousie dans ses yeux, Argento se laissa aller à médire de sa rivale :

— J'ai jamais pu la sentir, cette pétasse. Elle se fiche pas mal que l'enquête capote, du moment qu'elle prend son pied !

Sagane ne releva pas. Il reporta son attention sur Neville.

— J'avais cru comprendre que vous étiez amoureux de Mavis.

— Je l'étais, confirma l'écrivain sans l'ombre d'une hésitation. Le commandant Argento a parfaitement défini la nature de ma relation avec Cristal : je ne la saute pas pour le plaisir mais pour obtenir des informations.

— Vous mentez, cracha Élie sans cesser de le scruter.

Neville le défia du regard.

— Vous n'avez qu'à vérifier.

Cécile guetta la réaction du commissaire. D'un côté, elle souhaitait qu'il gourmande Kalache. De l'autre, elle redoutait que Neville ne dise la vérité. Si c'était le cas, la principale preuve de sa culpabilité volerait en éclats.

Sagane consulta sa montre : vingt et une heures dix.

— Je n'en ai pas pour longtemps. Veillez au grain.

Il sortit en claquant la porte. Une fois dans le couloir, il composa le numéro de la journaliste sur son portable. Elle répondit au bout de cinq sonneries.

— Allô !

— Bonsoir, Cristal.

— Élie ! Qu'est-ce qui me vaut l'honneur de ton appel ?

— J'ai besoin de ton aide.

Elle feignit la déception.

— Moi qui croyais que tu m'appelais pour m'inviter à dîner. Que puis-je faire pour toi, tombeur ?

Il était trop impatient pour la ménager.

— Richard Neville est en garde à vue. Nous l'interrogeons dans le cadre de l'enquête sur « le tueur de mariées ».

Il l'entendit déglutir.

— Minute papillon ! s'exclama-t-elle. L'auteur de polars ?

— Lui-même.

— Il… il a quelque chose à voir avec tous ces meurtres ?

— Possible.

Elle resta silencieuse, à l'évidence déboussolée.

— J'ignorais que vous aviez une liaison, assena-t-il.

— Quoi ? s'écria-t-elle avec un accent d'indignation. S'il s'agit d'une plaisanterie, elle est de mauvais goût.

— Arrête ton char ! Il vient de manger le morceau.

— T'as gobé ces balivernes ? Je le connais de nom, point barre.

— Tu t'enfonces, chérie.

Le rire convulsif de Cristal fusa dans l'écouteur.

— Qu'essaies-tu de me dire ? Que je me suis envoyé un *serial killer* ?

— Il affirme que tu lui as fait des confidences sur l'oreiller.

— Bien sûr que non !

— Il sait des choses que je t'ai dites sous le sceau du secret. En dehors de mon équipe, tu étais la seule à être au parfum.

Incapable d'en supporter davantage, Cristal éclata en sanglots.

— Je suis désolée, bafouilla-t-elle.

— Je peux savoir ce qui t'a pris ? demanda Élie avec dureté.

Elle renifla avant de l'éclairer :

— Je suis amoureuse, Élie. Je voulais juste l'aider à finir son livre.

— Au risque de faire foirer l'enquête ?

— Je suis désolée, répéta-t-elle.

— Cristal ?

— Oui ?

— Je ne veux plus jamais te revoir.

Il coupa la communication et souleva son pull avec des gestes rageurs. Trois heures plus tôt, Cécile lui avait rasé la poitrine pour qu'il puisse y scotcher un magnétophone. Il arracha l'appareil, le rembobina et le mit en marche pour s'assurer que la voix de Neville était audible. Satisfait, il gagna le bureau du lieutenant Charlier au pas de course. Les yeux exorbités derrière les verres de ses lunettes, l'informaticien pulvérisait des extraterrestres à l'air grognon sur l'écran de son ordinateur.

Sagane lui lança le magnéto. Charlier se hâta d'éjecter le disque du jeu vidéo.

— Combien de temps te faut-il pour effectuer la comparaison ? s'enquit le commissaire.

— Un quart d'heure.

— Fais au mieux et viens m'annoncer la bonne nouvelle.

— Comptez sur moi.

À peine Élie était-il rentré dans la salle d'interrogatoire que Neville l'interpella :

— Alors ?

Sagane évita le regard insistant de sa collègue et se laissa tomber sur une chaise.

— Vos versions concordent, admit-il.

Le visage du romancier s'éclaira d'une jubilation revancharde.

— Je vous l'avais bien dit !

— Vous n'êtes pas sorti de l'auberge pour autant, le coupa aussitôt Élie. Venons-en au tapis que vous avez offert à Mavis.

Neville poussa un profond soupir et se rencogna dans son siège.

— Je l'ai couverte de cadeaux et de bijoux, mais je ne lui ai jamais acheté de tapis.

Il pivota vers Argento qui remettait son manuscrit en place.

— Que penseriez-vous si un homme vous offrait un tapis après vous avoir déclaré sa flamme ? Vous trouveriez cela romantique ? Vous n'auriez pas envie de le lui envoyer à la figure ?

Elle vint à sa rencontre.

— Je n'ai rien contre un beau tapis, surtout s'il m'est offert par l'homme que j'aime.

— Vous ne m'aidez pas beaucoup, déplora Neville.

— Je ne suis pas là pour vous aider mais pour découvrir la vérité.

— Vous ne me ferez plus les gros yeux quand vous l'aurez découverte.

Agacé par la tournure que prenait leur tête-à-tête, Sagane se décida à intervenir.

— Vous avez donné ce tapis à Mavis quelques heures avant que nous embarquions son époux.

Après une brève hésitation, Neville convint :

— Nous devions effectivement nous voir ce jour-là. Mais elle a annulé notre rendez-vous au dernier moment.

— Pour quelle raison ?

— Elle avait une course urgente à faire.

Cécile arbora une expression dubitative.

— Grasko a quitté le duplex vers neuf heures pour se rendre chez son éditeur. Il est rentré un peu avant quatorze heures. Vous avez donc passé la majeure partie de la matinée avec Mavis.

— Vous avez eu tout le temps de cacher le fil de cuivre dans le réduit, d'enregistrer les photos des victimes sur le disque dur du PC et de les expédier à votre complice, Franck Paleantoni, enchaîna Élie d'une seule traite.

Neville les dévisagea tour à tour avec un mélange de crainte et de fascination, comme s'il avait affaire à deux aliénés.

— Vous avez de l'imagination à revendre. Vous pourriez écrire un polar à quatre mains.

Argento s'assit sur le bord de la table et posa le pied sur la chaise de Neville.

— Qui sait ? le nargua-t-elle. Nous aurions peut-être plus de succès que vous.

Émoustillé, l'écrivain la gratifia d'un large sourire. Son regard alla de la santiag égratignée à l'entrecuisse de la jeune femme.

— Selon votre voisin de palier, M. Tritzy, vous n'étiez pas chez vous ce matin-là, grogna Sagane qui avait remarqué son manège. De même, vous étiez absent la nuit où Diane Spitz a été enlevée. Voyez-vous où je veux en venir ?

Neville s'arracha à sa contemplation et râla :

— Comment Tritzy connaît-il mon emploi du temps ?

— Il souffre d'insomnie. Qui plus est, il est d'une curiosité maladive. Il passe la plus grande partie de son temps à épier les allées et venues des voisins.

— Les insomniaques ont des hallucinations, c'est bien connu.

— Il a été catégorique.

— Et vous l'avez cru sur parole ? s'insurgea Neville. Ce gars ne peut pas me saquer. Il m'accuse de tous les maux depuis que j'ai refusé de le présenter à mon éditeur. Monsieur est persuadé d'être un homme de lettres ! Des tas de gens me lèchent les bottes pour que je les pistonne. La plupart n'ont pas une once de talent.

À cet instant, Charlier entrebâilla la porte. Tous les regards convergèrent sur lui. Il se contenta de faire un signe de tête négatif à l'intention du commissaire puis repartit. Élie serra les lèvres et plissa le nez d'un air désappointé.

— Auriez-vous la bonté de me dire ce qui se passe ? demanda Neville qui sentait que la situation tournait à son avantage.

La grimace de Cécile trahit son abattement.

— On a merdé sur toute la ligne, marmonna-t-elle pour elle-même.

Lorsque la raison l'eut emporté sur le dépit, Sagane se résolut à expliquer :

— Nous disposons d'un enregistrement de la voix du « tueur de mariées ». L'informaticien de la PJ vient de la comparer avec la vôtre.

Bien qu'il devinât le résultat, Neville prononça avec une délectation appuyée :

— Et ?

Élie renâcla à répondre.

— Les empreintes vocales ne correspondent pas, finit-il par grommeler.

Le romancier applaudit à tout rompre pour manifester sa joie. Excédé, Sagane se retint de lui flanquer un coup de poing dans la figure.

— Vous avez l'air déçu, nota Neville dès qu'il se fut calmé. Vous auriez aimé que ce soit moi, pas vrai ?

— Nous sommes surpris, c'est tout, objecta Argento.

— À d'autres ! De nos jours, tout le monde veut être riche et célèbre. Les flics ne font pas exception. Ils racontent leur vie à la télé et à la radio, ils dédicacent leurs mémoires dans les salons du livre et ils écrivent des scénarios pour des réalisateurs en panne d'inspiration. Crucifier un auteur de best-sellers vous aurait permis de passer la rampe et de donner un sens à votre misérable existence.

— Vous vous en tirez à bon compte, Richard, s'énerva Élie. N'en rajoutez pas.

La rancœur crispa le visage de Neville.

— Vous plaisantez, j'espère ? tonitrua-t-il. Vous m'accusez d'avoir massacré des jeunes femmes que je n'ai jamais vues de ma vie, vous salissez ma réputation et vous trouvez que je m'en sors bien ?

— Nous n'avons rien sali du tout, contesta Cécile.

— Demain, la presse fera ses choux gras de mon arrestation. Vous connaissez les journalistes : ils ont l'art d'inoculer le doute au public.

— Cela ne se produira pas car ils n'en sauront rien.

Argento pivota vers le gardien de la paix.

— N'est-ce pas, Lantarski ?

L'idée d'être dans le secret des dieux emplit l'agent de fierté.

— Ça ne sortira pas d'ici, commandant, s'empressa-t-il d'approuver.

Guère convaincu, Neville afficha une mine hargneuse.

— Vous croyez que les gens continueront à acheter mes livres quand ils apprendront que j'ai été le suspect numéro un dans une affaire de meurtres en série ? Il suffira d'un gros titre pour détruire ce que j'ai mis des années à bâtir. Je suis un homme fini.

— Pas si nous épinglons l'assassin.

L'écrivain se mit à rire comme un bossu.

— Vous caressez une chimère, mes amis ! Ce type est un cerveau, vous ne lui arrivez pas à la cheville.

Il redevint sérieux.

— À propos, vous avez pratiqué l'analyse comparative sans mon accord. Vous êtes en faute sur ce coup-là. Je pourrais vous attaquer et vous faire virer de la police.

Un sourire condescendant passa sur ses lèvres.

— Rassurez-vous, je ne vous dénoncerai pas. À dire vrai, j'ai envie de vous remercier. Mon séjour ici a été très enrichissant. Non seulement cette expérience m'a donné des idées pour la fin de mon livre, mais elle m'a fourni la matière du prochain.

Il étouffa un bâillement et tapota sa montre.

— Puis-je rentrer chez moi à présent ?

Sagane acquiesça.

— Veuillez raccompagner M. Neville, ordonna-t-il au gardien de la paix.

Le romancier se leva et tendit la main à Élie.

— Sans rancune !

Sagane hésita avant de la serrer.

— Une dernière chose, lança-t-il tandis que Neville franchissait la porte. À l'avenir, abstenez-vous de me faire suivre. Si vous avez besoin d'infos, téléphonez.

Il s'approcha de l'écrivain et planta ses yeux dans les siens.

— À moi, pas au commandant Argento, précisa-t-il avec une pointe d'agressivité.

Neville fit un signe de tête affirmatif.

— Message reçu cinq sur cinq.

— Au revoir, Richard.

— Nous pourrions ferrailler un de ces jours. À fleurets mouchetés, cette fois.

Élie eut un sourire forcé.

— Vous êtes trop fort pour moi.

Il referma la porte et s'affala sur une chaise. Cet interrogatoire l'avait vidé. Cécile lui massa les épaules pour le détendre.

— J'y perds mon latin, lâcha-t-elle au bout d'une minute. L'amant était censé être le meurtrier.

Le commissaire alluma une cigarette.

— Je ne vois qu'une seule explication.

Interpellée, sa compagne s'interrompit dans son massage et lui fit face.

— Laquelle ?

Il souffla la fumée par la bouche et attendit qu'elle se soit dissipée pour répondre :

— Mavis Graskovich n'avait pas un, mais *deux* amants.

## 27

Le capitaine Gabriel Sark attrapa la Thermos sur le tableau de bord de la voiture, la déboucha et versa un peu de café dans un gobelet en plastique. Les yeux rivés sur l'immeuble de la rue Clapeyron, il but le liquide à petites gorgées pour se réchauffer. La neige tombait à gros flocons et la température extérieure était de moins sept degrés.

L'appartement du frère de Sagane se situait au quatrième étage. Sark et son collègue Tanzani montaient la garde depuis bientôt une semaine. En général, ils relayaient l'équipe de jour en début de soirée. Le vétérinaire rentrait au bercail vers vingt heures trente et, conformément aux instructions du commissaire, n'en ressortait que le lendemain. La mère, elle, faisait ses courses en début de matinée, sous bonne escorte. Le reste de la journée, elle restait enfermée avec Taki, sa chatte persane, qui ne la quittait pas d'une semelle. Selon le policier qui l'accompagnait à la supérette du coin, elle passait son temps à râler et à chercher querelle à tout le monde.

Sark reposa le gobelet vide sur le tableau de bord, se cala dans son siège et se mit à rêvasser. Jusque-là, « le tueur de mariées » n'avait pas montré le bout de son nez. Avait-il renoncé à son funeste projet ?

Une heure plus tôt, Cissy Sagane avait appelé sur le canal sécurisé. Elle souhaitait se rendre à son domicile pour nourrir Mo, le poisson-clown qu'elle avait acheté dans une boutique du quai de la Mégisserie. Sark avait tenté de la dissuader de sortir en pleine nuit, mais la voix criarde de la vieille lui avait donné des maux de tête si violents qu'il avait fini par céder. Exaspéré, il avait chargé Tanzani de la conduire chez elle. Depuis, il profitait de l'absence de son équipier pour se relaxer. Ce dernier l'épuisait avec ses gesticulations continuelles. Sur le conseil de Sark, il pratiquait le jiu-jitsu pour canaliser son énergie.

La radio de bord crachota, arrachant le policier à ses pensées. Il leva les yeux sur l'appart et constata, étonné, que la lumière du salon filtrait toujours à travers les volets. Il pressa le remontoir pour éclairer sa montre : vingt-trois heures dix-huit. Le vétérinaire était pourtant réglé comme une horloge, il se couchait tous les soirs à vingt-trois heures pile. Sark supposa qu'il attendait le retour de sa mère pour éteindre. Le capitaine bâillait à se décrocher la mâchoire lorsqu'un vieil homme chargé de paquets s'arrêta devant l'immeuble. Un ballot lui échappa des mains alors qu'il tapait le code d'entrée. Sark descendit de la Ford et se dirigea vers lui au pas de course.

— Laissez-moi faire, articula-t-il en arrivant à sa hauteur.

Trop essoufflé pour parler, le vieux se contenta de hocher la tête en signe de gratitude. Le visage ridé et blafard, les yeux globuleux et larmoyants, il avait au moins quatre-vingts ans. Il nageait dans ses vêtements, un costume et un pull froissés. Après avoir ramassé le sac, le policier poussa la porte vitrée et la maintint ouverte pour que le vieillard puisse entrer.

— L'ascenseur est en panne, déclara ce dernier d'une voix chevrotante. J'habite au premier étage. Pouvez-vous m'aider jusque-là ?

D'abord réticent, Sark finit par accepter.

— Bien sûr.

Tandis qu'il jetait un œil sur sa voiture, il reçut un coup de poing dans le ventre. Plié en deux, il tomba à genoux et cracha de la bile. Le type qui l'avait frappé n'était pas un octogénaire à l'article de la mort, mais un homme dans la force de l'âge, réalisa-t-il. Ce salaud l'avait attiré dans un guet-apens. Il s'était fait piéger comme un débutant. Le cœur en ébullition, il porta la main à sa hanche pour s'emparer de son arme de service.

« Le tueur de mariées » fut plus rapide que lui.

Il sortit un poignard des plis de sa veste et trancha la carotide du policier qui écarquilla les yeux d'épouvante. Il n'attendit pas que sa victime ait rendu l'âme pour la traîner sur le sol et la glisser sous la cage d'escalier.

Baignant dans son sang, Sark entendit les marches craquer sous les pas du monstre.

Il eut une dernière pensée pour Cynthia, sa petite fille, puis son cœur cessa de battre.

Ils venaient de faire l'amour.

Cécile étudia la jambe blessée de Sagane avant de se rendre à la salle de bains. Elle revint avec un tube et un paquet de mouchoirs en papier.

— Qu'est-ce que c'est ? lança Élie qui abhorrait les médecins et les médicaments.

Elle perçut la méfiance dans sa voix.

— De l'argile verte, répondit-elle avec un sourire malicieux. La blessure cicatrisera plus vite.

— Pas besoin, protesta-t-il. Le toubib m'a refilé une pommade.

Elle s'assit à côté de lui, dévissa le bouchon du tube et le posa sur la table de nuit.

— Aucune pommade cicatrisante ne vaut l'argile.

Il accueillit cette affirmation avec scepticisme.

— Ce n'est que de la boue.

— Cette boue, comme tu dis, a des vertus thérapeutiques que la plupart des gens ignorent. Dans l'Antiquité, les Grecs l'utilisaient pour plâtrer les membres fracturés. Durant la guerre de tranchées, plusieurs régiments de poilus en ont bu pour échapper à la dysenterie. Tu n'as jamais vu un animal se rouler sur un sol argileux pour guérir ses plaies ?

Sagane la fixa avec tendresse.

— Tu en sais des choses.

— J'ai lu pas mal de bouquins sur le sujet et je regarde les documentaires animaliers.

— Tout s'explique, la taquina-t-il.

Elle lui donna un coup de coude dans le bras.

— Ça t'amuse de te foutre de moi ?

— Je retire ce que j'ai dit, se défendit-il entre deux éclats de rire.

Il la contempla tandis qu'elle appliquait un cataplasme sur sa cuisse. Elle était splendide. Il adorait couvrir son visage de baisers, caresser son corps nu, sentir l'odeur de sa peau pendant l'amour. Il raffolait de ses petites habitudes, des fringues qu'elle portait et des airs qu'elle fredonnait sous la douche. Surtout, il aimait sa façon de le regarder, mélange de désir et de complicité.

À cet instant, il comprit qu'il ne pouvait plus vivre sans elle.

Elle essuya ses doigts pleins de glaise avec un mouchoir et lâcha d'une voix hésitante :

— Ce ne sont pas mes affaires, mais… je pense que tu devrais aller la voir.

Il fronça les sourcils.

— Qui ?

Elle se leva pour jeter le mouchoir à la poubelle.

— Ta mère, répondit-elle sans se retourner. Tu ne lui as pas rendu visite une seule fois depuis qu'elle s'est installée chez ton frangin.

Contrarié, il se justifia :

— Je lui téléphone tous les jours.

La jeune femme revint vers lui et affronta son regard.

— Elle traverse des moments difficiles. Elle a sûrement besoin de toi.

— Cissy est en sécurité, maugréa-t-il. La fine fleur de la Crim' surveille l'appart de Michael. Après Briard, Sark est le flic le plus compétent avec lequel j'ai bossé.

— Je ne te parle pas de choses matérielles mais d'affection filiale. Cette histoire t'offre la possibilité de te réconcilier avec elle. Ne laisse pas passer ta chance.

— Il ne peut rien lui arriver, trancha-t-il d'un ton définitif.

Furieux, Élie gagna la cuisine pour boire un verre d'eau. Regrettant d'avoir abordé le sujet, Argento se mit au lit et éteignit la lampe de chevet. Le portable de Sagane sonna dans les profondeurs de l'appartement. Elle entendit sa voix puis ses pas précipités dans le couloir. Inquiète, elle ralluma et se redressa. Élie fit irruption dans la chambre. Il haletait et la sueur emperlait son visage livide.

— Qu'y a-t-il ? s'enquit-elle.

— C'était ma mère, déclara Élie complètement paniqué. Il s'en est pris à Michael.

Une ambulance et deux voitures de police stationnaient rue Clapeyron.

Élie pila devant l'immeuble et descendit de la Land Rover sans attendre Cécile. Tanzani, l'équipier de Sark, était assis sur le bord du trottoir. Un gyrophare éclaboussait sa figure de lueurs rougeâtres. En apercevant ses yeux gonflés par les larmes, Sagane présagea le pire. Dans tous ses états, il bouscula les gardiens de la paix qui filtraient les visiteurs et s'engouffra dans le bâtiment.

Debout dans l'entrée, Dubreuil mâchonnait un cigare éteint. Avec son stetson, il dépassait d'une tête les flics en civil qui allaient et venaient. La permanence de la Criminelle l'avait tiré du lit car il portait un pyjama sous son costume. Il fixait d'un air peiné une forme étendue dans une mare de sang, sous la cage d'escalier.

Le cadavre de Sark.

Alors que le divisionnaire s'approchait de lui, Élie courut dans l'escalier. Il était en nage lorsqu'il atteignit le quatrième étage. Padovani, un officier de la Crim' avec qui il avait déjà fait équipe, surveillait le meublé de son frère. Après avoir salué Élie d'un signe de tête, il s'écarta pour le laisser entrer. Au bord de la crise cardiaque, Sagane se précipita dans l'appartement. Il n'eut pas besoin de chercher longtemps. La chambre de Michael était allumée.

Au chevet de son fils, Cissy pleurait toutes les larmes de son corps.

— Pardonne-moi, mon chéri, geignait-elle. Rien ne se serait produit si je n'étais pas allée chez moi.

Le visage fermé, un médecin rangeait son matériel

dans un coin. À côté de lui, deux infirmiers dépliaient une civière. Certain qu'il arrivait trop tard, Élie s'avança dans la pièce en flageolant sur ses jambes. Le chagrin le submergeait quand Michael bougea. L'espoir chassa l'affliction et il se rua vers le lit.

Son frère esquissa un sourire en le voyant.

— Content de te voir, articula-t-il avec difficulté.

Sagane poussa un soupir de soulagement et serra la main qu'il lui tendait.

— Tu m'as fichu une de ces trouilles ! Comment te sens-tu ?

— Vivant, s'efforça de plaisanter Michael.

« Le tueur de mariées » l'avait mis dans un triste état : outre un œil au beurre noir, il avait la joue enflée et la lèvre fendue. La présence d'ecchymoses autour de son cou indiquait que son agresseur avait essayé de l'étrangler.

— J'ai cru ma dernière heure arrivée, avoua-t-il.

Sans lâcher sa main, Élie s'agenouilla près de lui.

— Rien de cassé ?

— D'après le toubib, non.

— Raconte-moi ce qui s'est passé.

Il n'en fallut pas plus pour irriter Cissy.

— Ça ne peut pas attendre demain ? gronda-t-elle. Tu ne vois pas qu'il est encore sous le choc ?

Sagane prit sur lui de ne pas l'envoyer paître.

— Il faut que je sache. La rapidité est déterminante dans une enquête criminelle.

— Remballe tes questions et laisse mon fils tranquille, persista-t-elle d'un ton fielleux.

Elle avait l'air d'une folle avec ses cheveux en désordre, ses yeux exorbités et sa bouche retroussée en un rictus hargneux.

— Élie a raison, maman, s'interposa Michael. Il doit

recueillir mon témoignage à chaud s'il veut avoir une chance de coincer le type qui m'a attaqué. Ma mémoire sera moins fiable demain.

Cissy fusilla Sagane du regard avant de quitter la chambre.

— Pas plus de cinq minutes, intervint le médecin qui s'était tenu en retrait jusque-là. Je souhaiterais l'emmener à l'hôpital pour procéder à des examens de routine. Prévenez-moi lorsque vous aurez terminé.

Élie acquiesça et reporta son attention sur Michael.

— Ça va aller ?

Son frère approuva d'un battement de paupières. Il attendit que le médecin et les infirmiers se soient retirés pour commencer :

— Tu connais maman : parfois, il lui prend des lubies en pleine nuit. Vers vingt-deux heures quinze, elle s'est mise en tête d'aller chez elle pour nourrir Mo.

Sagane plissa les yeux en signe d'interrogation.

— Le poisson-clown qu'elle a acheté il y a trois mois, précisa Michael avec un sourire crispé. Du coup, le lieutenant Tanzani l'a accompagnée. Environ une heure plus tard, on a sonné. Le gars s'est fait passer pour Tanzani. Je ne me suis pas méfié, je lui ai ouvert. Il s'est jeté sur moi, un poignard à la main.

Il avala sa salive, visiblement bouleversé.

— Je me suis défendu avec un tel acharnement que j'ai réussi à le désarmer et à me relever. Il… il m'a rattrapé alors que je décrochais le téléphone pour appeler la police. Il m'a frappé au visage avec le combiné puis il a tenté de m'étrangler.

Il eut du mal à poursuivre, à l'évocation de ce souvenir.

— Je lui ai… donné un coup de genou dans les

parties. Il m'a lâché, et je me suis précipité dans la chambre pour prendre le pistolet.

Son regard obliqua vers la table de nuit. Élie mit un gant de latex, ouvrit le tiroir et en sortit le Kadet de calibre 22 long rifle.

— Où l'as-tu trouvé ? demanda-t-il sur le ton du reproche.

Michael détourna la tête pour fuir son regard inquisiteur.

— Un flic à la retraite me l'a vendu pour une bouchée de pain.

— Quand ?

— La semaine dernière.

— Mais enfin, qu'est-ce qui t'a pris ?

— Je voulais juste protéger maman, s'énerva Michael.

Sagane tâcha de se calmer.

— Continue.

— J'en ai marre d'être allongé.

Élie entassa les coussins et l'aida à s'asseoir.

— J'ai ouvert le feu dès qu'il a franchi la porte de la chambre, poursuivit Michael avec une grimace. Je suis un piètre tireur, j'ai manqué la cible.

Il montra du doigt le mur opposé. Sagane se leva pour examiner les impacts de balles.

— Combien de fois as-tu tiré ?

Son frère réfléchit.

— Trois fois.

— Tu en es sûr ?

— Certain.

Élie accueillit cette réponse avec un froncement de sourcils.

— Il n'y a que deux impacts.

— Le troisième projectile ne doit pas être loin, en

conclut Michael d'un ton détaché. Les techniciens de la PTS le dénicheront.

— Qui a donné l'alerte ?

— Un voisin. Les coups de feu ont réveillé tout l'immeuble. Il y a autre chose…

Sagane le considéra avec intérêt.

— Je t'écoute.

— L'assassin a perdu son masque pendant notre corps-à-corps. Jette un œil sur la commode.

Élie tressaillit à la vue des lambeaux de latex.

— Tu as vu son… visage ? bafouilla-t-il sous l'effet de l'excitation.

Michael opina du chef.

— Je crois même que je serai capable de le décrire.

— Tu as la force de plancher sur son portrait-robot avec le dessinateur de la PJ ?

— J'attendais que tu me le proposes.

Sagane saisissait son cellulaire lorsque Cécile et Dubreuil débarquèrent dans la pièce, agités comme des écoliers dans une cour de récréation.

— Le commandant a trouvé quelque chose, annonça le divisionnaire avec exaltation.

Argento brandit une pochette renfermant un portefeuille constellé de gouttes de sang.

— Où l'as-tu dégoté ? s'enquit Élie.

— Dans la rue, entre deux bagnoles garées le long du trottoir, répliqua la jeune femme.

Elle tira un autre sachet de la poche de son blouson et le lui remit.

— Ce permis de conduire était à l'intérieur.

— « Rodolphe Geiger, 32, rue Lucien-Gaulard, Paris XVIIIe », lut Sagane à voix haute.

Il marcha à grandes enjambées vers son frère et lui montra la photo d'identité.

— C'est lui ?

Michael eut une expression à la fois haineuse et terrifiée.

— Oui, lâcha-t-il. D'où vient ce sang ?

Élie étreignit son épaule avec chaleur.

— Tu as touché la cible.

— Quoi ?

— La troisième balle s'est logée dans le corps de ce fumier.

Cette vérité laissa Michael pantois. Sagane pivota vers Cécile.

— Allons-y.

— Il est possible que le pruneau ait lésé un organe vital, objecta Dubreuil.

— Si c'est le cas, il va avoir besoin d'un toubib, compléta Argento qui ne tenait pas en place. On devrait commencer par contacter les urgences des hôpitaux.

Élie secoua la tête.

— Le mieux est de se répartir le travail. Le boss se charge des hostos. Toi et moi, on rend une visite surprise à Geiger.

Ils sortirent avant que Dubreuil ait pu donner son avis. Une fois dehors, Sagane réquisitionna Padovani et Tanzani.

— Il s'agit d'une arrestation, pas d'un règlement de comptes, précisa-t-il à l'intention de Tanzani qui grimaçait de colère contenue. Nous sommes bien d'accord ?

Le policier recracha le chewing-gum qu'il avait dans la bouche et promit :

— Je ferai pas de vagues, commissaire. Vous avez ma parole.

Ils se garèrent devant le cimetière Saint-Vincent, tous feux éteints.

Leurs vestes claquèrent au vent tandis qu'ils marchaient vers la rue Lucien-Gaulard. Sans bruit, ils entrèrent dans l'immeuble et grimpèrent au sixième étage. Ils communiquèrent par gestes puis se placèrent de chaque côté de la porte. Élie sonna à quatre reprises. Personne ne répondit. Padovani attendit que son supérieur se mette à couvert pour enfoncer la porte à coups de bélier.

Le pistolet dans une main et la torche électrique dans l'autre, ils se faufilèrent en file indienne dans l'appartement plongé dans le noir. Les loupiotes d'un aquarium diffusaient une lumière orangée sur les meubles bon marché du salon. Un vieux frigo ronronnait dans la cuisine. Les sacs-poubelle entassés sous la table dégageaient une odeur de pourri.

La silhouette d'un homme tassé sur une chaise apparut à la lumière d'une lampe.

Les bras pendants et la tête renversée en arrière, il était immobile comme une statue. Un bandage de fortune était enroulé autour de sa poitrine tachée de sang. Alors que les policiers le mettaient en joue, sur le qui-vive, Sagane s'avança à pas mesurés et prit son pouls.

Il rangea son arme, bientôt imité par ses collègues.

Rodolphe Geiger était mort.

# 28

Pour la énième fois, l'homme relut l'article publié dix jours auparavant :

LE VISAGE DU « TUEUR DE MARIÉES »

La chasse à l'homme a pris fin la nuit dernière, après que les enquêteurs de la Brigade criminelle ont découvert le cadavre de Rodolphe Geiger, quarante et un ans, dans un appartement de la rue Lucien-Gaulard. Un peu avant minuit, il avait tranché la gorge d'un policier et tenté d'assassiner le frère du commissaire Élie Sagane. Le frère de Sagane s'était défendu contre son agresseur et lui avait tiré une balle dans la poitrine. Geiger a succombé à sa blessure en arrivant chez lui. Standardiste dans une maison d'édition, il menait une vie sans histoires. Selon les dires de ses proches, il était timide et réservé. À temps perdu, il écrivait des polars et fabriquait des modèles réduits. Le psychiatre qui s'est penché sur son cas estime qu'il avait le profil d'un *serial killer*. À première vue, ces individus semblent ordinaires et inoffensifs.

Mais il suffit d'une Diane, d'une Brigitte ou d'une Tamara pour réveiller le monstre en eux.

L'homme examina la photo de Geiger qui accompagnait l'article, replia le quotidien et attrapa la tasse sur le guéridon. Tout en trempant ses lèvres dans le thé, il repensa au jour où il avait rencontré Rodolphe, trois mois plus tôt. Il avait débarqué dans les locaux des Éditions Janus afin de solliciter un entretien avec Jean-Luc Thulier, le directeur littéraire. Il souhaitait lui remettre un manuscrit en main propre. Avec une politesse glacée, Geiger lui avait expliqué que Thulier était en réunion et qu'il recevait uniquement sur rendez-vous. Désireux de se débarrasser de lui, il avait promis de donner le texte à qui de droit. Têtu, l'homme l'avait appelé le lendemain pour s'assurer qu'il avait tenu parole. Contre toute attente, ils avaient sympathisé. Un soir, Rodolphe lui avait téléphoné la mauvaise nouvelle : l'éditeur avait refusé son manuscrit. L'homme avait mal encaissé cette humiliation. Au cours de la conversation, il avait appris que son interlocuteur était lui-même en train d'écrire un roman policier et qu'il avait l'intention de le soumettre à Thulier. Il avait insisté pour y jeter un œil. D'abord méfiant, Geiger avait fini par accepter.

L'homme avait lu.

Il avait adoré.

L'idée que ce minable puisse être publié et devenir un auteur à succès l'avait retourné. Après mûre réflexion, il avait décidé de s'approprier son œuvre. Mais un roman inachevé ne lui aurait été d'aucune utilité. Il avait donc attendu que Rodolphe mette la dernière main à son ouvrage pour faire d'une pierre deux coups : s'emparer de son manuscrit, mais aussi agir de façon à ce que la police remonte jusqu'à Geiger en lui imputant tous les crimes et agressions perpétrés par « le tueur de mariées ». Car il ne pouvait pas continuer à chasser la mariée. Sagane le suivait à la trace. À ce rythme, le commissaire ne tarderait pas à l'identifier. Afin de faciliter le travail des enquêteurs, l'homme avait disséminé des preuves dans l'appartement de la rue Lucien-Gaulard : un album de photos montrant les cadavres des victimes, la hache qu'il avait utilisée pour couper la tête de Brigitte Drivaud et le couteau japonais avec lequel il avait châtré Patrick Donofrio.

En quittant le meublé de Rodolphe, il avait pensé à emporter le manuscrit en or.

Bientôt, il l'enverrait aux principaux éditeurs de la capitale.

Il serait publié, il connaîtrait le succès et la gloire.

Un sourire triomphant aux lèvres, il se leva pour prendre la liasse de feuilles dans le deuxième tiroir du secrétaire. L'odeur du tabac imprégnait le papier. Geiger était un gros fumeur. L'homme effleura la première page du bout des doigts, comme s'il s'agissait d'un objet fragile, et lut le titre tapé à la machine : *Le Sang des maudits*. À présent, c'était lui l'auteur de ce chef-d'œuvre. Le cœur gonflé d'orgueil, il se rasseyait lorsqu'on carillonna à la porte. Il rangea le texte à contrecœur et gagna le vestibule en pestant dans sa barbe.

— Qui est-ce ? demanda-t-il d'un ton hargneux.

— J'ai une lettre recommandée pour M. Atlan, répondit une voix féminine enjouée.

Il soupira d'ennui et déverrouilla la porte. Il identifia aussitôt la jeune femme qui se tenait sur le palier. Deux types bourrus l'encadraient.

— Vous m'avez bien eu, articula-t-il avec un sourire, croyant à une plaisanterie de sa part. Je n'ai pas reconnu votre voix.

Elle glissa les pouces dans les poches de son jean délavé et s'avança d'un pas.

— Ce n'était pas une blague mais un leurre. Certaines personnes refusent de nous ouvrir quand elles apprennent qui nous sommes. Notre job les rend agressives et imprévisibles.

— Les gens qui réagissent ainsi ont quelque chose à se reprocher.

— Pas tous.

Elle pointa le menton vers l'entrée de l'appartement.

— Pouvons-nous entrer ?

Il s'écarta pour les laisser passer et les conduisit au salon. La visiteuse n'attendit pas qu'il lui propose de s'asseoir pour prendre place sur le sofa. Les colosses qui l'escortaient restèrent debout, l'un sur le seuil de la pièce, l'autre derrière le fauteuil rembourré sur lequel l'homme s'était installé. Bien campés sur leurs jambes, ils le regardaient avec défiance. De plus en plus nerveux, celui-ci se décida à rompre le silence de mort.

— C'est toujours un plaisir de vous voir, déclara-t-il d'un ton faussement détaché. Qu'y a-t-il pour votre service cette fois ?

Elle sortit une cigarette et un briquet à gaz de la poche intérieure de son blouson.

— Vous permettez ?

Il remua la tête en signe d'acquiescement. Comme le briquet ne fonctionnait pas, elle demanda au gars posté à l'entrée du séjour de lui prêter le sien. L'armoire à glace s'exécuta puis retourna sur ses pas.

— Vous savez pourquoi on est ici, décréta-t-elle après avoir tiré sur la sèche.

Bien qu'il pressentît le danger, l'homme n'en montra rien.

— Comment je le saurais ?

Elle se pencha en avant et lui souffla la fumée à la figure.

— Vous êtes en état d'arrestation, assena-t-elle.

Un rire éclatant le secoua.

— Vous êtes une sacrée farceuse ! J'ai failli donner dans le panneau !

Son hilarité céda le pas à la gravité.

— Je vais arriver en retard au boulot. Auriez-vous l'amabilité de me dire ce qui vous amène ?

— Je viens de vous le dire, répliqua-t-elle sans se départir de sa dureté.

Il la fixa d'un air supérieur.

— De quoi m'accuse-t-on, au juste ? questionna-t-il avec la désinvolture de celui qui se croit intouchable. Je respecte les limitations de vitesse, je ne brûle pas les feux rouges, j'obéis aux agents de la circulation et je donne l'alerte lorsque je suis témoin d'un accident ou d'une agression.

— Vous allez être écroué et mis en examen pour homicide volontaire.

— Rien que ça ! Qui suis-je censé avoir assassiné ?

— Quatre jeunes femmes et deux policiers.

Il fit mine de réfléchir.

— J'ai peur de comprendre. Vous parlez des victimes du « tueur de mariées » ?

— *Vos* victimes, rectifia-t-elle.

L'homme rejeta la tête en arrière. Le salon retentit à nouveau de son rire homérique.

— C'est la chose la plus grotesque et la plus délirante que j'ai jamais entendue ! s'esclaffa-t-il.

— Calmez-vous, monsieur Atlan, s'emporta-t-elle.

Il rit de plus belle.

— Vous êtes à court de suspects, ma parole ! se moqua-t-il. Cet état de fait vous frustre tellement que vous êtes prête à vous rabattre sur n'importe qui !

Il cessa de rire et clappa de la langue d'un air réprobateur.

— Depuis le début, vous êtes à côté de la plaque. Graskovich, Neville, et maintenant ma pomme. Aucun juge n'accordera crédit à vos divagations. Vous avez déjà oublié ce qu'on vous a enseigné à l'école de police ? Selon la formule consacrée, tout homme accusé est présumé innocent jusqu'à ce qu'il ait été déclaré coupable.

Il sourit. Elle eut du mal à contenir l'écœurement qu'il lui inspirait.

— Nous avons des preuves.

Il soupira, guère impressionné.

— Montrez-les-moi.

— Vous les verrez en temps et lieu.

Il la fixa avec une telle intensité qu'elle baissa les yeux.

— Je vous fais peur ?

Cécile maudit ce moment de faiblesse.

— Non.

— En ce cas, regardez-moi en face.

Argento prit sur elle de lever la tête.

— Enfin vous tombez le masque, se réjouit-il avec une méchanceté manifeste. Vous êtes tout le contraire d'une dure à cuire : vous êtes une sensible. La sensibilité est l'ennemie du bonheur, commandant. Les émotifs sont condamnés à souffrir.

Il se rencogna dans le fauteuil et joignit les doigts.

— J'imagine que votre passage à la Brigade des mineurs a été un calvaire, continua-t-il sur le ton de la conversation. Côtoyer des pédophiles a dû vous rendre malade. Il n'y a pas de système de défense plus vil que celui des avocats qui invoquent l'aliénation mentale pour éviter la prison aux bourreaux d'enfants. Les pédos, comme vous les appelez, sont le rebut du genre humain.

Déstabilisée par la tournure que prenait la discussion, Cécile écrasa sa cigarette dans un cendrier et quitta le sofa.

— Vous ne valez pas mieux qu'eux.

Elle pivota vers le gardien de la paix tout en muscles qui se tenait sur le seuil du séjour.

— Allez le chercher, ordonna-t-elle.

Le géant acquiesça et se retira. Argento reporta son attention sur l'homme.

— Vous êtes tombé bien bas, lâcha-t-elle avec un mélange de haine et de pitié.

Ils entendirent le flic ouvrir et refermer la porte d'entrée.

— Un détail me turlupine, commandant, poursuivit l'homme tandis qu'un bruit de pas résonnait dans le couloir menant au salon. Vous a-t-il aidée à régler votre problème ? Êtes-vous… guérie ?

Cécile fronça les sourcils.

— Qu'est-ce que vous racontez ?

La folie étincela dans les yeux du monstre.

— La dominatrice a-t-elle déposé les armes ?

Elle blêmit en comprenant qu'il faisait allusion à sa sexualité.

— Comment savez-vous toutes ces choses sur moi ?

Il se gaussa de sa stupeur.

— Un boxeur doit connaître le point faible de son adversaire s'il veut avoir une chance de le…

Il se tut. Le nouvel arrivant venait d'entrer dans la

pièce. Ses cheveux étaient plus longs que d'habitude, une barbe de dix jours mangeait ses joues. De la neige fondue glissait sur la sacoche qu'il avait à la main.

En un éclair, l'homme changea d'attitude : il se composa un visage effaré et s'éloigna craintivement de Cécile, comme s'il craignait qu'elle ne le moleste.

— Je me préparais à partir quand elle a débarqué avec ces brutes épaisses, bredouilla-t-il à l'intention du visiteur, le regard inquiet et le souffle saccadé. Elle est devenue folle. Elle m'accuse d'avoir tué six personnes.

— À juste titre, grommela Sagane sans lui prêter attention.

L'homme en resta confondu. Élie se tourna vers ses collègues.

— Attendez-nous sur le palier.

Argento ouvrit la bouche pour protester mais le commissaire la stoppa dans son élan.

— Nous étions d'accord.

Elle ravala sa contrariété et étreignit l'épaule de Sagane.

— Tu es sûr que ça va aller ?

Il se contenta de hocher la tête.

— Si tu te sens en danger, tire la sonnette d'alarme, prononça-t-elle d'un ton dépité.

Elle sortit la mort dans l'âme, les gardiens de la paix sur les talons.

— « En danger » ? s'offusqua l'homme dès qu'il fut seul avec le policier. Elle est sérieuse ?

Sagane ne répondit pas et désigna le fauteuil d'en face.

— Asseyons-nous.

Le regard luisant de colère, il se laissa tomber sur le sofa et écarta le pan de sa parka, de façon à bien montrer le Sig Sauer à sa hanche.

— Cécile me fait penser à une jument qui a pris le mors aux dents, siffla l'homme avec un sourire narquois. Apparemment, personne ne sait la tenir. Mais les fortes têtes finissent toujours par dépasser les limites. Ce jour-là, Dubreuil la renverra comme une malpropre.

— On ne vire pas les emmerdeurs mais les incompétents, le contra Élie. Le commandant est un bon flic.

— Meilleur que Briard ?

Sagane se raidit à l'évocation de son équipier.

— Salopard, grogna-t-il, touché au vif.

L'homme eut un geste conciliant.

— Je ne voulais pas remuer le couteau dans la plaie. À vrai dire, Argento est un sujet bien plus intéressant. J'aimerais comprendre : comment un type équilibré et pacifique peut-il s'entendre avec une fille impulsive, autoritaire et vindicative ?

— L'amour fait des miracles.

— J'ai l'impression que c'est elle qui porte la culotte, dans votre couple.

Élie ignora cette remarque destinée à le mettre hors de ses gonds.

— Cissy estime qu'elle ne te convient pas, renchérit l'autre.

— Depuis quand sait-elle ce qui est bon pour moi ?

— Une mère sait ces choses-là.

— L'instinct maternel lui est étranger, du moins en ce qui me concerne, objecta Sagane avec rancœur. Elle a eu deux enfants mais n'en a désiré qu'un seul. Tu as toujours été le fils préféré, Michael, celui qu'on entoure d'attentions et qu'on borde dans son lit le soir. Je n'ai eu que les restes d'amour. Crois-moi, ça ne pèse pas lourd dans la balance.

— Tu n'as pas su te faire aimer d'elle. Tu ne peux t'en prendre qu'à toi-même.

— En réalité, ta position à cette époque n'était guère enviable, lâcha Élie avec une pointe de provocation. Cissy est insensible, égocentrique et manipulatrice. Elle se sert de toi depuis que tu es né. Tu n'es pas son fils mais sa victime.

La rage tordit la bouche de Michael et il renversa tout ce qu'il y avait sur la table basse.

— Sale menteur ! explosa-t-il. Elle s'est sacrifiée pour moi !

Sagane le considéra avec une compassion mâtinée de consternation.

— Arrête de te voiler la face. Cette femme t'a bousillé.

Il repensa à ces choses qu'il avait vues dans son enfance et qu'il avait choisi d'oublier.

— Ces derniers jours, j'ai cherché à comprendre ce qui t'était arrivé, poursuivit-il d'une voix blanche. Et puis je me suis souvenu. Quand papa était en déplacement avec son assistante…

— Sa maîtresse, le coupa sèchement son frère.

— Chloé était les deux, admit Élie. En recevant ses jeunes amants pendant l'absence de papa, Cissy faisait coup double. Elle trompait son ennui et se vengeait de son époux volage. Mais les éphèbes à qui elle se donnait sans le moindre état d'âme n'étaient pas toujours disponibles. Lorsque le besoin d'une présence masculine devenait pressant, elle s'arrangeait pour trouver un palliatif.

Il marqua une pause et plongea ses yeux dans ceux de Michael.

— Tu avais à peine treize ans.

Hors de lui, Michael braqua un index menaçant sur le commissaire.

— Que veux-tu insinuer par là ?

Méfiant, Sagane effleura la crosse du pistolet.

— Je me suis rappelé qu'elle te demandait de dormir avec elle les nuits où elle se sentait seule.

— Tu as l'esprit mal tourné, frangin.

— Cissy t'obligeait à coucher avec elle, insista Élie, décidé à crever l'abcès. Un soir, vos gémissements m'ont réveillé. Je me suis levé et j'ai vu ce que je n'aurais pas dû voir. Ce souvenir a resurgi la semaine dernière. Je l'avais occulté pendant toutes ces années.

— Assez ! gronda son frère, tremblant de colère. Tu parles sans savoir !

— Elle a abusé de ta crédulité. Chaque fois qu'elle était en manque de sexe, elle faisait en sorte que tu te substitues à papa.

N'y tenant plus, Michael bondit du fauteuil et gesticula comme un fou furieux.

— C'est la faute de ce porc ! beugla-t-il à se casser la voix. Rien ne se serait produit s'il n'avait pas négligé maman !

— Qui est le plus condamnable ? Le mari infidèle ou la mère incestueuse ?

— Elle m'aime !

— Je suis heureux de ne pas avoir eu droit à cet amour-là.

Michael se boucha les oreilles et secoua la tête à plusieurs reprises.

— La ferme ! Je ne veux plus rien entendre !

— Tout est arrivé à cause d'elle, martela Sagane. Elle a fait de toi un psychopathe assoiffé de sang.

Livide, Michael passa derrière le comptoir et se servit un scotch qu'il but d'un trait. Après s'être essuyé la bouche du revers de la main, il prit le verre et la bouteille puis regagna son siège avec un rire nerveux.

— Je ne pensais pas que tu nous détestais à ce point.

Élie le regarda se servir un autre verre avant d'enchaîner :

— Le jour où tu as réalisé que votre relation n'était pas normale, tu t'es senti sale au plus profond de toi. Il fallait à tout prix que tu effaces les stigmates de cette liaison contre nature. Tu as donc échafaudé une théorie dans ce sens : Cissy t'avait corrompu ; pour être réhabilité, tu devais t'unir à une femme d'une pureté absolue. Mais la perfection n'est pas de ce monde. Toutes celles que tu as rencontrées t'ont déçu. Nous savons que Diane, Brigitte et Tamara n'étaient pas tes premières victimes. Combien y en a-t-il eu d'autres ?

Michael posa le scotch sur le bras du fauteuil et applaudit à tout rompre.

— Impressionnant ! Il y a juste un détail qui ne colle pas dans ce profil psychologique.

— Lequel ?

— Malgré ce qu'elle m'a fait subir, je ne hais pas maman. Je ne lui en veux même pas. Le psy a-t-il une explication ?

— Tu es sous son emprise. Il en a toujours été ainsi. La perle rare qui pourrait t'arracher de ses griffes n'existe que dans ton esprit malade.

L'espace d'un instant, le désespoir brilla dans les yeux de Michael. Il ne tarda pas à se ressaisir, s'empara du verre à moitié plein et le vida avec une grimace haineuse.

— Tout ça, c'est du blabla. Argento a dit que vous aviez des preuves.

— En effet.

Sagane attrapa la sacoche en cuir. Afin d'exciter la curiosité de son frère, il l'ouvrit en prenant tout son temps.

— Le juge d'instruction a clos l'enquête le

lendemain de ton agression. Tout portait à croire que Geiger était « le tueur de mariées ». Je suis donc retourné dans ton appartement pour ôter les scellés. Avant de partir, j'ai jeté un œil sur ta bibliothèque, par curiosité. Il y avait ceci derrière les œuvres complètes de Dashiell Hammett.

Michael plissa les yeux d'un air intéressé lorsqu'il sortit un sachet zippé.

— Qu'est-ce que c'est ?

Élie déposa la pochette sur la table.

— Un bracelet en jade, répliqua-t-il sans cesser de le dévisager. Le prénom de mon ex est gravé sur le fermoir.

— La Japonaise ?

Sagane acquiesça.

— Les Asiatiques considèrent le jade comme une pierre porte-bonheur. La tradition veut que les adultes l'offrent aux jeunes filles. Elle est censée leur apporter la réussite et la prospérité. Les parents de Soo lui ont offert ce bracelet quand elle avait quatorze ans.

Michael parut réfléchir.

— Elle est venue me trouver le jour de son départ pour New York, finit-il par lâcher.

— Je croyais que tu ne la connaissais pas.

— J'ignore comment elle a su que j'étais ton frère. Toujours est-il qu'elle a débarqué chez moi au moment où je me préparais à partir bosser. Elle était désespérée. Elle voulait que je te persuade de la rejoindre là-bas. Elle m'a donné ce bijou de quatre sous pour me remercier. Je ne t'en ai jamais parlé car nos relations étaient tendues. J'aurais préféré crever plutôt que de te rendre service.

Élie lui décocha un regard cinglant.

— Il n'y a pas un mot de vrai dans tout cela. Soo n'a

pas pu te donner le bracelet avant son départ puisqu'elle le portait le jour où elle est morte.

Cette affirmation ne démonta pas Michael.

— Comment peux-tu en être aussi sûr ? Tu n'étais pas avec elle, que je sache.

— Le chauffeur de taxi qui l'a déposée devant chez moi est certain de l'avoir vu à son poignet. Il a disparu entre le moment où elle a franchi le seuil de mon appart et celui où elle a été tuée. J'en déduis que le meurtrier a flashé dessus et l'a emporté.

Michael arbora une expression mi-méprisante, mi-admirative.

— J'ai eu tort de te sous-estimer. Je m'en rends compte à présent.

Sagane ne se laissa pas amadouer.

— En dérobant ce bracelet, tu as commis ta première erreur.

— Il y en a eu tant que ça ?

Le commissaire tira une chemise en carton de la sacoche.

— Comme il n'y avait pas d'autre indice ici, j'ai élargi le champ d'investigation. Les tueurs en série étant enclins au fétichisme, je me suis dit que tu ne faisais pas exception et que tu devais garder des souvenirs de tes victimes ailleurs. Dubreuil a demandé à l'Observatoire des évaluations immobilières d'enquêter sur ton patrimoine. Selon l'inspecteur chargé du dossier, tu es propriétaire de ce meublé…

Il s'interrompit pour remettre une feuille imprimée à Michael.

— … et d'une maison située en Normandie, à Verneuil-sur-Avre, compléta-t-il.

Son frère contracta les mâchoires.

— Tu es allé là-bas ?

Élie confirma d'un hochement de tête.

— Elle se trouve au cœur du bois Bissieu. L'endroit idéal pour violer et trucider des jeunes femmes sans défense.

Michael devint blême, la feuille lui échappa des mains. Résolu à le maintenir sous pression, Sagane étala sur la table des photographies des victimes du « tueur de mariées ».

— Elles couvraient les murs de la chambre des tortures, au premier étage.

Michael déglutit. Son regard éperdu alla de l'un à l'autre des clichés.

— Tu n'avais pas le droit d'y toucher ! s'écria-t-il dès que la fureur l'eut emporté sur la peur.

Les yeux écarquillés et la bouche baveuse, il se jeta sur les photos.

— Elles sont à moi !

Il les serra si violemment contre lui qu'il les froissa. Élie l'observa se balancer d'avant en arrière, à la fois effaré et fasciné. Alors que Michael se contorsionnait en articulant des bribes de phrases incompréhensibles, il prit plusieurs cahiers à spirale dans la sacoche et les posa sur ses genoux.

— Tu as tenu un journal jusqu'à l'âge de trente et un ans…

Michael s'immobilisa et leva le regard sur lui. Ses yeux lançaient des éclairs.

— Où les as-tu trouvés ?

— Dans le bureau de ta résidence secondaire.

— Tu n'es qu'un fouille-merde. Je maudis le jour où maman t'a mis au monde !

Sa haine farouche glaça le sang de Sagane.

— Tu aurais dû te souvenir de ce que nous avait dit M^e^ Goffeaux, l'avocat de papa, continua Élie en tâchant de dissimuler son malaise. Il ne faut jamais mettre par écrit ce qui est susceptible de nous causer du tort. Dans ces cahiers, tu parles de Nexus, le chien que tu as noyé dans la baignoire, de Giana, l'étudiante italienne que tu as étranglée dans la forêt de Fontainebleau, de Joëlle à qui tu as arraché les yeux parce qu'elle regardait des films X… Je m'arrête là, la suite est à vomir.

Michael empila les clichés sur un coin de la table et se servit une rasade de scotch.

— Tu bois beaucoup trop, intervint Élie.

En guise de réponse, son frère fit cul sec et balança le verre par-dessus le fauteuil. Le récipient roula sur la moquette puis heurta une plinthe.

— Que caches-tu d'autre dans ta boîte à malice ? grogna Michael.

Sagane prit un manuscrit broché dans la sacoche.

— Je ne savais pas que tu écrivais des polars.

— Nous avons tous un jardin secret. L'écriture est le mien.

— Tu ne rêvais pas de devenir vétérinaire mais écrivain, n'est-ce pas ?

— Parce que toi, tu rêvais de devenir flic peut-être ?

— J'aime mon métier. Il me rend heureux.

Michael le jaugea d'un air hautain.

— Tu as une drôle de conception du bonheur. Cécile la partage-t-elle ?

— Je ne lui ai jamais posé la question.

— Cela ne la dérange de baiser avec un type qui pue le cadavre ?

— Les poulets sentent l'alcool, la cigarette et la mort. La plupart des gens ne supportent pas ce mélange d'odeurs. C'est la raison pour laquelle nous restons entre nous.

Michael ébaucha un sourire sarcastique.

— Je vous plains.

Agacé, Élie durcit le ton.

— Nous nous égarons, revenons à ce qui nous intéresse.

Il déplia plusieurs feuilles et les agita en l'air.

— Mais encore ? grommela Michael.

— Ce sont les lettres de refus des maisons d'édition. Tu as toujours été mauvais perdant. Ces humiliations répétées n'ont pas dû être faciles à digérer.

La face grimaçante, Michael se tortilla sur son siège.

— Mon travail n'est pas en cause ! Ces idiots ne savent pas reconnaître un génie quand ils en voient un !

— Dans ton esprit, les éditeurs ne sont pas les seuls responsables de ton échec.

Cette remarque prit Michael au dépourvu. Il se cala dans le fauteuil et attendit la suite.

— Tu en veux également à tes anciens camarades de fac, enchaîna le commissaire.

Il se souleva pour lui donner deux photographies en couleurs qu'il avait sur lui. Une profonde surprise se lut sur le visage de Michael lorsqu'il identifia les hommes qui posaient avec lui.

— La première a été prise dans un amphi de la Pitié-Salpêtrière, lui expliqua Sagane tandis qu'il s'abîmait les yeux sur les clichés. La seconde, dans les locaux de l'amicale des étudiants. Vous formiez une belle équipe. Vous étiez promis au plus brillant avenir.

— Comment… as-tu deviné ?

— Quand j'ai su que c'était toi, j'ai cherché à comprendre pourquoi tu avais fait en sorte qu'ils soient accusés de tes crimes. Il était évident que tu les connaissais et que tu avais une dent contre eux. Il ne me restait plus qu'à découvrir ce que tu leur reprochais. En mettant la main sur les manuscrits et les lettres de refus, j'ai pigé. Vous aviez les mêmes passions, tous les trois : le sport, le cinéma, mais surtout la littérature.

Élie alluma une cigarette avant de reprendre la parole :

— Graskovich et Neville ont quitté la faculté au bout de deux ans. Tu as très mal vécu leur départ. Huit mois plus tard, tu as jeté l'éponge à ton tour et tu t'es inscrit à l'école vétérinaire de Maisons-Alfort. Et puis un jour, alors que tu étais sans nouvelles d'eux depuis plusieurs années, tu as appris que tes anciens potes faisaient carrière dans la littérature. Leur réussite t'a rendu malade de jalousie. L'idée de les détruire t'est venue naturellement. Je m'étonne que tu aies attendu aussi longtemps pour les piéger. Pour quelle raison leur as-tu imputé les meurtres des mariées et pas ceux de tes premières victimes ?

— J'ai bien réfléchi avant d'agir. Je ne voulais courir aucun risque. Si tu n'avais pas fait de zèle, l'un d'eux serait sous les verrous à l'heure qu'il est.

Michael saisit la bouteille de scotch.

— Un détail aurait dû t'interpeller, déclara-t-il après avoir bu au goulot. Pourquoi n'ont-ils pas établi le lien entre toi et moi lorsque tu les as interrogés ?

S'attendant à cette question, Sagane sourit.

— Tu détestais tellement notre père que tu as adopté le nom de jeune fille de Cissy après sa mort. Dans ces conditions, comment pouvaient-ils deviner qu'Élie Sagane et Michael Atlan étaient de la même famille et, *a fortiori*, frères ?

Michael porta la bouteille à ses lèvres avec nervosité.

— Je suis fier de porter le nom de maman.

Élie ne lui donna pas l'occasion de s'étendre sur le sujet.

— Voici les photocopies des chèques que Mavis

Graskovich a faits à l'ordre du cabinet vétérinaire Atlan. La première fois, elle est venue te voir sur le conseil d'un ami. Léo, son beagle, souffrait d'une infection urinaire. Dès que tu as su qui elle était, tu as cherché à la séduire. Tu as tapé dans le mille. Ses visites se sont rapprochées et vous êtes devenus amants.

Il interpréta le mutisme de Michael comme une confirmation.

— La femme infidèle et le psychopathe en quête de pureté n'allaient pas ensemble.

— Cette liaison était le prix à payer pour avoir accès au duplex de l'avenue Bugeaud et tendre un piège à Jean-Charles, se justifia Michael d'un ton agressif. Parfois, il faut faire le sacrifice de soi pour obtenir ce que l'on veut.

Il but une gorgée de scotch pour noyer son dégoût.

— Qui a mis le cliché dans ma boîte aux lettres ? poursuivit Sagane. Toi ou l'une de tes recrues ?

— Moi. Je suis intervenu car tu ne te décidais pas à soupçonner Neville.

Élie attrapa le cendrier et écrasa son mégot.

— Comment tu t'y es pris pour simuler ton agression ?

Son frère le fixa avec condescendance.

— Ce soir-là, j'ai quitté le cabinet plus tôt pour me rendre chez Geiger. Il n'était pas au courant de ma visite. Comme nous avions sympathisé, il m'a ouvert sans se méfier. Une fois dans son appart, je lui ai tiré dessus avec le pistolet Kadet que je t'ai montré. J'avais vissé un silencieux afin de ne pas alerter le voisinage. Dès que ce crétin a cassé sa pipe, je l'ai installé sur une chaise de la cuisine et je suis allé chercher les preuves de sa culpabilité dans le coffre de ma voiture.

— L'album de photos, la hache et le couteau japonais, énuméra le commissaire.

Michael approuva d'un signe de tête.

— Vous deviez à tout prix croire qu'il était venu à la maison et qu'il avait tenté de me tuer. J'ai donc emporté son portefeuille et je l'ai déposé devant ma résidence. Ensuite, je me suis arrangé pour que maman s'absente un moment. Il m'a suffi de lui dire que son poisson-clown n'avait rien becqueté depuis plusieurs jours et qu'il risquait de crever pour la rendre hystérique. Sur mon conseil, elle a appelé la flicaille postée en bas de l'immeuble et elle a insisté pour qu'on la conduise chez elle sur-le-champ. Le capitaine Sark a fini par ordonner à son collègue de l'accompagner. Après leur départ, je me suis déguisé pour pouvoir sortir sans attirer l'attention de Sark. Il rêvassait dans sa tire, il n'y a vu que du feu. J'ai changé de déguisement dans ma camionnette stationnée deux rues plus loin.

— Pourquoi ?

— Je voulais éviter qu'un éventuel témoin fasse le rapprochement entre le type qui avait quitté la résidence et celui qui s'y était introduit quelques minutes plus tard.

— Il ne fallait pas que la police devine que l'agresseur était un habitant de l'immeuble. Elle aurait pu te soupçonner.

Un sourire démoniaque plissa la bouche de Michael.

— Tout a marché comme sur des roulettes. Sark s'est laissé berner par le vioque chargé de paquets.

— Tu étais bien amoché quand je suis arrivé.

— Pour que ce soit crédible, je me suis frappé avec le combiné téléphonique.

— Et les ecchymoses autour de ton cou ?

— Une écharpe a fait l'affaire.

Sagane lui jeta le regard d'acier qu'il réservait aux assassins.

— Tu as commis ta seconde erreur en menaçant la

famille et mon équipière. En voyant les photos collées sur la manchette de *L'Européen*, j'ai décidé de placer ton appartement sous surveillance. Tu avais tout prévu, tout sauf cette éventualité, pas vrai ? Tu ne pouvais plus aller et venir à ta guise. Plus embêtant, tu ne pouvais plus chasser la mariée. Cette situation t'a amené à prendre des risques considérables.

— Des risques calculés, corrigea Michael avec la morgue de celui qui refuse de s'avouer vaincu.

— Je ne serais pas ici si tu avais fait preuve de prudence, rétorqua Élie. Mes gars ont déniché le diamant *Lady in blue* à Verneuil, dans ta chambre. Selon le logiciel FICOBA du fisc, tu as versé trente mille euros sur tes comptes de la Barclays et de la BNP. Je présume qu'il s'agit d'une partie de la rançon que tu as exigée pour la libération de Diane Spitz. Où as-tu planqué le reste du liquide ?

Amusé par cette question, son frère ricana.

— Je l'ai enterré dans le bois Bissieu, au pied d'un arbre.

— À quel endroit exactement ?

— Ne compte pas sur moi pour te le dire.

— Avec ou sans ton aide, nous le trouverons.

Michael le dévisagea d'un air mi-railleur, mi-méchant.

— Je te signale qu'il y a des centaines d'arbres. Ce ne sera pas une partie de plaisir.

Sagane ignora cette précision.

— Après avoir découvert le bracelet de Soo, j'ai pris un verre dans l'évier de la cuisine. Le labo l'a analysé. J'ai été très surpris d'apprendre qu'il n'y avait pas de concordance entre l'ADN contenu dans ta salive et celui prélevé dans le sperme du tueur.

Michael s'épanouit à cette nouvelle.

— Voilà qui devrait me mettre hors de cause.

Contre toute attente, Élie lui sourit.

— Le patron de la PTS s'est penché sur ton cas. Il y a une explication.

— Je serais curieux de la connaître.

— Tu présentes une singularité qui a longtemps échappé aux scientifiques.

Michael pouffa de rire.

— Tu ne sais plus quoi inventer pour te rendre intéressant.

Le commissaire s'assura qu'il l'écoutait attentivement avant de continuer :

— Il arrive que les œufs de jumeaux fusionnent dans l'utérus de la mère. Cette fusion produit ce que les spécialistes appellent une chimère, c'est-à-dire un individu avec deux patrimoines génétiques différents. Ainsi, l'ADN du sang peut différer de celui de la peau, l'ADN de la salive de celui du sperme.

Michael tiqua. À présent, il n'avait plus envie de rire.

— Conclusion ?

— Tu n'as jamais mis de capote car tu savais que le test serait négatif, compléta Sagane, déterminé à le forcer dans ses derniers retranchements. Tu comptais là-dessus pour t'en sortir le cas échéant. Comment l'as-tu appris ?

Michael fit craquer ses doigts et le regarda d'un œil torve.

— Il y a cinq ans, je suis tombé malade. Mon médecin pataugeait. Des analyses très poussées lui ont permis de diagnostiquer une infection intestinale et de découvrir cette… anomalie génétique.

Son visage s'illumina et il brandit le poing en signe de victoire.

— C'est sa faute si j'ai commis toutes ces atrocités ! exulta-t-il, les yeux brillants d'une joie délirante.

Quoiqu'il sût de qui il parlait, Élie feignit l'incompréhension.

— La faute à qui ?

— L'autre, pardi : le jumeau qui s'est fondu en moi ! Il m'a transmis le gène de la folie ! Je suis fou, Élie ! Mon avocat plaidera l'irresponsabilité et j'échapperai à la prison !

Michael se dressa d'un bond et esquissa un pas de danse.

— Le juge ne sera pas dupe, assena Sagane.

Son frère le toisa.

— On parie ? Aucun tribunal ne m'enverra en taule sans une preuve irrécusable.

— Une fois que nous aurons un échantillon de ton sperme, nous…

— Et si je refuse de jouer les donneurs ?

— Le central technique et informatique du 36 dispose d'un enregistrement de la voix du « tueur de mariées ». Nous aurons toujours la possibilité de comparer ta voix avec la sienne.

Michael redoubla d'excitation.

— Je vais t'en boucher un coin ! Ce n'est pas moi qui ai appelé mais un type que j'ai rencontré dans un bar !

— Qui ça ?

— Un intermittent du spectacle qui était dans une mauvaise passe. Je l'ai engagé car il avait le sens de l'interprétation et une voix d'outre-tombe.

— Je suppose que tu t'es servi de lui et qu'ensuite tu l'as liquidé.

Michael fit mine de réfléchir.

— J'ai balancé sa tête dans un chenil et son corps dans une décharge sauvage.

Il se gratta la tempe d'un air à la fois indécis et provocateur.

— À moins que ce ne soit le contraire. Je ne m'en souviens plus.

Élie se leva à son tour.

— J'ai un truc à te montrer.

Intrigué, Michael le suivit jusqu'à la fenêtre.

— Tu vois cette fourgonnette verte, en bas de l'immeuble ? lui demanda le commissaire.

Michael jeta un œil sur le véhicule équipé d'une parabole.

— Et alors ?

Sagane ôta l'oreillette transparente calée au fond de son oreille, tira le magnétophone numérique de la poche de sa parka et les agita sous le nez de son frère.

— L'informaticien du CTI est en train d'enregistrer notre conversation.

L'arrogance de Michael retomba d'un coup.

— Qu'est-ce que…

Élie en profita pour enfoncer le clou.

— On se passera de tes empreintes vocale et génétique. Entre tes aveux et les indices dégotés à Verneuil, nous avons largement de quoi t'inculper.

— Espèce d'ordure ! tonna Michael. Tu m'as bien possédé !

Sagane dégrafa le porte-menottes à sa ceinture.

— On y va, dit-il en l'agrippant par le bras.

Michael se dégagea.

— Je ne veux pas aller en cabane ! s'écria-t-il, l'œil hagard et la lèvre tremblante. Je n'y survivrai pas !

— Il fallait y penser avant.

— N'approche pas, tu entends ?

Élie avança lentement, la main droite sur le Sig Sauer et la gauche sur les bracelets.

— Je me suis trompé ! cracha Michael.

Il prit son élan pour sauter par la fenêtre. Sagane courut vers lui pour l'en empêcher.

— Non ! Ne fais pas ça !

Mais il était trop tard. Michael percuta la vitre qui vola en éclats.

— Tu n'es pas mon frère ! hurla-t-il en tombant dans le vide.

Un craquement sinistre incita Cécile à se précipiter dans le séjour. Haletante, elle se pencha à la fenêtre. Michael s'était écrasé sur le toit de la camionnette. Du sang s'échappait de son crâne défoncé et s'étalait paresseusement sur la carrosserie. Un frisson parcourut la jeune femme. Ses yeux effarés allèrent du cadavre écrabouillé au visage du commissaire.

Le regard d'Élie était inexpressif mais des larmes coulaient sur ses joues.

# *Épilogue*

Willy Tanzani stationna en double file, en face de l'immeuble de la rue des Jardiniers.

Il coupa le moteur et se tourna vers le commissaire qui observait la neige tomber. En un an, Sagane avait beaucoup changé. Il avait grossi. Ses cheveux mi-longs et son bouc fourni grisonnaient par endroits. Il ne souriait plus guère. La plupart du temps, la tristesse et l'ennui se reflétaient sur son visage. Parfois, la colère reprenait le dessus. Un jour, il avait tabassé un suspect et saccagé la salle d'interrogatoire de la Crim'.

Cet accès de rage lui avait valu une mise à pied.

Six mois auparavant, la direction de la PJ avait exigé qu'il voie un psy. À l'issue de l'analyse, ce dernier en était arrivé à la conclusion suivante : la cellule familiale, et plus particulièrement les relations conflictuelles avec la mère, étaient à l'origine du trauma ; le suicide du frère maudit était la goutte d'eau qui avait fait déborder le vase.

— Ton nouvel appart te plaît ? demanda Tanzani pour détendre l'atmosphère.

Élie se força à sourire.

— Je me sens chez moi pour la première fois de ma vie.

— Il y a une chose dont j'aimerais te parler, déclara son collègue d'un ton ému.

Sagane baissa la vitre pour jeter son mégot. La rafale de vent qui s'engouffra dans l'habitacle le glaça jusqu'aux os.

— Je t'écoute, dit-il après avoir refermé.

— La mort de Sark m'a fichu un coup. Si t'avais pas insisté pour qu'on bosse ensemble juste après, j'aurais probablement tiré ma révérence.

Tanzani faisait équipe avec Élie depuis que son supérieur, le capitaine Sark, avait été égorgé par « le tueur de mariées ».

Sagane reporta son regard éteint sur les flocons balayés par le vent.

— Tu avais perdu Sark, j'avais perdu Briard. Je me suis dit que nous serions en phase.

Tanzani opina du chef.

— Tu as eu raison.

Le commissaire boutonna sa parka et coiffa son bonnet en laine, prêt à descendre de la voiture.

— À demain.

— Élie ?

Le raclement de gorge de Tanzani trahit son embarras.

— Tu voulais me dire autre chose ? s'enquit Sagane en lâchant la poignée de la portière.

— Tu aurais dû témoigner contre elle. Elle mériterait de croupir en prison.

Comprenant qu'il parlait de Cissy, Élie soupira d'agacement.

— Je croyais avoir été clair : il s'agit d'une affaire classée.

— Michael n'aurait pas disjoncté si elle n'avait pas abusé de lui.

Excédé, Sagane frappa le tableau de bord du poing.

— Cette vieille folle a déjà payé !

Il se tut et essaya de se calmer.

— Son fils adoré s'est foutu en l'air, poursuivit-il d'une voix brisée par l'émotion. Il ne pouvait rien lui arriver de pire.

Sur ce, il sortit du véhicule. Dès que Tanzani eut démarré, il entra dans l'immeuble et grimpa au cinquième étage. Une fois dans l'appartement, il accrocha sa parka et son bonnet au portemanteau puis se rendit à la cuisine pour se servir une limonade. Le verre à la main, il gagna le salon et s'affala dans un fauteuil.

Elle était assise en face de lui.

Le regard d'Élie alla de son visage impassible à la valise posée à ses pieds.

— Où vas-tu ? questionna-t-il, l'estomac soudain noué par l'appréhension.

— Chez une amie, répliqua-t-elle avec une froideur inhabituelle.

Il but une gorgée de limonade sans la quitter des yeux.

— Quand seras-tu de retour ?

— Je ne reviendrai pas.

Cécile empoigna la valise, se leva et s'achemina vers l'entrée d'une démarche résolue. Tandis qu'elle atteignait le vestibule, Sagane la rattrapa et lui barra le passage.

— Mais enfin, qu'est-ce qui te prend ? fit-il, partagé entre l'incrédulité et la détresse.

Elle voulut le contourner pour sortir mais il l'en empêcha.

— Laisse-moi passer, s'énerva-t-elle.

Il fit non de la tête.

— Si tu franchis cette porte, je ne te reverrai plus.

Elle lâcha la valise et approcha sa figure crispée de celle du commissaire.

— Ne me dis pas que je vais te manquer. Tu te soucies de moi comme d'une guigne.

— Ce n'est pas vrai. Tu sais bien que je t'aime.

Argento se tapa le front avec la paume de sa main.

— Depuis que j'ai arrêté de travailler, tu ne me regardes plus, tu ne me touches plus ! J'ai d'abord cru que tu me trompais avec la nouvelle secrétaire de Dubreuil. J'avais tout faux. Cette histoire est en train de te détruire, Élie. Le pire, c'est que tu ne t'en rends pas compte.

Il souffla d'un air coupable.

— La mort de Mike m'a retourné. La plaie cicatrise. Tout rentrera bientôt dans l'ordre.

— Il ne s'agit pas de cela, et tu le sais, s'offusqua-t-elle.

Il la considéra avec scepticisme.

— Je ne te suis pas.

Cécile plongea ses yeux dans les siens et assena d'un ton glaçant :

— Tu es dans cet état à cause de lui.

Sans attendre la réaction de Sagane, elle souleva son pull camionneur et posa la main sur son ventre arrondi.

— Tu mentais quand tu disais que tu voulais fonder une famille, enchaîna-t-elle avec hargne. Je ne veux pas vivre avec un homme qui est incapable d'assumer sa paternité.

La contrariété se lut sur la face d'Élie.

— Tu parles sans savoir. Je rêve d'être père.

— À d'autres ! gronda-t-elle, blême de colère. Tu te

comportes comme si nous n'allions pas avoir d'enfant. J'ai beau chercher une explication, je n'en vois aucune.

— Il y en a pourtant une.

— J'aimerais bien la connaître. Nous ne communiquons plus depuis des mois. Nos discussions se limitent à « bonjour », « bonsoir » et « bonne nuit ».

Elle pointa l'index vers lui et avertit :

— Tu as une minute pour éclairer ma lanterne. Passé ce délai, je mets les voiles.

Sagane se massa nerveusement la nuque.

— Le gène de la folie est très actif dans ma famille, articula-t-il entre deux déglutitions. Ma mère est dingue, mon frère était dingue.

Ce commentaire abasourdit Argento.

— C'était donc ça ! Tu as peur que notre enfant soit comme eux.

Il lui tourna le dos pour cacher son trouble. Elle vint se planter devant lui, prit sa tête dans ses mains et le regarda dans le blanc des yeux.

— La folie n'est pas héréditaire, Élie, déclara-t-elle d'une voix assurée. Tu n'es pas fou, toi. Pourquoi notre fils le serait-il ?

— Et si j'ai raison ?

Elle écarta cette question d'un geste et décréta :

— Il sera normal.

Elle n'opposa aucune résistance lorsqu'il l'enlaça et colla sa joue contre la sienne.

— J'ai besoin de vous, lui chuchota-t-il à l'oreille.

— De nous ? s'étonna-t-elle.

En guise de réponse, il glissa une main sous son pull et, pour la première fois depuis qu'elle était enceinte, lui caressa le ventre. Profondément émue, elle se blottit dans ses bras.

— J'ignorais que c'était un garçon, dit-il, le cœur battant.

— Je l'ai su aujourd'hui.

— Reste, murmura-t-il d'un ton mi-suppliant, mi-charmeur.

Après l'avoir embrassé, Cécile s'arracha à son étreinte et regagna le séjour, la valise à bout de bras.

*Remerciements*

Un grand merci à mon père : c'est en le voyant lire que j'ai appris à aimer les livres.

Merci à Alain d'être toujours là pour moi, surtout dans les moments les plus difficiles.

Nous avons tous besoin de rêver. Je n'ai pas oublié ceux qui m'y ont aidé quand j'étais gosse : George Lucas, Steven Spielberg et Harrison Ford. Ces heures passées en leur compagnie dans les salles obscures ont nourri mon imaginaire et m'ont donné envie de raconter des histoires.

Judith KELMAN ▸
**La vipère de velours**

Quatre fillettes de Greenwich Village victimes de sévices sexuels, quatre fillettes traumatisées qui ont tout oublié de leur agression, sauf cet étrange rêve : une douce musique et la vision d'une pièce tendue de velours noir… Sarah Spooner, assistante du procureur de New York et spécialiste de ce genre d'affaires est chargée de ce sordide dossier. Mais l'enquête se revèle difficile ; assistée d'un inspecteur incompétent, Sarah enchaîne les découvertes macabres...

Pocket n° 10849 - 7,10 €

◂ Richard MONTANARI
**Déviances**

Vétéran de la police criminelle, Kevin Byrne doit faire équipe avec Jessica Balzano, nouvelle venue dans le service. Tous deux vont enquêter sur le meurtre d'une adolescente retrouvée mutilée, les mains jointes dans un geste de prière. Élève d'une école catholique, elle n'est que la première d'une longue série de victimes. Les policiers devront plonger au cœur des ténèbres pour réussir à arrêter le meurtrier…

Pocket n° 13188 - 7,10 €

◂ Franck THILLIEZ
**La forêt des ombres**

Paris, hiver 2006. Arthur Doffre, milliardaire paraplégique, engage David Miller, embaumeur de profession et auteur d'un premier roman remarqué. Celui-ci a un mois pour écrire un livre sur le Bourreau 125, un tueur en série mort vingt-cinq ans plus tôt. Reclus dans un chalet en pleine Forêt-Noire, accompagné de sa femme et de sa fille, de Doffre et de sa compagne, David se met au travail. Mais il est des fantômes que l'on ne doit pas rappeler, et la psychose saisit bientôt les occupants de la demeure cernée par la neige…

Pocket n° 12986 - 6,30 €

Kathy REICHS ▸
**Secrets d'outre-tombe**

Guatemala, 2001. Temperance Brennan supervise des fouilles dans un village de montagne où la guerre civile a fait des ravages vingt ans auparavant. Au même moment, le cadavre d'une jeune femme est découvert dans la capitale, et l'inspecteur Galiano appelle Tempe à la rescousse. Les choses se corsent lorsqu'un médecin-légiste tente de l'écarter de l'enquête et qu'un membre de son équipe est victime d'une tentative de meurtre...

Pocket n° 12430 - 6,70 €

**Pour en savoir plus : www.pocket.fr**

*Impression réalisée sur Presse Offset par*

CPI
Brodard & Taupin

43831 – La Flèche (Sarthe), le 26-09-2007
Dépôt légal : octobre 2007

POCKET – 12, avenue d'Italie - 75627 Paris cedex 13

*Imprimé en France*